本书获中国社会科学院老年科研基金资助

《淮海词》
选注·心解·集评

秦　观　原著
陈祖美　译解

中国社会科学出版社

图书在版编目（CIP）数据

《淮海词》选注·心解·集评/陈祖美译解.—北京：中国社会科学
出版社，2018.10

ISBN 978 – 7 – 5203 – 2864 – 7

Ⅰ.①淮… Ⅱ.①陈… Ⅲ.①宋词—选集②《淮海词》—注释
③《淮海词》—译文 Ⅳ.①I222.844

中国版本图书馆 CIP 数据核字（2018）第 168647 号

出 版 人	赵剑英
责任编辑	张 林
特约编辑	文一鸥
责任校对	闫 萃
责任印制	戴 宽

出　　版	中国社会科学出版社
社　　址	北京鼓楼西大街甲 158 号
邮　　编	100720
网　　址	http://www.csspw.cn
发 行 部	010 – 84083685
门 市 部	010 – 84029450
经　　销	新华书店及其他书店

印　　刷	北京明恒达印务有限公司
装　　订	廊坊市广阳区广增装订厂
版　　次	2018 年 10 月第 1 版
印　　次	2018 年 10 月第 1 次印刷

开　　本	710 × 1000　1/16
印　　张	25
插　　页	2
字　　数	357 千字
定　　价	108.00 元

目　　录

1

代序：沉疴中重新解读《淮海词》

（一）重解的缘由

早在三十多年前的 1984 年岁杪，中国韵文学会成立期间，我在长沙结识了浙江古籍出版社吴战垒先生。经过会上会下多次交流，彼此有了相当了解，战垒便邀我参与其正在策划、编辑的"两宋名家词选注丛书"的撰写。我求之不得，这是平生第一次有人向我约撰书稿。唯恐夜长梦多失去这一良机，便在等候车、船的旅途中，很快商定由我为上述丛书评注其中的《淮海词》。我为之喜不自胜，在编辑工作超负荷的状态下，夙兴夜寐，终于赶在 1985 年 11 月在绍兴举办的纪念陆游诞辰 860 周年的会议期间，亲自将这一手稿交给了已成为挚友的战垒学棣。他在百忙中抓紧审阅，但在进入付梓程序时，遇到了难题。当时的出版模式很单一，无一例外地要通过新华书店征订，达不到保本的 2000 册，便不能开机，书稿大有"搁浅"的可能。当我把这一心急如焚之事函告时任杭州大学教务长的陆坚教授时，他二话没说，设法帮助征订了数百册，此书这才得以于 1987 年 11 月顺利出版，书名叫作《两宋名家词选注丛书·淮海词》。"淮海词"三字由中国社会科学院著名美学家叶秀山先生题签。

几乎与战垒向我约撰书稿的同时，巴蜀书社副主编邓南先生则约我担任《名著名家赏析丛书·李清照作品赏析集》的主编。紧接着南京大学资深教授周勋初先生约我撰写《中国思想家评传丛书·李清照评传（附赵明诚传）》。就这样，关于李清照这一课题，从 1985 年至 2015 年，我接连撰写了十二种专著。其间在启功先生的鼓励和鼎力支持下，曾由北京出版社出版了我自己较为满意的《李清照新传》之后，我曾经搁置了一下关于李清照的约稿，集中精力仔细审

1

读了关于《淮海词》的拙著，发现其中的注释部分还可以，而对于词作的编年和评析则存在不少舛误。而偏偏此书竟然还有一定市场，比如数字图书馆的工作人员就不止一次与我签订使用合同。这越发叫我深感不安，于是便一面进行修订，一面考虑与战垒商量寻求一个纠正错讹的机会。岂料，此事还不等我提请战垒考虑，他便于 2005 年伊始猝然逝世。痛失挚友，我甚至一度不敢正视这一沾有战垒手泽的拙著。又过了好几年，不但心情有所好转，还为参加一系列有关秦少游的学术会议撰写了多篇论文，对秦淮海的理解已今非昔比。当时自我感觉身体还可以，旧病没有复发，也未发现新病的征兆。于是便在 2013 年春申请了一个"《淮海词》选注·心解·集评"的小项目。这一方面想与已经出版的《〈漱玉词〉笺译·心解·选评》一书相匹配，更主要的是想以此新著救赎三十多年前自己对于《淮海词》的某些错解、误导。出乎意料的是，项目申请初评通过上报后，仅仅数月就感觉身体出了问题，反复检查了约半年后确诊，竟是沉疴，还不止一种，需要相继进行至少两种手术……就这样，在我走出重症监护室数月之后，开始了对于《淮海词》的重新解读工作。

（二）重解的三把钥匙

对于《淮海词》的研究，自古以来，专著不多，但对其名篇的评述、解读，则代不乏人，切中肯綮者却屈指可数。问题首先出在不能正确编年上。为此我曾试着做过多方面的探索，其中一种行之有效的途径是把握住秦观与苏轼等人的非同寻常的关系，你就会从中发现，一些字面上是写艳情的词作，实际则是与二苏、黄庭坚等良师挚友交往、会面、饮别的产物。苏、黄不少作品的编年都比较准确可靠，比如，苏轼于元丰七年由黄州去泗州，经楚州，过淮时与秦观饮别作了一首著名的《虞美人》（波声拍枕长淮晓）词。此词不啻情感格外深挚动人，其中更有脍炙人口的名句——"无情汴水自东流，只载一船离恨向西州。"作为仰慕者，面对感情色彩如此浓烈的词作，秦观不会无动于衷。顺着这一线索便不难发现，《淮海词》中调寄《望海潮》（奴如飞絮）的"相沾便肯相随"句，岂非苏、秦关系的真实写照？而"匆匆共惜佳期"、"才话暂分携"、"画舸难停，翠帷轻别两依依"诸句，不正是秦观对于上述苏轼《虞美人》词的动情回应或赓和吗？

再比如，对于秦词《临江仙》（髻子偎人娇不整）的系年，竟有青年时期、绍圣年间，至少有两种截然不同的说法，当然对其题旨的理解也大不相同。有的说这是词人于绍圣年间被贬离京师，途经邗沟，事后回忆与家人告别的情景。持此说者是不知还是忘记了这样一个基本事实——秦观及第后旋即回乡接家人一同赴任。无论在蔡州还是在汴京，都是一大家人在一起艰难度日，有时甚至到了举家食粥的地步，也没有分开。从汴京到处州，在处州被"削秩"徙郴州，起初仍然是全家一同前往，直到浙西，因为不堪家累才不得不分开。此事的来龙去脉详见于词人稍后所做的《祭洞庭文》。此文写得沁入肝脾，过目难忘。可以肯定地说绍圣年间秦观并无在邗沟别家人并与其妻的那番哀感顽艳之事；再从词的用语和风格上判断，被贬后秦观已无心于"艳情"的书写，填词的方法，也由"将身世之感打并入艳情"转向张绂所说的"亦是一法"的隐括法（关于此法详见下文）。那么怎样才能找准此词的写作时间呢？此处仍然离不开对于苏、秦关系的把握，只是这里的"苏"不是苏轼而是苏辙。

苏辙因以现职为在"乌台诗案"中被贬黄州的兄长赎罪，自愿贬监筠州酒税，路过高邮。秦观不以罪臣之弟为讳，殷勤奉陪了两日，临别送至邵伯埭。彼此除了诗歌唱和，秦观还写了一首比起苏辙自己更为拿手的词，就是这首《临江仙》。此事发生在有确切记载的元丰三年（1080）的寒食节前夕。于是这首词的编年和题旨也就迎刃而解了。

总之，把握住苏、秦间的特殊关系，就像获得了一把开启《淮海词》的金钥匙。所幸我在早年参加苏轼学术研讨会时，曾撰写过有关"苏、秦交游"的习作。现在看，此作虽有不尽人意之处，但对此次"重解"的编年部分还是提供了便捷，助我初步攻克了《淮海词》一向编年错乱的难题。再者，所谓"苏、秦"的"秦"，往往与"苏门四学士"、"六君子"相关联。"四学士"中，与秦观有着千丝万缕关联者莫过于黄庭坚。

比秦观只年长四岁的黄庭坚，却早在宋英宗治平四年（1067）登第，洵为史上罕见的少龄进士，又兼擅行、草、楷书，与苏轼、米芾、蔡襄并称宋书四大家。这些已足以成为秦观顶礼膜拜的对象，加以与秦观沾亲带故的高邮进士孙觉（字莘老），既是秦观所景仰的长者，又是黄庭坚的岳父；孙觉又介绍秦观结识了黄庭坚的舅父李常（字公择）。秦观与黄庭坚关系之亲密可想而知。元丰三年，黄庭坚赴京师改官，路过高邮，"特往访秦观。二人互相倾慕，欢聚二日，互赠诗文，其乐融融。山谷并为之书写秦自作之《龙井》、《雪斋》两篇记文。将其寄给钱塘僧人，以之摹勒入石"（郑永晓《黄庭坚年谱新编》）。由此可知，《八六子》（倚危亭）一词，并非秦观真的与哪个情侣间的艳情抒写，而是为此次送别黄庭坚"打并入艳情"而作。这是笔者重解《淮海词》所使用的第二把钥匙。

第三把钥匙涉及扬州的两位知州。一位是鲜于侁（字子骏），其于元丰三年（1080），始知扬州期间，秦观与其过从密切。在鲜于侁知州六十岁生日时，秦观上《鲜于子骏使君生日》诗深表贺忱，由此可知《梦扬州》（晚云收），则当是词人与鲜于氏离别后所作。其所梦是"鲜于扬州"这个人，而不是"扬州"这座城市，更不是此城中的哪位恋人、良俦。

另一位是元丰七年（1084）始知扬州的吕公著。对于"吕扬州"，词人除了多次上书干谒、投奉诗文外，《满庭芳》（雅燕飞觞）一首，则是词人有幸被邀出席知州吕公著所举办的茶会所做的一首咏茶词。对于此词的编年，有的专著不予置论。另有至少三种不同说法：一是"元丰二年（1079）秦观在会稽，常与郡守程公辟燕集，此首茶宴词当作于此时"。二是"此首写茶宴，约作于元丰六年前后，词中之使君当指扬州知州吕公著"。三是"这是一首书写筵间欢乐之情的词。从上片起首三句看，此词或作于蔡州"。经过反复斟酌，这里采纳的是第二种说法。

综观这次"重解"过程，除了反复使用的这三把钥匙之外，还有其他一些小伎俩。有时可以根据某地的特有生物进行编年，比如有的专著将《木兰花》（秋容老尽芙蓉院）系于元祐年间所作，而拙"重解"则根据一定的生物学知识，从而确定，秋天开花的是木芙蓉。而在我国遍地种植木芙蓉的地方：一是四川成都被称为"芙蓉城"；二是湖南全省被称为"芙蓉国"。四川成都秦观从未涉足。其由处州贬郴州，所行经的三湘大地，每到秋季则芙蓉花开遍地香。所以将此词系于绍圣三年（1096）秋是有理有据的。

对于任何文学作品而言，只有编年可靠才谈得上正确理解。对于像秦观这种一生遭际悬殊，命运、心态起落变化极大的人物来说，其词作编年的可靠与否尤为重要，所以本书格外看重对于作品的编年。当然，话说回来，我不敢保证对于《淮海词》的每一首编年都那么准确无误，但是我想表白的是，自己尽到了最大的努力。

（三）秦观作词的四种方法

这四种方法的发明者和使用者，不是别的什么人，都是秦少游。而发现这四种方法及其使用奥秘者，则各有其人。说来话长，简而言之，四种方法分别叫作"打并法"、"隐括法"、"脱壳法"和"障眼法"。

第一种"打并法"，是四种方法中最重要的独步"一法"，发现者是常州词派理论家周济（1781—1839）。周济，字保绪，号未斋，又号止庵，别号介存居士，江苏荆溪（今宜兴）人。嘉庆十年进士，官淮安府学教授。其《宋四家词选目录序论》之附录（一）的《宋四家词选·秦观〈满庭芳·山抹微云〉眉批》云："将身世之感打并入艳情，又是一法"。这是针对原先人们多以为"山抹微云"一词，是秦观如越省亲时，东道主在蓬莱阁设宴款待，秦观于"席上有所悦"而作。周济则认为这是秦观"将身世之感打并入艳情"，并不是专为他喜欢的那个歌伎所做的艳情词。至于在这里"打并"的是秦观的何种"身世之感"，周济没有明说，后人讲解此词者，多以为此系表达词人为落第而产生的伤感云云。而本人则运用所掌握的苏、秦关系的这把钥匙，从而破解为：原来"打并入"这首所谓艳情词的，竟是秦观心目中的偶像苏轼身系"乌台"囚牢，命悬一线这种天大的祸事。而对于苏轼的同情和牵挂，在当时又是大忌大罪，所以只能借助"席上有所悦"者说事儿。其他详情请参阅本词的"心解"部分，兹不赘言。有了这种"重解"实践，便不难发现《淮海词》中的多数艳情之作，用的都是这种"打并法"，而不是秦氏其人真的那么钟情于歌儿舞姬！

第二种"隐括法"，"隐括"，亦作"檃栝"，就是将某种文体原有的内容、词句加以剪裁改写。秦观的小同乡张綖，字世文，号南湖居士。明武宗正德八年（1513）举人。八试不第，所"著《诗余图谱》，词家以为指南"（钱谦益语）。其于宋代词人，提出豪放、婉约之说，对后世颇有影响。他还曾就秦观《江城子》结拍三句云"词人佳句多是翻案古人语，如淮海此词'便做春江都是泪，流不尽，许多愁'，可谓警句……自李后主'问君能有几多愁，却（恰）似一江春水向东流'变化。名家如此类者，不可枚举，亦一法也。"（张綖鄂州刻本《淮海集·长短句江城子（西城杨柳弄春柔）附注》）。这里所谓"翻案古人语"、"变化"、"亦一法也"，就是说秦观的"便做春江都是泪"以下三句，是从李煜《虞美人》"问君能有几多愁，恰似一江春水向东流"两句变化而来的"警句"，张綖称为"亦是一法"，笔者认为这实际就是文学创作中一种常见的方法——隐括法。这一方法在《淮海词》中曾反复被使用。比如《调笑令十首并诗》其八《采莲》的"诗曰"和"曲子"都是从李白《采莲曲》隐括而来。再比如《八六子》下片的"夜月一帘幽梦，春风十里柔情"，隐括的是杜牧《赠别》诗的"春风十里扬州路，卷上珠帘总不如"两句；《满庭芳》下片的"豆蔻梢头旧恨，十年梦，屈指堪惊"三句，则是隐括了杜牧《赠别》诗的"娉娉袅袅十三余，豆蔻梢头二月初"和《遣怀》诗的"十年一觉扬州梦，赢得青楼薄幸名"诸句而成。在此，笔者很想说几句老王卖瓜的话：早在约五百年前张綖就郑重其事地指认秦观作词的这一重要方法，竟一直未被当回事儿，笔者则在此次"重解"时从中受益匪浅。因为被隐括而从中取意的悉为早有定评的名篇名句，这对帮助我们正确理解存有异议的秦词大有裨益。

第三种"脱壳法"，即是金蝉脱壳的简称。原意是比喻用计脱身，这里用以掩盖不便公开的真实用意。比如《河传》上片前三句"乱花飞絮。又望空斗合，离人愁苦"，字面上看，只是落花飞絮在空中飘舞，像是为离人拼合愁苦的意思。实则"望空"一语大有文章，其原意则是骂当权者无所作为，只知签署罗织罪名的文书！笔者如此理解并非望风捕影，而是有着坚实的训诂依据。因为"望空"在魏晋之际，称为官者只署文牍，不问政务者。干宝《晋纪总论》云："当官者以望空为高，而笑勤恪。"吕延济《注》："望空谓不识是非，但望空署白而已。"再比如，关于《如梦令》（楼外残阳红满）一首，以前的注释和解读大都几近似是而非，问题主要出在对于"桃李"、"肠断"等故实的忽略上。而笔者将其视为脱了壳的故实，而不仅是指春天的桃李之花。至此不难断定此处用的是"门墙桃李"抑或"苏门桃李"之故实；"肠断"则是出自《世说新语》的那个著名故事。不是说大话，请诸位对比一下，古今有哪一家作出过如此新颖到位的解读？

第四种"障眼法"，这里指在现存七八十首可靠和较可靠的《淮海词》中，大量存在着类似暗号、密码一类的语句，这是为词人动辄得咎的恐惧心理所决定的。比如《满庭芳》（山抹微云）中的"香囊"、"罗带"等，字面上说的是词人与"席上有所悦者"之间的信物交换，实际极有可能是指词人与其所仰慕的苏轼的暗中书信、诗文往来，或以高邮土特产寄赠之类的事。再比如，"佳期"一语先后在《阮郎归》（宫腰袅袅翠鬟松）、《望海潮》（奴如飞絮）等词中反复出现过多次，还有"佳会"、"高会"、"佳人"、"佳欢"……凡此种种多半不是指词人与哪个歌姬舞女的"青楼"之会，而主要是词人与苏轼、苏辙、黄庭坚以及吕扬州、鲜于扬州等心仪者的"高会"、"佳欢"。还有诸如"落花流水"、"落英无限"云云，字面上是所谓的"景语"，实际是指绍圣年间元祐党人被贬后，犹如风流云散的人事现状。

实事求是地说，在周济和张缵的启发下，笔者所发现的秦观作词的上述第三、第四种方法，对于这次"重解"工作大有帮助，特别是对于词中一些暗号、密码的破译，不仅有助于对词旨的正确理解，还为词人的人格名声提供了不少正面例证。从而越发感到自古至今人们对秦少游其人其作存在着严重的误解和曲解，当然更有不少至今难以解开的疑窦，请看下述分解。

（四）误解和疑窦

总的看，今人对秦少游其人其作的解读，正面大于负面，成绩可观。这在本拙著中多所涉及，不再赘述。这里所说的误解和疑窦主要是发生在两位古人身上，一位是李清照；另一位是曹雪芹。

李清照对于《淮海词》的误解和负面评价，主要见于其《词论》中的这样一段话："秦即专主情致，而少故实，譬如贫家美女，虽极妍丽丰逸，而终乏富贵态"。这段话的不实之处，在于秦词并不都是描写男女之恋的"专主情致"的爱情词，即使这类词中也不乏"故实"；至于在《淮海词》中占有相当比重的登临怀古词，其所用"故实"，几乎多到"无一字无来历"的程度，本书中对于《望海潮》（秦峰苍翠、星分牛斗、梅英疏淡）诸词的注释中深感所用"故实"之繁多，说明这是李清照对于秦词的莫大误解。至于造成这种误解的主要原因，早已在题为《知我者谓我心忧，不知我者谓我何求》（详见《词学》第十五辑）的拙文中有所辨析，兹不重叙。这里急于弄清楚的是曹雪芹对秦姓和秦观的态度如何、《红楼梦》及其男一号与秦少游的关系如何等等，这是多年来一直令我感到十分困惑的问题。

笔者之所以认为曹雪芹及其《红楼梦》与秦少游有着诸多说不清道不明的关联，并非空穴来风，更不是哗众取宠和标新立异，而是在几十年的读曹红、解秦词的过程中，有着以下多种意外的发现和由此引发的两大难解的疑窦：

其一，早年，当我从有关曹雪芹生平的考证文章中得知，"雪芹"二字分别藏在苏轼《东坡八首》其三的"泥芹有宿根……雪芽何时动"、苏辙《新春五绝句》其一的"园父初挑雪底芹"之中，并未在意。此次"重解"，在使用第一把钥匙时，油然想到，曹氏之字，既与二苏有关，而二苏与秦观则有"同升而并黜"，也就是《红楼梦》中所谓的"一荣俱荣，一损俱损"的密切关系。那么，曹氏及其《红楼梦》与秦氏有着某些关联则极有可能。况且，秦观，初字太虚，"太虚"二字又是《红楼梦》开篇之重笔，曹、秦之关联，岂非不言而喻？

其二，此次"重解"并非仅仅就词论词，而是或浏览，或细读了有关秦观的家世、乡望、交游等多方面的文献资料，从而进一步得知秦、贾青少年时代的家境有所相似之处。他们均生活在一个已经败落、入不敷出的大家庭中；二人的性格禀赋相似，都是心实口快、风流潇洒、对客挥毫、出口成章；对女性的态度，与女性"亲昵狎亵"的关系，均堪称情到近痴的地步。另外二者的为人处事，兴趣爱好，热衷交游，一天到晚无事忙等，说他俩是孪生兄弟，可能有不尽相符之处，若把贾宝玉看作是以秦少游和曹雪芹两人为模特儿所创造的艺术形象，是否比所谓"明珠家事"、"作者自传、自叙"诸说，更靠谱一点呢？

其三，《红楼梦》中的林黛玉多愁善感、命运多舛、才华横溢，这又何尝不是秦观其人的形象写照？其自称"风流寸心易感"（《沁园春·宿霭迷空》），岂不正是黛玉性情之基调所在？不仅如此，就黛玉的几篇代表作《葬花吟》、《桃花行》、《秋窗风雨夕》等不仅其基调与《淮海词》中的后期之作几无二致，甚至像《枉凝眉》的"想眼中能有多少泪珠儿，怎经得秋流到冬尽，春流到夏"，与秦观《江城子》结句的"便做春江都是泪，流不尽，许多愁"岂非同一机杼！更可佐证曹之于秦有所借取的是对于"诗谶"的运用。"谶"是指事后应验的话。所谓诗词之谶，就是诗词中写有事后应验之事。比如，秦少游在处州时所写的《好事近·梦中作》一词中有"醉卧古藤阴下，了不知南北"的语句，数年后词人便死于藤州。时人和后人皆以之为诗谶。看来曹雪芹笃信此类诗谶之说，其借林黛玉之手所做的上述"行""吟"，人们不约而同地认为其中带有诗谶的意味，比如《桃花行》不就是为寿命短如桃花的林黛玉所做的带有象征性的预言吗？当然，与总体上秦观不能与曹雪芹同日而语相类似，对于"诗谶"的运用，曹氏亦有青蓝超迈之胜，他甚至在其巨著中将"诗谶"作为一种反复使用的写作手法，比如"金陵十二钗图册判词"、"花名签酒令"中，已不都是像《淮海词》中的那种"凶谶"，更有像蒋玉涵所行令语、曲子，以及《花名签酒令·桃花》那样预示蒋、花（袭人）二人美好姻缘的"吉谶"。

其四，或许因为曹家的远祖曹彬是北宋初年的大将，屡立战功，统帅大军攻破金陵，灭南唐，生俘李后主，且不妄杀掳掠，官至枢密使，值得后世子孙引以为荣。《红楼梦》中"祖宗"般的主要人物的身世、行事、作为，竟然很像是与宋朝人物有关，其中贾母其人尤为近似。她出身名门，年高福大，威权并重。每逢"老祖宗"一出场，笔者常常联想到北宋的太皇太后高氏其人。她从英宗言听计从的皇后，到神宗的母亲，哲宗的祖母，长期垂帘听政，大权在握。在她听政伊始，苏轼在短短的数月内竟连升三级，官至礼部尚书。这位高氏太皇太后，对于苏轼及其门人的庇护、擢拔，与贾母对于宝黛等晚辈的爱抚、娇宠，不仅多有相似之处，甚至可以说她俩充当的都是保护神的角色。作为先后在信史和文学史中非常罕见的两位老祖母，后者之于前者，很可能存在某种瓜葛，况且在高氏去世后，秦观还动情地写过《大行太皇太后挽词二首》呢！

其五，对于秦观有所误解的古人，除了以上提到的李清照和曹雪芹，还有一位南宋人曾慥，其所裒编的《乐府雅词》中，竟然没有一首《淮海词》入选。这至少是对于秦观作词的独步"一法"缺乏认识而造成的一种误解。但从另一方面看，编者声称不收"谐谑"，反对"软媚"不雅之作，从而将秦词摈除在外，这又有无可厚非的一面。因为在《淮海词》中确实有一些俚俗、"谐谑"、"软媚"不雅之篇，甚至还有一些淫媟、狎昵之作。这对于《淮海词》来说，自然是一种缺陷，对于此类等而下之的词作本书也未加评注推广，只作为附录备案而已。但对于由各色人物构成的《红楼梦》来说，秦观的这类作品，又恰好是塑造某些世俗角色难得的素材。比如，在冯紫英家宴上云儿行令之后所唱的小曲中的什么"豆蔻花"、"虫儿"、"打秋千"；薛蟠所行之令、所唱之曲等，几乎都是秦观《迎春花》一类词中寓写男女交媾行为的翻版！

其六，在秦观供职秘书省大约三年的元祐八年（1093）所写诗中，至少有三首颇可玩味，一首题作《春日偶题呈上尚书丈丈》曰："三年京国鬓如丝，又见新花发故枝。日典春衣非为酒，家贫食粥已多时。"诗题中的"尚书丈丈"是尊称当时的代理户部尚书钱勰，字穆。钱氏看到秦观的这一上诗，在馈赠他两担米的同时还有所赓和，其中一绝句云："儒馆优贤盖取颐，校雠犹自困朝饥。西邻余禄无多子，稀薄才堪作淖糜。"看来这首绝句是秦观对于钱尚书赠米和所附次韵诗之后，所写的题作《观辱户部钱尚书和诗饷禄米，再成二章上谢》的赓和。细绎两家之诗，尽管不无玩笑、哭穷之嫌，由于这件事在当时和后世都产生了一定的影响，那么曹雪芹之友所谓"举家食粥酒常赊"云云，该是上述秦、钱赠答诗影响之所致，还是纯属偶合呢？笔者则以为前者的可能性更大！还有曹著之被毁、被禁，与苏门及其桃李论著的遭逢也几乎如出一辙。

其七，在秦观任蔡州教授期间，苏轼等人曾举荐他晋京应贤良方正制科。反对派便奏劾秦观结交营妓、挑逗畅道姑等等所谓不端行为作把柄，这使得秦观仕途一再受挫。由此不难联想到，贾宝玉"大承笞挞"的导火线，也不外乎由其结交琪官、云儿等的"不肖种种"为把柄。由此可见，贾、秦其人之"正"、"邪"两面均不乏吻合之处。

其八，早些年，当我看到有论者提出的：秦少游梦中题《维摩诘像赞》可能对红楼梦中的"梦游太虚幻境"产生一定的影响，对此我当时未曾在意。现在看来，这也是一个值得深究一番的问题。还有我依稀记得《红楼梦》中的一些诗句，诸如"天上碧桃"、"日边红杏"、"春梦随云散，飞花逐水流"等，无一不是《淮海词》中司空见惯的意象和诗句。

以上八条，虽未必条条可取，但总觉得《红楼梦》的成书，得益于秦少游其人其作之处不在少数，但书中对秦姓人士所抱态度，却一直令我百思不得其解。有时隐约感到曹雪芹对秦姓人家可能有偏见，从而产生了以下两大疑窦。

疑窦一，在第二回中，作者将秦少游与秦桧等人都列为"正邪两赋之"的人物。对秦观来说这已经是不小的误解，更令人纳闷的是我们在书中找不到任何对秦观"正赋之"的一面，看到的只是第五回中秦可卿卧房壁上，有"宋学士秦太虚写的一副对联，其联云'嫩寒锁梦因春冷，芳气袭人是酒香。'"专家们早已指出，此联语并非出自秦太虚的手笔，显然是曹雪芹的越俎代庖。那么曹氏为何要将这一假冒的货色强加于秦太虚呢？难道秦观货真价实之作不足以选取吗？恰好相反，现存数十万言的《淮海集》不愧为文备众体的重要典籍。仅以其词而论，数量虽然不算多，却足以与苏轼、李清照、陆游、辛弃疾等大家、名家并驾齐驱。比如其《满庭芳》（山抹微云）、《八六子》（倚危亭）、《望海潮》（梅英疏淡）、《千秋岁》（水边沙外）、《鹊桥仙》（纤云弄巧）、《踏莎行》（雾失楼台）等无一不是词史上的压调之作，即同调词中写得最好的。对于秦观的这类一向脍炙人口的"正"的、好的作品，在《红楼梦》中虽然时有变相隐括或借取之处，但却不是用来往秦观脸上贴金，竟然捉刀代笔写了如此香艳侈靡的一副对联，借以向秦氏脸上抹黑。人们不难看破这显然是为了证明秦可卿的荒淫腐朽是与其老祖宗一脉相承的。对于秦可卿其人，作者谓其"擅风情，秉月貌，便是败家的根本"（《好事终》）。她与公公通奸，还有养小叔子（贾蔷）的嫌疑，最后像杨贵妃那样不得好死。尽管书中对她有一些夸赞的话，但到了儿还是认为她是"宿孽"的总根子。

疑窦二，如果曹雪芹只是把一两个秦姓人物写得很不堪，倒是无甚疑窦可言，问题是《红楼梦》前八十回中充其量只有七人姓秦，其中至少有六人竟一个比一个糟糕。应劫而生的秦桧不用说是个大奸臣；秦业，所以"名业者，孽也，盖云情因孽而生也"（见脂评），竟被亲生儿子气得旧病复发而死去；秦钟，即"情种"，其夭逝本身即意味着孽债深重的应得报应，亦有可能借秦钟之死，对于"瞻情顾意"和"许多关碍处"，也就是类似后世所谓的"关系网"和"走后门"的依恃和讥讽；秦显其人不得而知，但秦显女人却是一个乘柳家母女之危，通过贿赂急于往上爬的人；用今天的话说，司棋是一个十足的另类人物，她到以柳嫂为厨头的厨房去寻衅闹事、私藏有伤"风化"的绣春囊，最终被"因孽而生"的"情"断送了性命，原来她也姓秦，因为"秦显女人"是她的婶娘。

总之，在《红楼梦》中，几乎可以说"秦氏一姓无好人"。按说，几乎同在"秦淮风月"氤氲中生长的秦、曹二人，本应具有异代同乡之谊，况且《红楼梦》之所以堪称诗性最佳的小说，与其对于包括秦观在内的历代文化典籍的精心吸取密不可分，怎么反倒有某种携隙报复之嫌？对此，在我寻求为什么的过程中，想到了这样一件事。

21世纪之初，在无锡举行秦少游学术研讨会时，会议组织去寄畅园参观。一进大门，行走在西部的假山、竹树之中就有置身于"大观园"之感。到了东部的锦汇漪则有倚栏观赏鱼藻之乐。之后逐步登高，举目一望，惠山、锡山及其他诸般风景佳胜之处尽收眼底，比神游大观园更别具一番情趣。原来这座名园到了曹雪芹时代已成了无锡秦氏家族的私人园林。而盛极一时的江宁织造府邸则日渐荒芜，仿佛是秦家取曹家而代之。实际上雍正登极不久曹家即被革职查抄，从此一蹶不振。这当中秦、曹两姓人物之间的关系如何我不得而知，然而《红楼梦》中将"秦"谐之为"情"，而"情"又被视为"宿孽"和"败家的根本"，这到底是怎么回事？上述八条拙见和两点疑窦，绝不是想贬低曹雪芹，而只是想通过各种途径，为秦淮海辩诬，从而对其作出切实可信的评价。

本书的第三部分着重指出了在朝廷将被秦观所仰慕的苏轼捉进"乌台"牢狱的背景下，秦观为表达对于苏轼的深情，开始采取了"将身世之感打并入艳情"的"一法"作词，这实际上与曹雪芹所惯用的将"真事隐去"，以"假语存焉"从而给人以"大旨谈情"之表相，洵为大同小异。《红楼梦》的写作方法，又何尝不是将其身世之感，乃至"伤时骂世"之慨寓于四大家族的兴衰和儿女情事之中，难道这不是秦观及其论著对于曹雪芹及其《红楼梦》的某种影响所致吗？曹氏对于秦氏一姓及其沾亲带故者又为何几乎悉以"邪赋之"呢？

一言以蔽之，曹雪芹将秦观划到秦可卿那一类人物的行列，虽说都被视其为"情痴情种"，但对秦可卿尚且"正邪两赋之"，而对秦太虚则无一"正文写照"，这是为什么？基于我与《红楼梦》曾经有过一丁点儿瓜葛①，所以尝于暗中借陈老总说过的一句玩笑话给自己鼓劲。陈老总在申请加入中国作家协会后风趣地说：我在元帅中是一名作家诗人，在诗人中又是一名元帅。再者，吕启祥教授的治学之路也很富于启发性。她本来是学习、教授鲁迅课程的，后来参与整理、研究《红楼梦》，从而写出了由启功先生命名和题签的《红楼梦开卷录》的大著。在我春秋尚富的中年时期，读了此著，油然生发了由对《淮海词》的解读，寻求一种对《红楼梦》的别解。但是又苦于自己对于"红学"所知甚少，所以特请杜书瀛、李玫为之审阅。在听取了二位高见后，如有必要我再请红学界的老友帮忙定夺，集思广益，争取解开上述疑窦。

对于这点瓜葛，长话短说：一次陈毓罴先生挺严肃地问我说"你喜欢读《红楼梦》吗？"我连声回答喜欢，喜欢！陈先生是《红楼梦研究集刊》的负责人之一，便向我约写一篇稿件，并为我出了一个题目，即将阿英所编辑的一本《红楼梦》戏曲集中，一些主要折子戏的改编得失加以评骘。因为涉及《红楼梦》中的主要和比较主要的约十几个人物，这样我必须对《红楼梦》进行补课。大约是在稍后的一段时间，我又应约撰写《两宋名家词选注丛书·淮海词》一书。这样秦观、曹霑；贾宝玉、林黛玉、薛宝钗、王熙凤、秦可卿等人物、事件，以及《清明上河图》和"大观园"中的诸般风情、场景，在我脑海中交替浮现，遂自然而然地产生了一些联想对比。平心而论，三十多年前的我，既对秦观及其著作所知寥寥，对于《红楼梦》更几乎是门外汉。但是在同一段时间内，交替撰写两方面的书稿，恐怕至今也只有不才一人。所以上述我的八点"发现"和两点"疑窦"的产生，洵为事出有因，不是空穴来风，故弄玄虚。

前　言

生平传略

　　秦观，字太虚，改字少游，自号邗沟居士，淮海居士，学者称淮海先生，排行第七，人称"秦七"，因生有满口胡须，又被称为"髯秦"。先世本江南武将，后迁高邮武宁乡。因秦始皇曾在今高邮筑高台、设邮亭，所以秦观的家乡又称"秦邮"。祖父佚名，或因曾官承议郎，遂被尊称为"承议公"，尝官于南康（今属江西），秦观生于祖父携家人赴官途中的九江。父元化，曾从名儒胡瑗为学，又因仰慕太学中海陵人王观（堂弟王觌）"高才力学"，遂名其子为"观"、"觌"。秦观之父早卒，母戚氏寿高逾古稀。叔父秦定，进士及第，初为会稽尉，历官至端明殿学士。秦观十九岁，娶时为潭州宁乡主簿的同乡徐成甫长女文美为妻。弟觏（字少章）、觌（字少仪）。子秦湛（字处度）。二女，一嫁范祖禹子范温（字元实）；一嫁举子葛张仲（进士及第）。秦家由显赫至中落，徙高邮后虽是聚族而居的大家庭，但经济拮据，入不敷出。十五岁丧父，其母又四肢瘫痪，家庭重担遂落到了长房长子的秦观肩上，虽自幼喜读兵书，兼习经史。十岁熟读《孝经》、《论语》、《孟子》，却难以专心攻读，继续深造，不得不为养家而奔走于幕府、仕途。

　　二十四岁时他便到吴兴（今浙江湖州）投奔同乡亲旧孙觉（字莘老）。孙觉本系京官、名流，因与新法不合被外放、移守吴兴。秦观的这次湖州之行，虽有作为孙觉幕僚之说，但时间短暂，形同门客，除了在书法上露一手，别无作为。然而，这既是秦观第一次独立出远门，也是作为他日后经历的前奏。

文人们往往颇为认同这样一种说法——"始得名于文章，终得罪于文章"。此说又似乎可以这样套用在秦观的一生之中——始得名于苏轼，终得罪于苏轼。苏轼本人也认为，他与秦观之间休戚与共——"同升而并黜"。不妨从一件带有戏剧性的事情上说起：

苏轼的大名，对二十六岁的秦观来说，早已如雷贯耳。所以，当苏轼由杭州的副长官（通判）调任密州（今山东诸城）知州，坐第一把交椅，途经扬州。秦观听说后，就在苏轼将要光顾的一个山寺，模仿他的笔迹，在墙壁上题了一首诗。苏轼看到后，甚至辨认不出这是自己写的还是别人写的。后来，孙觉将秦观的诗词数百篇，请苏轼过目。苏轼阅后惊叹道：原来在山寺题诗的就是这位郎君啊！人们对惠洪《冷斋夜话》卷一的这段记载，有的信以为真，有的则视为小说家言。应该说，此事大致可信，只是细节上有点漏洞，比如原文中有"作坡笔"、"东坡果不能辨"云云，因为苏轼，号"东坡居士"是后来的事，即使是后来的追记，也不应该说"作坡笔"。可惜的是，这次秦观没能见到他所景仰的苏子瞻。

时不我待。年届"而立"的秦观，在赴汴京应举途中，经苏轼至交孙觉、李常（字公择）介绍，前往徐州州治彭城拜见上任不久的知州苏轼。其《别子瞻》一诗，表达了对苏轼无比仰慕的心情。而苏轼的《次韵秦观秀才见赠……》诗，除了揄扬秦观其人其作外，还诚挚地祝愿他此次应举一鸣惊人。然而秦观却名落孙山，回到高邮。此时苏轼、黄庭坚等致函秦观，加以安慰和鼓励。苏轼还请秦观为纪念徐州抗洪胜利标志性建筑——黄楼，作一篇赋。秦观遵命所做的《黄楼赋》，苏轼称赞为"雄辞杂古今，中有屈宋姿"。

元丰二年，苏轼由徐州移知湖州，途经高邮。适逢秦观的祖父，随叔父秦定居会稽多年。祖父年事已高，秦观早有如越省亲的打算，遂随苏轼南行。同行的还有参寥等共五人。他们经扬州，到润州（今江苏镇江），在金山遇风留信宿。至无锡同游惠山后，苏轼到达任所湖州。遇梅雨，又共同泛舟城南。秦观告别苏轼，去往会稽叔父的任所省亲。叔父时任会稽尉，郡守程公辟非常赏识秦观，便在蓬莱阁设宴款待。正在秦观留恋于会稽的人情、风物之际，"乌台诗案"

发生，苏轼被捕入狱。秦观闻讯，在他人避之尚且不及的情况下，遄返湖州探询实情。证实后却无能为力，又经杭州返回会稽。至岁暮，由会稽返高邮，除夕抵家。

数月后，"乌台诗案"了结，苏轼被责贬黄州。苏辙自请以罢其官职为其兄赎罪，遂被贬往筠州，经过高邮时，秦观迎迓唱和，深情相送，并托苏辙将其"劳问甚厚"的《与苏黄州简》代交其兄。不久，秦观感染伤寒，病甚重，以至七八日不能进食。病愈后，读书撰文，以备应举。曾以所作诗文向苏轼请教，苏轼谓其"皆超然胜绝"。

在秦观的生平中，存在两大疑窦。鉴于在前人和他人的相关论著中，尚未找到完全解除这种疑问的答案，这里先就疑窦之一，也就是说，秦观自幼颖悟超常，读书过目不忘，又自谓"强志盛气"，却为何应试却名落孙山？究其原因，大致有以下三点：

其一，正如秦观所自责的，他曾负才自傲，一度放纵自己而与酒徒和不务正业者交往，从而自己也沾染了好逸恶劳的习气。在他意识到"小聪明"靠不住、不进则退的道理后，已为时略晚，再也难以找到少年时强记、精读的感觉。为此他很后悔。

其二，家庭牵累和性情因素所致。秦观是一位古今少有的尊老爱幼的贤者，他少年丧父，叔父长年宦游在外，作为长子和长孙，上有年迈的祖父和四肢瘫痪的老母，下有妻子儿女，开支又入不敷出，其负担之沉重可想而知。秦观又是一个"风流寸心易感"之人，对朋友，人敬我一尺，我敬人一丈，甚至两肋插刀。交游广泛，送往迎来，不厌其烦。偌大一部《淮海集》，确系其本人所作的诗词，只有三四百首。在现存诗作中，真正有感而发的为数不多，唱和应酬比重很大。尤其是在应用文字中，几乎全是为人捉刀代笔。《淮海词》的情况有所不同，即使写"艳情"，也往往寄寓沉痛的身世之感，多系刻骨铭心之作。但这里的问题是，又往往给人如此这般的印象，即作者既对老家的旧相好，念念不忘；一到外地，又对"席上有所悦"者，恋恋不舍……总之，应酬、代笔、"艳情"等所需代价，岂不都得从时间这个常数中加以"透支"。这样，用在"科场"上的精气神，势必大打折扣，与苏轼、苏辙兄弟当年全力以赴奔"科场"的劲头大不相同。所以，苏氏兄弟一鸣惊人，连欧阳修都甘愿为他俩让路，当朝皇帝甚至预言，苏氏一门将要出两宰相，而淮海居士却从"科场"受挫而归。

其三，考试课目朝令夕改，令"举人"无所适从。秦观本来是以文学为擅长，对诗词文赋兴趣浓厚。而恰恰在他应举期间，王安石执政时，不考诗赋，专考经义策论。"好使人同己"的王安石，又把他对经义的解释，作为取士的根据。偏偏秦观又追随苏轼等人，在政治和学术观点上是王安石的对立面。所以，造成秦观的科举败北，这是主要的客观原因。

秦观生平中的另一疑窦，是从其《银杏帖》的"观自去岁入京，遭此追捕……"和《对淮南诏狱》诗的"一室如悬磬，人音尽不闻……"中，透露出来的。这是指元丰中、后期，他曾经被捕入狱。有论者分析，这可能是因为苏轼在"乌台"狱中，被迫交代了他与秦观等人的亲密关系所致。看来，在这里，秦观可能采取了类似"春秋笔法"为尊者讳。此次秦观蒙受冤情很深，虽得生还，却家产荡尽，无以为生，不得不求人，谋一差事。遭遇如此悲惨，却对苏轼毫无怨言。秦观对苏轼的一颗赤子之心，于此可见一斑。

落榜对秦观的打击不言而喻，令其有雪上加霜之感的是世人的冷眼。物极必反。从此他专意苦读，并就经、传、子、史中精辟有用的内容加以抄录，编选了一部《精骑集》，以补其"少而不勤"、"长而善忘"之短，也为下次应举打下了基础。在读书间隙，秦观也颇为关注农桑之事。他曾把在吴兴、兖州等地所看到和学到的养蚕知识，结合其妻的养蚕实践，写成了一部颇有科学价值的《蚕书》。

由于苏轼的劝说，秦观终于摆脱了出仕和隐居的矛盾心理，决定再次应举，走仕途之路。赴京之前，在其子秦湛的协助下，编次成《淮海闲居集》十卷。元丰八年春，秦观三十七岁时，应举得中（关于此次应举，一说是第二次，一说是第三次。窃以为秦观可能三次晋京应试，第二次因被追捕未能考成），遂被授予不到任的空衔定海主簿，接着调任蔡州（今属河南）教授。不久，支持王安石变法的宋神宗去世，只有十岁的第六子哲宗即位，实际由其祖母高太后垂帘听政。此后一段时间，苏轼连升三级，官至翰林侍读学士、礼部尚书等。秦观被授官后，即离京归高邮接其患有末疾的老母来京照料。宋哲宗元祐年间（1086—1094），是包括秦观在内的"苏门四学士"和"六君子"最为得志的一段时间。这期间，秦观既有与蔡州营妓娄琬（字东玉）、陶心儿等交游之乐，也有于驸马王诜（晋卿）园中雅集之幸，更蒙苏轼等人举荐，有晋升为馆职，成为名流之机，只因被忌者所阻，进取维艰。当时汴京有所谓洛党、朔党、蜀党之争。本来矛头是指向苏轼的，秦观却作《朋党论》为苏轼辩护，毫不掩饰其对苏轼的仰慕和倚靠，那些记恨苏轼的人，往往拿秦观或黄庭坚"开刀"。所以，秦观中举以后的仕途也很不顺利，虽然曾任国史院编修和秘书省正字等官职，几起几落，且任职时间极为短暂，甚至难以养家糊口，曾自称"日典春衣非为酒，家贫食粥已多时"。

正当秦观经历了罢职的挫折重新被擢为"正字"，"四学士"并列史馆任编修官，他本人也以才品见重于皇上，"日有砚墨器币之赐"，受到尚无先例的"备赐"之宠时，高太后去世。心实的秦观所作挽词中，对她极尽歌功颂德之能事，这岂不与哲宗急于亲政的心理背道而驰！果然，时局朝不利于"苏门"师友的方向发展。先是苏氏兄弟被指为"川党太盛"，苏轼遂出知定州（今属河北）。相传，秦观以时局将变，将其爱妾人称"黑美人"的朝华遣归她的父母家，使其另嫁。未出秦观所料，绍圣元年（1094），在秦观四十六岁时，一说李清臣等人首倡绍述（即特指继承神宗所行新法），起用变法派章惇为宰相，秦观坐元祐党籍，外放为杭州通判。途中，又因御史刘拯劾其"影附苏轼"，增损《神宗实录》，遂罢免馆阁校勘，半路再贬监处州（今属浙江）盐茶酒税。约在此时，已被秦观遣归的朝华，再次乞求重新回到他的身边，而秦观已看破红尘，意欲出家修"正果"，断然不再收留她。

在秦观被贬抵处州之际，"苏门"师友也均被贬、编出京。此时秦观的处境和心情，正如其于绍圣二年春，游处州府治南园所作《千秋岁》词及《处州水南庵》二首所写——愁极而生出世之想。秦观心地善良，不仅没有害人之心，就连必要的防人之心都没有。他来到山水清幽的处州，一度竟然"颇以游咏自适"，没有想到"新党"对"旧党"的报复远未了结。在他被贬往处州的过程中，当局派人（即所谓"使者"）不断搜集他的"黑材料"，借以施之"欲加之罪"。果然，"使者"以秦观诗句"市区收罢鱼豚税，来与弥陀共一龛"为借口，弹劾秦观"废职"、以其"谒告（请假）写佛书为罪"，"削秩"，徙郴州（今属湖南）。从此，秦观开始了一个无任何职务和薪俸的形同罪犯的生活道路，境况之悲惨，略见于其在绍圣三年（1096）深秋所作《祭洞庭文》的"……福过灾生，数遭重劾……老母戚氏，年逾七十，久抱末疾。尽室幼累，几二十口，不获俱行……观之得罪本末，诸神具知。愿加哀怜老母……早被天恩，生还乡邑……"呼天抢地，哭诉无门。

绍圣三年岁末，秦观抵郴州。翌年除赋著名的《踏莎行》以状其凄厉的心境外，其后裔称乃祖"不肯轻掷岁月"，"于流离播迁时作《法帖通解》"。秦观《法帖通解序》亦云："投荒索居，无以解日，辄以其灼然可考者疏记之，疑者阙之，名曰《法帖通解》云。"这是秦观在其自身难保的危难处境中，对我国书法艺术所作出的重要贡献，洵为可歌可泣。这一年，秦观的亲家范祖禹自贺州徙宾州，苏轼自惠州徙琼州。至此，所谓"旧党"骨干，几乎都被逼上了绝境。而秦观的处境那就更惨了："秦少游自郴州再编管横州（今属广西），过桂州秦城铺，有一举子绍圣某年省试下第，归至此，见少游南行事，遂题一诗于壁曰：'我为无名抵死求，有名为累子还忧。南来处处佳山水，随分归休得自由。'至是少游读之，泪涕雨集。"（朱弁《曲洧旧闻》卷三）

元符元年，秦观已年届五十。这年春夏他从郴州动身，约于夏秋间抵达当时被认为是"荒落愈甚"的横州，在浮槎馆暂住。相传，城西有一座落在海棠丛中的海棠桥，附近住着一位姓祝的老书生，秦观醉宿其家，天明酒醒，将一词题于其柱，即《醉乡春》（亦名《添春色》）。词的结拍"醉乡广大人间小"，为苏轼所激赏。

不幸而言中，人间实在太小，即使像横州这样的边远瘴疠之处，也无秦观的立锥之地。执政者又以曾附会司马光为罪名，将秦观除名，且谓"永不收叙"，移送雷州编管。到了雷州，"国士无双秦少游"，遂沦为"灌园"、"把锄"以糊口的苦力。此时稍有慰藉的是，苏轼仍在琼州，琼、雷隔海相望，又有可靠的专人为之传递信息，苏、秦可以互通音问，倒不像在横州那样孤独寂寞，只能借酒浇愁。这时，苏、秦间更为患难与共，他曾这样对儿子苏过说：秦少游和张文潜（耒）的才识学问，难分优劣，都是当世第一、第二的人，与我同升并黜。从雷州来的人，带来了少游给我的信函和诗作。得到这些，就像孔子当年听到美好的音乐一样心情激动。

公元1100年初春，哲宗去世，徽宗继位，大赦天下。迁臣多内徙，苏轼遇赦。从海南到廉州，经海康与秦观相会。此时秦观尚未被赦，心情极度悲苦，他将《自作挽词》给苏轼看。苏轼关切地拍着秦观的肩说：你能看开生死这一关，我就不必再说什么安慰的话了。我也为自己做好了墓志铭，封好交给了从人，只是不想让儿子苏过知道此事。此时，苏、秦均心有余悸，仍担心投井下石的人再加迫害，二人怅然而别。因为赵佶生了皇长子，再一次大赦，秦观恢复宣德郎。得知被放还时，秦观挥笔写了一首"和陶诗"，表达他类似陶渊明"归去来"时的欣喜心情。盛夏酷暑之中，秦观离开海康内迁，路经容州被盛情接待，逗留有日，约在元符三年八月中旬抵达藤州。被贬谪六年以来，秦观身心交瘁，眼下悲喜交并，心态难以平静。八月十二日，伤暑因卧藤州光化亭，索水欲饮，水至，笑视而卒，享年五十二岁。苏轼得知秦观逝世的噩耗，极度伤感地说："少游已矣，虽万人何赎！高山流水之悲，千载而下，令人腹痛。"

秦观逝世后，其子秦湛原拟扶柩北归。旋即，诏毁三苏及秦、黄文集，对所谓"旧党"人士的迫害变本加厉。约在崇宁二年（1103），风声正紧之时，秦观灵椟遂藁葬于长沙橘子洲。崇宁末年，诏除党人一切之禁，赦天下。秦湛遂将其父归葬于广陵（今扬州）。后来，在秦湛通判常州期间，又将父墓迁移于无锡惠山。一说宋高宗建炎四年（1130），诏追赠秦观龙图阁直学士。秦观后裔盛于无锡，惠山墓地亦加修茸。坐北朝南，视野开阔。"下有寒泉流，上有珍禽翔"。一代风流人士，安息于东南形胜，洞天福地。

诗词概说

从总体上看，秦观不仅诗词文赋兼擅，其书法笔意婉美潇洒，颇有晋宋风味。他既是一位多才多艺的社会名流，尤以其"情韵兼胜"之词著称于世，不仅被誉为"词家正音"、"情辞相称者"，还以其意境深邃、格调清新之词作，被喻之为"初日芙蓉，晓风杨柳"。

古人说，秦少游"歌词"的数量，当在苏东坡之上。而现存《东坡词》有三百首之多，《淮海词》却只有将近八十首。从而有人分析造成秦观词大量散失的原因是：他习惯于即兴创作，又不喜聚稿，留存下来的只是被青楼歌女演唱过的、流播人口的极少数的"风怀绮丽者"和"淫章醉句"云云。可能正是基于类似的见解，后人也曾认为：《淮海词》依然停留在男欢女爱、离情别绪的圈子里，走的是晏、欧一派的旧路。果真如此吗？

不然！在现存可靠和较可靠的约八十首秦观词中，题材内容还是比较广泛的，大致可分为四类：一怀古览胜、二相思恋情、三迁谪之苦、四追忆往事。而寄慨身世则是全部词作的情感贯穿线。就数量看，第一类只有调寄《望海潮》之《广陵怀古》等三四首。第三、四类合在一起，共计三十多首。其余四十多首，虽然从字面上看是写相思恋情的，但专写"艳情"的，也就是《迎春乐》（菖蒲叶叶知多少）等极少的篇目，其中绝大部分不仅写得真挚感人，有不少甚至超出了异性之爱，是作为一种美好事物的象征或某种感情的寄托而流传人口。比如《鹊桥仙》的"两情若是久长时，又岂在朝朝暮暮"，特别是"金风玉露一相逢，便胜却人间无数"两句，与其说是在歌唱天上"牛女"之爱，不如说是在表达"人间"之恨。此系化用李郢（一作赵璜）《七夕诗》的"莫嫌天上稀相见，犹胜人间去不回"之意，简直是在说，"天上"牛郎织女一年一度的相会，要比自己几经贬谪，抛妻舍子，有"去不回"的遭遇强多了。可惜这种"潜台词"，长久未被发现，笔者也曾把"金风"两句理解成"在这样的时刻有一夕之会，要比人间朝夕厮守的夫妻强多了"。这一理解不仅是肤浅的，甚至是一种误解，从而把作者那种深沉愤懑的感情稀释淡化了。再如《江城子》的"便做春江都是泪，流不尽，许多愁"，既写恋情，又写离恨，毫无轻狂之意，使人有刻骨铭心之感。

《满庭芳》（山抹微云）是秦观恋情词的代表，写的是对一个歌妓的眷恋。一提到"恋妓"，有人就可能对秦观产生一种鄙薄情绪，认为他和柳永一样不务正业，专事游冶。不了解宋代社会风尚的读者，更可能认为他们在拈花惹草，嫖妓宿娟。其实不尽然。古籍中有"名姝异伎"的记载，伎同妓，在古代是指歌舞的女子。比如被称为营妓之尤物的薛涛，就是唐代的一位著名的女诗人，而不是卖淫的娟妓。唐宋时歌妓是凭技艺加入乐籍，特别是宋代，歌妓一般是卖艺不卖身。秦观同歌妓的交往大致相当于近现代的词、曲作者与演员的关系。他们的来往是当时的一种社交活动。在这种交往中，秦观了解了歌妓的思想感情，并与之发生共鸣。所以淮海长短句中的"艳情"，与"花间"、"尊前"多有异趣，大多不是什么香艳之作。有论者说，秦词的格调是"幽艳"，这与周济以"将身世之感打并入艳情"，来评价秦观的恋妓词的观点相似，均为切中腠理。

在秦观的所谓恋妓词中，除了少数几首写异性间的打情骂俏外，绝大部分与其说是恋妓，倒不如说是恋阙。他之所以喋喋自称"离人"、"行人"、"恨人"，主要是对谪离朝廷、京师而言：他目穿、肠断，追求的也不单纯是为哪个歌妓或爱侣，而是"欲将幽恨寄青楼"。《淮海词》中，以艳情寄"幽恨"者比比皆是。其中《南乡子》的"堪恨"之"往事"、《醉桃源》的难期之"幽欢"、《浣溪沙》的"苦离家"之"何事"、《阮郎归》的"无穷"之"恨"等等，均为"古之伤心人"言。联系作者之遭遇，其为何伤心，不言而喻，只不过作为一个失掉人身自由的婉约词人，对自己的冤屈不敢，也不惯于明言直陈，自然要借助于"敛眉"、"红泪"等委婉道出。所以秦观恋情词中的"玉楼"女也好，"东邻"也好，多半都是虚构的，作者并不是真有那么多儿女情长，相反，真正为之忧伤和焦虑的是"日边清梦断"。"日边"指朝廷。无疑，秦观是为理想的破

9

灭而时时感到有"肠断"之痛。可以说淮海词的"词心",与作者的
"寸心"是相通的,其自谓"风流寸心易感",并不仅仅是指人们通
常理解的所谓"风流韵事",当包括作者对世道人情的敏感及其对人
生的独特体验。对秦观的这种敏感和体验,或者说是对他的"堪
恨"、"易感"之事及其多愁善感的艺术个性和特有的艺术手法,历
来虽说不无知音,但是误解者却大有人在,有的竟然假借苏轼的口
吻,对秦观的名作加以"讥诮":

> 少游自会稽入京,见东坡。坡云:"久别当作文甚胜,都下
> 盛唱公'山抹微云'之词。"秦逊谢。坡遽云:"不意别后,公
> 却学柳七作词。"秦答曰:"某虽无识,亦不至是。先生之言,
> 无乃过乎?"坡云:"'销魂当此际',非柳词句法乎?"秦惭服,
> 然已流传,不复可改矣。

这一记载乍看煞有介事,细绎则漏洞百出。对其中的编造不实之
处,笔者在《满庭芳》(山抹微云)的"心解"部分一一做了剖析,
兹不赘言。

鉴于苏门师友间的特殊亲密关系,对《淮海词》中的有关作品
应予特别关注。这类词中的代表作包括《千秋岁》、《如梦令》(楼外
残阳红满)、《踏莎行》等比重很大。后者是为人所稔悉的名篇,但
对结拍二句的理解却五花八门,极少贴近原意者,其症结或许是忽略
了苏门师友之间的关系所致。苏轼越到后来越发深感这种关系的难能
可贵。看来他是读出了此两句的深刻寓意,才把它写在扇面上,以寄
托其对门生的万人难赎的哀思,而对其寓意所在,苏轼没有点破,这
里试作如是解:曾几何时,"四学士"、"六君子"同在馆阁,紧密围
绕在老师周围,如今为什么竟像水落潇湘一般,师友星散,万劫难
复!对于写于处州的《千秋岁》,人们不难领略激荡于其中的对同门
师友的那颗赤子之心,而一旦读过苏轼、黄庭坚等对此词的合作,不
由得不为之潸然泪下。对《如梦令》这首小词,以往关注它的人极
少。乍一看,这是一首极平常的春景词,其实寓意深长耐人寻味。

"桃李"既是春日即景，又借喻门生。秦观是苏轼荐拔的"四学士"、"六君子"之一，自谓"桃李"非常贴切，用在这里又极为自然，咀嚼无滓，甚至不易发现"桃李"是一个"故实"。秦观写此词时，苏轼之"门墙桃李"，全都因坐党籍，或被贬谪，或归乡隐居，先后离开朝廷，飘零云散。秦句之"不禁风"和"回首落英无限"，不正是政治风云变幻和人物不幸命运之物化吗？

综上所叙，解读和赏析秦观的作品，有一把不可或缺的钥匙，这就是苏门师友之间的深情厚谊。读秦词离不开它，读诗亦然。

苏轼不仅自己认为秦观的"新诗说尽万物情"，还屡屡向王安石推荐这位"高邮才子"及其"诗文数十首"，而王安石《回苏子瞻简》则云："得秦君诗，手不能舍。叶致远适见，亦以为清新妩丽，与鲍、谢似之……"所谓"说尽万物情"，当主要是着眼于题材内容的广泛性，所谓"清新妩丽"云云，是说秦观早期的诗作就像鲍照和谢灵运的诗那样，宛如出水芙蓉，清新可爱。王安石和苏轼分别是政界和诗坛的举足轻重的人物，他们对秦诗的这一评价，无疑带有权威性。

在不少读书人还在做着"朝为田舍郎，暮登天子堂"美梦时，秦观不但没有嫌弃"田舍郎"，还一方面把他们的劳动生活赋予诗情画意，另一方面对农民所受官府的盘剥颇为不平，这在当时是极为难能可贵的。所以人们对秦观这类诗的代表作《田居四首》等，从思想性方面予以充分肯定是理所当然的。

平心而论，秦观的一些风景诗，还是写得很出色的，如《泗州东城晚望》、《春日五首》、《秋日三首》、《游鉴湖》等等，堪称"清新妩丽"，读之令人心旷神怡。或许是受到"少游诗似小词"、"格力失之弱"、"如时女步春，终伤婉弱"之类的"负面舆论"的影响，到了金代的元好问（号遗山），干脆给秦观戴上了一顶所谓"女郎诗"的令人啼笑皆非的帽子。这一"公案"的来龙去脉大致是这样的：《杜诗详注》卷十四，仇兆鳌注引张綖说秦观学杜诗"以婉丽得之"，又说"仿杜句而微涉于纤矣"。应该说这种看法是有一定道理的，也是有分寸的。而元好问《论诗三十首》的"有情芍药含春泪，无力蔷薇卧晚（晓）枝。拈出退之山石句，始知渠是女郎诗"。上联是秦观《春日》诗的成句，下联的"山石"云云，是指韩愈《山石》诗的"芭蕉叶大栀子肥"等句，从而借韩诗讥讽秦诗为"女郎诗"。元好问的这一见解是从他的老师王中立那里来的，此说曾受到古人异口同声地反驳，比如袁枚说元遗山讥秦少游云（诗略）："此论大谬。芍药、蔷薇，原近女郎，不近山石，二者不可相提而并论。诗题各有境界，各有宜称。杜少陵诗，光焰万丈，然'香雾云鬟湿，清辉玉臂寒'，'分飞蛱蝶原相逐，并蒂芙蓉本自双'；韩退之诗，横空盘硬语，然'银烛未销窗送曙，金钗半醉坐添香'，又何尝不是女郎诗耶?"（《随园诗话》卷五）

秦观的诗多出其词的数倍，其中有半数是所谓"对客挥毫"的即兴诗，不免有率尔之章；另有一部分前人所指出的风格纤细之作，这都是事实。这两类诗单就数量来讲，所占比重较大也是事实。但评价一个作家不能单纯从这种比例着眼，更要看其发展趋向，正是在这方面，秦观在其生命的最后一两年中，写下了不少风格迥异的作品。其中组诗《海康书事》，曾有人不相信是秦观写的，而把它和《雷阳书事》中的两首一起，编入苏轼名下，命名为《雷州八首》。中华书局1982年版《苏轼诗集》卷四九【查注】慎案云："右五言古诗八首，皆秦少游作也……先生（指苏轼）远谪海外，不应云'南迁濒海州'。其与子由相遇，同行至雷，仅留月余，一匆匆过客，岂有灌园糊口之事。且计先生过雷渡海，在五六月间。今诗中一则曰：'篱落秋暑中'，再则曰：'黄甘（柑）遽如许'，三则曰：'海康腊己酉'，四则曰：'东风已如云'，细玩诗意，皆谪居此地，自夏徂秋，背冬涉春，感时记事之辞，断断非东坡作。考之《宋文鉴》第二十卷中所选《海康书事》五首，亦以为秦作，无疑也。八章，施氏原本不载，新刻载续补上卷，今为驳正。"

这一驳正很有必要，它说明秦观晚年诗歌置于苏东坡集中，可以达到乱真的程度。这一组诗以及雷州时的《自作挽词》，其题材内容和风格，就更不是什么"女郎诗"了，正如吕本中所说："少游过岭后，诗严重高古，自成一家，与旧作不同。"（《童蒙诗训》）这种

"不同"，既取决于生存条件的变化，更是秦观用血泪乃至生命换来的。

此书所用底本系《宋六十名家词》毛晋本《淮海词》。此本所收秦词八十七首，显系阑入了约十来首不足征信之作。对此笔者又根据唐圭璋《宋词四考·宋词互见考》，将毛本中的《如梦令》（门外绿荫千顷、莺嘴啄花红溜）、《生查子》（眉黛远山长）、《浣溪沙》（脚上鞋儿四寸罗）、《海棠春》（流莺窗外啼声巧）、《满庭芳》（北苑研膏）、《鹧鸪天》（枝上流莺和泪闻）、《菩萨蛮》（金风簌簌惊黄叶）、《虞美人影——他本作"桃源忆故人"》（碧纱影弄东风晓）九首非秦观词；又《全宋词》所称《昭君怨》（隔叶乳鸦声软）系赵长卿词误入《淮海词》者，共十首悉数祛除。又从别本补入《南歌子》（霭霭迷春态）一首。本书共选词五十七首，其余或因内容重复，或因不宜推广者，则作为附录一备案。全书文字不拘于毛晋本而斟酌各本，择善而从，不出校文。

尚需略作说明的是，"集评"不求全，主要选取时贤专著中有参考价值的文字，以免读者翻检之劳。

一、早年居家及初试落第前后

（公元 1069—1078 年）

秦少游虽自称为"我宗本江南，为将门列戟"，但这种值得夸耀的门第，早已离他很远，就连作为秦氏一家之长的、秦少游的祖父，人们早已只知其姓甚，而不知其名谁，只能根据"承议郎"的官衔，尊称为"承议公"，充其量是个略大于"芝麻"的六品小吏。公元 1049 年，少游出生在祖父前往江西赴任的客栈中。五岁时，随"秩满"的祖父回到高邮武宁乡左厢里。十五岁丧父，十九岁迎娶了高邮同乡、时任潭州宁乡主簿的徐成甫之女徐文美为妻。但是伴随秦少游"洞房花烛夜"的远非"金榜题名时"，而是连续数年的自然灾害，这从其所作《浮山堰赋》中，可以得窥端倪。少游作赋颇具"童子功"，这一本来有利于科举考试的功底，却在他二十一岁时，朝廷下令，诗赋，明经诸科悉罢，专以经义、论策试进士。这为少游的仕途增添了不小的周折，直到三十七岁得中进士后，旋即返乡将老母家人接至蔡州任所。从此秦观再也没有回到里下河这片文化热土，此系后话。这里选取的六首词，是从词人三十岁之前所创作的现存约二十首词中选取的，其中只有《迎春乐》一首属于帷薄不修之类。其他数首，或是方言土语词，或是打情骂俏之作，均未予选取，只作为附录一以备案。

迎春乐①

　　菖蒲叶叶知多少②，惟有个、蜂儿妙。雨晴红粉齐开了，露一点、娇黄小③。

　　早是被、晓风力暴④，更春共、斜阳俱老。怎得香香深处，作个蜂儿抱⑤。

【注释】

① 迎春乐：又名《迎春乐令》、《辟寒金》、《舞迎春》、《辨玄声》、《攀鞍态》，见柳永《乐章集》。《词律》卷六、《词谱》卷九列此调。双调，字数自四十九字至五十三字不等。《词谱》以柳永"近来憔悴人惊怪"一首为正体，五十二字，上片四句四仄韵，下片四句三仄韵。秦观此首五十一字，用韵与柳词坿同。

② 菖蒲：亦称白菖蒲、藏菖蒲。天南星科，多年生水生草本，有香气。叶狭长，排成两行。肉穗花序，初夏开花，花黄色。我国各地均有野生或栽培。烧其花序，可熏蚊虫。根状茎可作药用。

③ 娇黄小：指黄色而娇贵的菖蒲花。此花以难得经见为贵，见之为祥瑞，食之可长寿。详见本词之集评四。

④ 晓风力暴：此语与稍后李清照《声声慢》中的"晓来风急"，均取义于《诗·邶风·终风》之首句"终风且暴"，意谓晨风迅疾。对于"终风且暴"句，王引之《述异》曰："终，犹既也"、《毛传》曰："暴，疾也"、《尔雅·释天》："'日出而风曰暴'。孙炎曰：'阴云不兴而大风暴起，然则为风之暴疾。'故云疾也。"由此可见，秦观的"晓风力暴"与"终风且暴"几无二致。

⑤ 蜂儿抱：仅就字面而言，此与韩偓《残春旅社》"树头蜂抱花须落"句中的"蜂抱"无甚差别，均为蜜蜂采花，但秦词显然是以蜂、花相拥相抱以喻男女交媾。

【心解】

这是《淮海词》中，"学柳七作词"的代表作之一，想必作者并不会否认，更无必要自称"无识"，为之"惭服"。所谓苏轼对柳词有所鄙薄从而对秦观"学柳七作词"加以讥讽云云，这只是黄昇《花庵词选》卷二的一段记载。这一记载实则类于小说家言，多处与事实相悖。我们认为，《淮海词》对于《乐章集》的步武无可讳言，这首《迎春乐》就是明证。因为这一词调就是始见于《乐章集》，《词谱》以柳永"近来憔悴人惊怪"一首为正体。此首在柳词中纯属"纵游倡馆酒楼间，无复检约"之作，而秦少游的这首同调词，就其内容的狎昵而言，比之上述柳词洵为有过之而无不及。

诚然，我们注意到了对于这首词古人既有赞其"巧妙微透，不厌百回读"（《草堂诗余》别集卷一）之说，更有谓其"谀媚之极，变为秽亵"（《古今词话·词品》卷下）者；今之论者对此也有着与古人类似的两种评价。我们认同的是批评态度！因为问题不难看破，在这里秦少游是以黄蜂与红花的"抱团儿"暗示男女之交媾。我们既不应为其讳言，也应加以具体分析，辩证对待。词本身确实有"秽亵"的一面，而对它的另一面，比如对于春景的状写，乍看颇具清新自然之趣；又如下片起拍的"晓风力暴"，则是一处颇有来历的典事，它化用的是《诗经·邶风·终风》篇的"终风且暴"一句，文字虽然略有区别，其意均可训为：晨风狂暴。最初是《终风》的主人公埋怨丈夫性情暴戾和她被疏无嗣的命运，后来李清照在《声声慢》中将其通俗化为"晓来风急"，以之暗示她与《终风》作者类似的命运。至于在《终风》之后，《声声慢》之前，作为中间环节的"晓风力暴"，我们理解这很可能是心地善良的秦少游，通过化用古典来表达对这类女子的同情和对其未来命运的担心，这是否是"早是被、晓风力暴，更春共、斜阳俱老"数句的深层寓意呢？如是，这首《迎春乐》岂不颇有其可取之处！

说到对倡伎的同情，在宋代词人中几乎没有比柳永和秦观更值得称道的。这在男尊女卑思想根深蒂固的中国社会尤为难能可贵。因为，词，在一定阶段和一定意义上说是一种女子文学——以女子，尤以底层女子为描写对象，又主要通过女子加以传播。假如没有对女子相对可取的态度，不论是《乐章集》，抑或《小山词》、《淮海词》恐怕都要为之减色。在这方面，柳永、晏几道、秦观均堪称"木秀于林"！

那么，作为柳、晏后辈的秦少游，为什么主要不是效仿名声甚好的晏几道（小晏不仅被古人看好，沈祖棻先生甚至说过"情愿给晏几道当丫头"）。按说柳、晏、秦三人有着"偎红倚翠"、"浅斟低唱"某种类似的生活圈子和极为相近的思想情调，而且各自把"歌儿艺伎"中的师师、香香，小蘋、娄东玉、陶心儿视为知音和心上人，那么秦观为什么被认为是"学柳七"，而不是学小山？我们分析原因不外乎以下几方面：

其一，小晏的门第极高，可以不必为"稻粱谋"，而柳、秦不然，他俩即使忍辱负重，也不能不走科举之路，又都偏偏一而再地科场失利。是否可以说，时运命途之坷同，加之性情禀赋的相似相近，使秦观自然而然地选择了"柳氏家法"，而不便迈入晏相府邸？还有，虽然《小山词》的篇目计有两百五十多首，比《乐章集》多出数十首，但前者内容、形式均嫌单调，而《乐章集》"典雅文华，无所不有"（黄裳《书乐章集后》）。柳词早在宋元丰年间之前已风行于世，适逢淮海学词、作词之发轫期。

5

其二，尽管文籍中有诸如柳永因为写过"忍把浮名，换了浅斟低唱"和"彩线慵拈伴伊坐"等词句，而被宋仁宗"特落之"，被晏相所不屑，不仅丢了脸面，还影响了功名前程之类的对于柳词的负面记载，但是记载更多、更确凿的是"凡有井水饮处，即能歌柳词"、"学诗当学杜，学词当学柳"，甚至金主亮因有慕于"三秋桂子，十里荷花"等柳永笔下的美景，"遂起投鞭渡江之志"等对于柳词的极尽揄扬，这一切对于初学词的秦观的吸引力，不言而喻。

其三，不难理解的是，就算有些记载是出自秦观身后，他未必从正式文献中得知，但是口碑相传者，每每要早于文献许多年，况且比秦观年长三十余岁的韩维"每酒后好吟柳三变一曲"的雅好、大名鼎鼎的王舍人（安石）曾"窃取"柳词的传言等有关"三变"词备受青睐的种种美谈，哪能不引起秦淮海对于柳词的好感？

其四，亟待澄清的是苏轼对于柳词的所谓鄙薄态度。我们认为这可能与黄昇的上述"编派"有关！我们从比黄昇《花庵词选》成书早出约一个世纪的若干载籍中，看到的是对于酷似"柳词句法"的秦观《满庭芳》（山抹微云）"极为东坡所称道"！我们更从与苏轼大致同时，并"相与唱和"的宗室人物赵令畤《侯鲭录》卷七所记苏轼对于柳词的评价是："世言柳耆卿曲俗，非也。如《八声甘州》云：'霜风凄紧，关河冷落，残照当楼。'此语于诗句不减唐人高处。"其他几处涉及苏轼对柳词的态度，也都或是肯定，或是平和客观的，充其量是强调自己与柳七风调不同而已，并非非柳是己！

从以上四点看来，少游"学柳七作词"系板上钉钉，无可更改！至于对其得失的评断，则需具体篇目具体分析，就这首《迎春乐》而言，其"不检点"的程度，有甚于"佳人妆楼"、"被花萦绊"、"平康巷陌"等柳词腻语。所幸，在《淮海词》中似这类腻词秽篇，只占百之一二，为数极少。应该说，秦观沿着"屯田蹊径"，最终走上了雅不避俗、俗不伤雅的正门正道。

【集评】

1. 清陈廷焯《白雨斋词话足本校注》（卷十）：读古人词，贵取其精华，遗其糟粕。且如少游之词，几夺温、韦之席，而亦未尝无纤丽之语。读《淮海集》，取其大者高者可矣。而徒赏其"怎得香香深处，作个蜂儿抱"等句（此语彭羡门亦赏之，以为近似柳七语。尊柳抑秦，匪独不知秦，并不知柳，可发一大噱）。则与山谷之"女边着子，门里安心"，其鄙俚纤俗，相去亦不远矣。少游真面目何由见乎？（齐鲁书社1983年版）

2. 《草堂诗余》别集卷一：巧妙微透，不厌百回读。

3. 清沈雄《古今词话·词品》（卷下）：谀媚之极，变为秽亵。秦少游"怎得香香深处，作个蜂儿抱"，柳耆卿"愿得你兰心蕙性，枕前言下，表余深意"，所以"销魂当此际"，来苏长公之诮也。

4. 杨世明《淮海词笺注》：古诗咏菖蒲者甚多。谢灵运《于南山往北山经湖中瞻眺》诗云："新蒲含紫茸。"《文选》李善注："《仓颉篇》曰：茸，草貌。然此茸谓蒲花也。"李白《送杨山人归嵩山》："尔去掇仙草，菖蒲花紫茸。"又《嵩山采菖蒲者》诗："我来采菖蒲，服食可延年。"《神仙传》："汉武上嵩山，登大愚石室，起道官，使董仲舒、东方朔等斋洁思神。至夜，忽见仙人长二丈，耳出头颠，垂下至肩。武帝礼而问之。仙人曰：'吾九疑之人也。闻中岳石菖蒲一寸九节，可以服之长生，故来采耳。'忽然失神人所在。帝顾侍臣曰：'彼非复学道服食者，必中岳之神以喻朕耳。'为之采菖蒲，服之，经三年，帝觉闷不快，遂止。时从官多服，然莫能持久。惟王兴闻仙人教武帝服菖蒲，乃采服之不息，遂得长生。"又李贺《大堤曲》云："今日菖蒲花，明朝枫树老。"王注云："菖蒲花不易开，开则人以为祥。故《乌夜啼》古曲云：'菖蒲花可怜，闻名不曾识'是也。"是皆以菖蒲为延年吉瑞之物。本词用意，不知是否取此。（四川人民出版社1984年版）

5. 周义敢、程自信、周雷《秦观集编年校注》（下）：此首作于早年。王灼《碧鸡漫志》曰："少游屡困京、洛，故疏荡之风不除。"其写词有时为遣兴娱宾，或应歌女之请。如此首传唱于青楼，或赞为纤丽，或讥为秽亵。（人民文学出版社2001年版）

6. 徐培均、罗立刚《秦观词新释辑评》：此词格调不高，很可能是词人青年时期冶游艳遇的记录。全词以蜂儿抱花采蜜喻男女相依相偎的浓情欢爱，绮丽香软有余而略显轻艳……表面上看，整首词都只是在绘景描象，但词人的用意，显然不在只写蜂、花这类自然景物之上。以香花美草喻美人，以暴风残花喻红颜衰褪，以春暮花老见出美人迟暮，是我国古代诗词的一个传统。因此，读这首词时，有着中国古代传统文化素养的读者，可以很自然地领悟到其中特殊的意象指归，并会因为蜜蜂抱花意象而联想到男女欢会，从而对其词品的高低作出评价。正因如此，所以，尽管秦观的这首词在写景状物方面没有什么大的缺失，甚至可以说有其独到之处，但是，在后代词论家那里，却很少获得好评。最多只不过视其为狎邪词人柳永之作的同类……（中国书店2003年版）

7. 姚蓉、王兆鹏《秦观词选》：此词为作者早年作品。词吟咏蜜蜂，笔调清新，节奏明快，颇有趣味……更重要的是，变化莫测的自然风雨，触发了词人的无常之感。人世的各种苦难，如同"晓风力暴"，摧挫着人生的春天。"春共、斜阳俱老"，不仅有对美景无常的惋惜，更有韶华易逝，人生易老的慨叹。结尾两句，依旧抓住眼前景物，以咏蜜蜂呼应上文。同时，"怎得"二字，透露出词人深感人生无常而对当前幸福的深深渴望，尤其表达了对与恋人相亲相爱共度人生的热切追求。将相思之情，寓于咏蜂之词，构思可谓"巧妙微透"。（《草堂诗余》别集卷一）（中华书局 2005 年版）

浣溪沙①

香靥凝羞一笑开②，柳腰如醉暖相挨，日长春困下楼台。　　照水有情聊整鬓，倚阑无绪更兜鞋③，眼边牵系懒归来。

【注释】

① 浣溪沙：此调一名《小庭花》，系取张泌词"露浓香繁小庭花"句；一名《醉木犀》，是由韩淲词"一曲西风醉木犀"而来。风格宛转，语音清脆，宜于写景抒情。在《全宋词》中，这是使用频率最高的一种词调，共用七百七十多次。其中晏殊的"一曲新词酒一杯"和苏轼的"山下兰芽短浸溪"、"西塞山前白鹭飞"等阕，堪称压调之作。

② 靥（yè）：俗称酒窝。也指古代女子在面部点搽妆饰。

③ 兜鞋：兜，在此当系"环绕"的引申义，暗指反复欣赏脚上的绣花鞋。详见本词之"心解"部分。

【心解】

笔者曾几度煞费苦心，都没能找到对于此词确切编年的权威记载。有一种虽属或然之说，看来还算靠谱，即认为此词当作于秦观青年时期。鉴于古今人寿限长短不同，青年时期的年限也很不一样。现今多把少年儿童之后、四十岁之前者称为青年，而古代则大致指从"弱冠"至"而立"的一段时日。这段时日的秦少游又可大致分为前后两个阶段。他在前段过着一种类似浪荡公子的生活，作为这种生活的折射，其所作调寄《品令》等词多系应歌伶之邀，或带有歌伶语气的侧艳、滑稽、俳谐之作。笔者为了省出篇幅集中发掘和弘扬《淮海词》的独特优长，拙著只选了六七首侧艳、嘲戏之作中的《迎春乐》一首，而这首《浣溪沙》从选调到题旨均有所提升，它所表达的是一种类似陆机在《演连珠》一书中所说的"幽居之女"的情怀。这种情怀对于待字的李清照来说可称之为"怀春之情"，对于秦少游虽说是一种"代言"，窃以为主要还是借少女的举止思绪，表达他本人的心声。因为此时几近而立的词人，作为生活在一个入不敷出的几十口人的大家庭中的长孙，仍然一无所成，他能不感到"无绪"、无奈，甚至心烦意乱吗？

这位生有一对酒窝，娇羞俊美的女孩，其实是词人的变身。平心而论，本阕比之作者初试词笔的嘲戏之作，虽然有所提升，但仍在步武"花间"、"尊前"之蹊径，甚至不乏柳（永）词声口，比如"香靥融春雪，翠鬟簇秋烟。楚腰纤细正笄年。凤帏夜短，偏爱日高眠。起来贪颠耍，只恁残却黛眉，不整花钿"（柳永《促拍满路花》之上半阕）。对比秦、柳二词可见：有直接从柳词中拿来的"香靥"（此系柳词常用语，又见于《击梧桐》的"香靥深深"句），有由"楚腰"稍加变通的"柳腰"；柳云"夜短"秦说"日长"，岂不都是夏至前后的同一时段！二词所写也都是芳龄女子的特有举止心态，唯有"不整花钿"被反义借取为"照水有情聊整鬓"。可以说，秦观这首《浣溪沙》对于上述柳词不无亦步亦趋之嫌。

此词较之晚唐以来的近千首同调词无甚新意，而且在用语方面至少有两处令人有所费解。一是第二句的"暖相挨"，对此多数有关论著避而不谈，有的则谓："'暖相挨'的大胆动作，置于那些看似不相干而实际上是精心设计的动作之中，刻画浓情却不露香艳之痕，婉曲情深却不显粗俗之迹，点到为止，不失词品"（《秦观词新释辑评》，中国书店 2003 年版）。对于如此用心写出的这段文字，不宜妄加可否，只想切磋求教：敢问尊说概以为"相挨"是指异性的相拥相抱吧？如是，就有一个问题不好解释，即词中所写只是一个女孩儿随意从楼上下来散散心、透透气，并不是像婚前的小周后那样与姐夫李煜在夜间偷情密约"奴为出来难，教郎恣意怜"。此词所写时间、环境是大白天的公共场所，独自一个女孩子会有什么"浓情"或"香艳"之举呢？况且《淮海词》的特点先是将作者的思绪加诸女儿之身，继而"将身世之感打并入艳情"。秦观有的诗都被讥为"不检点"，更不消说是词了。再者，秦观早期词写得很随意，不像有的唐人那样"吟安一个字，捻断数茎须"。"相挨"不必求之过深，其与暖字搭配，除了传达一种感觉，主要恐怕是用作韵脚。假如一定要追究此词前二句的意蕴，可否理解为：这个女孩子的容颜举止令人感到很养眼（冒昧地将"暖"引申为"养眼"），见到她，犹如一阵暖风迎面吹来。

　　另一费解之处是"兜鞋"。对此以往的解释分别为"做鞋子"、"合上鞋"、"此指以手提起脱落的鞋后跟"、"提鞋、穿鞋"。最后的一解是出自姚蓉、王兆鹏《秦观词选》（中华书局 2005 年版），可能因为此解比较合理，又有书证："梦里相逢不记时，断肠多在杏花西。微开笑语兜鞋急，远有灯光掠鬓迟。"（吕渭老《思佳客》），曾被后来者采纳。"兜鞋"与上文的"相挨"都是在《佩文韵府》《诗词曲语辞汇释》《诗词曲语辞例释》（增订本）等工具书中找不到的。可见姚、王二位作者对于宋词的稔熟与精通！又一想，对于典故或词语的注释，有书证有时是很必要的，但最好是出自该词作者的前人之书。在这里"兜鞋急"，对于今人理解"更兜鞋"或可有所裨益，但与秦观此词的写作无关，因为吕渭老系远

在秦观之后的新一辈。由此笔者想到之前的冯延巳的
《谒金门》一词有云："斗鸭阑干独倚，碧玉搔头斜坠。"
当年怀有宫怨的宫女独倚阑干斗鸭解闷儿，现今秦观眼
中的这位少女"倚栏"、"兜鞋"，岂非借以排解闺怨？
窃以为"兜鞋"与"斗鸭"的用意大致相同，后者以鸭
为戏，前者言女子偎依栏杆翻来覆去地观赏她那"脚上
鞋儿四寸罗"，以消解其"无绪"的郁闷，而不大可能在
栏杆旁边"做鞋"什么的，要说是扶着栏杆脱掉绣鞋，
再"提"上、"穿"上，这又何苦来？

【集评】

1. 清贺贻孙《诗筏》：诗语可入填词，如诗中"枫
落吴江冷"、"思发在花前"、"天若有情天亦老"等句，
填词屡用之，愈觉其新。独填词语无一字可入诗料，虽
用意稍同，而造语迥异。如梁邵陵王纶《见姬人》诗：
"却扇承枝影，舒衫受落花"，与秦少游词"照水有情聊
整鬓，倚阑无绪更兜鞋"，同一意致。然邵陵语可入填
词，少游语绝不可入诗，赏鉴家自知之。（《清诗话续
编》，上海古籍出版社1983年版）

2. 《续编草堂诗余》：上句妙在"照水"，下句妙在
"兜鞋"，即令闺人自摸，恐未到。

3. 杨世明《淮海词笺注》：此词写一少妇春困无聊，
倚柳怀人之情态。或误作欧阳修词。（四川人民出版社
1984年版）

4. 周义敢、程自信、周雷《秦观集编年校注》（下）：
此首写一天真少女春日中细致幽微的心理变化。作者并不
直写情意，而是通过少女独有的动作显示出来，平易自
然，光彩照人。约写于青年时期。（人民文学出版社2001
年版）

5. 徐培均、罗立刚《秦观词新释辑评》：此词状怀

春女子的心理状态，婉媚清新，别具韵致。内心活动，总会以某种特殊的身体语言表现出来。女子怀春的心理，最明显的表现就在眉眼之间，而眉眼间最突出的特征则是羞怯。作为一种特殊的心理的外在反映，女子的含羞，正是其情浓的表征，也是其娇美动人的表征。"香靥凝羞"四字，言简意赅，将这位怀春少女特有的内心活动概括出来，一下子就抓住了读者的心。"凝羞"形容其羞容之重，很是恰切，而且"凝"字跟后面的"一笑开"相应，表现出一静一动的情感变化，让她的羞情活起来了。羞怯之情随着笑容的绽放而消失，表明她放弃了矜持之心，转向大胆和开放。

赞美女性，可以说是一个永恒的主题。但是如何才能恰到好处，富于情而不流于欲，则是很难把握的。南朝宫体诗之所以受到批评，柳永等人的艳情词之所以受到讥弹，就是因为没有把握好这个度。近人王国维在《人间词话》中曾说："词之雅、郑，在神不在貌。永叔、少游虽作艳语，终有品格。方之美成，便有淑女与倡伎之别。"对秦观艳词有"雅"、"神"而无俗貌，作了肯定。（中国书店2003年版）

6. 姚蓉、王兆鹏《秦观词选》：这是一首描写女子游春的作品。首句写女子的笑脸，突出她两颊可爱的小酒窝，以及不胜娇羞的神态，准确地把握了年轻女子初出深闺时有几分兴奋又有几分忸怩的情态。"柳腰"一句乃双关笔法，既描绘柔柔的柳枝在春风中如醉酒般摆动、不断触拂到她身上的情景，又形容她行走时扭动纤纤细腰，动作十分优美。"日长"句补叙她出游的原因：春困袭来，让人觉得倍感慵懒，故而走下绣楼，出门透透气。下片写她游春的活动。在湖边，她不禁以水为镜，整理自己的秀发。这一举动，既写出女子爱美的天性，又暗示她顾影自怜的孤单处境。"有情"之"情"，正是春情。倚阑观望春景，并没有使她轻松愉悦，反令她更加兴味阑珊，只能无聊地"兜鞋"。末句写春游结束，女子心灰意懒地归来。可"眼边牵系"四字，又含蓄地暗示她心有牵挂，因而才会"无绪"、"懒归"。从春游时不经意的行为，透视女子隐秘深微的春思，此词写法可谓高妙。（中华书局 2005 年版）

浣溪沙

漠漠轻寒上小楼①，晓阴无赖似穷秋②，淡烟流水画屏幽。自在飞花轻似梦③，无边丝雨细如愁，宝帘闲挂小银钩。

【注释】

① 漠漠：寂静无声而四处弥漫的样子。《荀子·解蔽》："掩耳而听者，听漠漠而以为哅哅。"杨倞注："漠漠，无声也。"韩愈《同水部张员外曲江春游寄白二十二舍人》诗："漠漠轻阴晚自开，青天白日映楼台。"

② 无赖：王锳《诗词曲语辞例释》："无赖，等于说无意、无心，不是通常'无聊赖'之省"。李商隐《二月二日》诗："二月二日江上行，东风日暖闻吹笙，花须柳眼多无赖，紫蝶黄蜂俱有情。"　穷秋：深秋，秋末。鲍照《白纻歌》之五："穷秋九月荷叶黄，北风驱雁天雨霜，夜长酒多乐未央。"

③ 自在：佛教指空寂无碍。白居易《赠僧自远禅师》诗："自出家来长自在，缘身一衲一绳床。"或可作安闲舒适解。杜甫《放船》诗："江流大自在，坐稳兴悠哉。"

【心解】

在笔者经眼的有关论著中，对于这首词的编年迥为五花八门：多数不提作于何年，为之编年者依次置于"任职京师"或谓"写于元祐年间"，还有的可能因为找不到具体的编年依据而置于《淮海词》选的末后。所有这些考量，连同《人间词话》中所云："境界有大小，不以是而分优劣。'细雨鱼儿出，微风燕子斜'，何遽不若

'落日照大旗，马鸣风萧萧'？'宝帘闲挂小银钩'，何遽不若'雾失楼台，月迷津渡'也？"笔者一一经过反复斟酌后，而将此词厘定为与上一首同调词紧密衔接的姊妹篇或称兄妹篇、姐弟篇。理由如下：

一、在参考《人间词话》对于此词以及秦观另一首《踏莎行》的评价时，请务必关注唐圭璋《评〈人间词话〉》等论著，并进而思考王国维对于秦观词的褒贬失当之处。无论编年或评析、心解等均应进行独立思考、实事求是、恰如其分。

二、与厚貌深情者不同，秦观其人与其作是相对应的，其笔头和心头是相通的。这首小令既非欢愉之词，亦非过于悲苦之章，流露的是淡淡的愁绪，几近"死水微澜"，正与其早年家居的闭塞生活和相对平和的心态较接近。

三、封建社会成年女子的命运如何主要取决于夫婿地位的高低，而读书人的命运则取决于科举仕途的顺逆。待字之女的那种莫可名状的烦恼，恰与士人科考前的心绪相仿佛。那么这两阕调寄《浣溪沙》小令中的少女或少男，不正是词人科考前夕类似精神状态的载体吗？

四、词调《浣溪沙》很受青睐，在《全宋词》中被使用频率最高，共七百七十五次。此调还格外受到少女李清照的喜爱，一口气写了四首，是她现存词使用最多的一个词调；还有沈祖棻的那首"芳草年年记胜游"的同调词，不仅为她赢得"沈斜阳"的雅号，此调还受到沈先生的终生喜好，《涉江词》中竟收有一百多首。所以把此类词称为"女郎词"当不为过。而擅写"女郎诗"的秦少游谓其早已采用了以少女"怀春"、待嫁的心理状写自己类似于待"婚"、候"嫁"的应举心态，这有唐人典事可据。所以笔者敢于违逆众见将此词系于秦观近三十岁之时，恐比系于其他时段理由更充足一些吧？

五、不妨再从文本之中找找内证：上一首写的是一个感到"日长春困"的少女"下楼台"，"倚栏""临水""整鬟"的情绪举止；这一首写的仍然是同一暮春时节，不过此时出现了"倒春寒"，加之春雨连绵，楼上住的即使不是同一个人，也不外是秦观的异性亲友，或是他本人，她（他）被困在小楼之中不得外出，两首词的人物、地点如出一辙，谓其同期所做的"姊妹篇"，不至于太离谱吧？

这首词中楼上的主人公一觉醒来，假如风和日丽她（他）还会外出散心。岂料，一阵寒气扑来，令其感到就像时届深秋一般。因为阴天，原本画着"淡烟流水"的屏风也为之黯然失色。室内如此阴冷无趣，主人公便随手拉开了华美而高档的帷帘，向外一看，落花自由自在地飞舞着，梦幻般的轻柔美妙，可惜无边无际的雨丝就像萦绕于心中的愁绪，丝丝缕缕，没完没了。结拍一句意谓不仅帷帘极为珍贵，与其相匹配的帘钩竟是贵重的白银制成。至此，作为一首当行本色的婉约词，大家、名流频频为其点赞不谓无识。比如，对于过片"自在"、"无边"二句，梁启超为之所作眉批曰："奇语"（见梁令娴《艺蘅馆词选》），看来评价极高，但语焉不详。多亏精通这一词调的沈祖棻先生早已作出了精辟解读："它的奇，可以分为两层说。第一，'飞花'和'梦'，'丝雨'和'愁'，本来不相类似，无以类比。但词人却发现了它们之间有'轻'和'细'这两个共同点，就将四样原来毫不相干的东西联成两组，构成了既恰当又新奇的比喻。第二，一般的比喻，都是以具体的事物去形容抽象的事物，或者说，以容易捉摸的事物去比譬难以捉摸的事物。""但词人在这里却反其道而行之。他不说梦似飞花，愁如细雨，而说飞花似梦，丝雨如愁，也同样很新奇。"（《宋词赏析》）

虽说国学大师王国维从境界大小的角度对此词的上述评价不无道理，而意境较之于电影的空镜头更具含义，但王氏未加深究，笔者试加续貂如下："宝帘"和"银钩"原来弥足珍贵，这很像是才学出众又自视甚高的秦观的自喻，然而眼下却被空置一隅，无声无息——这是否意味着词人不安于现状、欲求闻达的心理暗示呢？

【集评】

1. 吴梅《词学通论·北宋人词略》："自在飞花轻似梦，无边丝雨细如愁"，此等句皆思路沉着，极刻画之工，非如苏词之纵笔直书也。北宋词家以缜密之思，得道炼之致者，惟方回与少游耳。

2. 俞陛云《唐五代两宋词选释》：清婉而有余韵，是其擅长处。此调（指《浣溪沙》）凡五首，此首最胜。

3. 唐圭璋《唐宋词简释》：此首，景中见情，轻灵异常。上片起言登楼，次怨晓阴，末述幽境。下片两对句，写花轻雨细，境更微妙。"宝帘"一句，唤醒全篇。盖有此一句，则帘外之愁境与帘内之愁人，皆分明矣。

4. 《百家唐宋词新话》傅庚生：通篇都只描绘出一种轻愁浅恨的情绪，十分的熨帖。暮春的一个阴雨的早晨，带着使人生愁的残梦和春困的睡意，百无聊赖的她，独坐在小楼上，漠漠的轻寒带着丝丝的浅恨，充斥了小楼的各个角落。轻风细雨春阴的早上却有深秋的光景，眼前的一切都是无聊的，连同她自己。随便把目光游过去，是那缋着淡烟流水景物的幽雅的画屏。这屏上的淡烟流水，没有给人丝毫醒目的感觉，这画屏的幽雅，早已和这小楼上的轻寒化为了一体。依旧是百般的无聊。有意无意间在想着：看看楼外真的景色吧。便移目到窗栏之外，轻盈的飞花仿佛笼纱的梦境，丝丝的细雨如同缕缕的情愁；飞花在自在地乱舞，给予他（她）的仍然是无聊的感受；漠漠的丝雨在无边地洒着，带着春愁感染着他（她）。看够了多时似梦的飞花，又看倦了无边如愁的丝雨。把目光收了回来，便落到窗帘上，又呆呆地痴望着那闲挂着的小银钩……心上是轻愁浅恨、百无聊赖，这时便在这"小"的帘钩上玩索着"轻"，在这"银"白色的小物件上玩索着"浅"，又在这"闲"挂之上体验着"无赖"……写尽眼前有限景，道尽心间无限情！

5. 叶嘉莹《灵谿词说·论秦观词》：……这首《浣溪沙》词中所写的，则可以说是喜怒哀乐未发之前的一种敏锐幽微的善感的词人之本质。所以通篇所写的，实在都只是以"感受"为主……秦观原是一位在感性方面极为敏锐纤细的诗人，因之他一向的长处，原是对于景物及情思都能以其锐感作出最精确的捕捉和叙写，而且善于将外在之景与内在之情，作出一种微妙的结合。即如其《浣溪沙》（漠漠轻寒上小楼）一首，其中的"自在飞花"两句，表面原只是写"飞花"、"丝雨"的外在景物，然而其"似梦"、"如愁"的描述形容，却使之传达出一种极微妙的情思。

6. 徐培均《中国文学宝库·唐宋词精华分卷》：此词特点在于将自然与艺术巧妙媾和，似在社会现实中另建一优美世界，令人神游其中，流连忘返。词中虽未正面刻画人物，而是通过渲染气氛，透露人物之情绪，令人感到其人宛在。

7. 刘乃昌《宋词三百首评注》：小词只首句写人的行动，以下只写天气、光景、居处环境。天气阴寒，环境清寂，气氛无聊。主观情绪投射到四周环境，种种物象无不着上主人的色彩，主人的心境全借助于外在光景来映现。"花轻似梦"、"细雨如愁"，下语婉美而韵味悠长。

8. 姚蓉、王兆鹏《秦观词选》：此词构筑了一个轻灵精微的艺术境界。前两句写薄薄的春寒悄悄笼上小楼，早晨阴沉的天气冷似深秋，看似纯用景笔交待时间、地点、节候，实则人物已暗置其中。……此词妙在全篇寓情于景，且写景不用重笔，让人沉浸在轻闲幽雅的意境中，意动神移。

南乡子①

妙手写徽真②，水剪双眸点绛唇③。疑是昔年窥宋玉，东邻，只露墙头一半身④。　　往事已酸辛。谁记当年翠黛颦⑤？尽道有些堪恨处，无情，任是无情也动人⑥。

【注释】

① 南乡子：又名《莫思乡》、《仙乡子》、《好离乡》、《蕉叶怨》。"南乡"即南国，陈元龙注《片玉集》云："晋国高士全隐于南乡，因以为氏也，号南子。"此当为调名所本。有二十七字体与二十八字体，至冯延巳叠作双调，成五十六字体。《词律》卷一以欧阳炯所作为正体。《词谱》卷一以欧阳炯所作（画舸停桡）为正体。双调有五十四字体、五十六字体、五十八字体。

② "妙手"句：意谓名画师绘制的美人图像。妙手：技能高超的人，这里指著名画师。高适《画马篇》："感兹绝代称妙手，遂令谈者不容口。"苏轼《孙莘老寄墨》诗："珍材取乐浪，妙手惟潘翁。"潘翁，即潘谷，有名的制墨师。徽真：美好的肖像画。徽，美好。真，指肖像。杜甫《丹青引赠曹将军霸》诗："将军善画盖有神，偶逢佳士亦写真。"

③ 水剪双眸：形容清澈的眼波。白居易《筝》诗："双眸剪秋水，十指剥春葱。"李贺《唐儿歌》："骨重神寒天庙器，一双瞳人剪秋水。"点绛唇：原为词调名，取意于江淹《咏美人春游》诗："白雪凝琼貌，明珠点绛唇。"这里指在"徽真"画像上点染出红唇。

④ "疑是"三句：用"东邻、窥宋"的典故描述像主的美貌多情。这一典故出自宋玉《登徒子好色赋》："玉曰：天下之佳人，莫若楚国。楚国之丽者，莫若臣里。臣里之美者，莫若臣东家之子。东家之子，增之一分则太长，减之一分则太短，著粉则太白，施朱则太赤。眉如翠羽，肌如白雪，腰如束素，齿如含贝。嫣然一笑，惑阳城，迷下蔡。然此女登墙窥臣三年，至

今未许也。"由此生发出的"窥宋"之典，指年轻女子倾心于男子。"东邻"之典除了包含上述宋玉的"东家之子"语，另有司马相如《美人赋》："臣之东邻，有一女子，玄发丰艳，蛾眉皓齿。"后因以"东邻"指美女。

⑤ 翠黛：古代女子用一种青黑色矿物颜料画眉，故称眉为"翠黛"。许浑《观章中丞夜按歌舞》诗："舞衫未换红铅湿，歌扇初移翠黛颦。"颦，皱眉。《晋书·戴逵传》："是犹美西施，而学其颦眉。"

⑥ "尽道"三句：意谓尽管感到有所遗憾（恨），画像不能表达情意，同样令人为之感动。恨，在这里作"遗憾"解。《荀子·成相》："不知戒，后必有恨。""任是"句：系罗隐《牡丹花》诗之成句："若教解语应倾国，任是无情亦动人。"

【心解】

《淮海词》中，能够找到现成的较合理的编年依据的篇目，少之又少。所幸，这首《南乡子》有着较可信的写作背景，编年也被公认为元丰元年（1078）前后。秦少游三十岁那年初次赴京应试，途经徐州前往拜访苏轼。可巧苏轼曾写过一首题作《章质夫寄惠〈崔徽真〉》的七言古诗。章质夫即章楶，宰相章惇之兄，苏轼朋友，二人多有诗词唱和，人们所熟悉的苏词名篇《水龙吟》（似花还似非花），即以《次韵章质夫杨花词》为题；当苏轼被谪惠州时，时任广州知府的章质夫"月馈酒六壶，吏尝跌而亡之"（陈师道《后山诗话》），苏轼便写了题作《章质夫送酒六壶，书至而酒不达，戏作小诗问之》。这一次是因为章质夫将《崔徽真》寄赠苏轼，遂作此诗相谢。崔徽的故事出自元稹《崔徽歌》并序，其梗概为：唐代蒲州著名歌伎崔徽与裴敬中相恋，不得已离别后，崔徽遂托画家丘夏绘制了一幅自己的肖像（真）寄给裴敬中，她不久抱恨病亡。

这可能是秦少游最早的一首"本事"词，它比此前的一批几乎是清一色的"偎红倚翠"之作有不小的转变。笔者曾因李清照在《词论》中声言"秦即专主情致，而少故实"，再三为秦少游鸣不平。现在想想，李清照可能是针对《淮海词》中早期之作而言的。此词不仅毫无香艳、狎昵之嫌，其用事用典已相当纯熟，比如上半阕的"窥宋玉"、"东邻"，虽然同出自宋玉的《登徒子好色赋》，但是"窥宋"为女子爱慕、追求男子之意，而"东邻"仅指美女而言，加之下句的"一半身"，即肖像画，不仅省净扼要地写尽了崔、裴之恋，还使得下半阕所用罗隐《牡丹花》诗之成句分外贴切。

此阕更加值得称道的是词人对于风尘女子的赞美与同情，而这种赞美又不是着眼于其形体、穿着的性感上，而是突出其"水剪双眸点绛唇"的清纯可人，体现了词人对于良家女子流落风尘的不幸遭遇的同情，从而使《淮海词》逐渐摆脱了"花间"、"尊前"的窠臼，而代之以对各种切身感受的宛转吐露。

【集评】

1. 《唐宋词鉴赏辞典·唐·五代·北宋卷》陈长明：这是一首题画词。首句为"妙手写徽真"，点出所题者即是高明肖像画师手画的崔徽像。为什么定说徽真不是虚指，而予以坐实呢？因为苏东坡写过一首题为《章质夫寄惠崔徽真》的诗……东坡诗中，写画中崔徽形象是"玉钗半脱云（发）垂耳，亭亭芙蓉在秋水"，十四个字只作大略形容。少游用了七个字——"水剪双眸点绛唇"，写她的眼睛和嘴唇，给人的印象便自不同，如工笔画之于剪影，精细得多了。并不是少游比东坡来得高明，这是诗、词性质的不同。东坡写的是七言古诗，宜用大笔勾勒，故粗；少游写的是小词，容许加意点染，故细……全词以"妙手写徽真"破题，以下都是从画上真容着笔。为崔徽写真的画师丘夏的姓名赖元微之之歌而传，画像的概貌因少游此词而见，可以收入画史。

2. 周义敢、程自信、周雷《秦观集编年校注》（下）：此首写于元丰元年四月，上一年，秦观谒苏轼于徐州。是年正月苏轼为章粢作《思堂记》，章赠以唐代蒲州名妓崔徽之画像，画像是当时著名画师丘夏之作。元稹《崔徽歌》题下注云："崔徽，河中府娼也。裴敬中以兴元幕使蒲州，与徽相从累月。敬中使还，崔以不得从为恨，因而成疾。有丘夏善写人形，徽托写真寄敬中曰：'崔徽一旦不及画中人，且为郎死。'发狂卒。"苏轼得画像甚喜，作《章质夫寄惠崔徽真》诗为谢。

3. 刘乃昌、朱德才《宋词选》：……此词题其（指崔徽）画像。出句点题后，描摹眼、唇，状其肖像美，再融化宋玉赋，拟其美而多情，留给读者想象空间。"往事"、"辛酸"、"翠黛颦"，由形貌描写进入惜其身世，涵盖一段佳人薄命悲剧，收结到画像动人。人物美，画艺高，一笔兼到。

4. 徐培均、罗立刚《秦观词新释辑评》：全词语言自然天成却十分准确，词情深幽却又有极大的艺术张力。表面上看，词中都是寻常语言，并没有锤炼之迹，但仔细寻绎，就可以发现其字字皆不易得，"疑是"、"只露"、"已"、"尽道"、"任是"等虚字的运用，使整首词气韵生动，充满灵动之气。对于词中虚字的好处，南宋词人兼词论家张炎在《词源》中曾有精到的论述。从这首词中，我们不难发现，巧用虚字，已是秦观娴熟的技巧了。

5. 姚蓉、王兆鹏《秦观词选》：这是一首题画之作。开篇指出吟咏对象是唐代歌伎崔徽的画像，乃名画家丘夏妙手绘制。接下来描绘画中人物的特点，着重突出她的"水剪双眸"和"绛唇"。水灵的双眼和鲜红的唇吻，既凸显了画中人美丽而充满灵气的容貌，又附带赞扬了画师高超的技艺。然后词作运用宋玉《登徒子好色赋》

中东邻之女的典故，不需任何细致描摹，就写尽崔徽的
美丽，并且点出此像为半身像的特点。词的下阕抒写对
画中人命运的同情。首先词人由这幅画像的来历，引出
对画中人身世的感叹。崔徽当年与恋人分离之后，相思
成疾，请画师绘成此像寄赠恋人，最终还是为情而死，
这段往事何等心酸。可是谁又记得她的苦楚、怜惜她的
真情呢？遗憾的是画像并非真人，不能表达情意，否则
面对这么美丽痴情的女子，怎能忍心让她难过？结句移
用罗隐咏牡丹的诗句描写画像，贴切自然。一幅无情的
画像，竟能扣动词人的心弦，更可见画像的生动传神，
可见词人的"痴情"并不亚于画中人。

画堂春①

落红铺径水平池②，弄晴小雨霏霏③。杏园憔悴杜鹃啼④，无奈春归。　　柳外画楼独上，凭阑手撚花枝⑤。放花无语对斜晖，此恨谁知。

【注释】

① 画堂春：又名《画堂春令》。宋王诜有"画堂霜重晓寒消"句与此调名相关。《词律》卷四、《词谱》卷六均列秦观此作，双调，四十七字，上片四句四平韵，下片四句三平韵。《词谱》收别体四种，略有减字或添字。《词律》沿《类编草堂诗余》卷一之讹，将秦观此词误作徐俯词。

② 落红：落花。李贺《兰香神女庙》诗："沙炮落红满，石泉生水芹。"

③ "弄晴"句：阴云遮蔽了晴日，细雨密密麻麻下个不停。弄，可作欺侮解，引申为遮蔽。霏霏，形容雨丝之密。韦庄《台城》诗："江雨霏霏江草齐。""小雨"下久了照样也会沟满河淌，否则首句的"水平池"（即水满池塘），便无以着落。

④ 杏园：园名。在长安曲江池西南，唐代进士及第者赐宴于此。王定保《唐摭言》卷三："进士题名，自神龙已来，杏园宴后，皆于慈恩寺塔下题名，同年中推善书者纪之。"唐诗中多以"杏园"比喻进士及第。刘沧《及第后宴曲江》诗："及第新春选胜游，杏园初宴曲江头。"也有以之表达落第惆怅之感者："几年辛苦与君同，得丧悲欢尽是空……知有杏园无计入，马前惆怅满枝红。"（温庭筠《春日将欲东归寄先及第苗绅先辈》诗）秦词之"杏园憔悴"，则意近温诗。杜鹃啼：杜鹃，在此不只是生物概念上的一只小鸟，它又名杜宇、子规等，传为古蜀帝杜宇所化。杜宇号曰望帝，后归隐让位于其相。杜鹃鸣声凄切，音似"不如归去"。这里的"杜鹃啼"，岂非婉转表达词人落第后的失意心情？

⑤ 手撚花枝：用手指夹着花枝。"撚"，有的工具书将其作为"捻二"的异体

字，义同捻，用手指搓转。

【心解】

对于此首的编年，至少有以下三种说法：第一种是"元丰元年（1078）少游第一次应礼部试，失意而归"所作（《秦观诗词文选评》，上海古籍出版社 2003 年版）。第二种是"似为元丰五年（1082）作者应试不中抒发苦闷"（《秦观词选》，中华书局 2005 年版）。第三种是"内容写富者闲愁，可推知作于元祐年间"（《秦观集编年校注》，人民文学出版社 2001 年版）。

研读此词大都会征引胡仔的这样一段话："（秦太虚）小词云：'落红铺径水平池，弄晴小雨霏霏。杏园憔悴杜鹃啼，无奈春归。'用小杜诗'莫怪杏园憔悴去，满城多少插花人。'"（《苕溪渔隐丛话·后集》卷三十三）所谓"用小杜诗"系指上引"莫怪"二句是出自杜牧的一首题作《杏园》的七绝，其前两句为："夜来微雨洗芳尘，公子骅骝步贴匀"。上述胡仔的话虽然可以帮助我们排除"作于元祐年间"的说法，但胡仔没有探究"小杜"诗的题旨所在。其实杜牧此诗与孟郊的《登科后》（诗云："昔日龌龊不足夸，今朝放荡思无涯。春风得意马蹄疾，一日看尽长安花。"）都是写举子登科后的"春风得意"，尤其是作为公子王孙、一举高中的"小杜"，其诗虽然比孟诗含蓄一些，但是仍然掩饰不住心满意足的神情。字面上同样是"杏园憔悴"，但其用意则完全相反。杜诗中的"杏园憔悴"意谓按当时习俗，有专人抢先到"杏园"采来盛开的杏花，插在登科者的冠冕上。惟因包括自己在内的高中者大有人在，无怪"杏园"为之"憔悴"。这种"憔悴"则令其感到无上荣光，而秦词中所写的"憔悴"系指杏花因过时而败落，象征着与自己一样的落第者的沮丧和怨恨！

以上所云显然是赞成"少游第一次应礼部试，失意而归"的说法，还有一种与上述诸位不同的说法是："或谓此词作于元丰年间落第之后，然似无充足的依据。盖元丰年间贡举凡三次，一在元丰二年，作者下第后即回高邮，事见卷二十九《与苏子由简》。一在元丰五年，作者因入诏狱而未就试，事见卷五《对淮南诏狱二首》及诗注。一在元丰八年，因及第正春风得意，而无须怨愤。"（《秦观集编年校注》，人民文学出版社2001年版）。这段话涉及至少三个性质不同的问题，先说与编年有关的"元丰二年，作者下第后即回高邮……"尽管作者回高邮是事实，但这与作者写不写作此词，在哪里写作并无必然联系，因而这一理由不能排除此词作于秦观初试落第之后所做的可能。至于写作地点，即景而作或事后追忆均为司空见惯之事。

　　这里涉及的第二个问题是"因入诏狱而未就试"。"入诏狱"是秦观生平中的一大疑案，对其为何入狱及审理过程，至今无从考查，迄无定说。至于因此"而未就试"，则与上述多家之说未合，对此笔者也不便遽加可否，拟于下文补叙。

　　第三个问题是，这里既将秦观此词当作"闲愁"，而系于元祐年间所作之症结在于，忽略了"小杜"之诗和秦观之词中的关键用事用语——"杏园憔悴"，自然不会断为词人因落第失意之作，相反无端当作"写富者闲愁"。

　　至于笔者对于上述第二个问题的补叙，仍与此词之编年有关，即笔者虽然倾向于秦观初试落第而作，但不敢过于自是，因为至今没有找到对于此词编年的确切依据，论者之说亦有所变动，比如，中华书局2002年版的《秦少游年谱长编》系此词于元丰五年（1082）第二次"应试落第，赋《画堂春》词，写失意之感"。仅一年后

的 2003 年 12 月由上海古籍出版社出版的同一著者的
《秦观诗词文选评》，则将此词系于"元丰元年（1078）
少游第一次应礼部试，失意而归"所作。笔者经过再三
查考遂从此说。

在秦观的这首词中，除了对于"杏园"需作诠释外，
其他语句均明白如话无须赘言。胡仔只是发现了"杏园"
句与"小杜"诗的"莫怪"二句的关系，如果更为深
入，确切一点说，此处是对"小杜"有关诗句的反义借
取。此外，秦词第二句的"弄晴小雨霏霏"，是否还受到
"小杜"诗首句的"夜来微雨洗芳尘"的某种影响呢？

最后需要略加表白的是，在对秦观此词的解读中，
对于《秦观集编年校注》一书的个别看法有所异见，但
是笔者对这一大著一直相当重视，多次拜读，从中受益
良多。笔者十分欢迎此著的三位作者对上述拙见加以批
评指正。

【集评】

1. 田同之《西圃词说》：邹程村曰：填词结句，或
以动荡见奇，或以迷离称隽，著一实语，败矣。康伯可：
"正是销魂时候也，撩花乱飞。"（《卖花声·闺思》）晏
叔原："紫骝认得旧游踪，嘶过画桥东畔路。"（《木兰花
慢》）秦少游："放花无语对斜晖，此恨谁知！"深得
此法。

2. 黄苏《蓼园词选》：按一篇主意，只是时已过，
而世少知己耳，说来自娟秀无匹。末二句道为切挚。花
之香，比君子德之芳也，所以"手撚"者以此，所以
"无语"而"对斜晖"者以此。既无人知，惟自爱自解
而已。语意含蓄，清气远出。

3.《百家唐宋词新话》：曹中孚：下片如戏剧中的一
个小品，描绘了词中主人公画楼独上、凭栏倚立、手撚

花枝、放花无语、遥对斜阳等若干细节。最后作者把自己无法告人的愁怀归结在"此恨谁知"一句之中。陈廷焯《白雨斋词话》卷六引乔荙巢语云："少游词寄慨身世，闲雅有情思。酒边花下，一往而深，而怨诽不乱，悄乎得《小雅》之遗。"读这下片四句，可见一斑。五代冯延巳《采桑子》"中庭雨过春将尽，片片飞花。独折残枝，无语凭栏只自知"，当为少游此词所本。　对少游所说的"此恨谁知"，历来有不少说法。杨慎说："不知心恨谁？"沈际飞说："此恨亦知不得。"有说是写闺怨，也有认为是少游应试不中怨情之词。但这些都是猜测，看来还是清沈谦的见解较好。他在《填词杂说》中云："填词……（以下与上引田同之说重复，故略。）"少游这词，好就好在这里。他在词中所说的"此恨谁知"，乃是故意埋下一个疑团，留给读者去思索。如果把它一语道破，词意既尽，就索然无味了。

4.《诗词曲赋名作鉴赏大辞典·词曲赋卷》叶嘉莹：……秦观这一首小词所写的，却只是由于春归之景色所引起的一片单纯锐感的柔情。开端的"落红铺径水平池，弄晴小雨霏霏，杏园憔悴杜鹃啼"三句，全从眼中耳中所见所闻之春归的景物写起，而且全不用重笔，写"落花"只是"铺径"、"水"只是"平池"、写"小雨"只是"霏霏"，第三句写"杏园"虽用了"憔悴"二字，明写出春光之迟暮，然而却也并不是落花狼藉风雨摧残的重笔，而是在"憔悴"中也仍然有着含敛的意致。所以下一句虽明写出"春归"二字，但也只是一种"无奈"之情，而并没有断肠长恨的呼号。这种纤柔婉丽的风格，正是秦观词的一种特美……"放花无语对斜晖"，这才真是一句神来之笔。因为一般人写出对花的爱赏多只不过是"看花"、"插花"、"折花"、"簪花"，甚至即使写到"葬花"，也都是把对花的爱赏之情，变成了带有某种目的性的一种理性之处理了。可是秦观这首词所写的从"手捻（撚）花枝"到"放花无语"，却是如此自然，如此无意，如此不自觉，更如此不自禁，而全出于内心中一种敏锐深微的感动。当其"放下"花枝时，又是何等惜花的无奈。在这种对花之多情深惜的情意之比较下，我们就可以见到一般人所常常吟咏的"花开堪折直须折"的情意，是何等庸俗而且鲁莽灭裂了。

5. 徐培均、罗立刚《秦观诗词文选评》：这首词抒发无名的愁绪，写得十分感人。词中提到"杏园"，乃唐代进士胜游之所。宋时往往借指汴京琼林苑，杨侃在《皇畿赋》中有句："既琼林而是名，亦玉辇而是待。其或折桂天庭，花开凤城，则必有闻喜之新宴，掩杏园之旧名。"少游这里用"杏园憔悴"，是喻指自己进士落榜。据此可知此词作于秦观第一次应举不第之时。元丰元年（1078）少游第一次应礼部试，失意而归。在过南都新亭时，他曾写过一首诗寄给王子发，其中有"柳林芳草恨连天，暮雨朝云同昨梦"之句，所抒之情与此词相近。由此不难想象，其难以排遣的莫名愁绪，正是下第后的失落感。词写暮春残败之景，继而由景及人。刻画出词人落第之后，无语独对斜晖的失意形象。

6. 姚蓉、王兆鹏《秦观词选》：……词作柔婉的景物，幽微的情思，使后人对结句的"恨"意，猜测不已。有人说此为离恨，"写出闺怨，真情俱在，末句逼真"（《草堂诗余隽》卷四）；有人说此是孤芳自赏之恨，"既无人知，惟自爱自解而已"（《蓼园词选》）；也有人联系"杏园憔悴"一语，认为这是词人不能杏园簪花、高中进士的不遇之恨。正是词人深幽隐微的情感难为世人尽知，才有"此恨谁知"之叹。

7. 喻朝刚、周航主编《分类两宋绝妙好词》：这首闺情词，含蓄不露，柔婉动人。上片状景，笔调轻灵，画面优美。下片写人，从画楼凭栏、"手撚花枝"到"放花无语"、遥对斜晖，生动地表现出女主人公的神态及其内心深处的幽怨。或以为"杏园憔悴"暗喻作者应试落第，则此词乃以闺怨寄托自己仕途的失意之情。

满庭芳①

　　红蓼花繁②，黄芦叶乱③，夜深玉露初零。霁天空阔④，云淡楚江清⑤。独棹孤篷小艇⑥，悠悠过、烟渚沙汀⑦。金钩细，丝纶慢卷，牵动一潭星⑧。

　　时时，横短笛，清风皓月，相与忘形⑨。任人笑生涯，泛梗飘萍⑩。饮罢不妨卧醉，尘劳事、有耳谁听⑪？江风静，日高未起，枕上酒微醒。

【注释】

① 满庭芳：唐吴融《废宅》诗有"满庭芳草易黄昏"之句，调名本此。有平仄两体，此首为平韵体。平韵体又名《江南好》、《话桐乡》、《满庭花》、《满庭霜》、《锁阳台》、《潇湘夜雨》、《潇湘雨》、《满庭芳慢》。宋人多填此体。《词谱》卷二四以晏几道"南苑吹花"一首为正体，双调，九十五字，上下片各十句四平韵。首两句例作四字对起。

② 红蓼："蓼"系蓼属植物的泛称。草本，多生于水边，初秋开花，穗状花序，花淡红色或白色。这里指红色的一种，亦称水蓼、水荭。《诗经·周颂·小毖》有句云："未堪家多难，予又集于蓼"，则以"蓼"比喻辛苦。杜荀鹤《题新雁》诗："暮天新雁起汀州，红蓼花开水国秋。"

③ 黄芦：这里指芦苇，其生长环境、生长期及花期，与蓼属植物基本相同。对于"黄芦"句，似不宜理解为枝叶凋零的"败芦残苇"，"黄芦"主要不是形容芦叶的枯黄，而是与上句"红蓼"的色彩搭配。因为《满庭芳》这一词调的首二句必须是四字对起！

④ 霁（jì）天：本指雨止，引申为风雪停，云雾散，天气放晴。《论衡·感虚》："于是风霁波罢。"

⑤ 楚江：古代长江中下游一带属楚国，故用以泛指南方的水域。这里指今江、

浙一带的江、河，而非今之两湖，再具体一点应指今淮扬一带的水域。

⑥ 独棹（zhào）：当指单桨小船，而非只有一人乘坐。

⑦ 烟渚（zhǔ）沙汀：烟雾弥漫的小沙洲。孟浩然《宿建德江》："移舟泊烟渚，日暮客愁新。"江淹《灵丘竹赋》："郁春华于石岸，艳夏彩于沙汀。"

⑧ 一潭星：指星星在水潭中的倒影。

⑨ 忘形：不拘形迹。杜甫《醉时歌》："忘形到尔汝，痛饮真吾师。"

⑩ 泛梗飘萍：漂浮在水面的草木的枝茎和浮萍。比喻生活的漂泊不定。

⑪ 尘劳事：秦观母子虔信佛事，在《淮海集》中不乏佛教用语。"尘劳"，即佛教徒所说的世俗事务的烦恼。《无量寿经》上："散诸尘劳，坏诸欲堑。"

【心解】

解读这首词之前，笔者不是没有注意到，不止一位著者认定此阕系词人如越省亲过程中游览杭州时所作，而且也都有至少能够自圆其说的依据。这里之所以略有提前，主要是基于对词人创作心理的不同理解和与其前不久词作的心理衔接。

有道是"一举成名天下知，十年窗下无人问"！首举败北，对于任何一位士子的打击都是极为沉重的，对于众人眼中的大才子，又自视甚高的秦观来说，由此而生发的沮丧心理，远不是上述一首《画堂春》能够排解得了的！况且家门亲族对于他这位长孙的指望，好事者的冷嘲热讽都不是很容易抗拒的心理压力。词之下片的"任人笑生涯"、"尘劳事"、"有耳谁听"云云，不仅是禅意、佛语的表达和运用，更与上述心理压力密切相关，甚至整首词都堪称充盈着禅门的"慧力"、"慧光"。与"清风"、"霁天"类似的"江浸月"、"秋月夜"，以及同一属类的水草，在白居易的《琵琶行》中是"枫叶荻花秋瑟瑟"、"黄芦苦竹绕宅生"的满目凄切，而在此词中则仿佛是"无垢清净光，慧日破诸暗，能伏灾风火，普照明世间"（《法华经·普门品》），以及"慧光明净，超逾日月"（《无量寿经》下）等所说的"慧日"、"慧光"

的翻版。窃以为，此词不在于刻意描摹自然风景如何光鲜宜人，而主要是借以抒发与压抑相抵对的禅悦心态。

当然，词人这次得以从"苦海"中较快地挣脱出来，主要还是人的因素。秦观在几个特定的阶段都是属于那种"朋友多了路好走"的人。比如在得知秦观落榜后，参寥子立即作诗百般安抚；苏轼则除了一再致函对"秦君举进士不得"为之"甚惋叹"外，诗中更云："回看世上无伯乐"，这对当事者该是多大的慰藉！秦观因为搭上了苏轼南去的便船，从而走出了失落的阴影。

【集评】

1. 李攀龙《草堂诗余隽》卷四眉批：一丝牵动一潭星，惊人语也。眠风醉月渔家乐，洵不可诬；评语：值秋宵之景，驾一叶扁舟于凫渚鸥汀之中，潇洒脱尘，有嚣嚣然自得之意。

2. 陈廷焯《词则·大雅集》卷二云"金钩细"三句：警绝。

3. 《唐宋词鉴赏辞典·唐·五代·北宋卷》艾治平：整首词景色如画，虽有"红蓼花繁"，但全幅画面淡素雅洁，清丽恬静。作者写来情景融和，直抒胸臆，表现出他对"泛梗飘萍"生涯很自得，看似淡然、坦然，实际上郁积着不平和愤懑的心情。透过表象，结合秦观的为人，看他的"任人笑"的话语，显然是"弦外有音"——而这，与他的写景、抒情又融合为一，含蓄不露，从而造就成一件"咀嚼无滓，久而知味"（张炎《词源》）的精美艺术品。

4. 周义敢、程自信、周雷《秦观集编年校注》（下）：楚江秋钓，啸傲风月，寄情闲散，胸次恬淡，该是中举前游润州、金陵等地时之作。元丰年间，作者与金陵王荐（字元龙）游，见卷七《与倪老伯辉宿九曲池有怀元龙参寥》诗注。李之仪有词《采桑子·席上送少游之金陵》，亦可佐证。

5. 徐培均、罗立刚《秦观诗词文选评》：与前此渔父词多是小令不同，作者第一次以长调慢词的形式写渔父词，可以说对长调题材有所突破。词写月下江天清冷景色，营造空灵静谧氛围，抒写渔父怡情山水、忘怀尘世之思，给人表里俱澄澈之感。犹为惊警者，"金钩细"三句，摹画出渔父一丝牵动满潭星辰意境，设象新颖，气象浑涵，高逸之中自饶豪情，历来最受称道。"清风皓月，相与忘形"两句，更有同与大道相与物化之意，隐然有仙风道骨。此种情怀，若孤立地看，绝不会将之与"专主情致"之秦少游相联系。所以，在《增修笺注妙选群英草堂诗余》下卷之中，此词即被误列张子野（张先）名下，题作"渔舟"。可见，作家风格多样，少游不"专主情致"，不仅在其后期有突出的表现，而且在其前期也是有所表现的。

6. 姚蓉、王兆鹏《秦观词选》：此词似为元丰二年（1079）中秋节后，作者游览杭州一带时所作。词开篇即勾勒出一幅阔大清幽的秋江月夜图：红色的蓼花繁茂盛开，黄色的芦叶零乱衰萎，白色的露珠在夜色中晶莹闪亮，秋高云淡，天霁江清。境界阔大而又清朗脱俗的自然环境，令人心胸开阔，顿生出世之想……这样的人生，在他人看来或许是"泛梗飘萍"，苦不堪言，词人却自得其乐，因而有了"饮罢不妨醉卧"之举。这一场醉卧，可以让他不去理会那些"尘劳事"，可以让他日高不起，偶尔放纵自己。但也是这一场醉卧，可以看出词人内心无法排遣的苦闷，无法摆脱的人生烦恼。正因为如此，这个能使词人暂时忘怀奔波游宦的失意与不平的素雅恬淡的月夜，就更加美好，更令人留恋。

二、如越省亲，"乌台诗案"及心系"二苏"之作

（公元 1079—1081 年）

机缘，对于人生的顺逆成败至关重要。眉山苏轼和高邮秦观从投缘到深交，彼此尝尽了人生顺逆成败的多种况味。对于秦观来说，其跻身"苏门"洵为始得名于苏轼，终得罪于苏轼，最后甚至为苏轼搭上了自己的一条命。所以苏轼在得知秦观卒于藤州后，以无比沉痛的心情说道："少游已矣，虽万人何赎！"

　　秦观和苏轼的关系说来话长，除却《苏小妹三难新郎》把秦观说成苏轼妹婿的戏言，早在二人谋面之前，秦即为苏的铁杆粉丝。当秦观得知苏轼由杭州通判转知密州，途经扬州时，便事先赶到扬州一山寺，模拟苏轼笔迹作了一首题壁诗。此事虽见诸记载，似仍属传说。而在苏轼知徐州后，秦观曾托人将高邮"土物"，即莼菜、糟蟹等代赠苏轼品尝，则是事实。如果说苏、秦的上述交往尚属前奏或预演，那么公元1078年，秦观赴汴京应试，途经徐州才第一次拜见了苏轼。从此二人便开始了实质性的交往。首先，秦观在苏轼收藏的崔徽肖像画上写上述题画词——《画堂春》，不久秦观落榜，苏轼以诗函为之惋叹和深情慰藉。尔后，苏知州坚持徐州抗洪以修建黄楼作纪念，秦观所作《黄楼赋》，苏轼誉之有屈、宋才。

　　时光荏苒，转瞬苏轼知徐州秩满，移知湖州。途经高邮，秦观之盛情接待、殷勤奉陪则可想而知，这是公元1079年春天的事情。这时，秦观叔父任会稽尉、祖父随居已历时有年，秦观早有前往省亲之想，遂搭乘苏轼便船，一行五人沿途同游苏、浙多处风景名胜之后，分赴各自的目的地。秦观在会稽备受主人器重、尽享天伦之乐的同时，得知苏轼遭遇"乌台诗案"，为之牵肠挂肚，曾亲赴湖州探听消息……这一切，或隐或现地写进了有关诗词之中。在此向读者郑重推荐的除了宋词中的压调之作《满庭芳》（山抹微

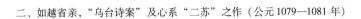

云），另有此首的兄弟篇《临江仙》（髻子偎人），从中不仅可以得悉秦观作词的独步一法——"将身世之感打并入艳情"，亦可从中窥见秦观对于苏轼、苏辙两兄弟的一颗赤诚之心！

望海潮①

秦峰苍翠②，耶溪潇洒③，千岩万壑争流④。鸳瓦雉城⑤，谯门画戟⑥，蓬莱燕阁三休⑦。天际识归舟⑧。泛五湖烟月⑨，西子同游⑩。茂草台荒⑪，苎萝村冷起闲愁⑫。　　何人览古凝眸。怅朱颜易失，翠被难留⑬。梅市旧书⑭，兰亭古墨⑮，依稀风韵生秋。狂客鉴湖头⑯。有百年台沼，终日夷犹⑰。最好金龟换酒⑱，相与醉沧洲⑲。

【注释】

① 望海潮：《词谱》卷三四列柳永所作（"东南形胜"）为正体，此词咏钱塘胜景，而钱塘秋潮为天下奇观，调名当取其意。双调，一百零七字，上片十一句五平韵，下片十一句六平韵。词题一作《越州怀古》。

② 秦峰：即秦望山。孔灵符《会稽记》："秦望山在州城正南，为众峰之杰，入境便见……昔秦始皇登此，使李斯刻石，其碑见在。"

③ 耶溪：即若耶溪，一名浣纱溪，相传西施曾浣纱于此。《会稽志》："若耶溪在会稽县南二十五里，北流与镜湖合。"

④ "千岩"句：意谓会稽山水绝胜。《世说新语·言语》："顾长康（即东晋画家顾恺之）从会稽还，人问山川之美，顾云：'千岩竞秀，万壑争流，草木蒙笼其上，若云兴霞蔚'。"

⑤ 鸳瓦：鸳鸯瓦的略称。元稹《茅舍》诗："旗亭红粉泥，佛庙青鸳瓦。"雉城：即雉堞。城墙长三丈广一丈为雉；堞：女墙，即城上端凸凹叠起之墙，泛指城墙。鲍照《芜城赋》："是以板筑雉堞之殷，井干烽橹之勤。"

⑥ 谯门画戟：谯门，建有瞭望楼的城门。周祈《名义考》："古者为楼以望敌阵，兵列于其间，下为门，上为楼，或曰谯门，或曰谯楼也。"画戟，古代

兵器名，有彩画的戟。孟元老《东京梦华录·驾行仪卫》："画戟长矛，五色介胄。"王维《燕支行》："画戟雕戈白日寒，连旗大旆黄尘没。"

⑦ "蓬莱燕阁"句：蓬莱燕（宴）阁，即会稽名胜又作为游宴之所的蓬莱阁。《会稽续志》："蓬莱阁在设厅之后卧龙山下，吴越钱镠所建。"三休，本谓休止三次。贾谊《新书·退让》："翟王使使之楚，楚王夸使者以章华之台，台甚高，三休乃至。"此处借以形容蓬莱阁之高。

⑧ "天际"句：此系谢朓诗之成句。最初语出《之宣城郡出新林浦向板桥》："天际识归舟，云中辨江树。"此处或以柳词为典，下详"心解"。

⑨ 五湖：历来说法不一，一指太湖。《国语·越语下》："战于五湖。"韦昭注："五湖，今太湖也。"《水经注·沔水》："范蠡灭吴，返至五湖而辞越，斯乃太湖之兼摄通称也。"

⑩ 西子：即西施，春秋时越国美女。事见《吴越春秋》逸篇及《越绝书》。她是诸暨苎萝山的卖柴女子。因其姿色绝佳，越王勾践为了复兴越国，将她献给吴王夫差，遂成宠妃。吴亡，与范蠡偕入五湖。

⑪ 茂草台荒：意谓姑苏台上杂草丛生，一片荒芜。姑苏台，在今苏州市西南的姑苏山上，又名胥台。春秋时吴王阖庐所筑。《吴越春秋》："吴王既得西施，甚宠之。为筑姑苏台，高三百丈，游宴其上。子胥谏曰：'吾恐姑苏台不久为麋鹿之游矣！'"

⑫ 苎萝村：在苎萝山下，相传为西施的出生地。《舆地志》："诸暨县苎萝山，西施、郑旦所居，其方石乃晒纱处。"李白《西施》诗："西施越溪女，出自苎萝山。"

⑬ 翠被：饰以翠羽的外氅。《左传·昭公十二年》："楚子次于乾溪，以为之援。雨雪，王皮冠、秦复陶、翠被、豹舄，执鞭以出。"杜预注翠被曰："以翠羽饰被。"比拟衣饰之华贵。

⑭ 梅市旧书：梅市，地名。这里指汉梅福隐居之地。《汉书·梅福传》："梅福，字子真，九江寿春人也。少学长安，明《尚书》《谷梁春秋》，为郡文学，补南昌尉……王莽颛政，福一朝弃妻子，去九江，至今传以为仙。其后人有见福于会稽者，变名姓，为吴市门卒云。"方勺《泊宅编》卷上："西海梅福，自九江尉去隐，为吴门卒。今山阴有梅市乡，山曰梅山，即其地也。"

⑮ 兰亭古墨：当指兰亭帖。晋王羲之于永和九年三月三日同谢安等四十一人会于会稽山阴之兰亭，修禊褉之礼。羲之作《兰亭序》，用蚕茧纸、鼠须笔书，凡二十八行，三百二十四字，有重文者，字体悉异，世称为《兰亭

帖》。在陈、隋以前，其名尚不甚重，唐初李世民酷爱二王书法，从羲之七世孙僧智永的弟子辩才处得其真迹，分拓数本，以赐皇子近臣。虞世南、褚遂良等始盛推之，后代益加夸饰，以此为真书之极轨。李世民死时，以真迹殉葬于昭陵。事见张彦远《法术要录》三何延之《兰亭记》桑世昌《兰亭考》三。兰亭系地名。《舆地志》："山阴县西有兰渚，渚有兰亭，王羲之所谓曲水之胜境，制序于此。"在今浙江绍兴市西南，为一大名胜。

⑯ 狂客：指贺知章。字季真，唐越州永兴人。证圣元年登进士第，授国子四门博士，后迁太常博士。开元十年入丽正殿修书，十三年迁礼部侍郎，后为太子宾客、秘书监。为人旷达不羁，不拘礼法。善谈笑，时人誉为"清谈风流"。晚年尤放诞，自号"四明狂客"。贺知章能诗，且兼善草、隶二书。天宝三载上疏请度为道士，归隐鉴湖，不久病逝。事见新、旧《唐书》本传。鉴湖，又名镜湖、庆湖，在今浙江绍兴会稽山北麓。东汉时会稽守马臻主持修筑，历代续有增修。《新唐书》本传有云："有诏赐镜湖、剡川一曲。"李白《对酒忆贺监二首》其二："狂客归四明，山阴道士迎。敕赐镜湖水，为君台沼荣。"

⑰ "有百年"二句：指有古老的水陆景观供人游赏消遣。夷犹：从容不迫的样子。张耒《泊长平晚望》诗："川稳夷犹棹，春归杏霭天。"

⑱ 金龟：唐代官员的一种佩饰。唐初，内外官五品以上，皆佩鱼袋。天授元年，改内外官所佩的鱼袋为龟袋。三品以上龟袋用金饰，四品用银饰，五品用铜饰。见《旧唐书·舆服志》。亦指所佩杂玩之物。李白《对酒忆贺监诗序》："太子宾客贺公，于长安紫极宫一见余，呼余为谪仙人。因解金龟换酒为乐。"

⑲ 沧洲：滨水的地方。古代常用来称隐士的居处。阮籍《为郑冲劝晋王笺》："然后临沧州而谢支伯。"谢朓《之宣城郡出新林浦向板桥》诗："既欢怀禄情，复协沧州趣。"

【心解】

鉴于对此词作了较为详尽的"注释"，那么对其内容和题旨的"心解"，便无庸赘言。所以不妨换一个角度，说一说，为什么不止一个版本将此词题作《越州怀古》。窃以为这一词题不仅不是空穴来风，率尔题写，反倒具有为本词"点睛"之效，为正确解读此词开启了方便之门。

或曰：秦观词作由"偎红依翠"、"浅斟低唱"，到"感物怀古"的转换，是否与他零距离地接触了苏轼有关？因为没有谁比苏轼的《赤壁怀古》更出色、更有名，从而启迪了秦观？答曰：事实并非如此。理由是：秦观对苏轼其人的追随不免有某种狂热之举，但其对苏词的学习所遵循的实事求是的规则，自始至终都能从本人的"心气"出发，学什么、不学什么都是非常理智的，并无一味慕名妄动之举。

又或曰：《淮海词》中的名作《千秋岁》，一说系《念奴娇》一个别名，这会不会是秦观变相对于苏轼《念奴娇》的步武呢？答曰：这正是多年来笔者一直在寻找机会向读者朋友澄清的一个问题。是的，本人也从有的工具书中发现，有在《念奴娇》调下注作"又名《千秋岁》"之说，这却是一个显而易见的错误。《千秋岁》的字数分七十一字和七十二字两体，而《念奴娇》又名《百字令》等等，每首规定一百字。所以说《念奴娇》与《千秋岁》系夐异其趣的两个词调，秦观并无变相步武之嫌。

只需略加回溯，便不难得知，抒写"怀古"内容的词作并非始于苏东坡，比他早出生五十多年的柳永曾写过多首"怀古"题材的词作，东坡《赤壁怀古》中的名句"江山如画"，几十年前就已出现在柳永调寄《双声子》之中……《越州怀古》无可辩驳地作于秦观如越省亲的公元 1079 年。本年五月，偕行的苏轼就任湖州知州，秦观则独自前往会稽，遂得以游览秦望山，从而写了这首词，而苏轼《赤壁怀古》则作于其罹"乌台诗案"、被贬黄州、游览黄州赤鼻矶的公元 1082 年。当中有三年之久的时间差。

有趣的是在柳、苏、秦之间，有一种词学现象颇可玩味——即柳永《乐章集》、苏轼《东坡词》、秦观《淮海词》之间，仿佛在作一种捉迷藏的游戏，笔者说不出个所以然，所以在此拟与读者朋友共同探讨的是：柳永有创调和压调之作《望海潮》（东南形胜），而苏轼始终未曾"问鼎"于这一词调。苏轼有"密州三曲月经天"中的《水调歌头》（明月几时有）和"赤壁绝唱"中的《念奴娇》（大江东去），秦观对这两个使用频率很高的词调也未曾"染指"，这是基于一种怎样的创作心理呢？深望有识者有以教我！而对于秦词与柳词的另一层更重要的关系，自认已经琢磨出一点所以然，即秦观不会否认自己有学柳词之事。把他说成对于此事羞羞答答、欲盖弥彰云云，那是黄昇在《花庵词选》中的编造。对此将在下述的《满庭芳》（山抹微云）一词的"心解"中加以澄清。这里拟着重介绍的是在本词"注释"⑧中所留下的一个悬念，窃以为由此可以进一步解开"秦观学柳永作词"之谜——他不是笨拙地具体模拟某一首柳词，比如此首《望海潮》这一调名系柳永所创，上片的"天际"句则是对柳词《八声甘州》下片"误几回，天际识归舟"的反意取用。承上，用以形容会稽蓬莱阁之高邈，启下，引出与"西子"有关的故事。而这个故事也正是早已见于柳永所创制的《西施》词调第一首"苧萝妖艳世难偕"的与西施有关的故事系列，堪称柳、秦词学关系的一则力证。

"秦观学柳永作词"另一值得一提的是秦词的避俗出新，比如《望海潮》这一词调柳永原是用以书写钱江秋潮之壮观、杭州之繁华；秦观没有亦步亦趋，他是用来怀古而启今。柳词结拍赤裸裸讨好上司孙沔（非孙何），谀意昭彰；秦观乍到越州即对此地河山胜概、人物故事，一一写来，如数家珍，此举不无取悦于主人的用意，但是秦词却以豁达、超脱之笔出之，含而不露。

针对这首词，不妨顺便提及一下李清照在《词论》中批评："秦（观）即专主情致，而少故实，譬如贫家美女，虽极妍丽丰逸，而终乏富贵态。"且不说在这里我们与李清照有着不尽相同的审美情趣，仅就秦词之实情而言，其现存词七八十首中，一则不都是描写男女之恋的"专主情致"的爱情词，即使这类词中也不乏"故实"，比如五十六字的《鹊桥仙》应属"专主情致"的小令，而其中的用事用典竟多达六七处；至于《淮海词》中占有相当比重的登临怀古及其他题材的长调词所用"故实"，正如明代人沈际飞所云："词为故实拖迤所累"（《草堂诗余续集》）。不止这一首，对于《淮海词》中约占半数的中、长调词作的注释，不是一件轻而易举的事。笔者在注释中所遵循的规则是通俗、简约，力避重复引用书证，比如注释⑰的"夷犹"，在本词中是从容不迫的意思，这与《楚辞·九歌·湘君》："君不行兮夷犹"中的"夷犹"作"迟疑"解不同，所以不必用《湘君》作书证，只引张耒诗句中的可直接作"从容"解即可。

【集评】

1. 杨世明《淮海词笺注》：此词咏会稽古迹，为作者元丰二年（1079）往会稽省大父承议公及叔父定时所作。年三十一岁。时会稽守程公辟师孟颜加优容，馆之蓬莱阁，日与游宴唱和。《淮海集》尚有《谢程公辟启》、《游鉴湖》诗、《蓬莱阁》诗等，均同年所作，可参看。

2. 周义敢、程自信、周雷《秦观集编年校注》（下）：此首作于元丰二年游越州时。词人常列席知州程公辟所设宴会，词作或为佐欢。底本、绍熙本调下无题。诸明刻本调下均题作《越州怀古》。

3. 徐培均、罗立刚《秦观词新释辑评》：过片承上阕意脉。所谓"何人",实为词人自己,托言"何人",似宕开一笔,更具感情色彩。"览古凝眸",总结上文,自"天际识归舟"以下,皆凝眸览古时所生的感慨。"朱颜易失,翠被难留"皆由西子生发。想当年西施以朱颜绿鬓取媚于吴王,可是随着岁月的流逝,"镜里朱颜改",不知所终。而越王初得西施时,曾"饰以罗縠,教以容步",及献于吴王,又得异常宠幸,让她居于豪华的馆娃宫。"翠被难留"即概括以上史实,谓即使享受优越的待遇,也留不住西施。此二句颇富人生哲理,值得细细吟味。

4. 姚蓉、王兆鹏《秦观词选》:……天际归舟,不仅将词人的视线从眼前拉向远处,更将词人的思绪从现在拉向过去,越女西施的故事因此浮现心头。吴越时期,骄淫的吴王夫差因宠爱西施而亡国的史事,明智的越大夫范蠡功成身退、偕同西施泛舟五湖的传说,常常令后人感慨万千,大发议论。而词人却将深沉的历史喟叹,寓于"五湖烟月"、"茂草台荒"、"苎萝村冷"等朦胧、冷落的景物描写中,写景与咏史融为一体,于凄冷的意境中透露出历史的怅惘感。

虞美人①

行行信马横塘畔②，烟水秋平岸。绿荷多少夕阳中，知为阿谁凝恨③、背西风。　　红妆艇子来何处？荡桨偷相顾。鸳鸯惊起不无愁，柳外一双飞去、却回头。

【注释】

① 虞美人：唐教坊曲，用作词调。又名《虞美人令》、《巫山十二峰》、《一江春水》等。一说此调起于项羽《虞兮之歌》；一说调名本于雅州名山中应拍而舞的"虞美人草"；亦有谓此调源于琴曲者。《词律》卷八列蒋捷等二体。《词谱》卷一二列李煜"风回小院庭芜绿"一首为正体，双调，五十六字，上下片各四句，两仄韵，两平韵。本词同此体。另有别体多种。

② 信马：听凭坐骑随意而行。元稹《过襄阳楼呈上府主严司空……》："有时水畔看云立，每日楼前信马行。"横塘：这里指会稽的一处东西向的荷塘。当与后世陆游《横塘》诗所指为同一游赏之处。陆诗云："横塘南北埭西东，拄杖飘然乐未穷。"

③ 凝恨：张相《诗词曲语辞汇释》下册卷五："凝，为一往情深专注不已之义，犹今所云'发痴''发怔''出神''失魂'也……有曰凝恨者。柳永《塞孤》词：'算得佳人凝恨切，应念念，归时节。'凝恨，恨之不已，犹云积恨也。"李山甫《隋堤柳》："曾傍龙舟拂翠华，至今凝恨倚天涯。"

【心解】

要想读出这首词的真谛，必须了解当时所发生的对于苏轼来说堪称生死攸关的一件事，这就是"乌台诗案"。此案详见署名朋九万的一部资料集，现有《丛书集成初编》本。简而言之，乌台，即御史台。宋神宗元丰二年七月，权御史中丞何大正、舒亶、李定，国子博士李宜之等奏称知湖州苏轼以诗文谤讪朝政；八月苏轼自湖州召回，下御史台狱审问；十二月结案，苏轼被贬为黄州团练副使。史称此案为"乌台诗案"。该案卷收录有关此案的何大正、舒亶、李定所上札子，李宜之所进状，苏轼所供状，及御史台奉诏命彻底查究后的结案状等，均系原文实录，比较完整地保存了此案的档案资料，这些材料对于了解秦观如越省亲期间的有关词作之题旨，洵为难得之实证。这首词就是"乌台诗案"发生之初所作，这有秦氏宗亲秦瀛所编《淮海先生年谱》的相关记载为证："（元丰二年）七月，闻苏公被诏狱，（谱主秦观）亟渡江至吴兴，问讯得实。"

秦观不顾嫌疑，亲自到吴兴（属湖州）探知苏轼被捕的实情，对他来说不啻是一个晴天霹雳，他再也无心与盛情款待他的越州官衙诸公诗酒赓和、探胜怀古，便独自信马由缰来到了镜湖附近的一处"横塘"岸畔，看到雾气蒸腾的秋水涨平了塘堤和"夕阳"映照的"绿荷"，不禁想起了自己一向喜爱的："多少绿荷相倚恨，一时回首背西风"的诗句。这首题作《齐安郡中偶题二首》其一中的杜牧诗，正是诗人于会昌三年任黄州刺史受到宰相李德裕打压时所作，借"绿荷"摅发内心的怨悒。此情此景与苏、秦的处境如此契合，遂将上述杜诗隐括为"绿荷多少"二句。所不同的是，在杜诗中只是"相倚恨"，而在秦词中则是"知为阿谁凝恨"。杜牧所抒发的是自身怨恨，语气较平和，秦观在表述自己科举失意的《画堂春》中，也只是说"此恨谁知"，情绪和语气也是较为平和；而这一次，因为是"为阿谁"，也就是为苏轼的遭遇而"凝恨"。从上述注释中得知，"凝恨"的分量，大大重于"相倚恨"和他本人初次落第后的"此恨"。在词人看来，苏公的入狱是天大的怨恨，就连"横塘"中的"绿荷"也背转身来躲避这股扼杀生灵的秋气"西风"！

下片的字面通俗易懂，无须注释，但是又不能不指出的是——表层语意的浅显，并非深层寓意的裸露。这里涉及一个秦观作词的手法问题。周济在《宋四家词选》中，针对《满庭芳》（山抹微云）一词，提出了秦观作词的"一法"，即"将身世之感打并入艳情"，从而对破解《淮海词》中艳情词之谜，提供了一把金钥匙。不才曾郑重地将这"一法"诠释为秦观作词的"独步一法"，并多次尝到了适当运用此法解读相关秦词的甜头。

如果说略晚于此词数月的《满庭芳》（山抹微云）系成熟运用这"独步一法"的代表作，那么，这一首《虞美人》（行行信马横塘畔）则是秦观运用这"一法"的初步尝试，比如"红妆"句的表层语意一目了然，而其深层寓意岂非指词人由越州返回吴兴之举？紧随其后的"荡桨"句，特别是"偷相顾"的字眼儿，难道不是以与"红妆"女子的眉目传情，借指词人私下打探消息之事？以下的"鸳鸯"句所比拟的正是曾几何时苏、秦间形同鸳鸯的亲密关系！眼下这双鸳鸯惊恐不已，苏轼一度以为自己必死无疑而安排了后事……被抓走的苏轼也可以说是"飞去"了，结拍的"却回头"，不消说是指词人又从吴兴返回会稽的行踪。设身处地地想一想，这之后的三四个月的光景，词人所经受的怕是比炼狱还炼狱的痛苦折磨，唯其如此，所以才催生出一首词史上的压调之作——《满庭芳》（山抹微云）！

【集评】

1. 杨世明《淮海词笺注》：此词写独游横塘，适见红妆，西风夕阳，益添愁思。

2. 周义敢、程自信、周雷《秦观集编年校注》（下）：词中提及"横塘"，此于江南常见，古诗词咏及者有金陵、苏州、杭州等处。此首或作于元丰二年秋游越州时，其《游龙门山次程公韵》诗，有："路转横塘入乱峰，遍寻潇洒兴无穷"之句。横塘临鉴湖，湖多游艇与绿荷。

3. 徐培均、罗立刚《秦观诗文选评》：此词是写词人游冶时所见所思。起首二句，交待词人游历所在。信马横塘，见悠然之态。"烟水"一句，状所见之景。马踏秋阳，面前一片美景，词人心情可知。三、四句，兴起幽思。面对夕阳绿荷，因其神姿而起幽恨，却不知其因，怅然若有所失。唐朝诗人杜牧有《齐安郡中偶题》诗："多少绿荷相倚恨，一时回首背西风。"杜牧多情，以荷拟人，以美景喻美人，以袅娜之态见凝愁之姿，词人多愁，偏被佳句勾起幽思：这满地的荷叶又是在为谁凝恨发愁呢？这收煞处一问，无端兴起愁怀，引逗下片词情。下片，问荷无语，所以当身着红妆的少女划船经过时，难免再发一问。此一问较前一问更显突兀而无理由。"荡桨偷相顾"逗出其中隐情：船上红妆偷眼，打动其人情怀。最后两句，鸳鸯惊起徘徊之景，寓词人一时艳思，也是前面两问的答案所在。在词人眼里，鸳鸯成了愁情的化身：原来满池的荷叶，就是为这对鸳鸯凝恨！如此安排，使词情更显婉曲多情致，而且以景语作结，犹显要眇传情。

4. 姚蓉、王兆鹏《秦观词选》：……下阕则重在描摹动态，行驶的小船、荡桨的少女、惊起的鸳鸯，这些充满意趣的动景，搅动了上文平静的水乡画面，也搅乱了词人的"凝恨"。对"红妆艇子来何处"的疑问，既写出横塘荷叶茂盛，遮蔽了其中的采莲小舟的实景，也传达了词人太专注于自己的心事，船儿划到跟前才惊觉的反应。然而看不到船来自何处的词人，却能敏锐地观

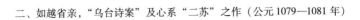

察到船上少女对他"偷相顾"的细微举动，其中的奥妙大概在于，眼前少女羞涩而大胆的行为，触动了他内心某个柔软的角落，令他想起了某个有过类似举动的人儿吧。船儿行经时惊起的一双鸳鸯，展翅向柳外飞去又回头观望的情景，更引发了词人内心的愁绪，以致觉得被惊的鸳鸯都"不无愁"了。词作动静结合，寓情于景。尤其是下阕对"偷相顾"的采莲女与惊起却回头的鸳鸯的刻画，细腻生动，并含蓄地回答了上阕"为阿谁凝恨"的疑问，婉曲地表达了相思怀人的主题，堪称佳作。

满庭芳

山抹微云，天粘衰草，画角声断谯门①。暂停征棹②，聊共引离尊③。多少蓬莱旧事④，空回首、烟霭纷纷⑤。斜阳外，寒鸦万点，流水绕孤村⑥。

销魂⑦。当此际，香囊暗解⑧，罗带轻分⑨。谩赢得青楼，薄幸名存⑩。此去何时见也？襟袖上、空惹啼痕。伤情处，高城望断，灯火已黄昏⑪。

【注释】

① 画角：古乐器，出自西羌。形如竹筒，本细末大。以竹木或皮革制成，因外加彩绘，故名画角。发声高亢哀厉，古时军中多用以警昏晓。杜甫《奉送王信州崟北归》："壤歌唯海甸，画角自山楼。"谯门：见上《望海潮》注释⑥。

② 征棹：指远行之舟，犹言征帆。庾信《应令》诗："浦喧征棹发，亭空送客还。"

③ "聊共"句：意谓姑且举起饯别的酒杯。引，可作"持"解。尊，同樽，古代盛酒的器具。

④ 蓬莱：此处指会稽蓬莱阁。

⑤ 烟霭：云气。唐德宗《重阳日即事》诗："令节晓澄霁，四郊烟霭空。"

⑥ "寒鸦"二句：隐括隋炀帝诗句："寒鸦千万点，流水绕孤村。"详见叶梦得《避暑录话》卷二。

⑦ 销魂：因过度刺激而神思茫然，仿佛魂将离体，多用以形容悲伤愁苦时的情状。古人把人的精灵叫作"魂"。江淹《别赋》："黯然销魂者，唯别而已矣。"

⑧ 香囊：装香料的小袋，古人常佩于身上或系于帐中。古乐府《孔雀东南

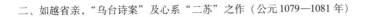

飞》："红罗复斗帐，四角垂香囊。"《晋书·谢玄传》："玄少好配紫罗
香囊。"

⑨ 罗带：质地稀疏而轻软的丝带，打成同心结，以表情爱。韦庄《清平乐》：
"惆怅香闺渐老，罗带悔结同心。"以上二句意谓以互赠香囊、罗带之类的
佩饰之物，以表情意。

⑩ "谩赢得"二句：取意于杜牧《遣怀》诗："十年一觉扬州梦，赢得青楼薄
幸名。""谩"在这里可引申为"徒然"、"空有"。

⑪ "高城"句：虽然对于欧阳詹《初发太原途中寄太原所思》诗："高城已不
见，况复城中人"有所取意，亦堪称与词之情境颇为契合，但是也不能排
除有某种障眼的成分，以之转移别有用心者在苏、秦关系上做"文章"。

【心解】

此词被王兆鹏教授等列为"宋词名篇百首序列"的
二十九位。这百首名篇中只有两首《满庭芳》，另一首是
周邦彦的"风老莺雏"，名次是第三十五位。这两种名
次，至少可以在一定程度上说明，秦淮海的这首《满庭
芳》堪称实至名归的"压调"之作，即同调宋词中最著
名、最好的一首。唯其如此，古今人士对于淮海的这首
名作竞相品评，各种言论几难胜数。古人中除了持有卓
见的周济外，尚有严有翼等少数几家也提供了较有价值
的资料，其他多系人云亦云，似是而非，乃至大错特错。
以下仅就较有代表性的言论，试加辨析：

对于一首词的合理编年和对其本事、题旨的恰当感
知、领悟，是正确解读的前提和关键所在。令人不胜遗
憾的是古今的一些大名家对此都作出过错误判断。比如，
认为此词系作者"被放"后，即遭贬离京之后的宋哲宗
绍圣年间（1095—1098）所作。这一错误近些年相继得
以纠正和彻底纠正，有关论著大都能够正确断定此系少
游于元丰二年（1079）如越省亲稍后所作。这是此词解
读中的可喜进展。但是对于词中的要害之句，即上片第
六句"多少蓬莱旧事"解读的进展则不尽如人意。因为

在三个词组中，近些年的有关论著，只将"蓬莱"在其表层语义上做了正确的训释，指出了这是当年会稽的一处有名的游宴之所，而不是泛指传说中的海上三神山之一的蓬莱仙山。而对于此句中的"多少"和"旧事"则仍然不加理会，甚或想当然的理解为这是发生在词人与其"席上有所悦"者之间的情事。于是便大讲词人与这位身价略似与当今之三陪女子之间的眷眷深情和恋恋不舍！敢问这是否有些跑题？你想啊，秦观此次前来省亲满打满算八个月，况且词中所写主要是"当此际"，也就是前不久分手之际的情景！词人与这位"席上有所悦"的萍水相逢，可以肯定没有"多少"牵肠挂肚的"旧事"可言！至于词人心目中的这许多"旧事"是指什么而言，请详见下文。

与对"多少"和"旧事"的未解乃至错解相关联的是词人将其何种"身世之感打并入"此次艳遇之中的？对此有一种说法是：秦观在作此词的前一年乡试落榜，年过而立无所成就。言外之意"打并入艳情"的有一种科举失意的伤感。窃以为，名落孙山虽然会给秦观造成某种失落，但也不至于达到绝望的地步。因为秦观对于首次科考，颇有掉以轻心之嫌，没有付出特别艰辛的代价，多寄希望于干谒、行卷上。而他所干谒的对象如苏轼等又不是那种一言九鼎的靠山；加之他一直热衷于送往迎来、探亲访友，甚至类似后世贾宝玉的无事忙……在一定程度上是主观原因所造成的落选，为此伤感不是多么值得同情的，也构不成多么深沉的身世之感，所以在此词中所寄托的是远比科举失意沉痛得多的一种心情。

如果说上述对于秦观这首《满庭芳》的一些不够准确到位，或存在某种错误的解读，尚情有可原，那么以下则是一种不可宽恕的谰言：

后少游自会稽入京，见东坡。坡云："久别，当作文甚胜，都下盛唱公'山抹微云'之词。"秦逊谢。坡遽云："不意别后，公却学柳七作词。"秦答曰："某虽无识，亦不至是。先生之言，无乃过乎？"坡云："'销魂当此际'非柳词句法乎？"秦惭服。然已流传，不复可改矣。又问别作何词，秦举"小楼连苑横空，下窥绣毂雕鞍骤。"坡云："十三个字，只说得一个人骑马楼前过。"秦问先生近著，坡云："亦有一词，说楼上事。"乃举"燕子楼空，佳人何在？空锁楼中燕。"晁无咎在座，云："三句说尽张建封燕子楼一段事。奇哉！"

　　　　　　　　　　　　——黄昇《花庵词选》卷二

　　乍一看这段记载像是煞有介事，稍加推敲便可发现漏洞百出，比如，一上来就纯属无稽之谈。秦观平生两次赴会稽，一次是元丰二年前来省亲，八个月后径返高邮；第二次是元丰四年春，叔父进京改官，少游赴会稽迎接祖父还高邮，并将亡婶灵柩安置于扬州。压根就没有自会稽入京之举。再比如"秦问先生近著"云云及苏轼答话亦均属臆度。因为苏轼关于燕子楼《永遇乐》一词，不仅于元丰元年在徐州早于秦观《满庭芳》（山抹微云）所作，而且苏轼离开徐州经扬州等地与秦观等结伴南去湖州上任，一路谈资广泛，自然会涉及《永遇乐》这一重要词作。退多少步来说，即使途中未予提及，也绝不是"入京"后的"近作"！

　　更加不可宽恕的是：早在宋孝宗乾道三年（1167）已成书的胡仔《苕溪渔隐丛话》后集卷三十三《秦太虚》条所引《艺苑雌黄》不仅将这首《满庭芳》写作时空和"席上有所悦"的"本事"交代得清清楚楚，还强调指出"其词极为东坡所称道，取其首句，呼之为'山抹微云君'……"与此同时或略早的蔡絛《铁围山丛

57

谈》卷四颇为生动地形容范温自称"'山抹微云君'女婿",以致令"闻者多绝倒"!不言而喻的是其老泰山的这一佳作和佳句为他带来了何等体面!总之,在南北宋之交的多种载籍中均谓此词为苏轼所激赏,从而轰动一时,声名远播!但是,约在百年之后,成书于宋理宗淳祐九年(1249)黄昇《花庵词选》卷二竟将"其词极为东坡所称道"的事实,"戏说"为上述那段东坡对秦观其人其词极尽讽刺挖苦之能事,岂有此理!

鉴于黄昇素有"弃科举,雅意读书"、人以"泉石清士目之"的好名声,及其《花庵词选》颇为后世所称重,所以上述那段恣情编造、破绽明显的话,至今多被作为正面资料频频征引,从而对于秦观的这一佳作加以不着边际的说三道四⋯⋯作为《淮海词》的爱好者和研究者,不才为了反驳黄昇的这一错误评注,对于秦观这首词写作的前因后果,作了自以为是苦心孤诣地探本溯源,从而得知——

宋神宗元丰二年(1079)春夏,苏轼由徐州移知湖州,途经扬州。适逢秦观的祖父,随叔父秦定居住会稽已经多年。祖父年事已高,秦观早有如越省亲之想,便随苏轼等五人一同南行。他们从扬州,经润州,在金山遇风留信宿。至无锡同游惠山后,苏轼到达任所湖州。遇梅雨,又共同泛舟城南。秦观告别苏轼,去往叔父的会稽任所省亲。叔父时任会稽尉,郡守程公辟对秦观甚为赏识,便于会稽卧龙山下的一处著名游宴之所蓬莱阁设宴款待,席上适逢"有所悦者"。正在秦观留恋于会稽的人情、风物之际,"乌台诗案"发生,苏轼被捕入狱。秦观闻讯,在他人避之尚且不及的风口上,多情多义的秦少游遽返湖州探询实情。证实后却无能为力,又经杭州返回会稽。至岁暮,由会稽返高邮,除夕抵家。看来,元丰二年岁末,秦观怀着无比沉重的心事,由会稽返高邮的清寒萧条的途中，当是"山抹微云"一词构思的具体时空和切实的写作背景，也是上文所谓诸多"旧事"中令词人最为沉痛的一种"身世之感"。原来"打并入"这首所谓艳情词的竟是秦观心目中偶像苏轼身系"乌台"囚牢、命悬一线这种天大的祸事。而对于苏轼的同情和牵挂，在当时又是大忌大罪，所以只得借助"席上有所悦"者说事儿。因而所谓"多少蓬莱旧事"，窃以为主要当是指多年来，词人对于苏轼仰慕、结交和苏轼对他的厚爱、荐举等彼此之间的深情厚谊！所以此词中"蓬莱"的表层语意是指会稽蓬莱阁，而其深层寓意则是指词人与苏轼等相识、相处如身临仙境般的种种赏心乐事。但由于"乌台"案发，这一切都变得空如云烟，因而词中充满了破灭之感。这是任何艳情词不可能达到的情感境界！

【集评】

1. 《苕溪渔隐丛话后集》卷三十三引《艺苑雌黄》云：程公辟守会稽，少游客焉，馆之蓬莱阁。一日，席上有所悦，自尔眷眷，不能忘情，因赋长短句，所谓"多少蓬莱旧事，空回首、烟霭纷纷"是也。其词极为东坡所称道，取其首句，呼之为"山抹微云君"。中间有"寒鸦万点，流水绕孤村"之句，人皆以为少游自造此语，殊不知亦有所本。予在临安，见平江梅知录云："隋炀帝诗云：'寒鸦千万点，流水绕孤村'。少游用此语也。"

2. 《诗人玉屑》卷二十一引晁无咎评：……近世以来作者，皆不及秦少游。如"斜阳外，寒鸦数点，流水绕孤村"。虽不识字，亦知是天生好言语。

3. 《铁围山丛谈》卷四：范内翰祖禹作《唐鉴》，名重天下，坐党锢事久之。其幼子温，字元实，与吾善……温尝预贵人家会。贵人有侍儿，善歌秦少游长短句，坐间略不顾温。温亦谨，不敢吐一语。及酒酣欢洽，侍儿者始问："此郎何人耶？"温遽起，又手而对曰："某乃'山抹微云'女婿也。"闻者多绝倒。

4.《艺苑卮言》："寒鸦千万点，流水绕孤村"，隋炀帝诗也。"寒鸦数点，流水绕孤村"，少游词也，语虽蹈袭，然入词尤是当家。

5.《诗筏》：余谓此语在隋炀帝诗中，只属平常，入少游词特为妙绝。盖少游之妙，在"斜阳外"三字，见闻空幻。又"寒鸦"、"流水"，炀帝以五言划为两景，少游用长短句错落，与"斜阳外"三景合为一景，遂如一幅佳图。此乃点化之神，必如此，乃可用古语耳。

6.《宋四家词选目录序论》之附录（一）《宋四家词选眉批·秦观〈满庭芳〉（山抹微云)》：将身世之感打并入艳情，又是一法。

7.《中国历代著名文学家评传》第三卷唐圭璋、潘君昭：这首词以柔笔抒情，写得和婉平易，意在含蓄而又余韵袅袅，不绝于耳，体现出婉约派视为正宗的风格特色。词写成以后，传唱极盛，被认为是秦观的代表作。当时东坡至称他为"山抹微云君"，范温且以"山抹微云女婿"自豪。

8.《唐宋词鉴赏辞典·唐·五代·北宋卷》周汝昌：我常说：少游这首《满庭芳》，只须着重讲解赏析它的上半阕，后半无须婆婆妈妈，逐句饶舌，那样转为乏味。万事不必"平均对待"，艺术更是如此。倘昧此理，又岂止笨伯之讥而已。如今只有两点该当一说：

一是青楼薄幸。尽人皆知，此是用"杜郎俊赏"的典故：杜牧之，官满十年，弃而自便，一身轻净，亦万分感慨，不屑正笔稍涉宦场一字，只借"闲情"写下了那篇有名的"十年一觉扬州梦，赢得青楼薄幸名"，其词意怨甚，愤甚，亦谑甚矣！而后人不解，竟以小杜为"冶游子"。人之识度，不亦远乎。少游之感慨，又过乎牧之之感慨。少游有一首《梦扬州》，其中正也说是"离情正乱，频梦扬州"，是追忆"殢酒为花，十载因谁淹留？"忘却此义，讲讲"写景""炼字"，以为即是懂了少游词，所失不亦多乎哉。

二是结尾。好一个"高城望断"。"望断"二字是我从一开头就讲了的那个道理，词的上片整个没有离开这两个字。到煞拍处，总收一笔，轻轻点破，颊上三毫，倍添神采。而灯火黄昏，正由山有微云——到"纷纷烟霭"（渐重渐晚）——到满城灯火，一步一步，层次递进，井然不紊，而惜别停杯，留连难舍，维舟不发……也就尽在"不写而写"之中了。

9.《古代诗歌精华鉴赏辞典》田军：这首词抒发了作者一腔愁绪，满怀离思。艺术手法上，诗人善于选择富象征意义的自然景物，加以渲染，造成了一个凄迷衰飒的境界；同时，对于别离时景物情思的抒写，诗人感受纤细，捕捉准确，如冯煦所云："他人之词，词才也，少游，词心也，得之于心，不可以传。"（《宋六十一名家词例言》）

10.《百家唐宋词新话》杨世明：元丰二年春天，为了觐省在会稽做官的叔父秦定和祖父承议公，秦观离家如越。三月份原知徐州的苏轼移知湖州，正好与少游同舟南行。过润州，他们同登金山，过吴江，又同在松江的垂虹桥上欢饮，俱各有诗。少游写有《与子瞻会松江得浪字》，中有"离离云抹山，窅窅天粘浪"之句。此即《满庭芳》词首二句所本。

11.《百家唐宋词新话》崔闳：作者选用了"文"韵。与琴操改用的"阳"韵相比，"文"韵发音时口型张得小，响亮度弱，声韵较细，在诗韵中属于"柔和韵"。这种韵适于表达凄楚哀伤沉痛细腻的感情。仔细咀嚼品味，有如怨如慕、如泣如诉之感，读来令人回肠荡气。而"阳"韵，发音时口型张得最大，响亮度也最强，在诗韵中属于"洪声韵"。由它构成的这种高亢嘹亮的韵律，显然与秦观原作凄婉哀伤的感情不相谐和。可以说，琴操之改"阳"韵，确实把原作的情味"扬"去了不少。　　看来，韵辙的选择与诗词的内容和感情有着非常密切的联系。一首好的诗词，不仅要有动人心弦的感情力量，还要具备与这种感情力量相谐和的韵律，只有这样，才能真正达到"诗言志，歌咏言，声依咏，律和声"的艺术效果。

12.《中国文学名篇鉴赏辞典》朱德才：秦观善写离情别绪，这首《满庭芳》更是名噪一时，于元丰年间已"盛行于淮楚"一带（见叶梦得《避暑录话》），致有杭城歌伎琴操改韵之说（见吴曾《能改斋漫录》），虽是赞扬琴操的才思敏捷，却也说明了此词传唱之广、影响之深。词写与情侣告别场景，类乎柳永笔法，可与柳永《雨霖铃》（寒蝉凄切）一阕对读……善于将事、情、景三者融汇一气，是该词艺术表现上的一大特色。全词叙事仅两处。"暂停征棹，聊共引离尊"和"香囊暗解，罗带轻分"，却是作品抒情的基础，即所谓即事抒情。词的上片以写景为主，景中寓情；下片以抒情为主，情中有景。景色从微云度山写入，继之以斜阳归鸦，收之以灯火黄昏，时间逐步推移，景色渐次昏暝，人事则由停棹饯饮，到赠囊话别，到舟发人远，脉络清晰，层次井然。而融贯全词的则是"黯然销魂"的无限伤离之情。

13.《爱情词与散曲鉴赏辞典》曹道衡："山抹微云，天粘衰草"是写秋景，"画角声断谯门"则写已黄昏时分。这种景物的描写一开始就给人以凄凉寂寞之感。"抹"字、"粘"字的使用可谓极尽工巧。尤其"天粘衰草"四字，写无边远处，尽为衰草。这个"粘"字，取法唐韩愈《祭河南张员外文》中"洞庭漫汗，粘天无壁"句。所以龙榆生先生评为："'粘'字极工，且有出处"。

14. 崔海正《宋词选》：这是一首写离情的名作。开端二句对仗好，选字精，绘景美，又暗示出离别的季节。抬眼远望，是隐隐的青山，山间有云气缭绕，好像那山峰被束上了薄薄的白色的云带。这个"抹"字新鲜，又传神。有人说这是用了中国画的技法，是一幅横云断岭图，很有道理。

15. 喻朝刚、周航《分类两宋绝妙好词》：本篇为告别情侣之作。上片写临行饯别时的景物和场面，下片写彼此互赠礼物以表相思之情。词中将写景、叙事和抒情融为一体，缠绵悱恻，情韵深长。正面描绘离别的场面虽然着墨不多，却十分细腻地刻画出男女双方复杂的心理活动。词的层次分明，意脉清晰，开篇从微云抹山写起，接着出以斜阳归鸦，结拍以灯火黄昏收住，景物随时间的推移而变换，生动地展示出一幅残冬傍晚江边送行图，与柳永的《雨霖铃》有异曲同工之妙。

雨中花慢①

指点虚无征路②，醉乘斑虬③，远访西极④。正天风吹落，满空寒白。玉女明星迎笑⑤，何苦自淹尘域⑥。正火轮飞上⑦，雾卷烟开，洞观金碧。重重观阁，横枕鳌峰⑧，水面倒衔苍石。随处有寄香幽火，杳然难测。好是蟠桃熟后⑨，阿环偷报消息⑩。任青天碧海⑪，一枝难遇，占取春色。

【注释】

① 雨中花慢：此调有平韵、仄韵两体。平韵体始自苏轼，《词谱》卷二六列苏轼所作"今岁花时深院"为正体，双调，九十八字，上片十一句四平韵，下片十句四平韵。仄韵体始自秦观，《词律》《词谱》皆列此词。秦观此词之调名，绍兴本《淮海词》、绍熙本、张绂本及后世多本皆误作《雨中花》。兹据毛晋《宋六十名家词》厘定为《雨中花慢》。

② "指点"句：字面与杜甫《送孔巢父谢病归游江东兼呈李白》诗的"蓬莱织女回云车，指点虚无是征路"之上句，只省略了一个"是"字。而其中的"虚无"之字面既见于司马相如《大人赋》："乘虚亡（同无）而上遐兮，超无有而独存"，亦见于《吕氏春秋·知度》："去爱恶之心，用虚无为本。"但所指却不尽相同，前者指天空、虚空之境；对于后者的高诱注云："虚无，无所爱恶也。无所爱恶则公正，治之本也。"看来，这首秦词中的"虚无"，则兼具上述两种意蕴。详见下文"心解"之相应文字。

③ 斑虬：身有斑纹的无角龙。屈原《离骚》："驷玉虬以乘鹥兮，溘埃风余上征。"王逸注："有角曰龙，无角曰虬。"

④ 西极：西方极远之处。屈原《离骚》："朝发轫于天津兮，夕余至乎西极。"

⑤ 玉女明星：传说中的华山仙女名。《太平广记》卷五十九引《集仙录》：

64

"明星玉女者，居华山，服玉浆，白日升天。"李白《西岳云台歌送丹丘子》
诗："明星玉女备洒扫，麻姑搔背指爪轻。"

⑥ 尘域：尘世、人间。韩驹《次韵参寥》诗："何当与子超尘域，下视纷纷蚁
磨旋。"

⑦ 火轮：太阳。韩愈《桃源图》诗："夜半金鸡啁哳鸣，火轮飞出客心惊。"
方世举注云："《列子·汤问篇》：'日初出，大如车轮。'"

⑧ 鳌峰：古代以鳌山为神仙所居，因而用以比喻翰林苑。魏泰《东轩笔录》
十一载：宋祁守益州，以翰林学士承旨召，作诗曰："粉署重来忆旧游，蟠
桃开尽海山秋。宁知不是神仙骨，上得鳌峰更上头。"

⑨ 蟠桃：古代神话中的仙桃。《海内十洲记》载："东海有山名度索山，上有
大桃树，蟠屈三千里，曰蟠木。"《汉武帝内传》说七月七日，西王母降，
以仙桃四颗与帝，"帝食辄收其核，王母问帝，帝曰：'欲种之。'母曰：
'此桃三千年一生实，中夏地薄，种之不生。'帝乃止。"

⑩ 阿环：这里指神话中的女仙上元夫人。《汉武内传》："上元夫人又遣一女答
问云：阿环再拜，上问起居。"此处指西王母的信使。

⑪ 青天碧海：语出李商隐《嫦娥》诗："嫦娥应悔偷灵药，碧海青天夜夜心。"
此处或是借李商隐这一名句，表达词人自身复杂微妙的心理。

【心解】

正当人生"四月天"的美好年华，秦观的如越省亲
之行，可谓乘兴而去，失魂落魄而归。从会稽回到高邮
已是元丰二年的除夕。在这前后的一段时间内，词人虽
然通过《满庭芳》（山抹微云）寄托了对于苏轼的深切
牵挂，但仍感意犹未尽……倏尔半载有余，苏轼死里逢
生，冤狱结案。走出"乌台"牢房，苏轼被贬黄州"本
州安置"。"安置"是宋代大臣被贬谪后，在指定的边远
地方居住。此时的苏轼"不得签书公判"，已沦为犯人罪
臣，养家糊口尚需要自食其力，垦荒种地，处境之艰难，
心情之悲怆，可想而知。

远在高邮的秦观此时亦深深感到前所未有的孤独与
悲苦——一方面"会得伤寒疾，甚重，不食七八日，伏

枕又逾月"；另一方面，"乡里交朋，皆出仕宦，所与游者无一二人。杜门独居，日益寡陋"（见《与李德叟简》）。一言以蔽之，眼下的处境令词人感到苦不堪言，在现实中看不到任何出路，更无丝毫乐趣可言，遂自然而然地想到了从梦境与游仙中寻找出路和乐趣。至此可以断言，《淮海词》中独一无二的游仙之作，洵为词人"伏枕逾月"、"杜门独居"的元丰三年春天，重症稍愈时所作。

或许因为气格相近，在写于绍圣年间作者被远贬之前的《淮海词》中，每每可见《乐章集》的印迹。这一次却不然，在创作伊始的选调中，秦观的着眼点则是他仍然尚在魂牵梦萦的苏轼。这首词就是有着苏轼写于密州旧作的印迹，而与柳词无涉。行文至此，必须加以说明的是九十多字的长调慢词《雨中花慢》，在《东坡词》和《淮海词》的多数版本中，均被误作只有五十多字的小令《雨中花》。《东坡词》的这一错误是怎样造成的，值得有关研究者加以澄清，以免继续讹传；造成《淮海词》这一错误的始作俑者，恐怕是秦观的老朋友释惠洪，其《冷斋夜话》尝云："少游元丰初，梦中作长短句曰：'指点虚无征路……'既觉，使侍儿歌之，盖雨中花也"（《苕溪渔隐丛话前集》卷五十引）。

按说上述错误应属于那种不难发现和纠正的常识性的错误，之所以讹传了近千年之久，就本人的职责而言，首先是对于《雨中花》和《雨中花慢》两个词调不够重视，也就不够熟悉，没有像对于《声声慢》词调那样力求甚解；其次，对于这首秦词的内容理解肤浅，解读没能到位。而《声声慢》一词历来备受青睐，又因第一次运用此调又名《胜胜慢》作词的晁补之既与李清照之父李格非有通家之谊，又是李清照写作才华的"说项"者，李清照对于《晁氏琴趣外篇》中不止一个词调有所借取，对其《胜胜慢》更是耳熟能详。惟因晁氏此词系通过咏柳所摅发的只是对于一个即将离别的家伎的不舍之情。这种只是寓有淡淡伤感的情愫，与彼时李清照所要倾吐的沁入肝脾的爱情痛苦很不对称，于是她就将晁氏的平韵《胜胜慢》，改为与《凤求凰》的题旨相衔接的，即适合表达悲苦心声的入声（当然也是仄声）《声声慢》。后世还出现了与此有关的这样一个掌故——"庚申（南宋理宗景定元年）八月，太子请两殿幸本宫清霁亭赏芙蓉、木樨。韶部头陈盼儿捧牙板，歌'寻寻觅觅'一句，上曰：'愁闷之辞，非所宜听'。顾太子曰：'可令陈藏一撰一即景，撰《快活声声慢》。'"（见《随隐漫录》卷二）统治者的偏好不足为训，而李清照此举则享誉词坛。殊不知，早在李清照出生三四年之前，秦观亦有类似的举动。

那是公元 1080 年二三月间，重病初愈而走投无路的秦观，闭门读书时，再次拜读苏轼的调寄《雨中花慢》一词，而且被激发了自己的创作灵感。又一想，苏公的这首词是以他乍到密州所遇蝗、旱之灾，他带头吃素，甚至吃野菜等感人之事为素材，写他在春光诱人之时，埋头尽瘁民事，在他喜爱的牡丹盛开之时，竟"不获一赏"。岂料这种公而忘私的精神感动了上苍，在灾荒有所缓解的秋日，最为名贵的一枝牡丹，为这位勤政恤民的郡守绽开了……当写到这一切时，欣喜之情几溢言表，这无疑是一首押平声韵的欢愉之词。但是，眼下的秦观却一无称心之事可言，他于是把平声《雨中花慢》改成了适合表达悲苦之情的仄声（实系入声）。如果说，李清照对于《胜胜慢》的改韵是对词坛的一种贡献，那么秦观对《雨中花慢》声韵的改造则为李清照所作贡献开启了先河，又双双成了婉约词派的代表人物。就秦观此词而言，显然又不同于更早期的《浣溪沙》（漠漠轻寒）

等公认典型的婉约词，它既不属于那种文字语句的含蓄细腻之作，也不同于直抒胸臆的豪放篇章，因为它的被包裹在神话色彩深处的远不是仙果"蟠桃"，而是一种难以下咽的苦果。这岂非是另一种形式的婉约或谓婉约词中的另类？这恐怕又是秦观的一种创举。

单从字面看，此词所营造的是一个天马行空的神话世界，这里的一切都是那么美妙绝伦，词人为之艳羡不已，从而责问自己何必在"尘域"中苦苦挣扎呢？但这仿佛又不是词人的真心话，其对于自己的何去何从是充满矛盾纠结的——开头所征引杜甫诗中的孔巢父及其所作为"竹溪六逸"之一的隐逸远祸之举是值得效仿的，只有脱离了现实中的苦海，走上"虚无征路"，才能发现和享受神话世界的乐趣。但是，在遍游仙界之后，游仙者却不无悔意，从而引用《嫦娥》诗中的名句，委婉表达的是一种纷纭复杂的思想感情……

【集评】

1. 杨世明《淮海词笺注》：又集中《反初》诗云："昔年淮海末，邂逅安期生。谓我有灵骨，法当游太清。"淮海末，亦在元丰中。据此可知少游元丰中出仕前即颇好佛道。故谓本词作于元丰初之说可信。

2. 徐培均、罗立刚《秦观诗词文选评》：游仙之词，不仅少游很少作，赵宋一代也不多见。其开拓词之题材范围，允称有功，而此词境界阔大，气象恢宏，笔势飞舞，声情激越，也与作者婉约缠绵的总体风格不同。此词见诸《淮海居士长短句》中，虽可谓之"别调"，却也可以借此看出少游词风多样化之一斑。

3. 姚蓉、王兆鹏《秦观词选》：……然而最令人神往的，并不是这些神仙的府第，而是那成熟的蟠桃，使他看到了青天碧海之中十分难遇的这一枝春色。奇幻、浪漫的仙境，让词人充满惊奇、充满欣喜，让词作充满奇丽色彩。然而，这神奇的仙境，终究不存在于现实中。词人想象越美好，梦醒后的失望就会越深重；词人摆脱尘世烦恼的愿望越急切，那他"自淹尘域"的失意感也就越强烈。

临江仙①

鬓子偎人娇不整②，眼儿失睡微重。寻思模样早心忪③。断肠携手，何事太匆匆。　　不忍残红犹在臂，翻疑梦里相逢。遥怜南埭上孤篷④。夕阳流水，红满泪痕中。

【注释】

① 临江仙：又名《谢新恩》、《雁后归》、《画屏春》、《庭院深深》等，其调名缘起颇多歧说。一说此调"多赋水媛江妃"故名；一说据敦煌词有"岸阔临江底见沙"句，云词意涉及临江；一说"唐词多缘题，所赋《临江仙》则言仙事，《女冠子》则述道情，《河渎神》则咏祠庙。大概不失本题之意"（黄昇《花庵词选》卷一）。

② 鬓子：梳在头顶或脑后的发结。详见"心解"拙见四。

③ 心忪：这里指惶遽和惺惺相惜的心情。

④ 南埭：堤坝名。这里指召伯埭。《舆地纪胜》卷三七《淮南东路·扬州》："召伯埭：《元和郡县志》云在江都县东北四十里。晋谢安镇广陵，于城东二十里筑垒名曰新城。城北二十里有埭，盖安所筑，后人思安，比于召伯，因以立名。"这一堤坝因在词人故乡高邮之南，故称南埭。也是元丰三年春秦观送别苏辙的地方，此有《次韵子由召伯埭见别三首》诗为证。

【心解】

此系《淮海词》研究中，分歧最大、最多的篇目之一。在词旨、写作时空等诸多方面均存有迥然不同的见解，兹以下述四种为例：

见解一："此写情人乍然离别情景。"（《淮海词笺注》，四川人民出版社 1984 年版）。

见解二："此首写青年情侣之离情，或即寓有自己远行之别情。熙宁四年或五年（公元 1071 或 1072），作者离家赴湖州，任孙觉之幕僚，词或写于是时。"（《秦观集编年校注（下）》，人民文学出版社 2001 年版）。

见解三："此词似绍圣元年（1094）作者出为杭州通判，途经高邮召伯埭时，忆及与家人离别而作。"（《秦观词选》，中华书局 2005 年版）。

见解四："这是一首游子忆内之作……宋绍圣元年甲戌（1094），少游出为杭州通判，途经邗沟，是时盖与家人告别，事后忆及彼时情景，感而赋此。"（《秦观词新释辑评》，中国书店 2003 年版）。

我们对上述四种见解不置可否，而采取直申拙见以与四家磋商，并祈读者加以评断是正。

拙见一：元丰二年夏，秦观跟随赴湖州知州任的苏轼及其他师友一路兴高采烈地南下。他是前往越州看望祖父和时任会稽尉的叔父。正值秦观在官方东道殷勤款待下，快意于越州的"兰亭古墨"、"清风皓月"之际，得知苏轼摊上了大事，被当众押解到了"乌台"牢狱。这如同晴天霹雳，令秦观焦急万分，便从会稽返回湖州打探消息。证实后更加忧心忡忡地回到会稽，逗留至岁暮，带着这种天大的心事，经湖州回到高邮家中已届除夕。名满古今的《满庭芳》（山抹微云），此时已完稿，抑或还在构思润色之中，虽然不宜遽下断语，但此词作于元丰二三年之交，则是有理有据的。转瞬到了元丰三年的寒食前夕，心情极其沉重的秦观，迎来了处境十分难堪的苏辙。小苏此行是以其现任官职为其兄赎罪而前往筠州贬所途经高邮。秦观不顾被罪臣兄弟所连累，形影不离地与苏辙相处了两天。从事后的一些记载中看来，要不是因为寒食临近，他要到秦家祖坟所在地扬州扫墓，他会陪伴正处在逆境中的苏辙更多一些时日。从他俩相处的唱和诗中，我们得知，当二人在召伯埭，即此词中的"南埭"挥别时，其感伤的心情，与这首《临江仙》所描绘的情景十分吻合。所以我们认为"山抹微云"《满庭芳》与"髻子偎人"《临江仙》，是相继写成的姊妹篇，分别寄托着秦观对于二苏兄弟命运和政治前景的无比忧虑的心境。词中的"髻子"无非是词人借以掩饰个中隐情罢了。

拙见二：元丰八年（1085）五月，秦观登焦蹈榜进士，翌年九月回乡迎亲赴蔡州教授任。秦观的父亲早在他十五岁时去世，祖父亦于元丰五年病故，叔父在会稽尉任满后，赴京转官晋升，先后任江南东路转运判官、福建转运使等。此时秦观的长辈只有患末疾的母亲戚氏，其他平辈、晚辈几近二十口。他把这一大家人从高邮接到蔡州，虽然日子过得很艰难，一家人总算得到了团聚。有记载表明，秦观于绍圣元年（1094）出为杭州通判，半道被贬监处州酒税，一直与家人同行。即使邗沟、南埭、高邮系南去杭州、处州的所经之地，也不存在在此与所谓髻子、家人诀别之事。相反，这期间除了将前不久所纳爱妾朝华遣归父家，仍然阖家一同往处州贬所艰难行进。在秦观被削秩，从处州徙郴州，这一家人又一同从浙东往浙西更加艰难行进。直到绍圣三年（1096），经浙西继续前往湖南，此时"尽室幼累，几二十口，不获俱行"，方与家人诀别。又适逢七夕前夕，遂写了《鹊桥仙》，其中名句"两情若是久长时，又岂在朝朝暮暮"所寄托的是爱情、亲情、友情，乃至主仆之情等各种人间真情。尤其值得一提的是秦观身边的那位老仆，最终只有他一人与秦观相伴。没有这许多感人肺腑的人和事，哪能写出魅力无穷的《鹊桥仙》？道理相仿佛，《临江仙》的"匆匆"、"断肠"等用语，岂不正与元丰三年，秦观与苏辙"相从"只有"两日"的召伯埭之别的场景和人物心情相吻合吗？

拙见三：我们一方面拟通过有关拙见与持有上述四种见解的学者磋商、求教，另一方面是借此机会，对于三十年前由笔者选注的那本《两宋名家词选注丛书·淮海词》中的缺失之一加以纠正。这一缺失是指对于秦观这首《临江仙》的遗珠之憾。而这一缺憾的严重性不在于一时疏忽，主要是对于秦观此类词的偏见和误解造成的。选注者当时认为这是一首司空见惯的艳情词，几乎是未加思索就将其摒除在外，不与选取，压根儿没有看出这是一首寄托遥深的"士大夫之词"，而不是那种专写艳情的"伶工之词"，更没有把秦观作词的独步"一法"运用到对于此词的具体解读上。当然归根结底还是选注者那时对于秦观其人了解得过于肤浅，没有认识到苏门四学士之间，尤其是秦观与二苏之间的那种一荣俱荣、一损俱损的利害关系，以及秦观对于师友的那颗无比悃诚的赤子之心和他本人性格中真诚清纯的一面。乙未伊始，秦少游的同乡、李清照的异代知音刘勇刚教授在其新著《当代视野下的李清照》一书中，提出李清照曾遭遇"不虞之誉"和"求全之毁"，是为谛见，秦少游又何尝不是这样！上述那本《淮海词选注》就曾将黄庭坚有可能是移花接木的"国士无双秦少游"的话全盘接受，这其实是萧何评价韩信的，用于对秦观的揄扬，恐不无"不虞之誉"；同样是这本书，其对于这首《临江仙》的排斥，至少是求全之失，甚至是有眼无珠。

拙见四：有专家之所以将这首《临江仙》视为"游子忆内"之作，是否与把首句"偎人"的"髻子"视为秦观的内人徐文美有关呢？其实"髻"字的指代很难一目了然，为此我们翻阅了多种常用工具书，其中或把"髻"解释为"挽发而结于顶"，或谓"在头顶或脑后盘成各种形状的头发"等等，但都未讲有性别之分。由此看来，"髻"是否是女子的专利，可否用于指代像徐文美这种已婚多年，甚至是半老"徐娘"者，就成了问题。为了解开这一疑窦，我们打开了《佩文韵府》，出乎意料的是其中竟涉及数十个页码、上百种的各种"髻"，称谓也是五花八门，诸如"高髻"、"椎髻"、"义髻"、"螺髻"、"凤髻"、"云髻"、"堕马髻"、"抛家髻"、"新兴髻"、"朝天髻"、"盘龙髻"、"佳人髻"等数不胜数。经过大致浏览，可否这样说：时代不同、年龄不同、身份不同、性别不同，所挽之"髻"的花色、样式、位置也随之不同呢？进而我们又从具体作品中得出了这样的初步论断：《陌上桑》中，"头上"梳着"倭堕髻"的秦罗敷，尽管她在居心不良的"使君"面前，亟言"东方千余骑，夫婿居上头……座中数千人，皆言夫婿殊"，但此系佯称，她不是一个贵妇人，而是一个"二十尚不足，十五颇有余"的未婚采桑女，依此类推，秦词中的"髻子"，也应属于上述年龄段的一位少女，其与徐氏不搭界！与此相关的另一问题是：我们之所以认为此词不像是"忆内之作"的另一理由是，在"诗庄词媚"观念的制约下，文学史上，"赠内诗"、"忆内诗"多不胜数，而于词，即使"悼亡"之作也不多见。以词忆内者，不能轻易说没有，至少是不多见的。鉴于秦观的词学观念，不仅远远缺乏苏轼的革新勇气，也不能与后期的李清照和陆游相提并论。陆游尚且泾渭分明地把对于发妻唐琬、继室王氏的情意分别写到"沈园诗"和"忆内诗"里，而把对于类似于今天的"三陪"女子杨氏的挚爱，只能写到等而下之的词里。只有在王氏去世，杨氏的地位有所提高之后，陆游才写出了专为杨氏点赞的《海棠诗》。徐家的门楣高于秦家，徐文美的家庭地位高于唐琬和王氏，善解人意的秦少游恐怕不会轻易把爱妻写到小词里吧？虽然在被诋为"风流"、"淫媟"的欧阳修的词中，也不乏涉"内"之作，但那都是托之于"牛女"的七夕词，或一无"偎人"、拥"臂"之类艳腻语意的"士大夫之词"。可否这样说：真正的"忆内词"与那种艳情之作是有一定的楚河汉界的，是吗？

【集评】

1. 《草堂诗余》续集卷下：两句（指此词之起句）佳人之神。（夕阳流水，红满泪痕中）自饶花色。

2. 杨世明《淮海词笺注》：此写情人乍然离别情景。"寻思"句谓思索已之模样而忽然明白即将分手。

3. 周义敢、程自信、周雷《秦观集编年校注》（下）：此首写青年情侣之离情，或即寓有自己远行之别情。熙宁四年或五年，作者离家赴湖州，任孙觉之幕僚，词或写于是时。

4. 徐培均、罗立刚《秦观词新释辑评》：这是一首游子忆内之作……宋绍圣元年甲戌（1094），少游出为杭州通判，途经邗沟，是时盖与家人告别，事后忆及彼时情景，感而赋此。

5. 姚蓉、王兆鹏《秦观词选》：……绍圣元年（1094），词人出为杭州通判，途经家乡高邮，与家人短暂团聚后又踏上南下的征途。因为聚散匆匆，所以爱人不事装扮的朦胧睡态，都令词人回味无穷。因为聚散匆匆，那一个携手相送的场面，才令人断肠心痛。也因为聚散匆匆，使得词人不禁疑惑这美好的相聚或许只是一场梦？

阮郎归①

宫腰袅袅翠鬟松②，夜堂深处逢。无端银烛殒秋风，灵犀得暗通③。　　身有恨，恨无穷，星河沉晓空。陇头流水各西东④，佳期如梦中⑤。

【注释】

① 阮郎归：又名《醉桃源》、《宴桃园》、《好溪山》、《碧桃春》（系因宋丁持正词有"碧桃春昼长"句）等《太平御览》卷一四引刘义庆《幽明录》云，东汉永平年间，剡县人阮肇、刘晨同入天台山，遇二仙女，被邀至其处，淹留半年，及归，子孙已历七世。此调名或即本此。《词谱》以李煜"东风吹水日衔山"一词为正体，双调，四十七字，上片四句四平韵，下片五句四平韵。

② 宫腰：犹楚腰、细腰。《韩非子·二柄》："楚灵王好细腰，而国中多饿人。"此指女子细腰。袅袅：这里形容腰肢的纤长柔美。翠鬟：对女子发式的美称。高蟾《华清宫》："何事金舆不再游，翠鬟丹脸岂胜愁？"

③ 灵犀：犀牛角。《汉书·西域传赞》颜师古注云：犀牛系灵异之兽，角中有白纹如线，直通两头。李商隐《无题二首》其一："身无彩凤双飞翼，心有灵犀一点通。"意谓两心相通。

④ 陇头流水：比喻别离伤怀。《陇头歌二首》其一："陇头流水，流离四下。念我行役，飘然旷野。登高远望，涕零双堕。"

⑤ "佳期"句：此句又略见于词人日后所作《鹊桥仙》之过片，各有其特定寓意。详见"心解"相应部分。

　　【心解】
　　不论当初词人是否有意为之，当把前一首《临江仙》和这首《阮郎归》两个专写美女的词调，字面上又纯系艳情之作，对读时，很容易接受这样的心理暗示，即前一首那位发髻"不整"，小鸟偎人般撒娇的女子，与后一位腰肢纤长柔美，发式松散的女子，应该是同一个人的变身。这个人不是别人，正是前不多时与词人在"南埭"分别的苏辙。送走了这位令词人无时无刻不在"慕望"（见词人约写于元丰三年稍后的《与苏子由著作简》）的客人，写出了上首《临江仙》，意犹未尽，紧接着又写了这首《阮郎归》，从而将因与苏辙匆匆作别而生的难以消解的"悒悒"（出处同上）之感"打并"其中，此系秦观作词的独步"一法"。

在作出上述解读之前，笔者注意到了对于此词，早已有以下两种不同的诠释：一种是"……此类词作不一定是亲身经历，常是应歌女之请，绮声填词，伫兴而就。"另一种则信从《绿窗新话》之说（二者均详见以下之"集评"）。

窃以为前一种诠释差可成立；而对于另一种诠释则未敢苟同。原因一则《绿窗新话》是一部笔记传奇小说集，不宜征信，对其撰者皇都风月主人的真实姓名年里，一无所知，或以为是南宋人所作，这就更不能信从了；再则说秦观如果毫无寓托地热衷于艳情词的写作已足以让人厌烦。如果词人像《绿窗新话》所说那样，作为一个被邀做客者与主人家的歌伎趁机"有仓促之欢"云云，此举不但不值得同情，甚至为人所不齿。您想啊，词人的发妻在家里为一大家子整日操劳，还得常年侍奉身患末疾（瘫痪）的婆母。作为儿子和丈夫的秦观在外果真如此放荡，天理难容。知人论世，秦观不是这样的人。他是不是个好丈夫，尚难断言，但却是一个恪守孝悌的好儿子、好兄长。作为研究者，我们应该清醒地对待像《绿窗新话》一类的小说家言，此类记载多以虚拟、猎奇寻开心，而不顾是否抹黑、丑化了当事人。

结拍的"佳期"句,之所以重复出现于《淮海词》中,惟因内里蕴寓着作者的心里话。在这里,"佳期如梦中"的深层意蕴当是指:因受"乌台诗案"的影响,仍然心有余悸。苏辙以自身的官职为兄赎罪,自请贬官路过高邮时,秦观只奉陪了两天,说是清明临近,要到扬州祖坟祭奠,实际也是为了避嫌,二人匆匆作别,故云相聚的"佳期"如在"梦中",毕竟好梦不长嘛!

【集评】

1.《续编草堂诗余》:中冓之言,不可道也。所可道也,言之丑也。

2.杨世明《淮海词笺注》:此词写夜中男女巧会而怅恨后会难期。

3.周义敢、程自信、周雷《秦观集编年校注》(下):少游词作善写心境,清丽婉约,含蓄蕴藉。而此首写男女暗中巧会,香艳直露,足见是作于早期。此类词作不一定是亲身经历,常是应歌女之请,绮声填词,伫兴而就。下阕怅恨重聚难期,寄寓落魄文人之愁绪。

4.徐培均、罗立刚《秦观诗词文选评》:这是一首艳情词,抒发幽会的欢乐与别后的憾恨。据《绿窗新话》卷上记载:"秦少游在扬州刘太尉家,出姬侑觞。中有一姝,善擘箜篌。此乐既古,近时罕有其传,以为绝艺。姝又倾慕少游之才名,偏属意。少游借箜篌观之。既而主人入宅更衣,适值狂风灭烛,姝来且亲,有仓促之欢,且云:'今日为学士瘦了一半。'少游因作《御街行》以道一时之景。"所提到的《御街行》词为:"银烛生花如红豆,这好事、而今有。夜阑人静曲屏深,借宝瑟、轻轻招手。可怜一阵白蘋风,故灭烛,教相就。　花带雨冰肌香透。恨啼鸟、辘轳声晓,岸柳微风吹残酒。断肠时、至今依旧。镜中消瘦。那人知后,怕你来僝僽。"对照二词，其中有"可怜一阵白蘋风，故灭烛，教相就"，与此词所写"无端银烛殒秋风"正相吻合，疑两词所咏为同一情事。少游常游扬州，是熙宁（1068—1077）间事，故系于此。

5. 姚蓉、王兆鹏《秦观词选》：……与上阕火热的幽约截然不同，下阕描述了一个凄苦的相思场景。过片词人直言"身有恨"的处境，透露出身不由己的悲哀。"恨无穷"更是表明离别带给词人心灵的无尽折磨。以往的夜晚可以与恋人画堂相逢，如今的夜晚却只能独对星空，无眠到晓，忍受着与恋人天各一方的离别之痛，词人心中自是苦不堪言。结句对"佳期如梦"的感叹，再次点明往昔美好的约会带给词人难忘的幸福回忆，也反衬出如今佳期不再带给词人的强烈失落和浓浓感伤。词人通过上下阕两个不同场景的鲜明对比，将恋人间幽会的极度欢乐与离别的彻夜悲凉两相对照，凸显出心中的刻骨相思。

八六子①

倚危亭②，恨如芳草③，萋萋刬尽还生④。念柳外青骢别后⑤，水边红袂分时⑥，怆然暗惊⑦。

无端天与娉婷⑧。夜月一帘幽梦，春风十里柔情⑨。怎奈向⑩、欢娱渐随流水，素弦声断⑪，翠绡香减⑫。那堪片片飞花弄晚，蒙蒙残雨笼晴⑬。正销凝⑭黄鹂又啼数声⑮。

【注释】

① 八六子：又名《感黄鹂》或从秦观此词煞拍"黄鹂又啼数声"而来。《尊前集》所载杜牧"洞房深"系创调之作。唐宋诸家所填此调，均为双调，叶平韵，而字数自八十八字至九十一字不等，上下片句数、韵数及句读也颇有差异。秦观此词与晁补之"喜秋晴"一首体格相近，而比杜牧的同调词在用韵、句读方面更为讲究。

② 危亭：高高的亭台。这里指召伯埭斗野亭。

③ 芳草：在古典诗词中有着完全相反的两种含义：一作香草解，常用以比喻有美德的人，如《离骚》："何昔日之芳草兮，今直为此萧艾也?"二淮南小山《招隐士》："王孙游兮不归，春草生兮萋萋"，后人本此，以芳草作坏人之典。杜牧《长安送友人游湖南》诗："山密夕阳多，人稀芳草远。"这里借用杜牧诗意，谓"芳草"系坏东西。

④ 刬（chàn）：同铲，用以除草。

⑤ 青骢：指青骢马，即毛色黑白相间的马。古乐府《孔雀东南飞》："金车玉作轮，踯躅青骢马，流苏金缕鞍。"这里指骑马的男子。

⑥ 红袂：红色衣袖。白居易《秦中吟·五弦》诗："清歌且罢唱，红袂亦停舞。"这里指红衣女子。

⑦ 怆然：伤悲。陈子昂《登幽州台歌》："念天地之悠悠，独怆然而涕下。"

⑧ "无端"句：意谓意外地与意中人相逢。实指想不到会与黄庭坚等在此相见。"无端"，无缘无故。杜牧《送故人归山》诗："三清洞里无端别，又拂尘衣欲卧云。""娉婷"，原指美好或美女。白居易《昭君怨》诗："明妃风貌最娉婷。"陈师道《放歌行》："春风永巷闭娉婷"，这里以之喻知己，如黄庭坚等。

⑨ "夜月"二句：大意是这种意外的会面就像在梦中，又像沐浴在春风里。"幽梦"，隐隐约约的梦境。杜牧《郡斋独酌》诗："寻僧解幽梦，乞酒缓愁肠。"李商隐《银河吹笙》诗："重衾幽梦他年断，别树羁雌昨夜惊。""柔情"，温顺的感情。

⑩ 怎奈向："义犹云奈何也。有曰争奈向或怎奈向者。"详见张相《诗词曲语辞汇释》卷三向（二）。

⑪ 素弦："弦"，乐器上用以发音的丝线、铜丝或钢丝。这里指琴。"素弦"，即不加装饰的琴。

⑫ 翠绡：一种青绿色的薄绸，可用做手帕、头巾、衣服。功能与"红绡"类似亦可作"缠头"。这里指赠送给歌舞艺人的礼品。

⑬ "那堪"二句：意谓看到飞花在暮色中飘舞，细雨轻云遮蔽了晴空，这情景令人格外伤感。"那堪"，张相《诗词曲语辞汇释》卷二："那堪，犹云兼之也。与本义之解作不堪者异。……秦观《八六子》词：'怎奈向、欢娱渐随流水，素弦声断，翠绡香减，那堪片片飞花弄晚，蒙蒙残雨笼晴。'此亦兼之义；若作本义解，则与上文之怎奈向犯复矣。""弄"，本义为"拿着玩儿、摆弄"，这里引申为"飘舞"。　"笼"，读作 lǒng，作"遮盖、罩住"解。

⑭ 销凝：谓因伤感而出神。意近杜牧《八六子》结拍的"正销魂"。

⑮ 黄鹂：鸟名，即黄莺。杜甫《绝句》诗："两个黄鹂鸣翠柳，一行白鹭上青天。"

【心解】

　　按照本书对于《淮海词》的编年，这首词当作于"初级阶段"过后的第二阶段，而且是这一阶段继《满庭芳》（山抹微云）之后，仅次于前者的一首名作，历来被论者所关注、褒美，评价甚高。

对于此词的褒美者中，莫过于深谙秦观作词"一法"及其题旨的周济的揄扬之辞——"起处神来之笔"（《宋四家词选》）。这是指此词起拍三句的"倚危亭，恨如芳草，萋萋划尽还生"所写离情的形象生动，情景交融。在这里，周济的见解和评论堪称允当，但却未加深究，没有指出秦观在这首词中，为什么会将人们司空见惯的离情写得如此成功，兹作续貂如下：

第一，此系秦观在这一阶段接连写出的第三首离情词，前二首分别是《临江仙》（髻子偎人）、《阮郎归》（宫腰袅袅），都是为与元丰三年（1080）之初与苏辙的分别而作。而这一首却是为此后不久先后与之分别的孙觉（莘老）和黄庭坚而作。一首词凝聚了对两位同病相怜者的情分，这当是此词成功的先决条件。

第二，在郑永晓《黄庭坚年谱新编》中醒目地写着：神宗元丰三年庚申（1080）三十六岁，谱主年初，罢北京教授任，赴京师吏部，改官知吉州太和县……秋，谱主自汴京携家三十余口到吉州太和县赴任，路过高邮时，特往访秦观。二人互相倾慕，欢聚二日，互赠诗文，其乐融融。山谷并为之书写秦自作之《龙井》、《雪斋》两篇记文。秦观将其寄给钱塘僧人，以之摹勒入石。再者，秦观与山谷岳父孙觉同为高邮人，且二人过从甚密。山谷本人自高邮与秦观定交之后，秦观对山谷赞不绝口。除此之外，秦、黄、孙还都受到"乌台诗案"的株连，秦曾被捕入诏狱，孙、黄被谪，黄还被罚铜二十斤……这些志同道合的朋友，尽管有"召伯斗野亭"的诗歌唱和，但在当时的政治气候下，心中的不平和块垒，难以一吐为快，所以借助于长短句，将这一切"打并入艳情"，该是最为可行的选择。

第三，揭秘关于此词中"芳草"一语取义的隐情。"芳草"、"香草"、"春草"，从字面来说可以统称青草。

在用作"美人"之喻时，如屈原《离骚》的"何昔日之芳草兮，今直为此萧艾也？"但是在此词中却并非取义于此，而是与淮南小山《招隐士》的"王孙兮不归，春草生兮萋萋"一脉相承，是作为"坏人"的隐喻。杜牧对此心领神会，其《长安送友人游湖南》诗的"山密夕阳多，人稀芳草远"的"芳草"即由《招隐士》中的"春草"演化而来，是一种反面形象。深谙杜牧诗的秦观，在此词中显然是以杜诗为典，将"芳草"视为其"恨"的渊薮。然而关于"芳草"的隐情至此并未完结而至少延续到十多年后的绍圣年间。届时苏轼被贬岭南惠州，一日心情不佳，命朝云唱"花褪残红"。朝云歌喉将啭，泪满衣襟。子瞻诘其故，答曰："奴所不能歌，是枝上柳绵吹又少，天涯何处无芳草也。"子瞻幡然大笑曰："是吾正悲秋，而汝又伤春矣。"遂罢。朝云不久抱疾而亡，子瞻终身不复听此词。《词林纪事》卷五引《林下词谈》讲述的这段故事，过程很清晰，但症结未说破。窃以为朝云之所以"不能歌""枝上柳绵"二句，是因为她深知此二句中所包含的大致是这样一种隐情，即作为苏轼这一高"枝"上的"柳绵"，被"风"吹得所剩无几，这是因为"天下"到处都有害人的"芳草"……这层意思如果被说穿，在当时动辄得咎的政治氛围中，将会遭到更大的报复。所以惧怕井绳的苏轼赶紧用什么"吾正悲秋，而汝又伤春"这类言不由衷的话语加以掩饰。苏轼的这首《蝶恋花》很精确的写作时间尚不得而知，可以肯定的是远在这首《八六子》之后的绍圣二年前后，可见苏轼是秦观此词最早的解人。

第四，在这首《八六子》中还蕴寓着一种极为罕见的文学现象，就是在这短短的一首词中，竟然从《八六子》词调，到"芳草"、"无端"、"幽梦"、"春风十里"，以致"正销凝"六处的典事都与杜牧有关。由此再向前和向后加以追溯，仍然有不少词作与杜牧有关，这将在以后的相关篇目中加以总结和探索其中的奥秘。

【集评】

1. 张炎《词源》卷下：……秦少游《八六子》云："倚危亭……"离情当如此作，全在情景交炼，得言外意，有如："劝君更尽一杯酒，西出阳关无故人。"乃为绝唱。

2. 陈霆《渚山堂词话》卷一："倚危亭，恨如芳草，萋萋划尽还生。"二语妙甚，故非杜（牧）可及也。

3. 俞陛云《唐五代两宋词选释》：结句清婉，乃少游本色。起笔三句，独用重笔，便能振起全篇。

4.《中国历代著名文学家评传》唐圭璋、潘君昭：起首三句，突兀而来，这是从李煜《清平乐》："离恨恰如春草，更行更远还生"运化所成；以连绵不断的春草来比喻不可抑止的离恨。下面叙别情，柳外水边的场面，是"恨"之所生，然后以别恨可惊顿住。下片的"夜月"、"幽梦"、"春风"、"柔情"是写情兼以比拟所恋念的伊人；"怎奈向"作一转折，指出往事如流水，佳人难再逢。末几句以景结束，正当飞花残雨撩人情思之际，又传来黄鹂的啼声，含蓄地暗示相思之意仍是无法断绝；在章法上与杜牧诗结句"正销魂，梧桐又移翠阴"相同。

5.《唐宋词鉴赏辞典·唐·五代·北宋》缪钺：……"青骢"、"红袂"、"素弦"、"翠绡"、"黄鹂"等，都是用颜色的字面，更增加彩色之美，使人仿佛看到一幅一幅的画图，在幽美的景象中饱含凄楚之情。从章法来说，忽而写当前，忽而写过去，交插错综，颇似近来电影中所用的艺术手法。从用笔来说，极为轻灵，空际盘旋，不着重笔。从声律来说，《八六子》这个此调，音节舒缓，回旋宕折，适宜表达凄楚幽咽之情，读起来觉得如听溪水从山岩中曲折流出的琤琮之音。秦观这首词还有一个特点，就是洗练得非常精纯，这也是秦观所擅长的。

6.《宋词鉴赏》沈祖棻：作者触景生情，感到像芳草一样划除不尽的恨，乃是离别之恨。此恨既然无法划除，就必然会在脑海中浮现别时情景，这就有了"念柳外"等三句。用一"念"字领起，知以下皆属念念不忘之事。"青骢"，骑青马的人，指己；"红袂"，穿红衣的人，指她。袂即衣袖，并排行坐，衣袖挨在一起，称为联袂。人离别了，衣袖也分开了，称为分袂。"柳外"、"水边"，记地兼写景；"青骢"、"红袂"，指人兼着色。分别场面，如见画图。

7. 周义敢、程自信、周雷《秦观集编年校注》（下）：此词写怀念情侣，情意回旋宛折，意象鲜明幽美。其中翻用杜牧《赠别》诗"春风十里柔情"句意，可推知作于扬州，时在元丰年间。

8. 徐培均、罗立刚《秦观诗词文选评》：综观全词，少游以小令笔法作长调慢词，不仅语言高度凝练，而且在感情抒发上曲折多变，蕴含深远。显著的表现主要在全篇的结构上：起首三句是"顿入"手法，直抒胸臆；至"念柳外"以下一转，"怆然暗惊"一顿；"无端"以下一折，"怎奈向"以下复又一转；"那堪"以下再一折，至歇拍"正销凝"再转接起首。真可谓随步换形，变化无端，层层转折，愈转愈深……

9. 刘乃昌、朱德才《宋词选》：此伤别怀人之作。起句含独立望远意，继以芳草喻离思绵绵。"含"字领下，转入追忆，直贯下片。"青骢"自己所乘，"红袂"伊人丽装，"柳外"、"水边"，青、红交映，离别场景，刻骨难忘，思之怆然心惊。"无端"以下紧承"念"字，缅想与伊人相遇、相恋与暌离。"天与娉婷"、"幽梦"、

"柔情",相遇之巧、伊人之美、两情之深,可以想见。"怎奈"又折回别后、琴断、香减,伊人声息暌违已久,且对花残、日暮、细雨、晚烟,一派凄迷现境,使人黯然魂销。几声黄鹂,惊断怀旧思绪,深化无限离愁。全词意象优美,情景交炼,于艳情离歌中,堪称千古绝唱。

10. 姚蓉、王兆鹏《秦观词选》:……在对恋人"娉婷"姿态的赞颂中,在对"夜月一帘幽梦"的思忆中,在"春风十里柔情"的沉醉中,词人用优雅柔美的意象,含蓄点出一段缠绵美好的恋情。然而欢乐的时光如流水般短暂,词人转眼面临着与恋人的别离。对这令人断肠的离别,词人仍以"素弦声断,翠绡香减"侧面加以表述,而且继以"飞花弄晚"、"残雨笼晴"这样朦胧凄迷的景色描写,凄美幽清的意境,很好地烘托了词人心中的无限怅惘。词作以"正销魂,黄鹂又啼数声"结尾,使词人的思绪从过去回到现实,起着首尾呼应的作用。同时,以写景收束全词,突出了此词通篇情景交融的艺术风格。

11. 谢燕《秦少游词精品》:……该词是少游写离情的名篇,情韵兼胜,意境深永。全词由情切入,突兀而起,起句用一个"恨"字将词人与恋人的离别之愁和眼前的萋萋芳草联系在一起,运用了直喻的手法,与一般长调讲究铺叙,在篇首着力描写环境、渲染气氛有着明显的区别。接着词人以一去声的"念"字领六言两对句,绘景叙事,追忆离别情景。过拍承前意脉,"夜月一帘幽梦,春风十里柔情"二句追忆别前之欢,写得风情摇荡,幽美凄清;"怎奈向"以下,复一转,写别后之苦;"那堪"以下,再一折,感叹现实之悲;至歇拍"正销凝",又回过头来看,转接起首。全词将时间、地点和人物的现实、过去来回穿插,通篇写离情,却在遣词造句上不直说,而是以景衬情,融情于景致中,读来含蓄深沉,

余味无穷。

12. 喻朝刚、周航《分类两宋绝妙好词》：此词抒写离别相思之情。上片由登亭眺望，见芳草"刬尽还生"，而引起对当年轻别伊人的绵绵遗恨。换头三句，追忆往日的欢乐生活。"怎奈向"三句，感叹梦断香消，好景不长。结处融情入景，表达对忆中人的无限怀念。张炎对这词评价很高，认为"离情当如此作，全在情景交炼，得言外意"。

三、二度应试和身系诏狱之谜及淮扬游览期间

（约在公元 1083 年前后）

秦观把与苏辙的"南埭"之别，称之为"身有恨，恨无穷"、"陇头流水各西东"，是再恰当不过的，感情之凝重，任凭哪个歌女乐伎都是担待不起的。但是词人仍然意犹未尽，于是又在《与苏子由著作简》中，道出了这样一些心里话："而杜门谢客，颇得专意读书……但乡间士子，类皆从事《新书》，每有所疑，无从考订。而先生长者皆在千里之外，以此良悒悒耳。"此简中提到的《新书》即指《三经新义》。熙宁变法时，"好使人同己"的王安石将《周礼》亲自加以诠释；《诗》、《书》则由其子王雱和吕惠卿共同诠释，作为科举必读的三部教材。"悒悒（愁闷）"归"悒悒"，当时词人还只能依据此类教材备考，而且已将确定西行入京的消息函告了有关师友。所以包括笔者在内一直以为秦观系三举得中的数年"复读生"。在笔者撰毕《两宋名家词选注丛书·〈淮海词〉评注》之后近二十年的二十一世纪之初，拜读《秦观集编年校注》发现了如下的不同诠释："……盖元丰年间贡举凡三次，一在元丰二年，作者（指秦观）下第后即回高邮，事见卷二十九《与苏子由简》。一在元丰五年，作者因入诏狱而未就试，事见卷五《对淮南诏狱二首》及诗注。"这里明确指出了词人一入京便"遭此追捕，亲老骨肉亦不敢留，乡里治生之具，缘此荡尽。今虽得生还，而仰事俯首之计萧然不给，想公闻之不能无恻然也"（见《与某知己简》。"某知己"，似指孙觉）。此事因有现存《淮海集》中《对淮南诏狱二首》诗为证，上述断言秦观元丰五年（1082）未曾应试之说差可成立。至于秦观为何入诏狱迄今不得而知。

诏狱是奉皇帝诏令拘禁犯人的监狱。如此大案，人们之所以不明真相，想必是当事人有着某种隐情，或曰为尊者讳所致。在秦观的师友中，令其最为崇敬的莫过于苏轼。窃以为秦观是这样一种人——对苏轼的恩德念念不忘："……老幼夏间多疾病，更遇岁饥，聚族四十口，食不足，终日忽忽无聊赖……子骏以公言，顾遇甚厚，尝令作《扬州集序》。"（《与苏公先生简》，此简作于元丰四年）而词人终其一生所受苏轼的严重株连，无一不是讳莫如深，毫无怨言。但是作为研究者应说句公道话，即秦观虽然被关押在"淮南"，恐怕仍与"乌台诗案"有关。看来至少有这样两种蛛丝马迹可寻：一者，"乌台"虽然结案，苏轼仍然被视为罪臣，而词人却认为："以先生之道，仰不愧天，俯不怍人，内不愧心，某虽至愚，亦知无足忧者。"（《与苏黄州简》，此简写于元丰三年）这岂非为苏轼翻案、与朝廷唱反调？再者，"乌台诗案"审理过程中，苏轼写有供状，被牵连者大都受到了惩处，秦观一度"漏网"，这次晋京洵为自投罗网！

在这一时段，还有一件事情对于我们了解"苏门"的父子兵和亲兄弟与王安石之间的情仇真相，很有裨益，不妨略加赘言：当苏轼在"乌台"狱中，面对死亡威胁时，有人是置之死地而后快，也有不少人为之说情，其中王安石不仅没趁机落井下石，还极力主张宽宥苏轼……这才有了苏轼离黄州往汝州赴任，途经江宁访问王安石捐弃前嫌，向王安时推荐秦观的诗作，借其齿牙，使秦观其人其作增重于世的文坛佳话。

另需赘言的是，这一阶段几首词作的编年不无或然性，但是地域主要集中于大江南北附近，这也有便于阅读的另一面，只是没能做到两全其美。

望海潮

　　星分牛斗①，疆连淮海②，扬州万井提封③。花发路香，莺啼人起，珠帘十里东风④。豪俊气如虹⑤，曳照春金紫⑥，飞盖相从⑦。巷入垂杨，画桥南北翠烟中。　　追思故国繁雄。有迷楼挂斗⑧，月观横空⑨。纹锦制帆⑩，明珠溅雨⑪，宁论爵马鱼龙⑫。往事逐孤鸿，但乱云流水，萦带离宫⑬。最好挥毫万字，一饮拚千钟⑭。

【注释】

① 星分牛斗：星分，犹分星、分野。古代天文学说，把十二星辰的位置跟地上州、国的位置相对应。就天文说，称分星；就地上说，称分野。牛斗：二十八宿中之牛宿与斗宿。此二宿对应着扬州的分野。详见《史记·天官书》张守节正义引《星经》。

② 疆连淮海：意谓扬州的疆域北接淮河，南连东海。《尚书·禹贡》："淮海惟扬州。"

③ 万井提封：犹"提封万井"。提封，通共，意谓举其总数言之，犹言通共万井。相传古制八家为井。此句极言扬州地域广袤，人口稠密。详见《汉书·刑法志》颜师古注。

④ "花发"以下三句："花发"语见杜甫《郪城西原送李判官兄武判官弟赴成都府》诗："野花随处发。""路香"语见杜甫《西郊》诗："江路野梅香。""莺啼"语见杜牧《江南春》诗："千里莺啼绿映红。""珠帘"句见杜牧《赠别》诗："春风十里扬州路，卷上珠帘总不如。"

⑤ "豪俊"句：意谓扬州人物才智出众，光彩照人。"豪俊"，语出《汉书·贾山传》："文王之时，豪俊之士皆得竭其智。"李白《与韩荆州书》："使

海内豪俊，奔走而归之。""气如虹"，曹植《七启》："慷慨则气成虹霓。"李贺《高轩过》诗："马蹄隐耳声隆隆，入门下马气如虹。"

⑥ "曳照"句：形容高官的服饰佩戴。"金紫"，即金印紫绶的简称。秦、汉时，相国、丞相、太尉、大司空、太傅、列侯等皆金印紫绶。详见《汉书·百官公卿表》。杜甫《奉寄章十侍御》诗："淮海维扬一俊人，金章紫绶照青春。"后多以"金紫"喻贵人。李贺《荣华乐》诗："新诏垂金曳紫光。"王琦注："垂金印，曳紫绶也。""曳"本义为拖，牵引。在此用作佩戴的意思。

⑦ 飞盖：原指车盖，因行车时盖衣因风而飞动，故称。曹植《公宴》诗："清夜游西园，飞盖相追随。"这里以"飞盖"代指飞速行进的车辆。

⑧ 迷楼挂斗：迷楼高耸入云，上接星斗。迷楼，楼名。隋炀帝时，有人进一新宫图，帝令扬州依图起造，经年始成。回环四合，上下金碧，工巧弘丽，自古未有。人误入者虽终日不能出。帝顾左右曰："使真仙游其中，亦当自迷也，可目之曰迷楼。"（详见韩偓《迷楼记》）

⑨ 月观：著名游观之所，故址在扬州。《宋书·徐湛之传》："广陵城旧有高楼……湛之更起风亭、月观、吹台、琴室。"《大业拾遗记》："帝幸月观，烟景清朗，中夜独与萧妃起临前轩。"

⑩ 纹锦制帆：用锦缎做成的船帆。《大业拾遗记》："炀帝幸江都，至汴，帝御龙舟，萧妃乘凤舸。锦帆彩缆，穷极侈靡。"李商隐《隋宫》诗："玉玺不缘归日角，锦帆应是到天涯。"

⑪ 明珠溅雨：《隋遗录》："炀帝命宫女洒明珠于龙舟上，以拟雨雹之声。"

⑫ "宁论"句：宁论，语助词，无义。爵同雀。爵马鱼龙，古代杂耍戏玩。鲍照《芜城赋》："吴、蔡、齐、秦之声，鱼龙爵马之玩。"详见《汉书·西域传赞》颜师古注。

⑬ 萦带：回旋曲折的样子。杜甫《游修觉寺》诗："径石相萦带，川云自去留。"离宫：皇帝正宫以外临时居住的宫室。《汉书·枚乘传》："修治上林，杂以离宫。"

⑭ "最好"二句：语出欧阳修《朝中措》："文章太守，挥毫万字，一饮拚千钟。"

【心解】

这是少游"学柳七作词"的另一类型的代表作。对于这首词的编年、题旨等，凡与论者所见略同之处，兹不赘言。这里仅就尚未见他人提及的，此词的言外之意，画外之音，加以别解。

别解一：不妨先从调名本意说起：柳永之所以始创《望海潮》这一词调，旨在咏吟钱塘秋潮这一天下奇观，原系本意词。而扬州的胜景不在于新秋观涛，况且这一秦词是作于元丰三年（1080）之初春，创作契机是：词人于上年除夕由会稽返高邮后，"人事差少"，"时复扁舟循邗沟而南，以适广陵。"自谓对于广陵"颇能道废兴迁徙之详"。与柳永不同，秦观要写的是他稔悉的扬州古迹，而《望海潮》是为"看潮头"而创，秦词缀以《广陵怀古》之题，无疑是为了与词旨更相契合，此与前不久写于会稽的同调词题作《越州怀古》，系出于同一机杼。秦少游的这一招几乎动摇了柳永关于《望海潮》的创调专利，竟被误认为怀古词宜用《望海潮》一调。其实，音节沉雄高亢的《水调歌头》、《满江红》、《沁园春》等更宜于感事怀古。岂料，秦少游将专用于咏钱塘潮的词调改为怀古之作，反而被认为对柳永有所超越。

别解二：《望海潮》（东南形胜），古今多认为系柳永作赠孙何的，直到吴熊和《柳永与孙沔的交游及柳永卒年新证》一文问世，人们才确知这一柳词的创作动机。吴文不仅解决了与柳永生平有关的一系列重要问题，也引领我们从一种新的视角解析这一秦词——柳词是投赠杭州知州孙沔的，那么"学柳七作词"的秦七的这首词是否也与一位知州有关呢？柳词中，从"千骑拥高牙"等字眼儿可以坐实为投赠之作，而秦词中不但不见此类字眼儿，为何反而以《广陵怀古》来变更观潮的词调本意呢？原来这里的奥妙在于词人有意掩饰其借古喻今的本意。换言之，词人将其对时任扬州知府鲜于优的情意，以其惯用的独步一法打并于对于扬州的兴衰的感慨。这里有词人的难言苦衷：秦观作此词前不久，"乌台诗案"刚刚结案，苏轼被贬往黄州。不仅苏轼与鲜于优的关系非同一般，秦观更是对鲜于优崇敬有加，曾为其命人所编《扬州集》作序。在当时严酷的政治背景下，这一切都只能作为《广陵怀古》的潜台词。

别解三：在秦七"学柳七作词"的问题上，我们不认同黄昇《花庵词选》的有关记载，但是这并不意味着我们无条件地赞同秦之学柳。相反，我们同苏轼一样，不苟同那种"柳七郎风味"。我们理解这种"风味"是指柳永作举子时所做的以莺娇燕昵为风调的一类词，其中不包括《八声甘州》（对潇潇暮雨），更不包括柳永作士子期间的那种"洞悉民瘼"之作。事实上，秦七所作具有"柳七郎风味"的《迎春乐》一类词，总体上是不可取的。而在"乌台诗案"之后所做的这首《广陵怀古》，堪称《淮海词》中的上乘之作。对于柳永的这种有变通的学习，无形中收到了"青，取之于蓝而青于蓝；冰，水为之，而寒于水"的良好效果。这种效果从两首词结拍的对比中体现得更为明显：柳词中的"千骑拥高牙……归去凤池夸"云云，不无讨好现任知州之嫌，而秦词的"最好挥毫万字，一饮拼千钟"，以已经作古的欧阳修的风流韵事出之，不仅境界比前者有所提高，提起欧阳修，人们便不难联想到一些有关的趣事——据说正是在秦观当年"入大明寺，饮蜀井，上平山堂，折欧阳文忠所种柳，而诵其所赋诗"的地方，清光绪年间的一位高官在此题写了"风流宛在"四字。他把"流"字右上方的"一点"，埋在了"在"字右下方的土中，意思是期望风流太守欧阳修少点风流多点实在。具体到秦少游，其在当时悲苦心境下，创作这首《广陵怀古》时，正因为少了点风流，多了点实在，从而博得了"辞情兼称"之誉，也在一定意义上冲洗了秦七"学柳七作词"的负面名声。

别解四：有论者称柳永《望海潮》系用词体写的杭州赋，那么秦观此词则可允称为扬州赋。当下，新辞赋勃然兴起，前些年我们已经相继读到了《清华赋》、《郑州号赋》、《北航赋》等，及至《中国辞赋》隆重创刊，辞赋之文备受关注。行文至此，我们不由得联想到《文心雕龙·物色》篇有云："屈平所以能洞监《风》、《骚》之情者，抑亦江山之助乎"、陆游有诗句曰："挥毫当得江山助，不到潇湘岂有诗"。诚然，无论是杭州，抑或扬州，无一不是助推产生名篇佳作的名城胜地。如果说当年的柳永是为杭州的"形胜"所感发，那么在历史上装点了古运河风采的高邮、扬州这两颗明珠，必将随着京杭运河更名为中国大运河的契机，而被催生出新时代的秦少游，新时代的高邮赋和扬州赋，这是否可以视为《广陵怀古》这一千年名作的现实意义呢？

【集评】

1. 杨慎《词品》卷三：秦淮海《望海潮》词云："纹锦制帆，明珠溅雨，宁论爵马鱼龙。"按《隋遗录》："炀帝命宫女洒明珠于龙舟上，以拟雨雹之声。"此词所谓"明珠溅雨"也。

2. 俞陛云《唐五代两宋词选释》：首言州郡之雄壮，提挈全篇。次言途中之富丽，人物之豪俊。次乃及游赏归来。垂杨门巷，画桥碧阴，言居处之妍华。层层写出，如身到绿杨城郭。下阕言追怀炀帝时，其繁雄尤过于今日，迷楼朱障，极侈泰之娱；而物换星移，剩有乱云流水，与唐人过隋宫诗"晚来风起花如雪，飞入宫墙不见人"，及"闪闪残萤犹得意，夜深来往豆花丛"句，其感叹相似。

3. 杨世明《淮海词笺注》：《淮海集》卷三有《与李乐天简》，云："去年如越省亲，会主人见留，辞不获去；又贪此方山水胜绝，故淹留至岁暮耳。非仆本意也。自还家来，比会稽时人事差少。杜门却扫，日以文史自娱。时复扁舟循邗沟而南，以适广陵。泛九曲池，访隋氏陈迹，入大明寺，饮蜀井，上平山堂，折欧阳文忠所种柳，而诵其所赋诗，为之喟然以叹。遂登摘星寺。寺，迷楼故址也，其地最高，金陵、海门诸山历历皆在履下。其览眺所得，佳处不减会稽望海亭，但制度差小耳。仆每登此，窃心悲而乐之。人生岂有常，所遇而自适，乃长得志也。"所叙与本词内容颇合。按作者如越省亲在元丰二年（1079），则此词当为元丰三年（1080）游广陵所作也，时年三十二岁。

4. 周义敢、程自信、周雷《秦观集编年校注》（下）：此词作于元丰中，元丰三年，词人作《扬州集序》，自称于该地"颇能道废兴迁徙之详"。其诗作《鲜于子骏使君生日》，庆幸自己能列席诗宴。五年，吕公著知扬州，词人有《上吕晦叔书》、《中秋口号》。故此词大致作于元丰三年。其旨为宴会佐酒，实为借此逞才，以求赏识。词人"少豪隽，慷慨溢于文词"，此首颇具豪放风格。……自张綖以后诸明刻本，调下均题作《广陵怀古》。

5. 徐培均、罗立刚《秦观诗词文选评》：《望海潮》一调创自柳永，音调高昂。柳氏曾以之赞杭州的繁华富饶，成千古名篇。李之仪在《吴师道小词》中曾称柳词："铺叙展衍，备足无余，形容盛明，千载如同当日。"秦观此词用其词调，其题材与表现手法都与柳词相似，特别是铺叙展衍的表现方法，几乎可以说有较明显的借鉴柳词之迹。所不同的是，秦词为怀古之作，古今对照，盛衰相参，词情有赞、有叹、有所见、有所感，起伏多变，不像柳词纯出之以赞叹。特别是怀古一段与收尾处的壮语，使词情沉郁而充满豪逸之气。在以婉约为主要风格的秦词之中，如此豪放之作，犹为少见，值得引起注意。

6. 姚蓉、王兆鹏《秦观词选》：上阕"抚今"，勾画扬州的秀丽风光及繁华场景。发端三句，总绘扬州作为江淮重镇的地理位置及大都市的繁盛面貌，笔势开阔宏大。接着具体描绘扬州"花发路香，莺啼人起"的秀美景色和旖旎春光。"豪俊"以下三句，以阔大的手笔勾勒扬州的富贵气象，与前文"万井提封"相映照。而"垂杨"、"画桥"、"翠烟"等景物，则以婉约细腻的笔触，再一次勾勒出扬州秀雅的景色与风致。词人以豪放的气势和婉约的笔调相结合，将一个风景秀丽而又繁荣热闹的扬州展现在读者面前。下阕以"追思"二字领起，转入对往昔的追叙。隋炀帝当年游幸"繁雄"的扬州城时，在此建迷楼，游月观，挥金如土，醉生梦死，结果顷刻间身死国灭！想到如今扬州繁华依旧，而人事已非，词人仰望天边的孤鸿，深沉的历史感陡然而生。而"挥毫万字"、"一饮千钟"的结尾，表明词人面对历史，心情沉重却并不颓唐。这充满豪情的收束，既增添了词作的力度，更与全词宏大壮阔的笔调和谐一致。

7. 喻朝刚、周航《分类两宋绝妙好词》：广陵，古县名，秦置，治所在今江苏扬州市，后便成为扬州的别称。扬州北临淮水，东濒大海，故有"淮海惟扬州"之说。从隋朝开通运河以来，扬州迅速发展成为我国东南地区交通便利、经济和文化繁荣的大都市。这首词作于宋神宗元丰三年（1080），秦观"如越省亲"归来之翌年。上片描绘扬州的地理形势和繁荣景象，为北宋承平时期的名都留下了一幅艺术剪影，与南宋词人姜夔笔下遭受战火焚毁的扬州，形成鲜明的对照。下片抒发怀古之情，对隋炀帝巡幸江都的奢侈生活含有微词，也寄寓着词人的迷惘心绪和身世之感。全篇用典较多，而情感却不甚浓烈。

沁园春①

宿霭迷空②，腻云笼日③，昼景渐长④。正兰皋泥润⑤，谁家燕喜⑥，蜜脾香少，触处蜂忙⑦。尽日无人帘幕挂，更风递游丝时过墙⑧。微雨后，有桃愁杏怨，红泪淋浪⑨。　　风流寸心易感⑩，但依依伫立，回尽柔肠⑪。念小奁瑶鉴⑫，重匀绛蜡⑬，玉笼金斗，时熨沉香⑭。柳下相将游冶处，便回首、青楼成异乡⑮。相忆事，纵蛮笺万叠⑯，难写微茫⑰。

【注释】

① 沁园春：又名《东仙》、《念离群》、《洞庭春色》、《寿星明》。李义府《长宁公主东庄》诗："平阳馆外有仙家，沁水园中好物华。"调名或本于此。《词谱》列苏轼"孤馆灯青"一词为正体，双调，一百十四字，上片十三句四平韵，下片十二句五平韵。秦观的这首与苏词略有不同。

② 宿霭：隔夜的云气。韩愈《秋雨联句》："安得发商飙，廓然吹宿霭。"

③ 腻云：犹云腻，细匀之云。杜牧《春日茶山病不饮酒因呈宾客》诗："山秀白云腻，溪光红粉鲜。"

④ "昼景"句：意谓白昼漫长的夏日。独孤及《苦热行》："昼景艳可畏，凉飙何由发？"

⑤ 兰皋：生有兰草的曲折的水泽边。《离骚》："步余马于兰皋兮，驰椒丘且焉止息。"王逸注："泽曲曰皋。"洪兴祖补注："皋，九折泽也。"

⑥ 燕喜：目前所见有二说。一说，"燕喜"同宴喜。语出《诗经·小雅·六月》："吉甫燕喜，既多受祉。"一说"言燕子衔兰皋之泥何其喜悦也。"

⑦ "蜜脾"二句：意谓随处可以看到蜜蜂采花酿蜜的繁忙景象。蜜脾，蜜蜂营造连片巢房，酿蜜其中，其形如脾，故名蜜脾。王禹偁《蜂记》："其酿蜜

如脾，谓蜂脾。"李商隐《闺情》诗："红露花房白蜜脾，黄蜂紫蝶两参差。"

⑧ 游丝：蜘蛛等昆虫所吐的丝，因其飘荡于空中，故称游丝。庾信《春赋》："一丛香草足碍人，数尺游丝即横路。"

⑨ "微雨后"三句：意谓春天细雨过后，桃花、杏花的飘落，犹如女子泪流满面。红泪，泛称女子的眼泪。（详见《拾遗记·魏》李郢《为妻作生日寄意》诗："应恨客程归未得，绿窗红泪冷涓涓。"淋浪，这里形容泪水连续下滴。）

⑩ 风流：这里意近风度、标格。《晋书·王献之传》："高迈不羁，虽闲居终日，容止不怠，风流为一时之冠。"杜甫《咏怀古迹》诗："摇落深知宋玉悲，风流儒雅亦吾师。"后多指有才学而不拘礼法。这里系词人自谓多愁善感。

⑪ 回尽柔肠：形容内心焦急，仿佛肠亦为之翻腾不安。司马迁《报任少卿书》："是以肠一日而九回，居则忽忽若有所忘，出则不知其所往。"柔肠，意谓心肠柔软、善良，情意缠绵。李商隐《李夫人诗三首》其三："柔肠早被秋眸割。"

⑫ 小奁瑶鉴：小奁，小巧玲珑的梳妆匣。瑶鉴，有玉饰的铜镜。

⑬ 绛蜡：红烛。白居易《和微之春日投简阳明洞天》诗："柳眼黄丝额，花房绛蜡珠。"这里借指胭脂等红色的化妆品。

⑭ "玉笼"二句：形容日用器具的华美珍贵。玉笼，对于熏笼的美称。"熏笼"，即熏炉上所罩的笼子。金斗，熨斗。白居易《缭绫》诗："广裁衫袖长制裙，金斗熨波刀剪纹。"沉香，一种名贵的熏香，又名沉水香。详见《太平御览》卷九八二引《南州异物志》。李商隐《效徐陵体赠更衣》："轻寒衣省夜，金斗熨沉香。"

⑮ 青楼：原指豪华精致的楼房。曹植《美女篇》："青楼临大路，高门结重关。"此词中的青楼，字面上义同杜牧《遣怀》诗："十年一觉扬州梦，赢得青楼薄幸名"中的"青楼"，指妓院，实则指词人时常出入的鲜于府邸。

⑯ 蛮笺：犹蜀笺。自唐以来，蜀地所造笔纸即著盛名，有玉版、表光、贡余、经屑等名目，统称蜀笺。又今本杨文公《谈苑》载韩浦《寄弟》诗所云："十样蛮笺出益州，寄来新自浣花头"的"蛮笺"，即唐代四川造的彩色笺纸，通称蜀笺。又有薛涛笺、十样蛮笺之称。

⑰ 微茫：隐约不明。陈子昂《感遇》诗："巫山彩云没，高丘正微茫。"在此词中当指不为外人所知的私心话。

【心解】

如果用秦观作词的独步"一法",对此首题旨加以观照,不难发现此系与鲜于侁有关的三首词中的第二首。秦观与鲜于侁的关系说来话长,且不说秦观的父辈即与鲜于氏有来往,秦观与鲜于侁的相识相知需从苏轼说起。苏轼与鲜于侁在对待王安石其人及其变法上,可谓高度契合。当年鲜于侁预感到王安石有为相的可能时,遂声言:"是人若用,必坏乱天下。"苏轼对此说则称扬为:侁上不害法,中不废亲,下不伤民,以为之"三难"。向来以苏轼马首是瞻的秦观会对鲜于侁抱有何等崇敬的心情可想而知,况且鲜于扬州曾是词人及其一家的大恩人:当词人被捕后,为了抵"罪""荡尽"了家底。在生计无所着落之际,因为苏轼的关系,鲜于扬州对于秦家"顾遇甚厚",同时词人还得以出席这位父母官的庆生盛宴,以及为其命人编写的《扬州集》作序……对于这一切"顾遇"和殊荣,一向知恩必报的秦观,怎能不铭记深心!岂料,好景不长,鲜于扬州很快被罢职,而词人在扬州也不能久留,种种美好的"佳会",只能频频托付梦中……所以此首又可以说是下一首《梦扬州》的前奏。

词之上片所写从"燕喜"、"蜂忙"的大好春光,到"桃愁杏怨,红泪淋浪"的残春景象,岂非系"鲜于扬州"未几被罢的好景不长的隐喻之笔?正因如此,"风流寸心易感"的词人倍加伤情。下片即将这种伤情"打并入艳情",以"游冶"代指其与知州的交往,字面上作为妓院的"青楼",在这里则是指豪华的知州府邸。所谓"青楼成异乡",则是说由于主人的更替,自己再无缘出入这原本熟悉的去处,这座"青楼"遂成了与自己毫不相干的"异乡"。

此词的重心在于"相忆事"以下三句,不是吗?回想这位知州给予自己的种种恩惠，多少笔墨"蛮笺"也写不尽记忆深处的感念之情和不愿为人所知的隐衷。

以上对于此词的探索性解读，不知能否成立？以下在对于此词的"集评"中，力求胪列出一些有代表性的不同见解以供读者选择。窃以为，对于秦词中无处不在的男女欢会之情，尽量透过字面去体察隐情，更要时时牢记词评家周济所提示我们的秦观作词的独步"一法"——"将身世之感打并入艳情"。

【集评】

1. 杨世明《淮海词笺注》：此词描写春景、春情。

2. 周义敢、程自信、周雷《秦观集编年校注》（下）：词写盎然春意，不禁思念与情侣的游荡欢娱生活，情流肺腑，深挚动人。该是作于元丰或元祐年间。

3. 徐培均、罗立刚《秦观诗词文选评》：词人多情，春景迷蒙，春心已然荡漾。宿霭浓云中的江南迷蒙春景，如淡烟流水般，从心头滑落。静悄悄地，久仁帘幕之中，看河边春燕衔泥筑巢，花丛中蜂儿采花酿蜜，游丝飘荡着，把心情带到围墙的另一边。微雨洒落地面，带走桃花的娇红、杏花的芬芳，将枝头湿漉漉、沉甸甸的叹息，交给帘幕中沉重的身影，让他回味那叫他刻骨铭心的红泪，回味那叫他柔肠寸断的一刻。那是怎样的一刻！小巧的妆奁，精美的妆镜，镜里是红润的脸庞。玉笼、金斗、沉香，平静如一声幽幽的叹息，于消失之前，悄然在心口划下伤痕。那是怎样的一刻！杨柳丝丝拂动，浓荫里掩起情意绵绵……是的，就是那一刻，让他销魂，让他如痴如醉，让他不敢回首，让他的心沉寂下去，沉寂下去。因为，就在他想回首的一刹那，他迷失了自己，将自己迷失在迷蒙的春景之中，感受微茫，徘徊于微茫。

4. 姚蓉、王兆鹏《秦观词选》：此词似作于熙宁、元丰家居之时，写在扬州时的冶游生活。……因此词的下阕以"风流寸心易感"承上启下，由写春景转向写春情，衔接十分自然。面对温润的春天，词人的心情也是温润的，心中的思念油然而生。闺中人对着镜子化妆，拿着熨斗熨衣这样一些琐碎的日常活动，此刻却成为词人内心的温馨回忆。而曾经与她一起拥有的美好游冶时光，如今已遥不可及。快乐的往事如梦境一般微茫，令人徒增惆怅；团聚的希望更加渺茫，令人倍感神伤，故而词人只能在词作的结尾发出"难写微茫"的深沉叹息。

梦扬州①

晚云收。正柳塘、烟雨初休。燕子未归，恻恻轻寒如秋②。小阑外、东风软，透绣帏、花蜜香稠。江南远，人何处，鹧鸪啼破春愁③。　　长记曾陪燕游④。酬妙舞清歌，丽锦缠头⑤。殢酒为花⑥，十载因谁淹留⑦？醉鞭拂面归来晚⑧，望翠楼⑨、帘卷金钩。佳会阻，离情正乱，频梦扬州⑩。

【注释】

① 梦扬州：此系以结拍"佳会阻，离情正乱，频梦扬州"三句为本意的秦观自度曲，也是宋词中仅有的一首。双调九十五字，上下片分别为十二句和十一句，平韵。

② 恻恻：本是形容悲痛。潘岳《寡妇赋》："庶浸远而哀降兮，情恻恻而弥甚。"杜甫《梦李白》诗："死别已吞声，生别常恻恻。"韩偓《夜深》（一作《寒食夜》）诗："恻恻轻寒翦翦风"。这里形容伤别意兼悲秋。

③ 鹧鸪：鸟名。俗象其鸣声曰："行不得也哥哥。"崔豹《古今注·鸟兽》："南山有鸟，名鹧鸪，自呼其名，常向日而飞。畏霜露，早晚稀出。"这里系隐括郑谷《席上贻歌者》："座中亦有江南客，莫向春风唱鹧鸪"之句意，以表难舍难离之情。

④ 燕游：燕，同宴。秦观曾以出席鲜于侁的生日宴为荣，尝写有《鲜于子骏使君生日》诗，鲜于侁，字子骏。

⑤ 缠头：古代歌舞者把锦帛缠在头上作妆饰，叫"缠头"。也指赠送给歌舞者的锦帛或其他财物。《旧唐书·仆固怀恩传》："酒酣，怀恩起舞，奉先赠缠头彩"。白居易《琵琶行》："五陵年少争缠头，一曲红绡不知数。"

⑥ 殢酒：病酒，困酒，沉溺于酒。

⑦ 淹留：停留，久留。《离骚》："时缤纷其变易兮，又何可以淹留？"

⑧ "醉鞭"句："用温庭筠在扬州折齿的事典。庭筠苦心砚席，尤长于诗赋，然累年不第，失意归江东。途径扬州时，心怨淮南太守令狐绹在位时未曾援引，遂不刺谒。丐钱扬子院，醉而犯夜，为虞候所击，败面折齿。作者用此典，是因二人才学和身世相似，且俱精通音律，善为侧艳之词曲，均生性傲岸，喜出入于歌场舞榭。"（《秦观集编年校注》下）

⑨ 翠楼：华美的楼阁。《艺文类聚》六三李尤《平乐观赋》："大厦累而鳞次，承峦嶬之翠楼。"王昌龄《闺怨》诗："闺中少妇不知愁，春日凝妆上翠楼。"

⑩ "佳会"三句：指鲜于侁元丰二年徙知扬州，未几被罢，与词人分离之事。

【心解】

这当是词人继"广陵怀古"之后的又一首学柳的代表作。当年柳永为称颂"孙（沔）杭州"自创词调《望海潮》。这首《梦扬州》当是秦观为与曾任扬州知州的鲜于侁分别有年所作，而不仅仅是对江淮形胜扬州其地的"频梦"。甚至可以说此词题旨并非梦忆地缘上的扬州。因为从高邮到扬州现在乘公共汽车只需一小时，古代沿邗沟乘船可能慢一些，朝发夕返也无问题，所以到扬州其地去一趟，可以说易如反掌。但是要想与已经被罢扬州知州，远在"江南"，不知"何处"的鲜于侁谋面，那就难上加难，只能在梦中相见，从而催生了这首宋词中仅见的词作——《梦扬州》。

这里之所以认定三首词所涉及的是同一个人，因为从词中可以找到内证，这就是第一首《望海潮》中相见的巷口有一棵"垂杨"，第二首《沁园春》中的"相将游冶处"是在"柳下"，这一首则是"烟雨初休"时的"柳塘"。在这同一个地方进行"佳会"的是同一个人，这个人又绝非异性"相好"，而是以"游冶"为说辞的一位至交——当年的"鲜于扬州"。"佳会"时，词人为之出演的"妙舞清歌"，实际当是《〈扬州集〉序》等的文字交往，作为酬谢的"丽锦缠头"，以上注释说明并非特指赏赐妓女的报酬，而是在苏轼的关照下这位知州对于境况拮据的秦氏一家的"顾遇"和周济。

对于本词倒数第三句的"佳会"一语，《淮海词》的研究者和爱好者都不会陌生，在其数次出现中，也不止一次地称作"佳期"，其所指可以《鹊桥仙》下片的"佳期如梦"为代表，既指"七夕"的牛郎织女之会，也兼指词人与志同道合者的聚首。由此可见，《淮海词》迭次出现的"游冶"、"幽会"云云，那多半是表层语义，其深层寓意每每是指与苏轼兄弟，抑或鲜于侁等非等闲之辈的"游冶"、"佳会"，绝不同于柳永词中的"觯雨尤云"（《浪淘沙》）般的男女亲昵、欢会之情。这实际上是传统诗词中的美人香草之喻和秦观作词的独步"一法"的"将身世之感打并入艳情"。《淮海词》中的绝大部分字面上是写艳情，而字里行间往往有着真实的人事背景。尽管对这种背景的寻绎洵非易事，也难以做到十分精确，但却是一种解读《淮海词》的新探索、新方法。

【集评】

1. 万树《词律》卷十四：如此丰度，岂非大家杰作，乃为伧父填错注错，可叹哉！"燕子"至"香稠"，与后"觯酒"至"金钩"同。"燕子"、"觯酒"俱用去、上，妙绝。"未"字、"困"字用去声，是定格，盖上面用去、上，下面用平，此字非去声不足以振起；况有此去字，则落下"轻寒如秋"与"因谁淹留"四个平声字，方为抑扬有调。不解此义，于"燕"、"觯"、"未"、"困"四字，俱注可平，"寒"、"谁"二字，俱注可仄，有此《梦扬州》乎？

2. 《百家唐宋词新话》周义敢："十载因谁淹留"，

107

尽人皆知，是用杜牧《遣怀》诗中"十年一觉扬州梦"的典故。但少游用此典并不是说自己愿沉迷于妙舞轻歌，殢酒困花，而是借杜牧以自况。杜牧有忧国忧民的情怀与经邦济世的抱负，且喜论兵，著有守论、战论，并曾上书执政，陈述用兵策略。然而在晚唐，政治极其腐朽，党争空前剧烈，他不但不能施展才能，而且还受到排挤。他自叹"十年为幕府吏，每促束于簿书宴游间"（《上刑部崔尚书启》）。因此他写《遣怀》诗时，说自己"赢得青楼薄幸名"，是因为"落魄江南"，壮志难伸。其怨愤之情，跃然纸上。我们读少游此词，也不能把他看作流连青楼的"冶游子"。少游曾云："往吾少时，如杜牧之强志盛气，好大而见奇，读兵家书，乃与意合，谓功誉可力致，而天下无难事。"（陈师道《秦少游字序》）他也曾向朝廷上《进策》三十篇，对当时的任吏、财用、边防、将帅等重大国策，都系统地、大胆地提出自己的见解。而结果呢？比杜牧的结局更惨。因此少游在追忆"十载因谁淹留"时，更寓有幽愤不平之气。

3. 徐培均、罗立刚《秦观词新释辑评》：此词以艳语写乡情。据秦瀛《淮海先生年谱》，宋元丰二年（1079）正月十五日，少游将如越省亲，"会苏公自徐徙知湖州，遂与偕行，过无锡，游惠山……又会于松江，至吴兴，泊西观音院。"在《泊吴兴西观音院》诗中，少游云："志士耻沟渎，征夫念桑梓。揽衣轩楹间，啸歌何穷已！"可见怀念桑梓之情，尝见之于吟啸。此词歇拍云："离情正乱，频梦扬州"，正是写的这种心情，盖作于此时。　　歇拍三句点题。他现在远离家乡，后会不知何日，故而常常梦见扬州。扬州在古人心目中总是美的象征。李白《黄鹤楼送孟浩然之广陵》诗云："故人西辞黄鹤楼，烟花三月下扬州。"唐徐凝《忆扬州》诗云："天下三分明月夜，二分无赖是扬州。"《苏诗集成》在

《于潜僧绿筠轩》诗注中也引《殷芸小说》云："腰缠十万贯，骑鹤下扬州。"扬州在长期的文化积淀中，已成为人人向往的地方。而秦观故乡属扬州，他对扬州的感情无怪乎更加深切了。

4. 姚蓉、王兆鹏《秦观词选》：……上片以鹧鸪啼声作结，融情于景，意韵悠长。下阕以游子的口吻出之。"长记"二字将时间拉向遥远的过去，从此展开下文游子对往日狎游生活的回顾。由于沉醉于女主人公的"妙舞清歌"，过着"觞酒为花"、"醉鞭拂面"的优游岁月，他十载淹留于甜美的爱河。这段美好的回忆，反衬出如今"佳会阻"的凄凉冷落。以"离情正乱，频梦扬州"作结，更进一步突出了游子对过去美好生活的眷念及对闺中恋人的思念。在短短的篇幅内，词作将思妇与游子、闺中与江南、目前景色与往昔生活一一比照，通过思妇与游子不同的相思场景，点出吟咏离愁的主旨，更令人为"一种相思，两处闲愁"的缺憾叹惋。

满庭芳

晓色云开，春随人意，骤雨才过还晴①。古台芳榭②，飞燕蹴红英③。舞困榆钱自落④，秋千外、绿水桥平。东风里，朱门映柳，低按小秦筝⑤。多情。行乐处，珠钿翠盖，玉辔红缨⑥。渐酒空金榼⑦，花困蓬瀛⑧。豆蔻梢头旧恨，十年梦、屈指堪惊⑨。凭阑久，疏烟淡日，寂寞下芜城⑩。

【注释】

① "晓色"以下三句：字面纯属景语，文字背后似寓有词人境况好转之意。详见"心解"。

② 芳榭：指美观的房屋。"榭"是建在高台上的敞屋，如水榭、舞榭。

③ "飞燕"句：写燕戏花落。此系化用杜甫《城西陂泛舟》诗的"鱼吹细浪摇歌扇，燕蹴飞花落舞筵"之句意。

④ 榆钱：榆荚。《本草纲目·木部二》："榆未生叶时，枝条间先生出榆荚，形状似钱而小，初生色浅绿成串，干枯后呈白色，俗呼榆钱。"欧阳修《和较艺书事》诗："杯盘饤粥春风冷，池馆榆钱夜雨新。"

⑤ 秦筝：古代弦乐器的一种。相传秦人蒙恬改制，故名。谢灵运《燕歌行》："对君不乐泪沾缨，辟窗开幌弄秦筝。"

⑥ "珠钿"二句：极言男女行乐游春之盛况。珠钿，用珠宝缀成的首饰。何逊《折花联句》诗："欲以间珠钿，非为相思折。"此处指佩戴这种首饰的女子。翠盖，以翠羽装饰的车盖。扬雄《甘泉赋》："咸翠盖而鸾旗"。玉辔红缨，精美的马具。此处代指乘马的男子。玉辔，饰玉的缰绳。陈陶《巫山高》诗："苔裳玉辔红霞幡"。红缨，指马嚼子上的饰物。岑参《赤骠马歌》："红缨紫鞯珊瑚鞭"。

⑦ 金榼：形容酒器之精美。司马光《景福殿东厢诗·赐酒》："和气盈金榼，
恩光湛玉觞。"

⑧ 花困蓬瀛：言为蓬瀛之花所困。花，指一同"行乐"的女子。"蓬瀛"，指
传说中渤海中的神山蓬莱、瀛洲。这里指"行乐处"。

⑨ "豆蔻"以下三句：系隐括杜牧《赠别》诗："娉娉袅袅十三余，豆蔻梢头
二月初"，以及《遣怀》诗："十年一觉扬州梦，赢得青楼薄幸名"之句
意，其寓意所在详见"心解"。

⑩ 芜城：即广陵城。故城在今江苏江都境，地属扬州。战国楚地，秦、汉置
县。西汉吴王刘濞都此，筑广陵城。南朝宋竟陵王刘诞据广陵反，兵败死，
城邑荒芜，鲍照作《芜城赋》讽之，因名芜城。

【心解】

不愧是"风流寸心易感"者，词人凭借某些迹象，
隐约意识到世情有所变迁，而且是向着他所希望的方向
发展。他把这种对于世情、人事的预感，以天气的"云
开"、"雨过"出之，洵为拿手戏！不信，你看，无论是
"乌台诗案"，抑或被捕入诏狱，岂不都是词人生平中的
暴风"骤雨"！值得庆幸的是，就像人们所盼望的淫雨过
后"还晴"一样，词人已经从"乌台"、"诏狱"的阴影
中走了出来。日后不久，上述预感遂一一变为现实。否
极泰来，词人离时来运转之日已为时不远。这是此词中
的第一要点。至于"古台芳榭"以下诸句则略感费解：
要说这是词人"打并"其上述美好憧憬的载体吧，那么
就应该借助于欢快之景，事实上，"飞燕蹴红英"也好，
"舞困榆钱自落"也罢，均属平常景致，乃至负面景象。
尤其是后者，联系对于"榆暝豆重"的认识——"啖榆，
则暝不欲觉也。"（详见李善注《博物志》及李商隐《为
柳珪谢京兆公启》："榆暝豆重，性分难移。"）所以关于
"榆钱，（词人）自喻也"（《蓼园词选》）的见解恐难服
人。窃以为这很像词人喻指变法派的当下处境——君不
见，变法已告失败，王安石再次退居金陵，一些新法的

拥护者和执行者此时也大都"舞困""自落"。对于"榆钱"尚需赘言的是——书面上说它是白色的,而生活中亲眼看到的"榆钱",初生是淡淡的绿色,只有风干之后才呈苍白色呢。

本词的第二个要点是,"豆蔻"以下三句所用典事值得特别关注。这一典事在《淮海词》中至少出现过五次,这里仅以已经读过的前四次为例,探讨一下这是为什么?

其一,《虞美人》(行行信马)上片的"绿荷"以下两句,是对杜牧《齐安郡中偶题二首》诗中的"多少绿荷相倚恨,一时回首背西风"二句的化用。这一化用绝非信手拈来,而是基于酷似的人事背景。当年杜牧任黄州刺史写这组诗时,正在受到李德裕的排挤,而李德裕之所以排挤杜牧,那是因为晚唐激烈的"牛李党争"所致;秦观的这首《虞美人》的写作动机则与北宋新旧党争白热化所导致的"乌台诗案"密不可分。由此可见,杜诗秦词有着如出一辙的政治背景。秦观在这里用杜牧诗说事儿,再贴切不过。

其二,《望海潮》(星分牛斗)上片的"珠帘十里东风"是对杜牧《赠别》诗的"春风十里扬州路,卷上珠帘总不如"二句的隐括;前一句"莺啼人起"则于杜牧《江南春》诗"千里莺啼绿映红"名句有所取意,二诗搭配,把个扬州城装扮得有声有色,妙不可言。

其三,秦词《八六子》(倚危亭),除了词调为杜牧所创,下片的"夜月"二句,特别是"春风十里"云云,显然又是取自杜牧《赠别》诗的"春风十里扬州路"以下两句。不仅如此,这首《八六子》结拍二句的"正销凝",竟是基本取自杜牧同调词的煞拍二句。

其四,这首《满庭芳》下片的"豆蔻"以下三句,更是把杜牧的《赠别》、《遣怀》二诗一并隐括其中,并将词的基调由"随意"、开心,一变而为"堪惊"、"寂冥"……这一切足见杜牧诗在秦观词中有着举足轻重的作用，进而可以说，秦观的扬州词几可称为宋词版的杜牧诗！这一拙见，乍一看不着边际，实则并非心血来潮的一时之念，而是基于对杜牧、秦观其人其作的一定认识和思考：

首先，杜、秦其人的出身行实、生平遭际，有许多相似之处，比如都是出自名门，都曾有着远大的理想和抱负，好读书，喜言兵，都留心于治乱兴亡之迹及财赋兵甲之事。都希望有所作为，却终生不得志。杜牧的命运虽然比秦观好一些，但是"甘露之变"在其心中投下的阴影，不亚于"乌台诗案"对于秦观的惊吓。他们都无辜而深深地陷于党争之中，心中都有着不易被人理解的政治块垒。反观二人的诗词作品，不难看到这种块垒或隐或现的印迹。

其次，作为封建时代的风流才子，他俩都有生活放浪不检，纵情酒色的一面，而扬州则是迎合他们这种生活趣味的最佳场所，也是他们钟情于扬州，有着很深的扬州情结的原因之一。而形成这种情结更主要的原因，对秦观来说，主要是对"鲜于扬州"等人的感念。此说屡见前文，兹不再赘。这里着重介绍的是杜牧命运中的"牛淮南"。远的不说，大和七年，方届"而立"的杜牧应淮南节度使牛僧儒之辟，到扬州任淮南节度使掌书记，人称"杜书记"。"杜书记"在供职之余，频频出入"春风十里"的花街柳巷，此系其写作扬州诗《赠别》、《遣怀》等的动因之一。两年后，杜牧由扬州调至京城任监察御史。告别扬州之际所作之《赠别》、《遣怀》，字面上虽是对"豆蔻"少女的恋恋不舍，而语意深层则是对器重、保护他的"牛淮南"的深切感念，此与秦观作词的独步"一法"几无二致，且可断言，秦观的这"一法"，无疑是受到杜牧扬州诗的影响所致。

再次，杜、秦不仅都有着很高的文学禀赋，而且都擅书法、能绘画，有着惺惺相惜的情分。当然杜牧的天赋、成就更高一筹，所以秦观对于杜牧的倾慕，较之对苏轼各有千秋。

总之，杜牧的不少名作不仅为秦词增重添彩，也为我们更深入地解读《淮海词》开阔了眼界——以往我们曾多方关注苏、秦之交和秦学柳永作词等问题，这当然是必要的，但又是很不够的。通过对秦观扬州词的解读，我们看到了杜牧和李商隐对秦观非同寻常的影响力。当然这还只是一种直感，正应了那句"感觉到了的东西，我们不能立刻理解它，只有理解了的东西才更深刻地感觉它"的名言。所以要想破解《淮海词》之谜，那么除熟悉苏、柳之外，对于杜牧、李商隐以及其他被秦观所垂青的作者的关注，也是不可少的。

【集评】

1. 许昂霄《词综偶评》："晓色云开"三句，天气；"古台芳榭"四句，景物；"东风里"三句，渐说到人事；"珠钿翠盖"二句，会合；"渐酒空"四句，离别；"疏烟淡日"二句，与起处反照作收。

2. 黄蓼园《蓼园词选》："雨过还晴"，承恩未久也。"燕蹴红英"，喻小人之谗构也。"榆钱"，自喻也。"绿水桥平"，喻随所适也。"朱门"、"秦筝"，彼得意者自得意也。前一阕叙事也，后一阕则事后追忆之词。"行乐"三句，追从前也。"酒空"二句，言被谪也。"豆蔻"三句，言为日已久也。"凭阑"二句，结通首，黯然自伤也，章法极绵密。

3. 《唐宋词鉴赏辞典·唐·五代·北宋》周振甫：这首词分今昔两层写，在写作手法上运用了倒叙法。从起笔直到"花困蓬瀛"，都是写往日光景，景物明艳，晴光迎人，表现得酣畅淋漓，并用此反衬今日的落寞情怀。"豆蔻梢头"以下数句，以一落千丈之势转折而下，扣人心弦。其中物态人情，俱写得精微细致。全词形象鲜明新颖，感情丰富真实，语言清丽，是一首"情辞相称"的作品。

4. 周义敢、程自信、周雷《秦观集编年校注》（下）：……作者用倒叙法，先叙前尘旧梦，回顾扬州春色与游乐之事，景物明丽，情意舒畅。后写当前处境，斜阳薄雾，黯然自伤。显示出精微细致、清丽动人的故有风格。

5. 徐培均、罗立刚《秦观诗词文选评》：总体上讲，整首词都是以意境淡远、意兴悠然见胜，士大夫之悠然闲旷、自适自得与点滴无聊甚至莫名愁绪相纠缠，如轻云游丝，飘荡其间却把握不住。此词抒情所带有的不确定性或者说模糊性，充满朦胧美感，增加了艺术魅力。"春随人意"与"多情"等词句，正是理解本词的关键词汇，也是把握词人感情的重要线索，应仔细品味。

6. 姚蓉、王兆鹏《秦观词选》：……相对飞燕与榆荚的动态，"秋千外、绿水桥平"则是一幅静态的图画，意境悠远，无限清婉，映衬出词人安宁温和的心境。"东风"三句，说到人事。朱门里少女低头抚筝的情景，既是这幅春天图景中不可或缺的一笔，又自然引出下阕词人对往昔春游的回忆。那个时候，骑马的男子、乘车的女子，一起热热闹闹涌向郊外，饮酒赏花，尽情享乐，词作的情感达到喜悦的高潮。但紧接着，词作以"豆蔻"两句点明那种欢乐场景已是前尘旧梦。"堪惊"二字，更是精练地写出往事不堪回首的惊心之感。"凭阑"三句，收束全词，指明前文所述皆词人登临芜城时的所见所感。"疏烟淡日"，以迷离的景色衬托出词人心中的怅惘。由此可见，词作前半部分极力渲染美好的春色，只是为了反衬词人挥之不去的愁绪。今昔对比、哀乐对比等多种对比手法的运用，有效地突出了词人如今的落寞愁怀。

7. 刘乃昌、朱德才《宋词选》：秦观早年生长于扬州，曾有一段开怀如意的冶游生活。后尝外出游学应试，元丰二三年间还乡杜门却扫，此词当为这期间追忆扬州旧游而作。上片写春光宜人，破晓云开，雨过天晴，燕飞花舞，绿水盈岸，以下由迷人美景，引出朱门歌舞。下片紧承歌舞，写少年游兴。女流乘车，男士骑马，美酒饮尽，佳丽沉酣，尽情取乐，可以想见。"豆蔻"以下化用杜牧诗，倒点以上欢娱场景，已是昨梦前尘。"凭阑"转入当前，绾合扬州，流露无限低徊与怅惘。笔锋精美，物象生动，乐趣深浓，收尾陡落"寂寞"深谷，首尾感情落差甚大。

8. 喻朝刚、周航《分类两宋绝妙好词》：……词分两层，过变不变，前十六句一气贯注，以虚为实，叙述作者昔年在一个花开似锦、绿水平桥的春日，与一多情女子车马相从、踏青出游、饮酒行乐的情景。后五句触景伤感，叹息旧游如梦，抒发对伊人的无限怀念和自己深感寂寞惆怅的心情。词中用倒叙法，但层次分明，意脉清晰，在艺术结构上也颇有特色，确是一首"情辞相称"的佳作。

长相思①

铁瓮城高②，蒜山渡阔③，干云十二层楼④。开尊待月⑤，掩箔披风⑥，依然灯火扬州。绮陌南头⑦，记歌名宛转⑧，乡号温柔⑨。曲槛俯清流⑩。想花阴、谁系兰舟⑪。　念凄绝秦弦⑫，感深荆赋⑬，相望几许凝愁。勤勤裁尺素，奈双鱼、难渡瓜洲⑭。晓鉴堪羞⑮，潘鬓点、吴霜渐稠⑯。幸于飞、鸳鸯未老，不应同是悲秋⑰。

【注释】

① 长相思：原系乐府《杂曲歌辞》名。内容多写男女或朋友之间相爱相思之情，故名。亦是唐教坊曲名，后用作词调，又名《吴山青》、《山渐青》等。秦观的这首《长相思》之字数、体格差同于柳永所作"画鼓喧街"一首。

② 铁瓮城：江苏镇江古城之子城。相传为孙权所建，以其坚固如金城，故号铁瓮城。一说镇江子城深狭，其状若瓮，因名铁瓮城。详见程大昌《演繁露·铁瓮城》。杜牧《润州二首》其二："城高铁瓮横强弩。"

③ 蒜山：在镇江西。临江绝壁，以山多泽蒜而得名。一作算山，相传周瑜与诸葛亮议拒曹操谋算于此，故名。详见《太平寰宇记·润州》。

④ 干云：形容山高入云端。

⑤ 开尊：这里指举行酒筵。

⑥ 掩箔披风：意谓放下帘子挡风。

⑦ 绮陌：纵横交错的道路。元稹《羡醉》诗："绮丽高楼竞醉眠，共期憔悴不相怜。"

⑧ 宛转：古乐府琴曲歌辞名。一名《神女宛转歌》。相传晋王敬伯过吴地，见

117

一女郎名刘妙容，刘命婢弹箜篌伴奏自唱此歌，有"一情歌宛转，宛转凄
以哀，愿为星与汉，光影共徘徊"之句。详见《乐府诗集》六十。

⑨　乡号温柔：犹言温柔乡，以之比喻美色迷人之境。《飞燕外传》："是夜进合
德，帝大悦，以辅属体，无所不靡，谓为温柔乡。"

⑩　"曲槛"句：长廊曲折回旋的栏杆旁可以俯视清澈的流水。

⑪　兰舟：即木兰舟，用木兰树木材造的船。《述异记》下："木兰洲在浔阳江
中，多木兰树。昔吴王阖闾植木兰于此，用构宫殿也。七里洲中，有鲁般
（班）刻木兰为舟，舟至今在洲。诗家云木兰舟，出于此。"后常用为船的
美称，并非实指木兰木所制，柳宗元《酬曹侍御过象县见寄》："破额山前
碧玉流，骚人遥驻木兰舟。"

⑫　秦弦：即秦筝，古代弦乐器的一种。相传秦人蒙恬改制，故名。李白《古
风五十九首》之五十五："齐瑟弹东吟，秦弦弄西音。"

⑬　荆赋：荆楚，指楚国。楚国最早的疆域约当古荆州地区，那么荆赋，即楚
赋，也就是楚辞。这里当指宋玉《九辩》所含悲秋之意。

⑭　"勤勤"二句：谓书信难以寄达。尺素，古代用绢帛书写，通常长一尺，故
称写文章所用的短笺为"尺素"。陆机《文赋》："函绵邈于尺素。"这里用
以指书信。古乐府《饮马长城窟行》："客从远方来，遗我双鲤鱼。呼童剖
鲤鱼，中有尺素书。"张九龄《当涂界寄裴宣州》诗："委曲风波事，难为
尺素传。"双鱼，即"双鲤"。用为书信的代称。李白《赠汉阳辅录事》诗
二首其二："汉口双鱼白锦鳞，令传尺素报情人。"瓜州，在江苏邗江县南，
大运河入长江处。与古润州相对，又称瓜埠洲。本为江中沙洲，沙渐长，
状如瓜，故称。

⑮　"晓鉴"句：意谓清晨对镜，很难为情。亦兼含可惜流年之意。前者如李商
隐《无题》诗："晓镜但愁云鬓改，夜吟应觉月光寒。"后者如杜牧《代吴
兴妓春初寄薛军事》："自悲临晓镜，谁与惜流年。"

⑯　"潘鬓"句：意谓鬓发斑白。潘岳《秋兴赋序》："余春秋三十有二，始见
二毛。"又《秋兴赋》："斑鬓发以承弁兮"后因以"潘鬓"作鬓发斑白的
代词。赵嘏《春尽独游慈恩寺南池》诗："秦城马上半年客，潘鬓水边今日
愁。"吴霜，代指白发。李贺《还自会稽歌》："吴霜点归鬓，身与塘
蒲晚。"

⑰　"幸于飞"三句：意谓夫妻和谐，不必伤感。于飞，于作语助，无义。
《诗·大雅·卷阿》："凤凰于飞，翙翙其羽。"《左传·庄公二十二年》：
"懿氏卜妻（媵女）敬仲，其妻占之曰：'吉，是谓凤凰于飞，和鸣锵锵，

有妫之后，将育于姜。'"本指凤和凰相偕而飞，后用为夫妻和谐的比喻。

【心解】

一首词的题旨每每与词调密切相关。这首《长相思》即是货真价实的本意词，用以抒发词人对一个人的朝思暮想之情。这个人不是别人，就是词人心目中的头号偶像苏轼，此时已自号东坡。由此亦可断言，此词是写于苏轼由黄州量移汝州，又乞常州居住的过程之中，也就是元丰七年（1084）。

这一年是苏轼生平中祸福相倚的一年。年初由黄州出发，经庐山等地相继写出了诗中名篇《题西林壁》和词中名作《浣溪沙·渔父》。一路欢欣到达金陵，往访王安石，彼此唱和，传为佳话。岂料，朝云所生，曾为苏轼在黄州凄苦的谪居生活带来转机的老儿子干儿，竟于本年七月夭折于金陵，苏轼曾为之痛不欲生。但日子还得过下去，遵诏量移汝州的脚步不能停。这年秋天苏轼从金陵来到了宋代已改称镇江的古城润州，秦观也从高邮迎了过来。

苏轼在被称为南徐州的润州逗留有日，写有诗词多首。在诗中，甚至想做蒜山的房客，终老于此地。在苏轼的润州词中，比如《减字木兰花》是为向润州太守许遵谋求郑容、高莹二妓女落籍从良而作，还有的像《南歌子》是为"别润守许仲途（许遵，字中途）而作"，均与秦观这首《长相思》不搭界。但是在这期间，苏、秦更多的是以诗歌唱和，苏轼甚至在诗中称颂和鼓励道："何似秦朗妙天下，明年献颂请东巡"（《次韵滕元发、许仲途、秦少游》）。那么，秦观的这首《长相思》一则为回应苏轼的这类诗，一则是追忆二人往日情分而作。这在词中有着明显的内证：

此词上片酷似润州赋，而下片则字字句句无不针对词人与苏轼休戚与共的命运而言，比如"念凄绝"以下三句不必专指作为文体的赋。秦观所作赋篇目无多，也不都多么出色，倒是在"乌台诗案"之中，本书第二部分为"相思"二苏所作多首"将身世之感打并入艳情"的长短句却感人至深，彼此之间，那真是"相望几许凝愁"啊！至于"勤勤"以下三句，则更是词人对于"苏公"的一颗赤诚之心的真实写照——在苏轼被贬黄州期间，他冒着被牵连问罪的风险，频频致函，望眼欲穿却得不到回复，他甚至前往黄州探望亦毫无结果；所谓"难渡瓜洲"，饱含着词人对苏轼的多么深切的牵挂！

"晓鉴"二句则是对苏轼稍后写于真州的《南歌子》（见说东园好）下片的"流年"二句的照应。可贵的是二者都不在于由头发的斑白所引发的叹老嗟卑，而更近于本词注释⑮所引杜牧诗的可"惜流年"之意，尤为可贵的是在苏、秦两首词的煞拍，几乎是异口同声地说："莫教秋"和"不应同是悲秋"。至于秦词最后以"于飞"的"鸳鸯"作比则更为令人回味。

【集评】

1. 杨世明《淮海词笺注》：此词咏润州事。润州，治所即今江苏省镇江市。

2. 周义敢、程自信、周雷《秦观集编年校注》（下）：主此首为秦作者，据词中"潘鬓点"之典故，系此词为元丰年间之作。

3. 徐培均、罗立刚《秦观诗词文选评》：时值秋高气爽，登上干云高楼，把酒临风，面对阔大江景，胸胆开张，发调甚高，驰思甚远。词从眼前开阔景象起，中间糅入扬州冶荡艳情，又寄悲秋之感，更有时不我待之悲。还寓仕途蹭蹬之意，登高眺远，各种意绪，一时涌来，词情可谓复杂。词人却能缩合一处，依次处理，发调时而高亢，时而低沉，时而激越，时而婉约，纵横驰骤，充分演绎登览之际、万千感慨一时顿生的独特心理活动过程。虽是多种感情交织，但作者却能巧于安排，精心布局，以景带情，跳荡过渡，自然妥帖，于从容闲雅之中，饶有温婉之气。

4. 姚蓉、王兆鹏《秦观词选》：……"感深荆赋"，就用宋玉登高而悲秋，写下感慨贫士失职的《九辩》这一典故，表达词人的失意之感。"潘鬓"之句，则是用潘岳写《秋兴赋》感慨中年白头的典故，表明词人对时光流失的惊惧。叹老嗟卑的复杂情绪融入相思之中，使词作意韵更加深厚。而结尾以"鸳鸯未老"、不应悲秋自慰，表明词人并未消沉，词的情感基调再次振起，与篇首呼应，保持了词作高华俊爽的整体风格。

望海潮

　　奴如飞絮，郎如流水，相沾便肯相随①。微月户庭，残灯帘幕，匆匆共惜佳期②。才话暂分携③。早抱人娇咽，双泪红垂④。画舸难停，翠帏轻别两依依⑤。　　别来怎表相思？有分香帕子，合数松儿⑥。红粉脆痕⑦，青笺嫩约⑧，丁宁莫遣人知⑨。成病也因谁？更自言秋杪⑩，亲去无疑。但恐生时注著⑪，合有分于飞⑫。

【注释】

① "奴如"三句：字面是说男女好合，意近吴融《浐水雪上》诗："落絮已随流水去。"实则以之比喻词人与苏轼的亲密关系。"相沾"，可引申为相识、相知。

② "微月"三句：意谓夜晚的短暂相会，彼此都很珍惜这美好的时光。谢庄《月赋》："佳期可以还，微霜沾人衣。"佳期，也指男女约会。《楚辞·九歌·湘夫人》："与佳期兮夕张。"王逸注："佳，谓湘夫人也。"《淮海词》中屡屡出现的"佳期"、"佳会"，分别指词人与苏轼、鲜于侁等他心目中有才干的人会晤。

③ 分携：分手。李商隐《饮席戏赠同舍》诗："洞中屐响省分携，不是花迷客自迷。"

④ 双泪红垂：犹言血泪双垂。《拾遗记·魏》："文帝所爱美人姓薛，名灵芸……闻别父母，歔欷累日，泪下沾衣。至升车就路之时，以玉唾壶承泪，壶则红色。既发常山，及至京师，壶中泪凝如血。"后以"红泪"形容悲泣至极。

⑤ "画舸"二句：意谓大船不能久留，两人依恋不舍。画舸，这里指装饰华丽

的船只。

⑥ "有分香帕子"二句：分香帕子，查无所获。顾名思义，当是一种带香味的手帕。合数松儿，一种游戏之具。详见本词之"集评"。

⑦ 脆痕：似指略带浅红色的泪痕。脆，引申为"轻浅"意。

⑧ 嫩约：似指初次约会。嫩，有初生之义。

⑨ 丁宁：同叮咛，反复地嘱咐。

⑩ 秋杪：秋末。杪，是树木的末梢，引申为年月季节的末尾。

⑪ 注著：意谓命中注定。著，读zhuó，"着"的本字。

⑫ 于飞：见前《长相思》注释17。

【心解】

王文诰《苏文忠公诗编注集成总案》卷二十四："与秦观淮上饮别，作《虞美人》词。案：此词作淮上，词意甚明……"又《苏轼词新释辑评》（中）饶学刚："《虞美人》作于宋神宗元丰七年（1084）十一月。是时，东坡去泗州，经楚州，过淮时与秦观饮别作此词。"

上述苏轼《虞美人》曰："波声拍枕长淮晓，隙月窥人小。无情汴水自东流，只载一船离恨、向西州。竹溪花浦曾同醉，酒味多于泪。谁教风鉴在尘埃，酝造一场烦恼、送人来。"此与秦观的这首《望海潮》洵为同时、同题之作，而苏轼此词中的"无情汴水自东流，只载一船离恨、向西州"，是继李煜的"问君能有几多愁，恰似一江春水向东流"之后的又一喻愁名句，是一首有篇又有句，载誉很高的名作。相比之下，秦观的这首《望海潮》几乎不为人所知，其价值也就被埋没了近千年，这是词史上一件不大不小的憾事。今天我们将苏、秦的这两首词并读，意外地印证了一个近千年来争论不休的问题。

这就是关于"高邮文游台四贤聚会"的有无问题。四贤是指苏东坡、孙莘老、秦观、王定国。尽管他们是亦师亦友的志同道合者，却一直没有可能在文游台聚首。

被认为可能性最大的这一次的实情是：苏轼从黄州一路
走来，在金陵见过王安石等随即来到镇江、真州（今江
苏仪征）……这当中，四贤中只有苏、秦二贤有诸多零
距离接触的机会，从而秦观将自己的一批诗文交付苏轼，
拜托过目指正。苏轼随即致函王安石，说秦观："才敏过
人，有志于忠义者，其请以身任之。此外博综史传，通
晓佛书，讲集医药，明练法律，若此类，未易一一数也。
才难之叹，古今共之，如观等辈，实不易得。愿公稍借
齿牙，使增重于世。"王安石则回函曰："……示及秦君
诗，适叶致远一见，亦谓清新妩丽，鲍、谢似之。公奇
秦君，口之而不置。我得其诗，手之而不释。又闻秦君
尝学至言妙道，无乃笑我与公嗜好过乎？余卷正眊眩，
未暇细读，尝鼎一脔，皆可知也。"这之后，秦观亲自在
淮上送别了苏轼，他哪里还有北上高邮的可能？况且这
一切既是上述苏词中"谁教"以下三句的潜台词，更是
秦词起首三句"奴如飞絮，郎如流水，相沾便肯相随"
的真实背景。如果说当年曹植《美女篇》中那位"盛年
处房室，中夜起长叹"的"美女"系曹植自喻的话，那
么此词中的"奴"，虽说是古代女子的自称，但在这里则
是词人自指，而不真是一名女人。行文至此，很自然地
联想到约三十年前，吴小如先生所说的一段话："读抒发
离情的古典诗词有个不大为人注意但又必须考虑的问题，
即一首作品中的抒情主人公究竟是男是女，是游子还是
思妇。这个问题实际上往往会影响对一首作品的理解。
有的作品，其抒情主人公的性别比较容易分辨，如白居
易的《长相思》（作品略）。这是白居易身在江南渴望北
归之作，但作者却用了闺人的口气，说只有远人归来，
离恨始休，末篇'月明人倚楼'的'人'即是盼望所思
之人早日归家的女主人公。但有的词在这个问题上却不
那么容易分辨清楚，如冯延己（吴先生认为此字应该为

己，而不是已）《鹊踏枝》（词略）……前几年我写过一篇说晏几道《鹧鸪天》的小文，其实也是讨论词中抒情主人公究竟是男是女的。可见对一首具体作品出现了分歧意见，其争论的焦点往往出在这个问题上。"（吴小如《诗词札丛》，第178—179页）这也是《淮海词》解读中的一个亟待解决的问题。几十年来，在吴先生这番话的启发下，笔者一直很注意作品中抒情主人公及其为之"长相思"或是与之相暌别的"情人"的身份和真实性别，从而从秦观的多首所谓艳情词中识别出苏轼兄弟、黄庭坚、鲜于侁等多位隐匿于艳情背后的词人的真实"情人"，乃至与之"凤凰于飞"般的"爱侣"，但未知时贤及读者能否认可？

对于此词还须作出交代的是注释⑥的"分香帕子"、"合数松儿"两种寄情物件，笔者费了很大的劲也未找到其出处。虽然在洪瑹《永遇乐》词中有"分香帕子"、"合数松儿"云云，但这不是秦词的出处，倒很可能是出自秦观此词，因为洪瑹是大大晚于秦观的南宋末年人士，而且"瑹"在《康熙字典》中只知读作［伤鱼切，商居切］。后来借助网络查得"瑹"读作 tú，当美玉讲，或 shū，笏，古代君臣在朝廷上相见时所执的狭长板子，用玉等制成，于上面记事。

【集评】

1.《学林漫录》初集吴小如《读词散札·八》：秦观《满庭芳·别意》云："别来怎表相思，有分香帕子，合数松儿。"小如按："松儿"何物，前人多不能解。或谓是酒筹，非也。胡仔《苕溪渔隐丛话》后集卷十六引《东皋杂录》云："孔常甫言：唐人诗有'城头催鼓传花枝，席上抟拳松子'，乃知酒席藏阄为戏，其来已久。"松儿，疑即松子。抟拳握之，使人猜其数。"合数"，指所猜之数与所握松子之数正相符合也。辛弃疾《祝英台近》："试把花卜归期，才簪又重数。"以松子为卜，犹以花为卜，皆求其数之验也。

2. 杨世明《淮海词笺注》：本词咏情人分别。着重写女子之深情。

3. 《中国古代爱情诗歌鉴赏辞典》朱德才、杨燕：秦观有雅词、俗词，而以雅俗相济享誉词林。词的雅俗之别，不尽在语言，尤在表现手法与气韵格调。雅词追求含蓄蕴藉、婉柔清丽的韵致，俗词则主明快流畅、纯朴坦露的风情。此词显然俗体，语浅，气畅，情露。难能可贵者，情真意浓，而略无宋人俗词中屡见的那种轻落、油滑弊端。　　此词一本作"别意"，咏男女相思之别，但托言青楼女子，重在写女方的痴情。词一开始用飞絮流水作比，"相沾便肯相随"，言自家一见钟情，甘愿以身相许。比喻通俗浅显而贴切，纯是民歌格调。以下描述分别场景：淡月照户，残灯映帘，双方无限珍惜有限的别前时光。刚说此行不过小离暂别，无须悲啼，却又忍不住紧紧抱定那人，泪流不止，哽咽不已。水边客舟催人待发，绿罗帐内虽则两情浓浓，但终于舟发人远了。

4. 周义敢、程自信、周雷《秦观集编年校注》(下)：词意写女子与情人惜别，吐属香艳，婉转回互，且采用口语俗语，可知为早期之作，约写于熙宁元丰年间。

5. 徐培均、罗立刚《秦观诗词文选评》：……全词从相随、相爱、伤别、相思、相思成病五个层面，层层递进，设身处地安慰情郎，刻画出一位深情款款、情意绵绵的多情女子形象。最后以"但恐"二句，将词情再推进一层：怕只怕你我天生缘浅，分手之后再无相见之日！这其实是暗示对方：蒲苇虽韧，只怕磐石不坚，若遇薄情，越是多情越受伤害！至情女之内心忧虑，蕴于宽慰言辞之中，最终不得不发，一层宽慰一层担忧，一分担忧一分深情。其情之哀、之真、之挚、之细腻、之绵渺无尽，使人在欣赏完全词之后，犹自萦心绕怀，难以挥去。细品此词，虽然与其中期之作的顿挫作势相比，犹显清丽自然，但秦词抒情之婉转深曲，缠绵细腻，也可见一斑了。

6. 姚蓉、王兆鹏《秦观词选》：……下片以"别来怎表相思"领起，将叙述转向女主人公的相思心理。她为怎样向远方的恋人传递思念之情而煞费苦心。"分香帕子，合数松儿"，这些纪念品可谓礼轻情重，包含了女主人公的一腔柔情。而沾满相思泪水、写着后约的信笺，饱含她的深情厚意，故而她希望得到恋人的重视，叮咛对方不要随便告诉他人。寄出信物与情书后，她的心情并没有轻松下来，仍然相思成病。渐渐难以承受相思煎熬的她，甚至下定决心在秋末时节亲自去探望恋人。可是在此之前，她只能以命中注定要经受这场分离之苦的想法来开解自己，但这恰恰反映了她那"剪不断，理还乱"的愁绪始终无法排遣。此词通篇使用白描手法，将恋爱中的相聚、别离、相思刻画得十分生动，颇为感人。

四、中举伊始返乡迎亲及
蔡州教授任上所作

（公元 1085—1090 年前后）

送别了苏公，秦观内心之失落可想而知。所幸，很快就传来了苏轼被允许"常州居住"的消息。"常州居住"系苏轼上表祈求得来，是皇帝的旨意，这在一定程度上遂了一时之愿；对秦观来说，则是一个大好消息，因为这在很大程度上满足了他对苏公的"相沾便肯相随"的愿望，再也不会陷于"佳期"短暂、"相思""成病"的苦恼。这种苦恼，洵为与苏公"才话暂分携"而起，详见本书《望海潮》（奴如飞絮）一词。

当然，随之而来的神宗皇帝与元丰八年（1085）三月驾崩的消息，对苏、秦来说自然是沉痛的，但在客观上不失为他俩日后进身的一种契机。因为继位的哲宗当时只有十岁，权同听政的高太后一向对实行变法的王安石不满，而对于反对变法的苏轼则格外爱重。这位被誉为"女中尧舜"的高太后，一旦大权在握，立即起用苏轼知登州，到职仅五日被召还朝任礼部郎中……也是在这期间，秦观在儿辈的协助下，编成第一部著作《淮海闲居集》。可惜此书已在战乱中亡佚，今日无缘见到。随后，秦观再次赴京赶考，并于元丰八年五月，得中焦蹈榜进士，始除定海主簿，未赴，寻调蔡州教授。赴任之前，先返高邮拜见老母，并将家人接往蔡州任所。

在这一阶段值得一提的，还有秦观的改字问题。由于《宋史·秦观传》的记载是"秦观，字少游，一字太虚"，故至今仍有论著沿用这一并不确切的说法，确切的说法应为"秦观，初字太虚，改字少游"。从初字，到改字的过程大致是：六岁始名"观"的秦氏，倘若遵循"名以正体，字以表德"之古训，对其秉性、喜好等观察到十五岁，即可冠字。而秦观直到二十多岁，才自取"太虚"为字。"太虚"是"天"的同义词，秦观自谓心似天高。所以关于

"往吾少时，如杜牧之强志盛气，好大而见奇，读兵家书乃与意合，谓功誉可立致，而天下无难事。顾今二房有可胜之势，愿效至计，以行诛，回幽夏之故墟，吊唐晋之遗人，流声无穷，为计不朽，岂不伟哉！于是字以太虚，以导吾志"（陈师道《淮海居士字序》）。这一说法差可信从。至于对同一出处的后文所云"今吾年至而虑移，不待蹈险而悔及之，愿还四方之事，归老邑里，如马少游，于是字以少游，以识吾过"云云，则不尽然。这几句话的意思是说，秦观回首以往的坎坷经历，遂生消极幻灭之感，不再追求像马革裹尸的东汉名将马援那样积极进取，而甘愿效仿马援的堂弟马少游，做一个小成即安，孝亲恋乡的好人，这才将初字太虚改为少游。但凡知道一些秦观的经历，便不难发现这几句话，颇有与事实相悖之处。因为改字大致是在及第前夕或及第不久。此时秦观不仅与马少游的遁世心态迥异其趣，更有记载表明，中举后随之上书言事、捉刀代笔，忙得不亦乐乎，岂有"遁世"可言。实际情况是秦观并不是直接因倾慕马少游而改字，而是受到苏轼弟兄的影响所致。早在秦观改字之前的十多年，苏轼所写《山村五绝》其五，论者均谓此系为讽刺王安石变法而作。苏轼另有不少诗作也都是拿马少游说事儿，连同秦观的改字，说穿了主要是与王安石及其新法唱对台戏。如果说，苏氏弟兄对马少游的"兴趣"，旨在揶揄时政，那么秦观的改字，在很大程度上是对"苏门"的追随和趋同，甚至是唯苏轼马首是瞻。总之秦观改字的政治倾向，较之文化意味更为明显。令人不胜惋惜的是，"少游"竟成了其不幸人生的"谶语"。

满庭芳

茶词

雅燕飞觞，清谈挥麈，使君高会群贤^①。密云双凤^②，初破缕金团^③。窗外炉烟似动，开瓶试、一品香泉^④。轻淘起，香生玉尘^⑤，雪溅紫瓯圆^⑥。

娇鬟，宜美盼^⑦，双擎翠袖，稳步红莲^⑧。座中客翻愁，酒醒歌阑^⑨。点上纱笼画烛，花骢弄、月影当轩^⑩。频相顾，余欢未尽，欲去且流连。

【注释】

① "雅燕"三句：极言扬州太守"招待会"之高雅别致。除了举杯畅饮，还有谈言微中的闲聊。"雅燕"，高雅的宴会。"飞觞"，高举酒杯，即斟满酒、举过头，以示敬重。"飞"，有"高在半空"之义。"清谈"，本指魏晋间一些士大夫不务实际，空谈哲理。这里指清逸之谈。"挥麈"，挥麈尾以资谈助。因借指谈论。"麈"，麈尾的省称，即拂尘。魏晋人清谈时常执的一种拂子，用"麈"这种兽的尾毛制成。"清谈"，也称麈谈，泛指空谈。"使君"，汉以后用以对州郡长官的尊称。这里指当时的扬州知州吕公著。

② 密云双凤：指宋时的两种名贵贡茶。"密云"，或即"密云龙"之省称。详见叶梦得《石林燕语》八。"双凤"，指有凤纹的茶饼。详见张舜民《画墁录》卷一。

③ 缕金团：似指茶饼包装上用金线所绣制的花纹。欧阳修《归田录》卷二："茶之品，莫贵于龙凤，谓之团茶，凡八饼重一斤。庆历中，蔡君谟为福建路转运使，始制小片龙茶以进，其品绝精，谓之小团，凡二十饼重一斤，其价直金二两……每因南郊致斋，中书、枢密院各赐一饼，四人分之。官

人往往缕金花于其上。"

④ "开瓶"二句：意谓用第一等的泉水煎茶。

⑤ 香生玉尘：谓洁白如雪的白叶茶香气诱人。"玉尘"指雪。何逊《咏雪》诗："若逐微风起，谁言非玉尘。"白居易《酬皇甫十早春对雪见赠》诗："漠漠复雾雾，东风散玉尘。"又，"玉尘"，也以之比喻白花。张籍《同严给事闻唐昌观玉蕊近有仙过左》诗之一："千枝花里玉尘飞，阿母官中见亦稀。"总之，这里是以雪和白花的颜色形容一种茶。这种茶，即在宋代被誉为茶瑞的白叶茶。宋子安《东溪试茶录·茶名》："茶之名有七：一曰白叶茶……芽叶如纸，民间以为茶瑞。"

⑥ "雪溅"句：谓用紫色的茶具煎白茶。"紫瓯"，紫茶盂。"圆"，指水泡，水花。

⑦ 眄：斜视。一作"盼"。

⑧ 红莲：指穿红鞋的小脚。《南史·齐东昏侯纪》："凿金为莲花以帖地，令潘妃行其上，曰：'此步步生莲花也。'"

⑨ 歌阑：歌舞即将结束。"阑"，残；尽；晚。

⑩ "点上"三句：一说点燃走马灯，以添座中雅兴。"花骢"，青白色的马。今名菊花青马。

【心解】

这首调寄《满庭芳》的"茶词"，可能是《淮海词》中歧解最多的篇目。仅就词的写作时间、地点和"雅燕"之东道而言，至少有以下四种说法：一是元丰二年，地点会稽，东道主是郡守程公辟；二是约作于元丰六年前后，地点是扬州，东道主是知州吕公著；三是或作于蔡州，东道主是知州向宗回；四是作于元祐年间；五是陈廷焯所谓："少游《满庭芳》诸阕，大半被放后作。恋恋故国，不胜热中。"（《白雨斋词话足本校注》一·四一）窃以为第五种说法最离谱，而第二种说法（详见本首"集评"1）颇可信从。

吕公著，字晦叔，死后赠申国公，前宰相吕夷简之子。吕夷简因极力排斥庆历新政的推行者范仲淹，为时人所不满。因而被劾为相二十年专事姑息，大坏纲纪，遂辞官；吕公著因反对王安石变法，曾被谪知扬州，但很快被召回朝廷。司马光死后，吕公著独当国政，彻底废除了王安石新法。吕公著于元丰七年（1084）知扬州期间，秦观赴京应试。中举后返回高邮接家眷，遂以"进士秦某"的名义《上吕晦叔书》。秦观因其出众的才华，更因与苏轼、孙觉、黄庭坚等人的亲密关系，早已"名与胜流，不可一世"，眼下又是颇为得意的新科进士，被知州视为"贤达"邀与"雅燕"，洵为自然。据载，"吕申公在扬州日，因中秋令秦少游预作《口号》（颂诗的一种），少游有'照海旌旗秋色里，激天鼓吹月明中'之句。然是夜却微阴，公云：'使不着也。'少游乃别作一篇，其末云：'自是我公多惠爱，却回秋色作春阴。'真所谓翻手作云也。"（《苕溪渔隐丛话》前集卷二十六引《王直方诗话》）秦观之所以为知州大人如此歌功颂德，关键是他与上述苏、孙、黄等诸多师友均与吕公著的政见、利害高度一致。秦观与吕公著、鲜于侁的这种因缘，日后还有发展，还有新的故事，是福是祸不宜遽下断语。如果说上述《口号》对于"吕公"的称颂尚有文体的要求，那么这首词中所写"座中客"，也就是"群贤"对于"酒醒歌阑"的"翻愁"和对于此次"雅燕"的"流连"，岂非是一种以茶喻人的新境界？这里仅将苏轼（二首）、黄庭坚、陈师道三人四首"茶词"依次胪列于下以便读者加以对比。

西江月

送建溪双井茶、谷帘泉与胜之。胜之，徐君猷家后房，甚丽，自叙本贵种也。　　龙焙今年绝品，谷帘自古珍泉。雪芽双井散神仙。苗裔来从北苑。汤发云腴酽白，盏浮花乳轻圆。人间谁敢更争妍。斗取红窗粉面。

（苏轼一）

行香子
茶词

绮席才终，欢意犹浓。酒阑时、高兴无穷。共夸君赐，初拆臣封。看分香饼，黄金缕，密云龙。　　斗赢一水，功敌千钟。觉凉生、两腋清风。暂留红袖，少却纱笼。放笙歌散，庭馆静，略从容。（苏轼二）

满庭芳

北苑研膏，方圭圆璧，万里名动京关。碎身粉骨，功合上凌烟。尊俎风流战胜，降春睡、开拓愁边。纤纤捧，香泉溅乳，金缕鹧鸪斑。　　相如，方病酒，一觞一咏，宾有群贤。便扶起灯前，醉玉颓山。搜揽胸中万卷，还倾动，三峡词源。归来晚，文君未寝，相对小妆残。（黄庭坚）

满庭芳
咏茶

闽岭先春，琅函联璧，帝所分落人间。绮窗纤手，一缕破双团。云里游龙舞凤，香雾起、飞月轮边。华堂静，松风竹雪，金鼎沸溇溇。　　门阑。车马动，扶黄籍白，小袖高鬟。渐胸里轮囷，肺腑生寒。唤起谪仙醉倒，翻湖海、倾泻涛澜。笙歌散，风帘月幕，禅榻氎丝斑。（陈师道）

不愧是一门师生，同是咏茶，相互借取，又各有千秋。至于秦观的一首中之所以谓之"香生玉尘"，所咏显系宋代特有的白叶茶。此茶即为难得一见的"茶瑞"，后人也就难以理解词人何以谓之"香生玉尘"，遂将"玉尘"解释为碾碎的茶末云云，未知此系用雪和白花的颜色比喻紫瓯中冲泡的水花茶色。这是值得特加说明的此词解读中的难点。

写作这首词的前后脚儿，此次"雅燕"的东道主吕公著被召晋京与司马光共主国政；秦观亦于元丰七年岁暮携家眷赴蔡州教授任。此时的词人对未来充满了乐观与幻想，认为前途一片光明——"更无舟楫碍，从此百川通"（《拟郡学试东风解冻》）。岂料，此词煞拍的"欲去且流连"句，本谓对于此次"雅燕"的"流连"，到头来，竟成了词人对扬州、高邮终生"流连"不归的预兆。

【集评】

1. 周义敢、程自信、周雷《秦观集编年校注》（下）：此首写茶宴，约作于元丰六年前后。词中之使君当指扬州知州吕公著。公著为宰相吕夷简之子，知扬州日曾加大学士，神宗欲以为太子师。《宋史》本传称其平居以治心养性为本，于声利纷华无所好，简重清静出于天禀。以茶宴高会群贤，清谈挥麈，乃顺理成章。其为名宦之后，天子近臣，能有龙凤团茶之赐。少游诗文，曾记参与苏徐州、鲜于扬州、程越州、向蔡州之盛宴，然写雅宴仅此一首。其与公著之交往，见《中秋口号》诗（卷五）、《上吕晦叔书》（卷三十）等。

2. 徐培均、罗立刚《秦观诗词文选评》：这是一首书写筵间欢乐之情的词。从上片起首三句看，此词或作于蔡州。依词意，这次雅集高会，是由一位州郡长官（使君）为东道主的。少游在蔡州时，郡守向宗回遇之甚厚。元祐三年，少游有《次韵裴秀才上太守向公二首》诗，其一有句云："使君英妙开莲幕，别驾风流出粉闱。"其二云："上客新从颍尾归，使君高会列南威。风将沉燎萦歌扇，雪带梅香上舞衣。翻样云团分御帑，如椽蜜炬出宫闱。"此诗也写高会、南威（舞女）、云团（茶饼），与此词颇相似。而所谓"群贤"，当指裴秀才及裴仲谟（时任蔡州通判），与莲幕诸公。在未发现其他郡守主持"高会"之前，我们不妨将此词暂定为蔡州时作。

3. 姚蓉、王兆鹏《秦观词选》：元丰二年（1079）秦观在会稽，常与郡守程公辟燕集，此首茶宴词当作于此时。词咏茶，善用侧面烘托手法。首三句，描绘出一场群贤高会、饮酒清谈的雅宴，这是茶会的背景。此三句通过高雅的环境，表明饮茶乃雅事也。接下来词作正式进入主题，"密云双凤"突出此茶名声在外，乃茶中极品，"缕金团"则用茶的精美包装进一步加以烘托，以示不凡。"窗外"等句写烹茶的过程：碾碎茶饼，倒入清泉，然后放在炉上烹煮。熬好之后，以瓯盛之。这些描写中，只有"玉尘"二字直接形容茶被碾碎后色泽如玉，粉末如尘的情状，而"一品香泉"、"紫瓯"等语皆是以烹茶之水的清冽、盛茶器皿的精致，侧面烘托茶的品高味美……

4. 喻朝刚、周航《分类两宋绝妙好词》：此词一说为米芾之作。上片写作者在友人（使君——也许为其同僚或上司）座中与"群贤"深夜品茗清谈。下片插入"娇鬟"献茶，词人为之情思荡漾，流连忘返。茶与美人映衬，读来余味无穷。

南歌子①

愁鬓香云坠②，娇眸水玉裁③。月屏风幌为谁开④？天外不知音耗、百般猜⑤。　　玉露沾庭砌⑥，金风动琯灰⑦。相看有似梦初回。只恐又抛人去、几时来。

━━━━━━━━━━━━━

【注释】

① 南歌子：唐教坊曲名，用作词调，又名《春宵曲》、《水晶帘》、《断肠声》等。张衡《南都赋》有"坐南歌兮起郑舞"句，调名或源于此。双调《南歌子》最早见于五代毛熙震，为平韵。秦观于元祐年间所作四首《南歌子》均为平韵，双调。

② 香云：喻称女子的美发。欧阳修《蝶恋花》："半醉腾腾春睡重，绿鬟堆枕香云拥。"

③ 水玉：即水晶，这里以之比喻双目清澈明亮。详见《山海经·南山经》及郭璞注。

④ "月屏风幌"句：指放下避月挡风的屏障与窗帷，营造一种二人世界以迎所欢。"月屏风幌"，指屏风、窗帘等器物。江总《闺怨》："屏风有意障明月，灯火无情照独眠。"白居易《前庭凉夜》："露簟色似玉，风幌影如波。"

⑤ 音耗：音信，消息。晁补之《斗百草》词："便苒苒如云，霏霏似雨，去无音耗。"

⑥ 庭砌：庭院中的台阶。孟郊《喜与长文上人宿李秀才小山池亭》："灯尽语不尽，主人庭砌幽。"

⑦ "金风"句：指秋季来临。"金风"，秋风。古代以阴阳五行解释季节演变，秋属金，故称秋风为金风。"琯"，玉管，古代用来测候节气。"琯灰"，即葭灰。古代为了预测节气，将苇膜烧成灰，放在律管内，到某一节气，相

应律管内的灰就会自行飞出。详见《后汉书·律历志》。杜甫《小至》诗："吹葭六琯动飞灰。"

【心解】

秦观出仕的第一站被授予蔡州教授。这里的"教授"与今天作为正高职称的教授夐然有别。宋代州、县所置"教授"是一种学官的名称，只是负责学校课试等事。"蔡州教授"的职位虽然不高，但对一个新科进士来说，不失为一种幸运。对秦观来说，这种幸运与其进士及第类似，都是得益于"元祐更化"的政治背景。所谓"元祐更化"概括说来，即元丰八年神宗卒后，哲宗即位，高太后听政，司马光任门下侍郎，元祐元年即为宰相，对神宗时，王安石所推行的新法全盘否定，恢复旧制，排斥王安石等。详见《宋史纪事本末·元祐更化》。在这种背景下，秦观在蔡州的五年中的前半段颇有随心如意的一面，这除了政治观点一致的知州对他的爱重，蔡州还是他在写作方面很走运的地方。因为作为一名婉约词的天才作家，其作品只有插上音乐的翅膀才能得以高飞流传，也就是说有更多像适合演唱柳永词那样的执红牙板的妙龄女郎也都加入了演唱淮海词的队伍，这在以往无论是在高邮还是在扬州都是难以办到的，如今做了官，地位不同了，像陶心儿、娄琬那样著名的营妓都与词人有了深交。这种交往尽管不能完全排出如同杜牧冶游、狎邪的一面，但对秦观来说主要是歌词作者与演唱者的合作关系。所以秦观蔡州词的女主人公主要是不卖身的艺人，而作品也大都脱离了早期的低俗之弊。

当然，蔡州时期因为没有像"乌台诗案"所造成的具有切肤之痛的身世之感，也就没能写出像《满庭芳》（山抹微云）那样拔尖儿的作品，多半是为应歌而作罢了。以下三首《南歌子》就是适合载歌载舞的中短调作品，对其写作的具体时间顺序也难以精准把握，姑作推理如下：

在秦观作到蔡州的前三年（1086—1088），先是苏轼十个月之内三次升迁，官至翰林学士、知制诰，紧接着黄庭坚、晁补之、张耒均在京任职秘书省。这令秦观对于诸位师友所在的汴京不胜向往，而蔡州离汴京近在咫尺。有事没事秦观肯定是汴京诸师友的座中常客，大有流连忘返之可能，因而使得身在蔡州的多位红颜知己为之不胜愁苦。上片结拍的"天外"即指身在汴京之外的这位异性知己。因为在封建社会"天"和"日"都代表皇帝，"日边"可代表皇帝身边，而"天外"自然是指皇帝和词人所在的汴京之外的蔡州啦！因为不知远在汴京伊人的音信，这位痴情的女郎"百般"猜测，心神不安。

词之下片意谓时届金秋，好不容易盼得伊人归来，又像是一场梦，"只恐"到头来又一次被撇开，不知哪年哪月才能再回还。对此不难发现这是对晏几道《鹧鸪天》下片"从别后，忆相逢"云云的巧妙隐括，二者各有千秋。

【集评】

1. 杨世明《淮海词笺注》：此首写男子乍归，情人相逢，相看如梦之光景。

2. 《中国古代爱情诗歌鉴赏辞典》朱德才、杨燕："相看有似梦初回"久别乍逢，相看如梦，体会真切，情景逼真，然也其来有自。唐诗有老杜《羌村》："夜阑更秉烛，相对如梦寐。"宋词有小晏《鹧鸪天》："今宵剩把银釭照，犹恐相逢是梦中。"杜诗深沉浑朴，晏词清柔灵动，但着力表现乍见惊喜之情则无二致。少游此词的上句虽本诸前贤，下句："只恐又抛人去、几时来？"则自出机杼。亦如《草堂诗余》所评："相看又恐去，未去先问来，宛女子小声轻哢。"而其所以如此，又非词人有意标新立异，盖特定对象与境况使然。杜甫与妻子聚合，自不同于晏、秦之与情侣乍遇。同是情侣乍遇，晏词主体是自身，且系客地偶逢；秦词则主体为女性，又身在故居，乍见情郎归来，惊喜中伏忧虑，故有此小儿女情态声口，与特定情景相吻无间。

3. 周义敢、程自信、周雷《秦观集编年校注》（下）：此首上阕写闺妇愁思，情韵绵邈。下阕写所思乍归，相看如梦。词中寓有作者生活实感，显示细微敏锐的心灵感受，笔法熟练，约作于元祐年间。

4. 徐培均、罗立刚《秦观词新释辑评》：考秦观行实，他于元祐四年在蔡州时，曾有《赠女冠畅师》诗，云："瞳人剪水腰如束，一幅乌纱裹寒玉。飘然自有姑射姿，回看粉黛皆尘俗。雾阁云窗人莫窥，门前车马任东西。礼罢晓坛春日静，落红满地乳鸦啼。"而胡仔《苕溪渔隐丛话前集》卷五十引《桐江诗话》载其事云："畅姓惟汝南有之，其族尤奉道，男女为黄冠者十之八九。时有女冠畅道姑，姿色妍丽，神仙中人也。少游挑之不得，作诗云（略）。"显然就词情而言，是闺中念远，但也很难说不是少游借托闺情挑畅师的作品。而且，词中意境也多有借鉴李白《玉阶怨》之迹。因此，不能排除词人为情所迷，借古人诗境以挑女冠的可能性。再说，词中"天外不知音耗"以及"只恐又抛人去几时来"等语，明显的是将无作有，以极具暗示性的语言，表达出男女恋情之挚，若能跳出世俗情缘，那么其挑逗之意，就更为明显了。果真如此，则不仅可以看出词人多情，而且更能体现词人的才华了。

5. 姚蓉、王兆鹏《秦观词选》：此词盖作于元祐四年（1089）作者在蔡州时。词的上阕是一幅闺思图。首二句，以发如香云、眸似水玉，形容闺中女子娇美的容貌。而开篇那个"愁"字告诉人们，这位美丽的女子此刻正愁颜不展。第三句正暗示了女子含愁的原因。"月屏风幌"看似写闺中摆设，但继之以"为谁开"三个字，就曲折表达出女子虚度青春、无人怜惜的无限幽怨。然而女子此时的心情，除了自怨自艾，更多的是牵挂、是期待、是疑虑、是猜测——恋人没有音讯，使得她坐卧不宁。无法与恋人相见时如此烦恼，那么相见后会怎样呢？……

南歌子

玉漏迢迢尽①，银潢淡淡横②。梦回宿酒未全醒③，已被邻鸡催起、怕天明。　臂上妆犹在，襟间泪尚盈④。水边灯火渐人行。天外一钩残月、带三星⑤。

【注释】

① 玉漏：玉制的计时器。苏味道《正月十五日》诗："金吾不禁夜，玉漏莫相催。"

② 银潢：银河。苏轼《天汉台》诗："汉水东流旧见经，银潢左界上通灵。"

③ 宿酒：指隔夜之酒意，犹宿醉。白居易《早春即事》诗："眼重朝眠足，头轻宿酒醒。"

④ "臂上"二句：写夜间幽会。元稹《会真记》有云："……及明，睹妆在臂，香在衣，泪光荧荧然，犹莹于裀席而已。"此极肖之。

⑤ "天外"二句：对于此二句，《苕溪渔隐丛话》前集卷五十所引《高斋诗话》等多种记载均谓：此系秦少游作赠蔡州营妓陶心儿者。又云"星"与陶心儿之"心"谐音、"三星"形似"心"字，双关巧合，云云。实则"三星"指参宿三星。《诗·唐风·绸缪》："绸缪束薪，三星在天"。郑笺："三星，参也。在天，谓始见东方也。"近人则谓："毛传以三星为参宿，郑笺以三星为心宿，皆专指一宿。"

【心解】

在蔡州期间，秦观曾被劾"行为不检"，没准儿这首词就是一种把柄。这样说并非只是因为词之下片的"臂上"等句实属艳语，因为《淮海词》中单从字面上看艳冶之作比重很大，这不但不能成为"不检"的口实，相反多系词人以其独步"一法"所写的"将身世之感打并入艳情"的成功之作，而且每每是艳情愈浓郁，身世之感愈沉重，便愈加感人。但是也有部分篇章中所写艳情相当低俗，此词恐怕就是属于这一类，这一点，古今人士均有所察觉，比如：

沈谦《填词杂说》云："秦淮海'天外一钩残月带三星'，只作晓景，佳。若指为心儿谜语，不与'女边著子，门里挑心'，同堕恶道乎？"后世唐圭璋、潘君昭在《中国历代著名文学家评传·秦观》一文中也曾指出："他（指秦观）的有些词中也反映出当时文人庸俗的一面，如赠陶心儿的《南歌子》。这是不足称道的。"沈谦所云："心儿谜语"是指本词结拍"带三星"的"星"系陶心儿的"心"字的谐音隐语，这样一来就与黄庭坚的赠妓词所云"你共人女边著子，争知我门里添心"亦隐"好"、"闷"二字……还有记载称对于秦观的这种"星"中暗藏"心"字的把戏，东坡见之竟然笑曰："此恐被他姬厮赖耳。"云云，果真如此，那可真够"不检点"和庸俗不堪了！当然还有另一种可能，这一切都是出于好事者编造，想来苏、黄、秦也不至于这么无聊！再说对于这首词也不能全盘否定，类似于"天外"句中的星、月意象，又相继出现了两次，一次是"又是一钩新月照黄昏"，另一次是"微波澄不动，冷浸一天星"，这不仅都堪称《淮海词》中的佳句，有的甚至被认为是具有禅意的辞章家之隽句。对此我们应当严加区分，绝不能做那种泼脏水连同孩子一起泼掉的傻事。

其实这首词最大的弊端在于"臂上妆犹在，襟间泪尚盈"的渊源所自。不错，论者大都可以断言此系出于元稹《会真记》。"会真"被解释为"遇仙"，说穿了就是当年元稹为满足其肌肤之欲，百般勾搭崔莺莺，到头来却让莺莺独自吞食了始乱终弃的苦果。行文至此，我们必须强调的是秦少游对于元稹、杜牧其人其作的喜爱虽然无可厚非，有其积极的一面，但是基于秦少游"风流"、"不检"的秉性，其所受消极影响和气味相投的"花"、"柳"恶习亦不容低估。尤其是我们这些通俗读物的作者，对于《淮海词》必须清醒地识别出其糟粕所在，绝不能评一首肯定一首，极尽夸赞之能事，特别是对那些对异性抱有好奇心的低龄青少年，一定要设身处地地为他们的成长着想，帮助他们认识到蔡州时期的秦少游曾经沾染了当年元稹、杜牧的一些不健康的习气，值得青少年加以警惕！

【集评】

1. 杨世明《淮海词笺注》：此词写夜中与女子相会醒后之情景。据《高斋诗话》，此为少游在蔡州赠妓陶心儿之作，时间当为元祐初。

2. 《唐宋词鉴赏辞典·唐·五代·北宋》刘学锴："水边灯火渐人行，天外一钩残月带三星。"结拍两句，写临行时所见，镜头由室内转向室外：水边沙上，早起的行人已经三三两两地打着灯笼火把在匆匆赶路，天宇之上，繁星已经隐没，只有一钩残月带着三星寂寥地点缀着这黎明时分的苍穹，照映着早行的人们。这两句写景清疏明丽，宛如图画，而且带有晨起征行所特具的情调气氛。前一句写离别的人眼中所见的早起征行情景，其中既隐隐透出自己即将启程的迫促感，又带有对征行的某种新鲜感，感情并不沉重。后一句所描绘的景物虽带有清寥意味，但景物本身又带有一种清疏明洁的美，语调也显得比较轻快。这似乎透露出，词中所写的这场离别，虽不无伤感的成分，但并不显得过于沉重，和周词《蝶恋花》并读，对本篇的情致清新、格调明快可以

145

看得更加清楚。

3. 《爱情词与散曲鉴赏辞典》邱燮友：词的结尾，用写景以托情，可以得到弦外之音的效果。秦观的另一阕词《满庭芳》，结束时也是写景收结："伤情处，高城望断，灯火已黄昏。"又如贺铸的名句，他在《青玉案》的结束是："试问闲愁都几许？一川烟草，满城风絮，梅子黄时雨。"留下佳句结束，使人回味无穷。

4. 刘乃昌、朱德才《宋词选》：……词起调写晨景，点临别之时，继写醒后神态，伤离心境，再写残妆在臂，宿泪盈襟，末写临行所见，回应篇首。全章纪早起将别情景，顺时展开，一贯到底，景真情浓，着墨疏淡。

5. 徐培均、罗立刚《秦观诗词文选评》：结尾一句，绘夜色将褪时天空中景：一钩残月，周围映带二三残星。这是一幅精致的画面，虽然意象明晰，所营造的气氛，却极为清冷，给人凄切之感，恰到好处地烘托了情人不得不分手的无奈无绪而又凄凉的心境……

6. 姚蓉、王兆鹏《秦观词选》：……结尾处再次把视线引向天空，首尾连贯，以"残月带三星"的景致，营造清疏淡雅的氛围。此词于淡雅的景物描写中透露出淡淡的离愁、淡淡的寂寥，淡而有味。

7. 喻朝刚、周航《分类两宋绝妙好词》：所谓的营妓，就是古时军中的官妓，她们实际上与青楼之女一样，也是被侮辱、被损害、供人寻欢作乐的对象。此阕为赠别营妓陶心儿所作。词中既表达了彼此不忍离别的眷恋之情，结拍又用一钩残月带三星，暗寓心儿的名字，显得尤为亲切，而非泛泛之笔。

南歌子

香墨弯弯画①，燕脂淡淡匀②。揉蓝衫子杏黄裙③，独倚玉阑无语、点檀唇④。　　人去空流水，花飞半掩门。乱山何处觅行云⑤？又是一钩新月、照黄昏。

【注释】

① 香墨：即螺黛。古代用以画眉的一种青黑色矿物颜料。详见《南部烟花记·螺子黛》。

② 燕脂：也作"燕支"，即胭脂。一种红色的颜料，用红蓝花或苏木制成。妇女用以涂脸颊或嘴唇。详见《中华古今注·燕脂》。

③ 揉蓝：原指揉取蓼蓝汁以为染料，这里指蓝色上衣。方干《赠江上老人》诗："欲教鱼目无分别，须学揉蓝染钓丝。"

④ 檀唇：犹檀口。檀呈浅绛色，古代妇女用以点染口唇。韩偓《余作探使因而有诗》："黛眉印在微微绿，檀口消来薄薄红。"

⑤ "乱山"句：以不动的山和无定的云喻示男女双方对于感情的不同态度。雍陶《明月照高楼》诗："君若无定云，妾若不动山。云行出山易，山逐云去难。"又冯延巳《鹊踏枝》词："几日行云何处去？忘却归来，不道春将暮。"

【心解】

明毛晋所编《宋六十名家词》（实则六十一家）虽有校勘疏略之弊，以其所补遗的《淮海词》为例，所收八十七调中多有沿讹未考之作；又将调名《如梦令》改称为被苏轼所嘲之为不雅的《忆仙姿》，诸如此类均需重加厘定，不可一味信从。但以其《四部备要》本《淮海词》为例，其中亦不乏优于他本之处，比如被多种版本所沿之讹误的词调《雨中花》，此毛本即作《雨中花慢》；另外，毛氏为《淮海词》所作跋语云："少游性不耐聚稿，间有淫章醉句辄散落青帘红袖间，虽流播舌眼，从无的本……"这也是符合实际的。因为没有可靠的版本，尤其因为没有可靠的编年本，所以解说《淮海词》与解说《漱玉词》类似，最大的难题每每出在不能正确系年上。本书的以上三部分，尽管在编年上下了很大功夫，但仍然只是个参考编年，而写到第四部分即蔡州时期，能够大致编年的只有四首词。词人在蔡州任职四年多，所作还不及如越省亲返回高邮共约两年的词作多。这里的问题很可能就是出在毛晋所提示的"淫章醉句""散落青帘红袖间"所致，这也在一定程度上印证了词人在蔡州时被劾"不检"，当系事出有因。此系问题的一个方面，另一方面又如刘熙载《艺概》所云："少游词得《花间》、《尊前》遗韵，却能自出清新。"前一首题作《赠陶心儿》的《南歌子》就是较多地受到《花间》、《尊前》有的文人"轻薄"、"无行"的消极影响，所作亦沦为"蛾眉"、"洞房"、"遇仙"等侧艳之词的代表，而这一首同调之作则完全不同。

这一首的最突出的特点亦如刘熙载所云："却能自出清新。"你看，女主人公的化妆多么新巧淡雅，穿戴既时尚又纯朴。浅绛色的唇脂也点染得恰到好处。她虽然有满腹心事，但表现得颇有涵养。她抱着一线希望，一次又一次地等待意中人的归来。这个人可能只是她的一位异性知己，或是一位被众姐妹共同仰慕的歌词作者。所以在她的心目中，他就像"行云"般地在参差错落的"乱山"中飘忽不定。而她，每当"一钩新月"升起，从"黄昏"一直等待，等待着他的归来。

【集评】

1. 杨世明《淮海词笺注》：此词写一女子凝妆倚阑，等候情人，至于黄昏，终于再次失望。

2.《唐宋词鉴赏辞典·唐·五代·北宋》周啸天：过片完全换了一幅画面，好像一幅写意的暮春黄昏图景。它并不纯是写景，上片已露端倪的情事，在这里处处有发展，有关合。"人去"二字紧连上文，可见那人的确是远走了。阑外空有"流水"，流水悠悠长逝，似乎象征那人的薄幸。风扬"花飞"，是残春光景，又给人以美人迟暮的暗示。门儿"半掩"而不深闭，似乎为谁半开着，又恰是女子不能断念的心情的一个写照。古诗词中多以浮云比喻薄情郎的游踪："几日行云何处去？忘却归来，不道春将暮"（冯延巳《鹊踏枝》），"君若无定云，妾若不动山。云行出山易，山逐云去难"（雍陶《明月照高楼》），这正是"乱山何处觅行云"的注脚。由于心烦意乱，移情于物，群山便成"乱山"。水流、花飞、云行，真见得风流云散。几句俱有比兴意味，而末句则直赋眼前景："又是一钩新月照黄昏。"看来用笔直写，很客观，仔细体味，字字是失望的叹息。"又是一钩新月照黄昏"，可那人是不会再来了！"又是"二字可见这样的等待、这样的失望远不止是一次，怨情溢于言表。

3. 周义敢、程自信、周雷《秦观集编年校注》（下）：此首写一女子盛妆打扮，等候情侣归来。然行者若行云无定，芳心仍空虚寂寞。词人未直接抒情叙事，而是借图景寓示情事，精致细微地显示出失欢女子之心理变化。艺术风格娴熟，约写于元祐年间。其写女子由尚存希望至希冀破灭，似亦寄寓仕途失意之怀。

4. 刘乃昌、朱德才《宋词选》：词写多情佳人期盼情侣的失望情惊。上片是着意梳妆。香墨描眉，燕脂匀

149

面，蓝衫黄裙，色彩浓艳，工笔细抹。点唇动作，暗示佳人精心艳妆，有所等待。下片是夜守空闺。水空流，花乱飞，门半掩，一派迟暮萧索景象，"行云"象征行人无迹。眼前唯有新月相照，"又是"，见空闺切盼，已非一日。全篇并不说破，佳人失落情怀，悉由画面显示，意在画中，情溢言外。

5. 徐培均、罗立刚《秦观诗词文选评》：……"行云"既指其眼前乱山之云，又喻指其所恋之情，暗寓两情相依之意，透出闺怨根源。一语双关，情涉绮艳却不露痕迹，词情确实婉曲要眇。以"行云"暗喻男女欢会者不乏其人，但往往直指本意，少有双关之妙。张先《醉垂鞭》写一舞女云："昨日乱山昏，来时衣上云。"颇为温婉，与秦观此词有异曲同工之妙，或为秦词所本，也未可知。最后一句，以黄昏新月之景收束，景色虽明丽，意境却凄清，那一钩新月，又不知要承载她多少相思与多少愁绪……

6. 姚蓉、王兆鹏《秦观词选》：……下阕着重描画妆楼外的景色。流水落花，风流云散，这幅典型的残春图景，似乎暗示着闺中人在等待中年渐老的迟暮之感。"乱山"一句，更是语涉双关，既写眼前实景，又指出恋人踪迹无处可寻。"一勾新月、照黄昏"，看似直写时间的推移，实则暗示闺中人从早到晚的等待已经落空。一个"又"字，更表明这种令人失望的等待，已不止一次！通过一个盛妆的画面，外加一幅黄昏的图景，就能成功刻画出闺中人从希望到绝望的相思心理，词人之妙笔令人叹服。

7. 喻朝刚、周航《分类两宋绝妙好词》：此阕是一幅佳人梳妆凝望图。上片绘形，通过画眉、涂脂、着装、点唇，描摹出一位眉目娟秀、薄施粉黛、身穿"揉蓝衫子杏黄裙"的女子，独自倚栏，默默无语地等待着自己的意中之人。下片寓情于景，写女子一直等到黄昏月出之时，仍然未见踪影，深感愁苦寂寞，因而发出了"乱山何处觅行云"的哀叹。本篇上片色彩艳丽，下片意境淡远，前后映衬，揭示了女主人公从满怀希望到完全失望的情感发展变化过程。

水龙吟①

　　小楼连苑横空，下窥绣毂雕鞍骤②。朱帘半卷，单衣初试，清明时候。破暖轻风，弄晴微雨③，欲无还有。卖花声过尽，斜阳院落，红成阵、飞鸳甃④。　　玉佩丁东别后⑤，怅佳期、参差难又⑥。名缰利锁⑦，天还知道，和天也瘦⑧。花下重门，柳边深巷，不堪回首。念多情但有，当时皓月，向人依旧。

【注释】

① 水龙吟：或因李白"笛奏龙吟水"诗句而得名。又名《龙吟曲》、《鼓笛慢》、《小楼连苑》等。此调体格尤为纷繁，《词谱》收有二十五体，且谓"此调句读最为参差，今分立二谱"。一谱为起句七字、次句六字者，以苏轼"霜寒烟冷蒹葭老"一词为正体，双调，一百零二字，上片十一句四仄韵，下片十一句五仄韵。一谱为起句六字，次句七字者，以秦观"小楼连苑横空"一词为正体，双调，一百零二字，上片十一句四仄韵，下片十句五仄韵。

② 绣毂雕鞍骤：代指华贵的马车。毂，车轮中心的圆木，周围与车辐的一端相接，中间有孔，可以插入车轴。雕鞍，彩画装饰的马鞍。王勃《临高台》诗："银鞍绣毂盛繁华，可怜今夜宿娼家"。

③ 弄晴微雨：晴日仿佛被捉弄得时晴时雨。

④ 鸳甃：用对称的砖石砌成的井壁。

⑤ "玉佩"句：指玉佩发出的"丁东"之声；一说隐含娄琬字"东玉"。

⑥ 参差：本义为长短、高低不齐，引申为"错过"的意思。薛能《下第后春日长安寓居》："隔年空仰望，临时又参差。"难又，谓时机错过，难得

欢会。

⑦ 名缰利锁：缰：缰绳。锁，锁链。名和利就像缰绳和锁链那样把人束缚住。
柳永《夏云峰》词："向此免名缰利锁，虚费光阴。"

⑧ "天还"二句：意谓连"天"也不免当此苦况而消瘦，何况还是有情感的人
呢！详见张相《诗词曲语辞汇释》卷一："和"字条。又此二句系化用李贺
《金铜仙人辞汉歌》："天若有情天亦老"之句意。

【心解】

倘若将《淮海词》排排名次，那么这首《水龙吟》
大致可在《踏莎行》、《鹊桥仙》、《满庭芳》（山抹微
云）、《千秋岁》之后的第五名。前四首都是宋词中，乃
至有词以来的压调之作，即同一词调中写得最好的一首。
这一首虽然比不上苏轼和辛弃疾的同调之作"似花还似
非花"和"楚天千里清秋"，但是季军的位置恐怕是非他
莫属。总的说来，此词写得情深意密，婉转凄恻，正如
冯煦所云："……（秦观）所为词，寄慨身世，闲雅有情
思，酒边花下，一往而深，而怨悱不乱，悄乎得小雅之
遗，后主而后，一人而已。昔张天如论相如之赋云：他
人之赋，赋才也，长卿，赋心也，予以少游之词亦云：
他人之词，词才也，少游，词心也，得之于内，不可以
传"（见《蒿庵论词》）。当然冯氏这是对秦观其人其词
的总体评价，就本词而言，则有以下至少两个方面当之
无愧：

一方面，所谓"寄慨身世"，此首也是词人惯用的独
步"一法"，只是运用得尤为"闲雅有情思"，所用以
"寄慨身世"的"艳情"，只以"花下"数句点出伊人身
份而已，给人以"不乱"而情深的别是一种温馨感。

另一方面，冯氏所云少游之"词心"，略晚一些的况
周颐亦云："吾听风雨，吾览江山，常觉风雨江山外有万
不得一者在。此万不得一者，即词心也。"（见《蕙风词

153

话》卷一）根据上述冯、况二人有关少游"词心"的论述，时贤以为"词心"就是"指词人体现在词中的精神境界"、"这种不能自已的创作精神和激情，是作品成功的关键。但词心并非天然而生，它与作者身之所历有着关系……""秦观词着重于抒发自己内在的真挚情感，义蕴于中，韵流于外，与徒逞才藻者不可同日而语"（见《中国词学大辞典·词心》）。又彭国忠云："则所谓词心是指词人在亲历事件遭际、观览江山风物时，所产生出来、激发出来的一种不能自已的创作精神和创作冲动。它应该是真情实感的自然流露，不费安排，不加雕饰，非逞才炫技之谓"（《元祐词坛研究》第九章第二节）。从一定意义上，是否也可以这么说：所谓"少游词心"，它具有《诗经·小雅》般的怨悱之气和李煜词的"眼界始大，感慨遂深，遂变伶工之词而为士大夫之词"（王国维语），而不仅仅是"浅斟低唱"、"娱宾遣兴"之作。基于这种理解，那么上述四首词的"词心"当分别是"郴江幸自绕郴山，为谁流下潇湘去"、"两情若是久长时，又岂在朝朝暮暮"、"多少蓬莱旧事，空回首烟霭纷纷"、"春去也，飞红万点愁如海"。此外尚有多首同样不难发现其"词心"所在，那么这一首的"词心"在哪里呢？

不在别处，是在词之下片的"名缰利锁，天还知道，和天也瘦"的意蕴之中。这不是两则普通的故典，而是有着极为深沉的"身世之感"，是对柳词原意的翻新。在柳永《夏云峰》一词中，"名缰利锁"被作为沉溺于"满酌高吟"的借口，词也无非是一首不起眼的伶工之作罢了。而秦词则旨在表现如同上文况周颐所说的那种"万不得一者"，为此他舍弃了令其陶醉的"佳期"，而甘愿深陷连"天"都无能为力的苦海之中，这岂不是一种有着大眼界的士大夫情怀？

然而，词人的这种情怀，不但没有得到应有的理解和肯定，相反竟招致了不同程度的非议乃至歪曲、物议和攻讦。比如被各种"诗话"一再提及的苏轼对前二句的非议之事，便很不可信，因为可以说苏轼是秦观在蔡州这段经历的见证者，他与鲜于侁曾共同以贤良方正举荐秦观而不售。后来又几经波折才得以赴京任官职，辞别蔡州时可谓百感交集，所作此词中该是包含着词人多少苦衷！况且这又是一首与柳词迥异其趣，充满"身世之感"的作品，对此，苏轼怎能不顾大节和主流，一味在枝节问题上做文章呢？

　　另一个被津津乐道的是所谓词中嵌进了营妓娄琬，字东玉的名字。这一点当然极有可能。令人作呕的是有的竟将这种嵌字法丑化为欲暗藏"搂琬"之意，借以渲染词人行为"不检"的恶名；更有甚者是借助所谓亵渎上天之说，诅咒词人犯有"口舌劝淫之过"，最终得到报应而死于贬所云云，洵为一派谰言，是可忍孰不可忍！

　　鉴于上述连篇累牍的种种说法，不仅无甚参考价值，甚至很容易造成对词人词作的误解，所以本篇"集评"不予收录，而主要选收今人的不同见解，以资参酌。

【集评】

　　1.《中国古代爱情诗歌鉴赏辞典》朱德才、杨燕：……宣称自己的爱情足以感天动地，此种奇思异想深得无理有情之妙，它生动托出相思忧苦之浓烈，可谓"情极之语"（见杨慎《草堂诗余》批语）。程颐斥之为亵渎上天之语，显然是道学家的迂腐隔膜之谈。从这里人们可以看到两种爱情价值观念鲜明而强烈的对比。"花下重门"三句忆昔叹今。昔日于花影婆娑、细柳扶摇的"重门"、"深巷"，两情缱绻、几多欢冶。如今形单影只，忆往事倍增忧伤。"不堪回首"四字真如心中呕出，

字字饱浸离愁别恨。歇拍"念多情但有，当时皓月，向
人依旧"三句曲笔传情，抒发物是人非之慨。昔日欢乐，
已如流水一去难再，唯有当时明月而今尚在，幽幽照人。
其实，月出月落千古如斯，无所谓"有情"。"有情"者
乃望月感叹之"人"。而"依旧"者，也不只"向人"
之月，还有望月人那深挚的恋情！结尾意境凄清隽永，
耐人寻味。

2.《爱情词与散曲鉴赏辞典》曹道衡：下片主要写
相思之情。"玉佩"句是回忆当年和丈夫分别时的情景。
她认为相会之期很远，所以说"怅佳期、参差难又"。这
和下文追叙当年经常相会之处，与上文相呼应，又引起
下面"不堪回首"数句，归结为回忆当年情景，物换星
移，只有"皓月"、"依旧"，更见相思之苦。词中"名
缰利锁"几句，表示了作者对名利的轻蔑。"天还知道，
和天也瘦"句设想颇新奇。这与唐李贺《金铜仙人辞汉
歌》中"天若有情天亦老"句，写王朝的更迭；稍后于
秦观的万俟咏在《忆秦娥》中说"天若有情天亦老"以
形容朋友间惜别之情，三者用意虽异，却各有其妙。据
说当时理学家对秦观此语颇为不满，认为用老天来形容
儿女之情近似亵渎，实为迂腐之论。

3. 徐培均、罗立刚《秦观诗词文选评》：这是怎样
的一种分手！心心相印，两情依依，却不得不倏然离去。
没有哭泣，没有埋怨，甚至没有告别的语言。楼中的女
子默默地看着心爱之人跨马匆匆离去，马蹄声去，卖花
声来，直到叫卖之声也渐渐远去，内心的落寞与外界的
枯寂静静地交织，让她咀嚼青春，感受日暮微寒，让红
颜如花瓣般坠落，无声无息。也许，那一份温暖还在他
的怀中，那一段柔情还在他的脑海，为名缰利锁的他，
在率然离别的路上，将频频回首，把无尽的惆怅、叹息、
无奈，还有那无望的希望，一并洒落，由眼角、两颊，

到马蹄，到深巷，到重门，伴随着那静静开放的娇花，那迎春轻拂的嫩柳，映衬瘦削的身影——那么，就将一切都交给皓月吧，由它作证，默默地诉说，静静地抚慰。

4. 姚蓉、王兆鹏《秦观词选》：下阕则从出行男子的视角写离愁，而且情感的表达也比上片直白。男主人公首先惆怅佳期不再，点名离愁。然后检讨离别的原因是自己为"名缰利锁"所羁绊，内心充满无奈，并由此发出"天还知道，和天也瘦"的呼号，虽然理学家程颐将此二句斥为"渎上帝"（宋陈鹄《西塘集耆旧续闻》卷八），但词人的至情至性正由此可见。词人进一步写到，美好的往事如今"不堪回首"，可见分别的愁苦痛彻心扉。词作以对月怀人结尾，设想明月尚能陪伴恋人左右，而多情之人尚不如无情之月，词人之伤心怀抱，溢于言外。

5. 谢燕《秦少游词精品》：……该词上片起首二句，写女子站在小楼上，看着自己的恋人策马奔驰而去，点出离别之意。下片从男方着笔，写别后的相思与无奈。首句和换头一句，俱隐妓名"娄东玉"三字，甚巧。歇拍二句，则是以景结情。红成阵，飞鸳鸯，景象是美丽的，感情却是悲伤的，花辞故枝，象征着行人离去，也象征着红颜憔悴，最易使人伤怀。不言愁而愁自存其中，因而蕴藉含蓄，带有悠悠不尽的情味。

五、汴京公干，多磨多舛，忧喜参半，被贬离京及其他

（公元 1090—1094 年）

在地属汝南的蔡州为官的秦观，对于近在咫尺的汴京，几可谓无时无刻不在求取前往之中。这也难怪，因为那里不仅有与其灵犀相通的师友苏轼、苏辙、黄庭坚、晁补之、张耒，汴京更是他施展满腹经纶、浑身解数的最理想的用武之地。苏轼一向很理解和爱重秦观，他曾以贤良方正加以举荐。结果是不但此事未售，秦观称病返回蔡州，就连苏轼本人也不得不离开汴京出知杭州。几年后，苏轼从杭州回到汴京，秦观亦被荐为高等学官——太学博士。未料此事为别有用心者所忌，竟然劾其"素号薄徒，恶行非一，岂可以为人师"云云。秦观随即被罢太学博士而改命为秘书省校对黄本书籍（详见《续资治通鉴长编》卷四四二）。从校对黄本书籍到晋升为掌校雠典籍、刊正文章的秘书省正字，不仅秦观又一次受到种种攻讦，就连苏轼也只好又一次请求出知扬州，秦观更是深深陷于新、旧两党和同属旧党的蜀、洛、朔各派的相互倾轧的旋涡之中。

幸好苏轼很快从扬州回到汴京并出任要职。在这一背景下任凭弹劾者再怎么数落秦观"素号狷薄"啦。"（苏）轼之门人"啦，照样被时相吕大防荐为史院编修。弹劾者则落了个搬起石头砸了自己脚的后果。元祐八年八月秦观的头衔是："国史编修官左宣德郎秘书省正字"。"编修"是宋朝设置的一级官阶，膺任此官者负责编纂记述国史、实录、会要等，统称馆职，这对于文人来说是一种很荣耀的职务，皇帝时有砚墨、纸笔、器物之赐。对此，洪迈《客斋随笔·馆职名存》有所记载。对于秦观来说这是他一生最为得意的时光，可惜的是过于短暂，随着高太后于元祐八年九月的谢世，秦观的这种荣耀顷刻化为泡影，等待他的是一次比一次严厉的惩罚，直到被"削秩"，开除公职且沦为罪犯。

从文学创作角度看，这一阶段前期无甚可以颂扬之作，倒是有一种词体样式的流行值得一提，这就是"调笑"的写作。秦观的《调笑令十首并诗》可以大致系于元祐中后期；与秦观关系密切的黄庭坚、晁补之的同调之作亦大体写于此时，只是彼此存在着大同小异。比如黄庭坚，此调只存一首，《宋六十名家词·山谷词》调名作《调笑令并诗》、《全宋词·黄庭坚词》调名作《调笑歌》；晁补之，此调存词七首，调名《调笑》，下云："盖闻民俗殊方，声音异好。《洞庭》九奏，谓踊跃于鱼龙；《子夜四时》，亦欣愉于儿女。欲识风谣之变，请观《调笑》传。上佐清欢，深惭薄伎。"元祐中后期，苏辙在京任高官，所作《调啸词二首》题作"效韦苏州"，属唐体《调笑》。生年晚于黄、秦、晁十来年的毛滂，苏轼知杭期间，他任杭州法曹，任满离去，所作赠别词《惜分飞》为苏轼所赏。人称其词"语尽而意不尽，意尽而情不尽，何酷似少游也。"（《清波杂志》卷九）。毛滂的同调词题作《调笑》，分咏崔徽等共八首。题下和正文之间有一段文字云："……窃以绿云之音，不羞春燕；结风之袖，若翩秋鸿。勿谓花月之无情，长寄绮罗之遗恨。试为调笑，戏追风流。少延重客之余欢，聊发清尊之雅兴。"

　　上述同调词及其相关文字，或可有助于我们对秦词较为全面深入地理解。

一丛花①

年时今夜见师师②。双颊酒红滋。疏帘半卷微灯外，露华上、烟袅凉飔③。簪髻乱抛，偎人不起，弹泪唱新词。　　佳期谁料久参差？愁绪暗萦丝。想应妙舞清歌罢，又还对、秋色嗟咨④。惟有画楼，当时明月，两处照相思⑤。

【注释】

① 一丛花：《一丛花令》之又名。此调始见于张先词"伤高怀远几时穷"，调名《一丛花令》一时盛传，其末句"不如桃杏，犹解嫁东风"历来被激赏。《词律》卷一一列此调。《词谱》卷一八所列苏轼"今年春浅腊侵年"其体格与张先《一丛花令》相同，均双调，七十八字，上下片各七句四平韵，苏词调名则作《一丛花》。秦观此词之调名、体格悉同苏词。

② 年时：当年、那时。苏庠《菩萨蛮》词："年时忆着花前醉，而今花落人憔悴。"师师，宋时人名。涉笔这一人名的词人计有：柳永、张先、晏几道、秦观、周邦彦等多家；有关这一人物的名句则有："遍看颍川花，不似师师好"、"醉后莫思家，借取师师宿"（均见晏几道《生查子》词）；至于论及其人的"诗话"、"词话"、笔记、小说一时难计其数，但却多系张冠李戴、阴差阳错，不足征信。对此，除了王国维、夏承焘已作辩证外，杨世明、徐培均、罗立刚等亦相继指出：歌伎名师师者，系一时之习俗，从业者之通名。在这里，"师师"之字面虽系指某一歌伎，实则只是一个用以寄托相思的符号。这里的用意似乎更接近于"百官各师其师，转相教诲"之义（详见《辞源》"师师"条之义项一）。

③ 凉飔：凉风。谢朓《在郡卧病呈沈尚书》诗："珍簟清夏室，轻扇动凉飔。"

④ 嗟咨：犹咨嗟、咨咨，叹息。王禹偁《不见阳城驿》："路宿商山驿，一夕

见嗟咨。"

⑤ "惟有"三句：此系隐括苏轼《水调歌头》末二句，取其"千里共婵娟"之意。

【心解】

这首词字面上写的是与妓女师师的昔日欢爱与别后相思。实际是将师友间的欢聚和思念"打并入艳情"。这位令词人如此动情的师友不是别人，正是秦观所无比倾慕的苏轼。理由至少有以下几点：

其一，元祐初年，苏轼虽然在高太后的着意关爱下，短时间连升三级，王安石去世，吕惠卿落职，"新党"煞时偃旗息鼓。但是苏轼在汴京过得并不那么消停，同是"旧党"的蜀、洛、朔三派展开了激烈的"燕蝠之争"，争斗的结果，秦观迟迟不得晋京任职或一度被罢；苏轼为躲避争斗，先是出知杭州，又曾出知颍州和扬州。所以在元祐的中前期，苏、秦之间聚少离多，有着彼此相思的切实的时空背景。

其二，这首词不仅词调与苏轼在密州所做的"今年春浅腊侵年"一首相同，内容对于苏轼稍后所做的中秋词《水调歌头》亦多所借取，比如秦词中的"妙舞清歌"、"对秋色嗟咨"与苏之中秋词的"起舞弄清影"云云，何其相似，尤其是"惟有画楼，当时明月，两处照相思"，岂不与当年苏轼在著名的密州"画楼"超然台上所写名句"但愿人长久，千里共婵娟"的手足之情几无二致，这是狎客与青楼女子之间无法企及的情感境界！

其三，此词中艳情色彩最浓的无过于"簪髻乱抛，偎人不起"二句，其字面所表达的虽系青楼女子情态，而在这种情态所掩盖下的是两位知己之间的深情。对于此句，我们似曾相识，这其实是元丰三年词人在召伯埭（南埭）送别苏辙所作《临江仙》一词中的"髻子偎人

163

娇不整"一句的翻版。当然这种翻版既不是简单的翻印和复制，也不是比喻意义上的照搬、照抄、生硬模仿和自我重复，而是为了唤起两兄弟的亲切感，是词人的匠心和苦心之所在，怎一个"艳"字了得！

其四，此词下片起拍的"佳期谁料久参差"句，更是我们多次过目之语，尤其是其中"佳期"二字，曾先后出现过至少五次之多，比如《阮郎归》的"佳期如梦中"、《望海潮》的"匆匆共惜佳期"与本首的"佳期谁料久参差"都是指与二苏的欢聚与分别；《鹊桥仙》的"柔情似水，佳期如梦"则兼及与妻子家人及好友的相聚相离。唯一例外的是《水龙吟》的"怅佳期参差难又"是写给亲人以外的异性娄东玉的。这不是一首艳情词，秦观与娄东玉的深交类似于现今作者与演员的交往。因此，窃以为包括本首在内的、《淮海词》中的"佳期"二字，无例外的都是用在与亲人、师友的聚首中，不包括青楼狎妓之事。退多少步说，即使这里的"师师"是一位官妓，那她在词人心目中的分量与娄东玉是一样的。因为分别写在两首词中的"佳期谁料久参差"与"怅佳期参差难又"，所表达的是同样的心情。

【集评】

1. 杨世明《淮海词笺注》：此词写昔日与妓女师师之欢爱及阔别后相思之情。

2. 周义敢、程自信、周雷《秦观集编年校注》（下）：此首写男女情事，殊少顾忌，该是作于及第之前。

3. 徐培均、罗立刚《秦观诗词文选评》：感情如此真挚，词人之性情，可想而知。可是，由于所赠乃是歌伎，所以在阴险的政坛，这份情感却被拿来作为对作者进行人身攻击的把柄。早在秦观任蔡州教授期间，就因与青楼女子交往而受到攻击，到京师后，他的这种行为更成为党争的很好借口。《续资治通鉴长编》卷四六三于元祐六年记，政敌们出于党争的需要，以其"薄于行"相攻击。依此词来看，所谓"不检"、"薄于行"，应该跟"簪髻乱拋，偎人不起"之类的闺闱描写有关吧。

4. 姚蓉、王兆鹏《秦观词选》：……通过对当年师师的容貌、举止、才艺的回忆，词人讲述了一段温馨美好的恋情，更表明了他对这段爱情铭心刻骨的记忆。下阕以"佳期谁料久参差？愁绪暗萦丝"结束了对往事的回忆，然而却无法结束词人内心的相思，于是他又开始设想师师今夜的一举一动：她应该是在"妙舞清歌"之后，也思念着远方的自己，也正对着秋景嗟叹感伤。这种从对方写来的笔法，进一步表现了词人内心深切的思念。以"当时明月，两处照相思"作结，更凸显出他们心心相印的恋情，也加深了他们有情人不能终成眷属的遗憾。

如梦令①

门外鸦啼杨柳②。春色着人如酒③。睡起熨沉香，玉腕不胜金斗④。消瘦，消瘦，还是褪花时候⑤。

【注释】

① 如梦令：《宋六十名家词·淮海词》作《忆仙姿》。五代后唐庄宗李存勖作《忆仙姿》词云："曾宴桃源深洞，一曲清歌舞凤。长记欲别时，和泪出门相送。如梦，如梦，残月落花烟重。"苏轼嫌调名不雅，改为《如梦令》。后周邦彦又改为《宴桃园》。此调又名《比梅》、《无梦令》等。单调三十三字，六仄韵。

② "门外"句：状写春日景象。或取意于《乐府诗集·读曲歌》："暂出白门前，杨柳可藏乌。"李白《杨叛儿》诗："何许最关人？乌啼白门柳。"

③ "春色"句：谓春色迷人如醉酒。着［zhuǒ］人，袭人、迷人。《诗词曲语辞汇释》卷三着（八）："着，犹中也；袭也；惹或迷也……此所云着人，犹云惹人或迷人也。秦观《如梦令》词：'门外鸦啼杨柳，春色着人如酒。'……义均同上。"

④ "睡起"二句：以女主人公的慵姿娇态委婉言其伤春心情。熨沉香，用沉香熏熨衣服。沉香，即沉水香，一种名贵的香料。详见《太平御览》卷九八二引《南州异物志》。此二句对于李商隐《效徐陵体赠更衣》诗的"轻寒衣省夜，金斗熨沉香"或有所取意。

⑤ 褪（tùn）花：谢花。

【心解】

这首小词在古代颇受关注，但是有些观点今天看来不尽可取，比如《苕溪渔隐丛话》后集卷三三引《艺苑雌黄》谓秦观《沁园春》词的"玉笼金斗，时熨沉香"
和本首的"睡起熨沉香，玉腕不胜金斗"，均出自李商隐
《效徐陵体赠更衣》诗的"轻寒衣省夜，金斗熨沉香"。
《艺苑雌黄》意在称扬秦观"名人必无杜撰语"。其实这
正是秦观此类词的不足取的地方，以下《调笑令十首并
诗》中的《采莲》对于李白《采莲曲》和《越女词》的
"借取"几成盗版；对于其本人的同类题材或句意也每每
有冷饭化粥之嫌。这种现象恐怕是作者受其视野和文学
趣味之局限造成的，今天不能加以提倡和揄扬。

必须申明的是，这里绝不是在袒护"杜撰"。所谓杜
撰，简而言之是指没有根据的编造、臆造和向壁虚构。
杜撰之事在古代的名声很不好。传说南朝陶弘景有弟子
杜道士，大字不识几个，作文往往贻误后人，被讥为杜
撰；尔后还有一个叫杜默的人，所作诗篇有许多不合格
律，时人遂称做事不合格者为杜撰；又因世俗间还有杜
田、杜园之说，所以一提到"杜"这个字，就等于说造
假。后世有称自酿薄酒为"杜酒"者、称臆造为"杜
撰"（详见《续传灯录》二七、《朱子语类》八十、《野
容丛书》二十等）。所以像秦观这样的"名人"，"胜流"
远离杜撰自然是可取的。但是诗词等文学作品又是允许
虚构和想象的。想必秦观不会不懂得《文心雕龙》中所
提倡的"睹物兴情"、"情以物兴"的道理。事物总是在
不断发展变化的，如果一味恪守"无一字无来历"热衷
于从前人作品中讨生活，也是弊大于利的。仅以秦词为
例，作者吃这方面的亏还少吗？杜牧、李商隐、柳永一
类作者的思绪、用语等，不断地被《淮海词》搬用，这
一做法，不是没有令人生厌的一面。

此词最为今人所称道的不是与李商隐的诗句有某种
瓜葛的"睡起熨沉香，玉腕不胜金斗"二句，而是"春
色着人如酒"一句，这正是"睹物兴情"之所致，而不

是从前人作品中来。又此句中的"着",应该读作[zhuǒ],并早已由"著"规范为"着"。1979 年 10 月重庆第 3 版的张相《诗词曲语辞汇释》卷三已作"着",兹从之。

【集评】

1. 杨世明《淮海词笺注》:此词写一女子之春愁。

2. 《中国文学宝库·唐宋词精华分卷》薛祥生、王静芬:此词写女子伤春之情。先由外而内,由物及人,点出春色撩人,坐实了春字。然后正面刻画伤春人的形象。"睡起"句,写其生活空虚无聊;"玉腕"句,写其体态瘦削乏力。不言伤春,而伤春之情已跃然纸上。煞拍复由人及物,由内而外,先选用"消瘦"二字,状其消瘦之极;接以"褪花时候",叹其消瘦之早。"褪花"二字,既照应了上文"春色",又点出春花将逝,暗示出伤春之意。语婉情深,跌宕有致。

3. 周义敢、程自信、周雷《秦观集编年校注》(下):此首写春闺富贵闲愁,心境迥异于乡居时期,当作于元祐年间。

4. 徐培均、罗立刚《秦观词新释辑评》:美人伤春,是古代诗歌中经常表现的主题,而且融情入景的手法,也是在表现这一主题时最常采用的,要想使这一主题常写常新,必须翻空出奇,力求以新颖别致的情调吸引读者的注意力。本词比较成功的一点就在于它的含蓄不尽,婉转多姿。它写春景,表现其美好而不是写得愁红惨绿;刻画闺中人的形象,也不表现其愁情满怀的模样,只用一个特定的动作来传其神,将暗寓于前面乐境中的悲情逗出,结尾处仍不说开来,只以花褪为由,掩其"消瘦"的真正原因。写愁情却自始至终没有露出愁意,这就是古人评论诗文时经常所说的善占地步,不对所欲表现的主题作正面描述，而是以环境和人物等营造一种特定的艺术气氛，读者通过所写的意象进行再创造，从而联想到作者所欲表现的主题。这样就避免了正面表现主题所形成的滞碍，使所欲表现的主题遗貌取神，更趋灵动。就词而言，必然使词情婉约曲折，别具风致。细品此词，对这一点的体会就会很深。

5. 姚蓉、王兆鹏《秦观词选》：此词或作于元祐年间。是一首伤春之词，先写门外之景，后写门内之人。前两句通过"鸦啼杨柳"的景色，以清新婉丽的笔触勾画出柔媚迷人的大好春光。"如酒"的比喻，更是道出春色醉人的美感，洋溢着轻快悦人的情调。正是这样迷人的春色，才会在萎落时惹人怜惜、使人惆怅，引出下文人物的感伤之情。接下来两句刻画闺中女子，描绘了一个睡起熨衣的日常生活细节。"沉香"、"玉腕"、"金斗"等词体现了闺中风物的华美及闺中人的娇美，不胜婉转风流。由熨衣的举动，引发衣带渐宽之感，从而生出"消瘦"之叹。词人用笔深曲而自然生情，衔接巧妙。末句"褪花时候"既承接开篇的春景，又指出人物消瘦的原因，更点名伤春主题，颇有一举数得之妙。词作虽然短小，却从春色正浓写到春色萎谢，从闺中人的恋春写到惜春、伤春，因情造景，颇为含蓄蕴藉。

阮郎归

褪花新绿渐团枝①，扑人风絮飞。秋千未拆水平堤，落红成地衣②。　　游蝶困，乳莺啼，怨春春怎知？日长早被酒禁持，那堪更别离③。

【注释】

① "褪花"句：谓花谢后绿叶渐多，聚集枝头。褪，萎谢。团，聚集。
② "落红"句：谓落花铺地。落红，落花。地衣，地毯。
③ "日长"二句：谓早已被酒摆布，那堪再加别离之苦。禁持，摆布。《诗词曲语辞汇释》卷二："禁，犹云摆布也；牵缠也。其义之显著者则为禁害与禁持。"

【心解】

鉴于秦观在不同的政治气候中命运遭际迥然不同，词作的意蕴往往大相径庭，所以对秦词的编年尤为必要。但是，自古以来对这首词的编年可谓异见纷呈，兹举数例：

秦瀛《重编淮海先生年谱节要》，编为绍圣四年（1097）所作。

龙榆生《淮海先生年谱简编》系于绍圣三年（1096），且云："原谱以此词系之次年。揆诸词意，似系岁暮初至郴州之作，故改书于此。"

杨世明《淮海词笺注》：此首写季春离愁。似为绍圣三年（1096）离处州前作。

姚蓉、王兆鹏《秦观词选》：此词似作于元祐年间。

周义敢、程自信、周雷《秦观集编年校注》（下）：……约作于元祐年间。

　　应该说上述五例，一例比一例接近作者填写此词时的处境和心态，也与词中还不是那么伤感的情绪较吻合。所以本书拟将此首系于元祐中后期，并敬祈指正。

　　这里另加赘言的是关于"秋千未拆水平堤"一句。"秋千"作为一种传统的体育游戏，随处可见，那就是在支架上悬两绳，下拴横板。玩者在板上或站或坐，两手分别握绳，使前后摆动。一人、双人、数人均可。这种游戏颇有来历，见于多种记载：相传春秋时齐桓公北伐山戎时引入，故有南方好傀儡，北方好秋千之说。一说汉武帝时宫中祝寿之辞，本为千秋，取千秋万寿之义，后倒读为秋千，又转为鞦韆。唐宫中每年寒食节，竞树秋千，宫嫔戏以为乐，李隆基呼为"半仙戏"。详见《荆楚岁时记》、《岁华纪丽·寒食》、《事物纪原·岁时风俗》等。在这里，通过"秋千"还可以印证此词当作于北方的汴京，因为文献中有"北方好秋千"，唐朝以来宫中尤好此"半仙戏"之说。又词人见到的是尚未拆掉的秋千，可见其时在寒食、清明过后不久，这就不是上述在龙编中"似系岁暮初至郴州之作"。

　　再以"文本"为内证：词中所写虽系新绿团枝、柳絮扑面、落花铺地、蝶困莺啼云云，均系诱发伤春情绪之景物，但还不是那种"开到荼蘼花时了"令人绝望的春尽之景，况且新绿团枝，未必不可作为某种希望的象征。实则此时的作者也只是遇到一些类似于"成长"中的烦恼和发展中的挫折而已。

【集评】

1.《词菁》卷一：出语新媚，亦复幽奇。

2. 周义敢、程自信、周雷《秦观集编年校注》下：

此词写一女子惜春惜别，为词中传统题材。其写情着笔淡雅，寓情于景，含蓄蕴藉，清丽婉约，具有特色，可推知约作于元祐……

3. 徐培均、罗立刚《秦观词新释辑评》：结尾两句正面表达伤别之情。与前面所写春暮夏至的景色相呼应，词人敏感的意识随着夏天的到来，白昼渐长，但长长的白昼，将一幅衰残的春景展现给远离故乡亲人，能激起他内心什么样的感情呢？只能是"怨"，是愁。日长无绪的词人，只能借酒浇愁，以求暂时的忘却。"早被酒禁持"，不写自己买醉浇愁，而说是为酒所摆布，这一从主动到被动的角度转换，说自己早已识破以酒浇愁愁更愁的骗局，但就是无法摆脱酒的诱惑，只能任其摆布，使表达的意思较借酒浇愁更进一层：酒不再是浇愁的工具，反而成了激发愁怀，加浓离愁的手段，它跟别愁一样，幸灾乐祸般地戏弄着词人，让他终日为愁情所困，无法解脱。末尾一句，点出"别离"二字，绾合全词，如水到渠成，自然入妙。　　整首词用绝大多数笔墨铺陈暮春时节的景色，直到收尾时才点出"别离"两字，露出伤别的本意，前面层层设色，如山重水复；最后一旦豁然，似柳暗花明。如此处理，有回环往复之妙，给人回肠荡气之感，词情显得婉转曲折，倍能感人。

4. 姚蓉、王兆鹏《秦观词选》：春去夏来的时候，虽然盛开的花朵谢了，但树上枝叶繁茂，新绿喜人。柳絮随风飞舞，扑面而来。秋千静静地挂在庭院中，池水满满的与堤平齐，落花堆积在地上，如同铺了一层红地毯。追逐春光、游戏花丛的蝴蝶似乎困乏了，不知躲在哪儿歇息。羽翅初成的乳莺正用娇嫩清脆的啼声宣告夏天的来临。这样的景色，虽然不乏清新可喜之处，但也昭示着春光已尽，令人伤感。

蝶恋花①

晓日窥轩双燕语，似与佳人，共惜春将暮。屈指艳阳都几许②，可无时霎闲风雨③。 流水落花无问处，只有飞云，冉冉来还去④。持酒劝云云且住，凭君碍断春归路⑤。

【注释】

① 蝶恋花：本名《鹊踏枝》，又名《凤栖梧》、《卷珠帘》等。始见于五代冯延巳首句作"六曲阑干偎碧树"、"几度凤栖同饮宴"等十四首，且皆为杂言体。入宋，由晏殊将杂言体改为《蝶恋花》，其名本于南朝梁简文帝萧纲《东风伯劳歌》的"翻阶蛱蝶恋花情"诗句。双调六十字，上下片各五句，四仄韵。另有变体多种。

② 艳阳：原指艳丽的风光，这里用为春的代称。《白雪遗音·艳阳天》："艳阳天，和风荡荡，杨柳依依。"都［dōu］几许，总共有多少。都，有"统统"的意思。

③ 时霎：即霎时，片刻、一瞬间。因平仄需要而倒装。闲，在这里应作"安静"解，即希望送春归去的"风雨"停下来。

④ "流水"三句：意谓大地春归，只有天空中的云彩缓慢地飘来飘去。流水落花，形容春残的景象。

⑤ "持酒"二句：当系对陶渊明《停云》诗的隐括。停云，"思亲友也"。秦观此词之题旨是隐喻对亲友的思念，详见本首"心解"。而"持酒"之句式似脱化于宋祁《玉楼春》词："为君持酒劝斜阳，且向花间留晚照。"

【心解】

这里将此词题旨理解为对于亲友的思念，并非"杜

173

撰",以下"集评"中亦有论者持此见解,只是笔者可以进而断定为思友而非思亲。因为词人在进士及第后遂将亲眷接到任所,日子过得虽然很拮据,有时俱家食粥,却无骨肉暌违之苦。至于能够较敏感地将"持酒劝云云且住"与陶渊明《停云》诗的"思亲友"联系起来,则是得益于多年来对于袁行霈教授关于"陶渊明研究"的关注和学习。袁教授在《陶渊明研究》一书中曾指出辛弃疾与陶渊明之间有数种契合点,有一点就是重友情。辛弃疾还曾将《停云》诗隐括成一首《声声慢》词。想来,在重友情这一点上,秦少游比之陶渊明和辛弃疾有过之而无不及,因而秦词借助于陶诗申述友情,也是顺理成章的。

至于秦观所思之友是何许人,虽然不难想到应该是苏轼,但能否成立却很无把握。于是又想到了近几年所出版的袁教授的一部自选集——《当代名家学术思想文库·袁行霈卷》,其中有一篇题作《论和陶诗及其文化意蕴》的大作,不才对此文中有可能被拙文征引的部分作了摘录:"陶渊明已经成为中国文化中的一个符号。和陶在不同程度上表明了对清高人格的向往,对节操的坚守,以及保持人之自然性情和维持真率生活的愿望。""和陶诗恰好弥补了陶渊明生前的寂寞,后人对其作品的追和,可谓蔚为大观,实在难以作出完全的统计。追和者中,既有隐士、遗民、僧人,遭贬的或不得志的人士,也有身居要位的大官僚,甚至还有九五之尊的帝王。即使在朝鲜和日本,也有不少热情的和陶者。中国诗人当中,除了陶渊明,大概没有第二位获得如此殊遇了。""苏轼和陶诗共一百零九首,除见于其诗集外,另有宋刊《东坡先生和陶渊明诗》四卷,各题之后,附有苏辙继和陶诗四十七首。苏轼所和陶诗始于哲宗元祐七年(1092)五十七岁,时知扬州,有《和饮酒二十首》,傅藻所编

《东坡纪年录》系于此年七月。其余和陶诗都是先后在惠州和儋州所作，其《和归园田居六首》作于绍圣二年（1095）六十岁，这应当是苏轼到惠州后最早的和陶诗。他再贬儋州后先有《和止酒》，接着他又和了许多陶诗，如《和还旧居》、《和连雨独饮》等，直到元符三年（1100）六十五岁离开儋州，才停止了和陶诗的写作，六十六岁就去世了……""苏轼和陶诗在当时就引起了广泛的注意，甚至可以说带给诗坛一阵兴奋，从此和陶遂成为后来延续不断的一种风气。从这个意义上说，苏轼确有开创之功。几乎在苏轼和陶的同时，其弟苏辙就有继和。稍后，苏门学士们也各有继和之作，如晁无咎、张耒和《饮酒》，秦观、晁无咎、张耒和《归去来兮辞》等，宋代邵浩所编《坡门酬唱集》二十三卷中就已收入了这些作品。他们的这些和陶之作，一方面受陶渊明作品的影响，另一方面则步苏轼之后尘，兼有苏轼与陶渊明两人的风格。"

　　从上述摘录中得知，"苏轼和陶诗始于哲宗元祐七年（1092）五十七岁，时知扬州"。这正是拙著《淮海词选注·心解·集评》对于这首《蝶恋花》的系年。行文至此，又记起多年前曾读过王文龙《东坡诗话全编笺评》一书所称"东坡是在谪居黄州时期提出上述见解的（指陶诗之'奇趣'），其时在仰慕白（居易）、陶之余，在创作上开始趋于陶诗风味，在保持了前期豪健清雄的同时，又呈现出清旷简远的一面。因此，东坡对陶诗艺术美的独特发现，除了得力于他对陶诗的'沉潜讽诵'、'咀嚼滋味'，以及超常的艺术感受力之外，同他由心慕而手追的初步创作实践也是分不开的。"在以上论著的启发下，笔者重读了苏轼的有关词作。发现在到达黄州的第三个年头，写于元丰五年二月的《江神子》中有"梦中了了醉中醒，只渊明，是前生。走遍人间，依旧却躬耕。"在写于同年三月的《哨遍》序中曰:"陶渊明赋《归去来》,有其词而无其声。余治东坡,筑雪堂于上。人俱笑其陋,独鄱阳董毅夫过而悦之,有卜邻之意。乃取《归去来》词,稍加檃括,使就声律,以遗毅夫。"在离开黄州的元丰七年春所写的《满庭芳》开头便说:"归去来兮,吾归何处"云云,显然也都不失为"和陶"的"初步创作实践"。如此说来,苏轼早在写作和陶诗之前,就对陶诗有独特发现和若干创作实践。这对于向来以"苏公"马首是瞻的秦观自然会产生很深的影响。秦观的"和陶"可能较晚,但他对陶诗的关注即使略迟于苏轼,也不会晚于苏轼知扬州时。而此时正是苏轼为时势所迫,时而出知杭州、时回汴京、时知颍州、又知扬州阶段,也就是词中所写的"只有飞云,冉冉来还去"的情状。词中的"佳人"当系作者自指,"飞云"、"君"喻指苏轼。"持酒"相劝正是反映秦观盼望苏轼回到汴京的迫切心情。只有苏轼回到汴京,才能"碍断春归路",为"佳人"提供"人间四月天"的生存环境。如此友生怎能不倍加思念!故此词或可称为"将师生暌违打并入伤春"之作。

【集评】

1. 杨世明《淮海词笺注》:此词惋惜春暮,与晏殊之"无可奈何花落去",同一感慨。

2. 周义敢、程自信、周雷《秦观集编年校注》(下):此首写因惜春而怀亲友。文集卷十二有《春词绝句五首》,其中有不少诗句,写心境、意境与此词相同,甚至词语亦相仿佛。如"都城春富百花披"、"红日窥轩睡觉时"、"弱云亭午弄春娇"、"风驱白雨冼园林,蔽地飞花一寸深",等等。故可推知,此词约写于元祐年间。

3. 徐培均、罗立刚《秦观词新释辑评》:惜春伤春的主题，在古典诗词里是极为常见的。秦观这首词能在古老的主题中作出新意，一个很主要的原因就是他改变了抒情的角度，不是从人的眼光、人的感情来抒发伤春借春之情，而是抓住春天特有的动物，以燕子作为抒情载体，用暮春时节燕子与美人的共伤共惜，以拟人化的手法来表达伤春之情。这一抒情角度的转换，使立意构思立即显得异常新颖别致，透射出一种童话诗般的意境。更妙的是，词人精心设计了一场燕子与佳人的对话，更给整首词添上了一层梦幻般的色彩。屈指掐算艳阳、持酒劝云的动作以及云碍春归之路喻，既可以说是佳人的举动，又像是燕子的言行，看似悖理的痴语，其中却饱含着一片执着。如此处理，作者抒发感情，可以自由自在地于人、物之间穿梭往返而无任何滞碍不通之虞。燕子和佳人被处理成执意留春住的代表，他们的言行成为词人内心独白的载体。通过这样的艺术加工，使词情清新流丽的同时，还使伤春惜春的感情抒发显得更加婉曲和动人。作为继诗之后兴起的词，抒情婉曲的体性特征，在秦观的这首伤春词里，再次得到了证明。

4. 姚蓉、王兆鹏《秦观词选》：……"屈指"一词，用得惊心动魄，道尽伤春迟暮之感。下阕中词人的目光由近景引向远景，看到缓缓流动的春水、缤纷而下的落英，心中惆怅之情油然而生。"无问处"，却又道出他不知春归何处的无奈。这时天空中的片片闲云，悠然而来，悠然而去。于是词人借着酒兴，举杯邀白云，希望它们能停在空中，遮蔽春天的归路，让无限春光永驻人间。全词以春景抒春情，意境清婉，韵致悠远。结尾两句，更是突发奇想，以痴语表达出词人惜春的痴情。

调笑令十首并诗（选四）①

王昭君

诗曰

汉宫选女适单于，明妃敛袂登毡车②。
玉容寂寞花无主③，顾影低回泣路隅④。
行行渐入阴山路⑤，目送征鸿入云去。
独抱琵琶恨更深⑥，汉宫不见空回顾。

曲子

　　回顾，汉宫路，捍拨檀槽鸾对舞⑦。玉容寂寞花无主，顾影偷弹玉箸⑧。未央宫殿知何处⑨，目送征鸿南去。

【注释】

① 调笑令：此调有唐体、宋体之分。《词谱》卷四载毛滂此调词，咏古代美人。每首词前有七言八句古诗一首，诗之末二字即为词之起句。单调，三十八字，七句七仄韵，不用叠句，不用倒转句法，不转韵。秦观《调笑令十首并诗》与毛滂词体格相同，而与唐人《调笑令》迥异。又，论者多谓《调笑令》，即《调笑转踏》，拙意以为二者有所不同，《转踏》是北宋歌舞表演形式的一种，亦作"传踏"。演出分为若干节，每节一诗一词，唱时伴以舞蹈。开演前有"勾队词"，大都用骈体文数句；表演结束后有"放队词"，大都是七绝一首。王国维以为转踏就是缠踏。现存"转踏"曲词有《调笑令集句》、郑仅《调笑》，均见《乐府雅词》，而与秦观此调词多有

不同。

② "汉官"二句：谓汉官女王嫱应朝廷之选嫁给单于，敛袂登车而去。单于，汉时匈奴最高首领的省称。全称为"撑犁孤涂单于"。《汉书·匈奴传》："单于姓挛鞮氏，其国称之曰'撑犁孤涂单于'，匈奴谓天为'撑犁'，谓子为'孤涂'，'单于'者，广大之貌也，言其像天单于然也。"明妃，即昭君，晋代避司马昭（文帝）讳，改称明君（见石崇《王明君词序》）。后人又称明妃。江淹《恨赋》："若夫明妃去时，仰天太息。"敛袂，整理衣袖，以示敬服。毡车，挂毡毯的大车。苏轼《台头寺步月得人字》诗："遥知金阙同清景，想见毡车碾暗尘。"

③ "玉容"句：系檃栝白居易《长恨歌》"玉容寂寞泪阑干，梨花一枝春带雨"二句意而来。

④ 顾影低回：谓自顾其身影徘徊不舍。《后汉书·南匈奴传》："昭君丰容靓饰，光明汉宫。顾景裴回，竦动左右。"

⑤ "行行"句：谓昭君远嫁匈奴。石崇《王明君词》："行行日已远，遂造匈奴城。"阴山，今河套以北、大漠以南诸山的统称。这里指匈奴居处。

⑥ "独抱"句：石崇《王明君词序》："昔公主嫁乌孙，令琵琶马上作乐以慰其道路之思；其送明君亦必尔也。其造新曲多哀怨之声，故叙之于纸云尔。"此虽推想之辞，而历代诗人多有拟其意者：杜甫《咏怀古迹五首》其三："千载琵琶作胡语，分明怨恨曲中论。"李商隐《王昭君》："马上琵琶行万里，汉宫长有隔生春。"

⑦ "捍拨"句：谓弹奏琵琶。捍拨，弹琵琶时拨动弦索的用具，俗称拨子。李贺《春怀引》："蟾蜍碾玉挂明弓，捍拨装金打仙凤。"檀槽，檀木制做的琵琶、琴等弦乐器上架弦的格子。李贺《感春》诗："胡瑟今日恨，急语问檀槽。"

⑧ 玉箸：美女的眼泪。《白帖》："魏甄后面白，泪双垂如玉簪。"刘孝威《独不见》："谁怜双玉箸，流面复流襟。"

⑨ 未央宫殿：西汉的宫殿名。故址在今西安市西北长安故城内西南隅。

【心解】

据《汉书·元帝纪》、《匈奴传》、《后汉书·南匈奴传》，王昭君，西汉南郡秭归（今属湖北）人，名嫱（《元帝纪》作樯），字昭君。元帝时被选入宫，竟宁十年（公元前33年）匈奴呼韩邪单于入朝求和亲，她自请嫁匈奴，戎服乘马，携琵琶出塞。入匈奴后，被称为宁胡阏氏。生一男，呼韩邪死，其前阏氏子复株累若鞮单于代立，汉成帝又命昭君从胡俗；复为后单于阏氏，生二女。死后葬于匈奴。今内蒙呼和浩特市南有昭君墓，世称青冢。

昭君事迹又见于东晋葛洪托名汉刘歆所撰《西京杂记·琴操》，谓元帝后宫虽多，不得常见，使画工毛延寿等图形，按图召幸。宫人皆赂画工，独王嫱不肯，画工乃丑其形貌，遂不得见御。其后匈奴求美人为阏氏，元帝遣王嫱。临行召见，昭君貌为后宫第一。元帝为之震惊，并大悔。遂穷案其事，毛延寿等画工皆弃市。陈按：《西京杂记》所载多西汉遗闻轶事，与史乘往往有所差异，并间杂怪诞之传说轶闻，关于昭君事迹的这一记载，与史无征。

昭君出塞的故事在民间广泛流传，敦煌有《王昭君变文》，后世诗词戏曲以昭君事为题材者，多不胜数。秦观此作新意无多，其旨与杜甫《咏怀古迹五首》其三及李商隐《王昭君》等诗，大致相同，都是借昭君的哀怨抒发自己的情怀，表达其怀君恋阙、自伤自叹的千古同感。

【集评】

1. 《中国历代著名文学家评传》唐圭璋、潘君昭：秦观的词还受到民间乐曲的影响，如十首《调笑令》，每首咏一古代美女的故事，每首之前又都有一首诗，这其实是宋代歌舞相间的"传踏体"，这种体裁和这类故事都是当时民间很为流行的。

2. 周义敢、程自信、周雷《秦观集编年校注》（下）：此处之《调笑令》指《调笑传踏》，由唐之《调笑转踏》演变而来。王国维《宋元戏曲考·宋之乐曲》云："《碧鸡漫志》谓石曼卿作《拂霓裳转踏》，恐与传踏为一，或为传踏之所自出也。"其疑传踏出自转踏之设想，后为任半塘所证实。任著《唐戏弄·辨体》考出，《调笑转踏》本始于唐："为杂曲著词小舞，专门为酒令所有，歌曲、舞容，均较简捷。一人任之，便于催酒而已。"入宋以后，改转为传，又有所变化。刘永济《宋代歌舞剧曲录要·总论》曾释《调笑传踏》："其体制首用骈语为勾队词，次口号，次以一诗一词咏一故事，诗共八句，四句为一韵，词用《调笑令》。《调笑传踏》属歌舞相兼之词曲，不属歌舞相兼之剧曲。王国维、任半塘俱称它不演故事，大多以一诗一词咏一故事，所咏故事前后不连贯。并无剧中说白，即无剧中人按所扮演人物身份之代言。它最初始见于民间，至宋有士大夫之仿作，郑仅、晁补之、毛滂、曾慥、洪适等人，均写有《调笑传踏》。作者写此十首，心绪乐乐，春风得意，笔触轻快，词语典丽，当作于元祐年间。其时苏轼、孙觉等人东山再起，又新交王诜、李端悫等国戚，诗文唱酬，创作《调笑令》，为达官盛宴佐欢，势属必然"。

3. 徐培均、罗立刚《秦观词新释辑评》：……单篇的《调笑令》在唐代就已经出现，但将诗与词结合起来的形式，却是后来"转踏"兴起之后的产物。所谓"转踏"，按王国维《宋元戏曲史》的说法，有一个不断发展的过程，"北来之转踏，恒以一曲连续歌之。每一首咏一事，共若干首，则咏若干事"，发展到南宋，形式更加复杂，逐渐向元杂剧的套曲靠近。秦观这里十首《调笑令》即是以北宋时期"转踏"的形式撰写的。前面的诗，是唱《调笑令》之前所念的"致语"，相当于引子，主要是简介唱词所要展开的故事梗概。"致语"与后面的曲子相比，前者较重写实，而后者多用抒情。

4. 姚蓉、王兆鹏《秦观词选》：……词的首句即表明昭君已在出塞途中，她对"汉宫路"恋恋不舍的回顾，暗示她是因在汉宫得不到君王眷顾，无奈之下才自请和番。不得已而背井离乡，可见其情悲凉。"捍拨"以下两句，以"鸾对舞"与"花无主"形成鲜明对比，既道出昭君旅途寂寞，靠弹琵琶以慰乡思的凄凉现状，又再次点明她在汉宫备受冷落、不得宠眷的悲剧命运。据史书记载，昭君汉殿辞行时，"顾影裴回"，令人惊艳，汉帝这才发觉后宫有此绝色，"意欲留之"。但昭君出塞的命运终究无法改变，她只有在出塞途中顾影自怜，偷偷垂泪。两次"顾影"对照，悲剧意味更浓。"未央宫殿知何处"，意味着昭君越行越远，正一步步走向自己未知的命运，也意味着君王恩薄，是造成昭君出塞悲剧后果的深层原因。以"目送征鸿南去"作结，更有人不如鸟之叹，表达出对昭君身不由己的人生悲剧的深切同情。

乐昌公主①

诗曰

金陵往昔帝王州②，乐昌主第最风流。
一朝隋兵到江上，共抱凄凄去国愁③。
越公万骑鸣箫鼓，剑拥玉人天上去④。
空携破镜望红尘，千古江枫笼辇路⑤。

曲子

辇路，江枫古，楼上吹箫人在否⑥？菱花半璧
香尘污⑦，往日繁华何处？旧欢新爱谁是主，啼笑
两难分付⑧。

【注释】

① 乐昌公主：南朝陈后主太子舍人徐德言之妻，后主叔宝之妹，封乐昌公主。
详见本首"心解"部分。

② 金陵：今江苏南京市。《元丰九域志》卷六引《郡国志》云："昔楚威王以
此地有王气，因埋金以镇之，故曰金陵。"先后称秣陵、建业、建康，为三
国吴、东晋、南朝宋、齐、梁、陈六代都城。谢朓《鼓吹曲》："江南佳丽
地，金陵帝王州。"

③ "一朝"二句：指隋兵灭陈，陈君臣妃嫔被俘，自建业发往长安。南朝陈末
代皇帝史称陈后主，名叔宝，字元秀，小字黄奴，陈宣帝（名顼）子，公
元582年至589年在位。即位后不理政事，大建宫室，生活奢侈，日与妃嫔
佞臣宴饮行乐。隋开皇八年，贺若弼、韩擒虎等伐陈。后主恃长江天险，

183

不以为意。祯明三年（589），隋兵入建业，克台城，后主与妃张丽华、孔贵嫔俱投景阳井。军人窥井而呼之，后主不应。欲下石，乃闻叫声。以绳引之，惊其太重，及出，乃与张贵妃、孔贵人三人同乘而上。君臣百司被执至长安，后主病卒于洛阳。《陈书》、《南史》均有《纪》。

④ "越公"二句：指公主被虏事。越公，指杨素，字处道，弘农华阴（今属陕西）人。北周武帝时任司城大夫等职。隋文帝灭陈时，他率水军从三峡东下，因功封越国公。玉人，旧指容貌美丽的人，这里指美貌绝伦的乐昌公主。

⑤ "空携"二句：意谓公主携带半块破镜行经在往日繁华、今日凄凉的路途中。红尘，原指繁华热闹的地方，此系反意取用。徐陵《洛阳道》诗："绿柳三春暗，红尘百戏多。"江枫，指江上的景物。《楚辞·招魂》："湛湛江水兮上有枫，目极千里兮伤春心。"辇路，天子车驾经行之路。唐文宗《宫中题》："辇路生春草，上林花满枝。"此系借指。

⑥ "楼上"句：用萧史、弄玉事喻人去楼空。《列仙传》："萧史者，秦穆公时人也，善吹箫，能致孔雀白鹤于庭。穆公有女字弄玉，好之，公遂以女妻焉。日教弄玉作凤鸣。居数年，吹似凤声，凤凰来止其屋。公为作凤台，夫妇止其上，不下数年，一旦皆随凤皇飞去。"

⑦ 菱花：代指菱花镜。古代以铜为镜，映日则发光影如菱花，因名"菱花镜"。《埤雅·释草》："旧说，镜谓之菱花，以其面平，光影所成如此。"《善斋吉金录》有唐菱花镜拓本，形圆，花纹作兽形，旁有五言诗一首，首句云："照日菱花出。"

⑧ "旧欢"二句：用乐昌公主诗意。见本首"心解"所引。

【心解】

在孟棨《本事诗·情感》中，对于此首所本的故事有着颇为生动细致的描述，兹移录于后，以供参考："（公主）才色冠绝。时陈政方乱，（徐）德言知不相保，谓其妻曰：'以君之才容，国亡必入权豪之家，斯永绝矣。倘情缘未断，犹冀相见，宜有以信之。'乃破一镜，人执其半，约曰：'他日必以正月望日卖于都市，我当在，即以是日访之。'及陈亡，其妻果入越公杨素之家，宠嬖殊厚。德言流离辛苦，仅能至京，遂以正月望日访于都市。有苍头卖半镜者，大高其价，人皆笑之。德言直引至其居，设食，具言其故，出半镜以合之，仍题诗曰：'镜与人俱去，镜归人不归。无复嫦娥影，空留明月辉。'陈氏得诗，涕泣不食。素知之，怆然改容，即召德言，还其妻，仍厚遗之。闻者无不感叹。仍与德言、陈氏偕饮，令陈氏为诗，曰：'今日何迁次，新官对旧官。笑啼俱不敢，方验作人难。'遂与德言归江南，竟以终老。"

徐德言与乐昌公主破镜重圆的故事，又见于《太平广记》卷一六六"气义"条。虽系夫妻间的悲欢离合，却联系着陈朝的兴亡及世俗人情，故事本身颇悲怆动人。孟棨《本事诗》所载以团圆结局，而秦观此作，非但一无团圆之迹象，其悲苦之情有甚于"本事"者。特别是《曲子》的最后两句："旧欢新爱谁是主，啼笑两难分付"，其悲剧意味较乐昌公主原诗更浓重；秦观《诗曰》的意蕴更比徐德言之题诗深刻动人，在很大程度上超出了家庭悲剧的圈子，客观上对陈后主的荒淫误国，是一种鞭笞。

当然，对受害女子的同情是秦少游词作贯穿始终的题旨之一。此首《曲子》的结句更道出了战乱之于妇女身心的双重戕害。

【集评】

1. 徐培均、罗立刚《秦观词新释辑评》：乐昌公主所经历的这段凄艳的爱情故事，情节复杂曲折，情感哀婉动人，不仅他们本人的诗歌受到后人的喜欢，而且这段故事本身也成为后来文人入诗、入词、入曲的很好的题材。作者在诗中和曲子里，都是对此事有感而发。诗以前两句简略介绍乐昌公主的身世，"最风流"三字，概括出她出众的才华与容貌。三四句，写隋兵南攻，陈朝亡国，乱世之中，乐昌公主与丈夫各奔西东，凄然别离。五六句，战乱中乐昌公主为隋兵统帅杨素所获，其中"剑拥玉人天上去"，造语极为新颖别致，极简明地勾勒出隋兵依仗武力为非作歹的暴行。末二句，写乐昌公主对自己丈夫思念不已，但身不由己，只能空携破镜观望那漫漫红尘，在千古江枫和被迫北去的辇路上留下她无尽的思念和伤情。

2. 姚蓉、王兆鹏《秦观词选》：……"楼上"以下各句，通过刻画乐昌公主的心理活动，讲述她戏剧性的人生际遇。"楼上"句以萧史、弄玉夫妻吹箫引凤、飞升成仙的典故，追怀过去的美好生活，"菱花"句以镜子的破损与蒙尘，反映现在的屈辱处境，通过今昔鲜明的对比，以"往日繁华何处"直抒国破家亡带给她的深沉悲痛。同时，"楼上"句也写出乐昌公主对过去与丈夫神仙眷侣般恩爱生活的眷念，以及对现在不知丈夫人在何方的担忧。"菱花"句还点出故事的关目，即乐昌公主与丈夫各留半镜作为信物、以便日后相认的约定，以及乐昌公主成为杨素宠妾之后自感被污、自知与丈夫相见希望渺茫的消沉心理。后来杨素为乐昌公主与其夫之间的真情打动，使他们得以破镜重圆。故事至此由悲转喜，但词作却以乐昌公主处于旧爱新欢之间"啼笑两难"的尴尬心境作结，深刻揭示出古代妇女命运不能自主的苦楚。

灼灼①

诗曰

锦城春暖花欲飞②，灼灼当庭舞柘枝③。
相君上客河东秀④，自言那复傍人知⑤。
妾愿身为梁上燕，朝朝暮暮长相见⑥。
云收月堕海沉沉，泪满红绡寄肠断⑦。

曲子

　　肠断，绣帘卷，妾愿身为梁上燕。朝朝暮暮长相见，莫遣恩迁情变。红绡纷泪知何限⑧？万古空传遗怨。

【注释】

① 灼灼：唐朝蜀中名妓。据张君房《丽情集》："灼灼，锦城官妓也，善舞柘枝，能歌水调，为幽抑怨怼之音。相府筵中，与河东御史裴质座接，神通目授，如故相识。相因夜饮，忽速召之，自此不复面矣。灼灼以软绡多聚红泪密寄河东人。"

② 锦城：即锦官城，成都的别称。三国蜀汉时管理织锦之官驻此，故名。《华阳国志·蜀志》："蜀郡西城，故锦官也。锦江，织锦濯其中则鲜明，他江则不好，故名曰锦里也。"《元和郡县志·剑南道成都府成都县》："锦城在县南一十里，故锦官城也。"

③ 柘枝：唐代舞蹈名。古代羽调有柘枝曲，商调有屈柘枝，此舞因曲而名。唐卢肇《湖南观双柘枝赋》谓此舞自西北少数民族传入，"古也郅支之伎，

187

今也柘枝之名。"有独舞、双人舞、多人舞,专舞柘枝的艺人称柘枝伎。详见《乐府诗集》卷五六《柘枝词》解题、沈括《梦溪笔谈·乐律一》、《宋史·乐志》十七。

④ 相君:指宰相。《史记·范睢蔡泽列传》:"须贾因问曰:'秦相张君,公知之乎?吾闻幸于王,天下之事皆决于相君。'"上客河东秀,意谓河东人中的佼佼者裴质是宰相的上宾。

⑤ "自言"句:自称无须依靠别人出名。傍人,依靠别人。

⑥ "妾愿"二句:取意于冯延巳《长命女》词:"春日宴,绿酒一杯歌一遍,再拜陈三愿:一愿郎君千岁;二愿妾身长健;三愿如同梁上燕,岁岁长相见。"

⑦ 红绡:红色薄绸。薛涛《试新服》诗:"紫阳宫里赐红绡,仙雾朦胧隔海遥。"

⑧ 纷泪:女子之泪。脸上擦粉,泪流遂有粉痕,故称。欧阳修《踏莎行》:"寸寸柔肠,盈盈粉泪。"

【心解】

单说这《灼灼》的好处,恐怕有人不以为然;如果将有关作品加以对照,秦词中的这一"灼灼"则不乏过人之处,比如这里省却了上述《丽情集》中灼灼与意中人之间"座接,神通目授"的故事情节,这就避开了男女主人公"眉来眼去"的俗套,着重突出了灼灼"善舞柘枝,能歌水调,为幽抑怨怼之音"的艺高情深,名满"锦城"的特点。

再比如,在这首《灼灼》出台之前,韦庄也曾写过一首《伤灼灼》诗题下注云:"灼灼,蜀之丽人也,近闻贫且老,殂落于成都酒市中,因以四韵吊之。"诗曰:"尝闻灼灼丽于花,云髻盘时未破瓜。桃脸曼长横绿水,玉肌香腻透红纱。多情不住神仙界,薄命曾嫌富贵家。流落锦江无处问,断魂飞作碧天霞。"诗中虽然也对灼灼的悲苦命运寄予同情,但突出的却是她"丽于花"的容貌、"未破瓜"的妙龄及其"桃脸"、"玉肌"的"香腻"

之气，一无新意可言，远远有逊于秦作中，女主人公以"梁燕"自拟的一腔真挚之情。

生年晚于秦观十二载的毛滂《调笑·灼灼》，其诗曰："寒云夜卷霜倒飞，一声水调凝秋悲。锦靴玉带舞回雪，丞相筵前看柘枝。河东词客今何地，密寄软绡三尺泪。锦城春色隔瞿塘，故华灼灼今憔悴。"曲子："憔悴，何郎地、密寄软绡三尺泪。传心语眼郎应记，翠袖犹芬仙桂。愿郎学做蝴蝶子，去去来来花里。"本来毛滂所作《调笑》八首中有《崔徽》、《盼盼》、《灼灼》、《莺莺》等四首与秦词相重合且在揭示女主人公的悲剧命运方面略胜一筹，如《莺莺》曲子中的"薄情年少如飞絮，梦逐玉环西去"，就比秦词的"有情人终成眷属"的俗套要好。但是这一首相反，秦词之风调怨恝雅致，而毛词的"愿郎学做蝴蝶子，去去来来花里"，则不无浅俗之嫌。

最后尚需赘言的是，对于本首"诗曰"中"相君"二句的解读。对"相君"，笔者发现只有一两处说是："相君，指宰相。"其他各家不是不加解释，就是误解为"此指裴质"。为此笔者特意在注释中写上了《史记》中的一款书证。至于对下句"自言那复傍人知"，只有一处加了注释，但那只是说"傍［páng］人即旁人。傍，通'旁'"。虽说确有傍通旁的义项，但在这里怕是不能这样解释，而傍应读作［bàng］，即依傍、"傍人门户"的意思。总之，窃以为解读一篇作品时，有的无须赘言；有的需说清故实之原义与该"文本"所取之义；有的则必须串讲。"自言"句当属后者，试作串讲如下：紧承上句，自谓我河东裴质的大名无须依傍他人告知；或解曰：我俩一见钟情，灵犀相通，无须依靠别人知会、牵线。这一拙见仅供参考，诚望指正。

【集评】

1. 杨世明《淮海词笺注》：此首咏妓女灼灼之多情。

2. 徐培均、罗立刚《秦观词新释辑评》：跟前几首在诗的开始即介绍女主人公有身份地位不同，此诗以赞美灼灼动人的歌舞开始。第一句渲染环境气氛，蜀中成都，有"锦官城"之称。古典诗词里一提起这座名城，就会使人产生春色满园的景象。"春暖花欲飞"五个字，可谓概括出了锦城最主要的特色，从这样的环境氛围中，已不难体会出丽人的靓姿。接下句"灼灼当庭舞《柘枝》"，将丽人的健舞置于大好春景之中，春景衬丽人，丽人映春光，可谓两得其美。

3. 姚蓉、王兆鹏《秦观词选》：此词叙述唐代蜀中名妓灼灼与河东人裴质一见钟情，却无缘双宿双飞，只能以红泪相寄的凄婉情事。词作略过灼灼与裴质在相府筵中眉目传情的一幕，直接抒写二人分离后灼灼的相思之情。开篇即发出"肠断"的呼号，吐露灼灼一往情深的心声。这位痴情的女子，为了能和意中人朝夕相守，竟然发出"妾愿身为梁上燕"的痴想，希望能像燕子一样飞到恋人的身旁。这一人不如燕的感叹，既表达出灼灼追求幸福爱情的强烈愿望，又反映了她作为官妓身不由己的悲哀处境。"莫遣恩迁情变"，更是灼灼斩钉截铁的爱情誓言，同时也流露出对暌离之后意中人可能情意转薄的隐隐担忧。因此，她"以软绡多聚红泪"密寄所思，送去她相思泣血的深情，也表达她希望这份感情同样为对方珍视的心愿。但是人生不如意事十之八九，灼灼的这份爱情并没有美满的结局。只有那深深的遗怨万古流传，令人同情，引人嗟叹。

采莲^①

诗曰

若耶溪边天气秋，采莲女儿溪岸头^②。
笑隔荷花共人语^③，烟波渺渺荡轻舟。
数声水调红娇晚^④，棹转舟回笑人远^⑤。
肠断谁家游冶郎^⑥，尽日踟蹰临柳岸^⑦。

曲子

柳岸，水清浅，笑折荷花呼女伴。盈盈日照新妆面^⑧，水调空传幽怨。扁舟日暮笑声远，对此令人肠断^⑨。

【注释】

① 采莲：乐府曲名之一，详见本首集评2。这里咏采莲女子，且系檃栝李白《采莲曲》而来。李白此诗曰："若耶溪旁采莲女，笑隔荷花共人语。日照新妆水底明，风飘香袖空中举。岸上谁家游冶郎，三三五五映垂杨。紫骝嘶入落花去，见此踟蹰空断肠。"

② "若耶"二句：出自上述李白《采莲曲》之首句。

③ "笑隔"句：系上述李白诗之成句。

④ 水调：曲调名。杜牧《扬州三首》之一："谁家唱水调，明月满扬州。"注："炀帝凿汴渠成，自造水调。"据胡震亨《唐音癸签·乐通二·唐曲》：水调及新水调，并商调曲。唐曲凡十一叠，前五叠为歌，后六叠为入破，其歌第五叠五言，声调最为怨切。

191

⑤ "棹转"句：此系对李白《越女词五首》之三的檃栝。李白原作为："耶溪采莲女，见客棹歌回。笑入荷花去，佯羞不出来。"

⑥ "肠断"句：亦基本出自李白诗之原句。

⑦ 踟蹰：亦见于上述李白诗之末句。

⑧ "盈盈"句：本于李白诗的"日照新妆水底明"句。

⑨ "对此"句：略同于李诗的"见此"句。

【心解】

笔者不是不知道，《淮海词》中的艳情之作，多半是为某种寄托之所需，并不是一味追求那种下作的男欢女爱。尽管这样，当我们频频读到"柳腰"、"臂妆"、"襟泪"、"愁鬟"、"娇眸"一类字眼儿时，也很腻味；而读这首《采莲》则有一种神清气爽之感，此系秦词中少有的清新之作，值得为之点上一赞。

此首之所以别有所长，洵非偶然。词人不仅生长在水乡，还曾多次出游，去过大江南北不少荷莲之乡，特别是元丰二年跟随苏轼遍游湖州等地后，又到越州探亲。从"小荷才露尖尖角"，直到"莲子已成荷叶老"，对于"越女"们在"烟波渺渺"中荡舟采莲的劳作屡屡亲眼所见，有着近距离的观察和一定的生活基础，这是创作出好作品的前提。可贵的是词人并未就此满足，他还熟读了这方面最有代表性的前人作品，从而为己作增添了不少亮点。这就是词人对于李白的相关作品的借鉴和吸收。

说来很巧合，天宝六载（747）李白的吴越之游所经路线，有不少地方秦观也去过，所以对李白此行所写的《采莲曲》和《越女词》读来尤为亲切，与自己的取材和构思一拍即合，所以干脆将有的成句照搬过来，有的将李作的一句化作两句，有的则将两句并成一句，具体操作详见本首注释。

然而从另一角度看，短短的一诗一曲，对于李白作品的照搬成句和各种取意、用词竟达七处之多，几近抄袭，这在当今怕是要产生版权纠纷的，值得警惕，颇有不可取的一面。

此词总体上不仅没有达到李白的"清水出芙蓉，天然去雕饰"的水准，还在一定程度上暴露了秦作的短板。比如李白所写的是优美欢快的劳动场面和令人欣悦的"越女"气质。再比如李诗中的"岸上"以下数句，是对游手好闲的"游冶郎"的嘲讽，读之令人忍俊不禁，而秦词仿佛为"游冶郎"的不被理睬的"幽怨"而叹惋。高下自是不同。

【集评】

1. 杨世明《淮海词笺注》：此首咏采莲女子。

2. 徐培均、罗立刚《秦观词新释辑评》：《采莲》是古时一种歌曲的名称，原为乐府旧题，作辞者甚多，多写若耶溪边越女采莲生活的风姿与情趣。随着艺术形式的发展，不仅《采莲》歌辞与曲调日益繁多，组合日益紧密，而且还出现了乐、舞、歌结合得更为优美的形式。根据马端临《文献通考》卷一四六《乐考》称，宋代的《采莲》已进入教坊中，并有了专门的演舞队，舞女"衣红罗生色绰子，系晕裙，戴云鬟髻，乘彩船，执莲花"。从宋末周密《武林旧事》的记载以及近人王国维对宋元时期戏曲的考证中，不难看出，直到南宋时，戏剧表演基本上还是歌者与舞者各自分工的阶段，尚未发展到元杂剧那样唱念做打集于一人之身的阶段。但是，从宋代的《采莲》舞以及这里诗词转踏的歌乐形式来看，秦观所作歌辞，极有可能就是配《采莲》舞歌唱的。也就是说，宋代的《采莲》舞已经开始跟转踏的艺术形式结合起来了，这在戏曲史上是有重要意义的事。

3. 姚蓉、王兆鹏《秦观词选》：此词描写江南采莲女，于轻巧明快中略含伤感幽怨，兴味隽永。词作开篇即描摹出一幅清新淡雅的采莲画面：河水清浅的柳岸边，驾着小船采莲的姑娘们一边折着荷花，一边含笑呼唤女伴。她们盈盈的姿态，似迎风摇曳的荷叶一般婀娜；她们新妆的笑靥，犹如鲜艳盛开的莲花一样醒目。到了黄昏，姑娘们说说笑笑，掉船归去。人面荷花相映红的美景消失了，热闹的水面恢复了平静。痴痴望着扁舟远去的方向，听着不知何处传来的幽怨水调声，作者心中忽然涌起令人断肠的悲感。他到底为什么肠断呢？词作至此戛然而止，引人遐思，余味无穷。以乐景写哀景，是此词的一大特点。通过轻盈欢快的采莲画面，引出幽怨感伤的情感表达，从而达到"以乐景写哀，以哀景写乐，一倍增其哀乐"（王夫之的《姜斋诗话》）效果。

虞美人

碧桃天上栽和露①，不是凡花数。乱山深处水萦回②，可惜一枝如画为谁开？　　轻寒细雨情何限，不道春难管③。为君沉醉又何妨，只怕酒醒时候断人肠。

【注释】

① 碧桃：今为桃的变种。落叶小乔木。春季开花，重瓣，有白色、粉红、深红等，可供观赏和药用。宋时，有一部品评花卉的著作《花经》将碧桃升到三品七命，而桃花则只是五品五命。这里则谓碧桃是天上的神品。首二句化用高蟾《下第后上永崇高侍郎》诗："天上碧桃和露种，日边红杏倚云栽。"

② 萦回：盘旋，回绕。王勃《滕王阁序》："鹤汀凫渚，穷岛屿之萦回。"

③ "轻寒"二句：意谓春既以其轻寒细雨的情意（滋润）着碧桃，但它又将无法约束的很快消逝。不道，不知、不觉的意思。

【心解】

论者对此词的理解，可谓同中见异。

其一：甚信或深信《绿窗新话》所引杨湜《古今词话》所谓此词之"本事"（详见"集评"），且对词人词作予以较高评价。

其二，既信"本事"说，又谓词人"造次失礼"。

其三，对"本事"说不予理睬，而称："这是一首托物寓怀、自伤身世的小词。词中所咏的幽独不凡的花，实即词人高洁品格与不幸遭际的一种象征。"

其四，有分析、有保留地看待此词"本事"，并将词作置于一定的创作背景之中。

这里试遵循后面一种做法，分析一下"本事"有否可取之处。"本事"所出的《绿窗新话》虽然是一部笔记传奇小说集，旧题皇都风月主人撰，实则作者姓名年里无可考。这类小说家言不可轻信，但这则"本事"却引自杨湜《古今词话》。此著虽多出于传闻，但传闻也不都是空穴来风。比如关于"秦少游寓京师，有贵官延饮，出宠姬碧桃侑觞……少游即席赠《虞美人》词"云云，还是颇可信从的。名人、胜流为达官贵人所敬重，设盛宴款待，这在宋代屡见不鲜。以东坡为例，即使在其人生低谷的谪居黄州前后四年左右，出席过贵人盛宴难计其数，但至少有将近三十首词是专为侑觞的歌伎，乃至贵人后房（后房，原指姬妾所居之处，亦用为姬妾的代称）所作，像黄州太守徐君猷的后房四人皆多次得到东坡所赠之词，即使徐氏改任，姬妾落籍从良，东坡则继续做词相赠。相比之下，秦观的这类词作为数不算多，况且这首词本身无甚可非议之处，谈不上时而为"阖座悉恨"，时而"满座大笑"，诸如此类的记载，倒是不可轻信，什么"今日为学士拼了一醉"、"今后永不令此姬出来"云云，不无杜撰之嫌。

与东坡诸多赠伎词的路数相仿，秦观也是借物喻人。只不过东坡所咏为荷花、菊花等等，秦观则以宋代品味殊高的碧桃来抒情咏怀，借题为所咏人物唱赞歌。

【集评】

1.《绿窗新话》卷一引杨湜《古今词话》：秦少游寓京师，有贵官延饮，出宠姬碧桃侑觞，劝酒惓惓，少游领其意，复举觞劝碧桃。贵官云："碧桃素不善饮。"意不欲少游强之，碧桃曰："今日为学士拼了一醉。"引巨觞长饮。少游即席赠《虞美人》词曰："碧桃天上栽和露……"阖座悉恨。贵官云："今后永不令此姬出来。"满座大笑。

2. 杨世明《淮海词笺注》：此词宴间写赠主人之宠姬碧桃者，当是元祐中京师所为……

3.《唐宋词鉴赏辞典·唐·五代·北宋》刘学锴：托物自寓之作，大多含蓄不露，但也有直接点到自己的，如骆宾王《在狱咏蝉》尾联："无人信高洁，谁为表予心？"李商隐《蝉》尾联："烦君最相警，我亦举家清。"物、我之间或合或分。这首词的结拍二句也是如此。前六句咏花，即以自寓；后二句"君"我分举，但从我对花的同情中自可看出同病相怜。因此无论分、合，花都不妨看作词人身世遭际的象征。 这首词在表现上的显著特点，是基本上不用赋法，避免作正面的描绘刻画，纯以唱叹之笔，于虚处传神，所以特富于风致情韵。

4. 周义敢、程自信、周雷《秦观集编年校注》（下）：此词为某贵官之宠姬碧桃而作，并以碧桃自怨自艾之口吻出之。杨湜《古今词话》，载此词本事……词话中提及少游寓京师，仕为学士，可知此词作于元祐后期。

5. 徐培均、罗立刚《秦观诗词文选评》：作为一首席间赠贵官侍姬的作品，当然跟一般赠妓之作不同，不可能有露骨的绮情艳思，却必须与筵间欢娱气氛相吻合，侑酒助欢，而且还要暗中逞才，以便获得赏识。从这几个方面来衡量，这首词可以说是一首成功的席间赠品，抒情写意，皆有分寸，体现出词人"对客挥毫"的敏捷才华与高超的驾驭语言的能力。 通过此词本事，我们不得不佩服词人才思的敏捷，文思的巧妙。同时，借此也可以略窥宋代文人生活的某些侧面。

6. 姚蓉、王兆鹏《秦观词选》：《绿窗新话》说此词乃少游元祐年间为一位名叫碧桃的贵官宠姬而作，如此则词作可谓咏花、咏人浑然一体。对花的赏爱，亦是对人的赞颂。对花的怜惜，亦是对人的同情。为花沉醉，不乏对如花之人的同病相怜之意，又隐微透出词人的身世之感。于咏物中寄寓多重意韵，令人回味无穷。

南歌子

赠东坡侍妾朝云①

霭霭凝春态，溶溶媚晓光②。不应容易下巫阳，只恐翰林前世是襄王③。　暂为清歌驻，还因暮雨忙④。瞥然归去断人肠⑤，空使兰台公子赋高唐⑥。

【注释】

① 东坡侍妾朝云：苏轼《朝云墓志铭》云："字子霞，姓王氏，钱塘人。敏而好义，事先生二十有三年，忠敬若一。绍圣三年七月壬辰，卒于惠州，年三十四。八月庚申，葬之丰湖之上，栖禅山寺之东南。生子遁，未期而夭。盖常从比丘尼义冲学佛法，亦粗识大意。且死，诵《金刚经》四句偈以绝。铭曰：'浮屠是瞻，伽蓝是依。如汝宿心，惟佛之归。'"

② "霭霭"二句：以密云流水状朝云形貌。霭霭，云盛貌。陶潜《停云》诗："霭霭停云，蒙蒙时雨。"溶溶，水流貌。杜牧《阿房宫赋》："二川溶溶，流入宫墙。"

③ "不应"二句：以"巫阳"、"襄王"比拟王朝云与苏东坡的前世今生。一说"高唐"事，非襄王，应为楚怀王。详见"集评"。

④ 暮雨：《高唐赋序》："旦为朝云，暮为行雨，朝朝暮暮，阳台之下。"这里以朝云暮雨之典比拟苏东坡与王朝云之间的情爱与欢会。

⑤ 瞥然：极短暂。

⑥ 兰台公子：宋玉《风赋》："楚襄王游于兰台之宫，宋玉、景差侍，有风飒然而至。"兰台，楚台名。相传故址在今湖北钟祥县东。又汉代宫内藏书之地名兰台。东汉班固曾为兰台令史，受诏撰史。唐高宗龙朔二年改秘书省为兰台。秦观尝任职秘书省，又迁国史院编修官。故借以自称。

【心解】

或因此词不见于《淮海居士长短句》，有些秦观词读本未予选入；也有论者称此首与东坡《西江月》（玉骨那愁瘴雾）皆系朝云死后作。即使苏轼的这首《西江月》确系朝云死后所作，而秦观的这首《南歌子》中的内证则表明系于苏轼为"翰林"，秦观自比"兰台公子"的元祐年间，并可进而系于秦观任职秘书省或迁国史编修官之时，亦即元祐五年至八年（1090—1093），此其一；其二，既有论者以苏轼《南歌子》（云鬟裁新绿）和《朝云诗》为例，证明此系苏、秦于元祐年间的唱和之作；亦有论者称东坡的"云鬟裁新绿"是绍圣二年春在惠州为詹太守的"舞妓"所作。这二种见解均详见本首之"集评"。由此可见，这首题作"赠东坡侍妾朝云"词，是否秦观所作、作于何时、东坡有否"和作"等，一时均难以断言。

这里之所以认为此词系秦观所作，主要是基于以下两方面的可能性：一方面是秦观从蔡州来到汴京后，接连写了《调笑令十首》以及《虞美人》（碧桃天上栽和露）等多首以真实的女性人物为主人公的词作，且颇为风行一时，在此背景下，长于戏谑的苏东坡"尝令（朝云）就秦少游乞词。少游作《南歌子》赠之"，不是没有可能；另一方面是在苏、秦的心目中，朝云不亚于巫山神女，东坡亲笔所作有关朝云的疏铭诗词共计十三篇之多，而朝云又堪称是苏轼的红颜知已，比如说"东坡一日退朝，食罢，扪腹徐行，顾侍儿曰：'汝辈且道是中何物？'一婢遽曰：'都是文章。'坡不以为然。又一婢曰：'满腹都是机械。'坡亦未以为当。朝云乃曰：'学士一肚皮不合入时宜。'东坡捧腹大笑。"这件事因为被毛晋收辑在《东坡笔记》之中，早已广为人知；还有一件鲜为人知的事更是朝云在苏轼心中的分量所在。这就是东坡与朝云的"老儿子"小名幹儿的出生。当苏轼因"乌台诗案"被贬黄州——北宋元丰年间的黄州只是长江边上的一个荒僻小镇。初来乍到时，苏轼曾发出"黄州真在井底"的哀叹。在这里四五年之久，虽说苏轼的处境一直未见好转，但其心态前后几有天壤之别，正如他在《次韵答元素》一诗的末句所云："已将地狱等天宫"。对于这种变化，有论者曾提到受庄子影响所致。除此之外，其家庭生活的苦中有乐，特别是朝云此时所生的幹儿，给这个不幸的家庭带来莫大的欢乐和希望，朝云也随之成为苏轼和秦观所颂扬的对象，倒也是顺理成章的。

令人一则以喜，一则以忧的是这首词竟成了苏轼及其门人乐极生悲的转折点。此后随着厄运的不期而至，似这般不无轻佻之嫌的欢愉之词再也不复出现了，取而代之的是清一色的悲苦之作。《踏莎行》、《鹊桥仙》等《淮海词》的压卷之作，大都产生在词人被贬谪、削秩之后。

【集评】

1.《苕溪渔隐丛话》前集卷五十引《漫叟诗话》云："高唐事乃楚怀王，非襄王也。若古人云：'莫道无心便无事，也应愁杀楚襄王。'少游词云：'不应容易下巫阳，只恐翰林前世是襄王。'皆误用也。"……苕溪渔隐曰："《文选·高唐赋》云：'昔者，楚襄王与宋玉游云梦之台，望高唐之观，其上独有云气，王问玉曰：此何气也？玉对曰：所谓朝云者也。昔者，先王尝游高唐，怠而昼寝，梦见一妇人曰：妾巫山之女也。'李善注云：'楚怀王游于高唐，梦与神遇。'则《漫叟诗话》之言是也。然《神女赋》复云：'楚襄王与宋玉游于云梦之浦，使玉赋高唐之事，其后王寝，梦与神女遇，其状甚丽。'

以此考之，则楚襄王亦梦与神女遇。但楚怀王是游高唐，楚襄王是游云梦，以此不可雷同用事耳。"

2.《百家唐宋词新话》曾枣庄：……此词上阕以巫山神女比朝云，以楚襄王比苏轼，谓神女般美丽的朝云是不肯轻易许人的，只恐苏轼前生是襄王，所以才得到了朝云。下阕言朝云因"清歌"而暂住，随即匆匆归去，说自己枉自为她写了一首《南歌子》，而未能尽情欣赏她的歌喉。　　诗话词话多小说家言，未可尽信。但这则记载，证之苏轼诗词，却十分可信。苏轼也有一首《南歌子》："云鬟裁新绿，霞衣曳晓红。待歌凝立翠筵中，一朵彩云何事下巫峰。　　趁拍鸾飞镜，回身燕漾空。莫翻红袖过帘栊，怕被杨花勾引嫁东风。"苏轼这首词，旧注既未编年，又未注本事。如果把苏、秦这两首同调词做一比较，显然写的是同一人，同一事，而苏词系答秦词而作。秦把朝云比作巫山神女，苏亦说"一朵彩云何事下巫峰"；秦说她"暂为清歌驻"，苏亦说她"待歌凝立翠筵中"；秦写到她"瞥然飞去"，苏亦说她"回身燕漾空"；秦说自己见她归去而断肠，苏亦戏答以归去之因："怕被杨花勾引嫁东风。"两词可谓丝丝入扣。秦词称苏轼为"翰林"，说明两首词均作于元祐年间苏轼在京任翰林学士时。

3.《苏轼词新释集评》（下）饶学刚：《南歌子》（云鬟裁新绿）作于宋哲宗绍圣二年（1095）春。是时，东坡在惠州贬所。詹范太守尝宴游东坡，出以侍姬歌伴舞陪。东坡感于飘逸舞韵，作此词以颂之。故毛本词题作"舞妓"。有人说此词是赞朝云，不可置信。一是东坡自黄州纳朝云为妾以后，不再称她为妓；二是朝云系歌女而不是舞女。如若此词作于惠州，朝云已病魔缠身，何以"鸾飞"、"燕漾"？

4. 周义敢、程自信、周雷《秦观集编年校注》

（下）：……《东坡乐府》中有《南歌子》，同写朝云，为答秦词而作。秦词称苏轼为"翰林"，自比"兰台公子"，足见作于元祐六年。

5. 徐培均、罗立刚《秦观诗词文选评》：有人认为高唐遇神女者为楚怀王而非襄王，少游这里以苏轼喻襄王，似与本事不合。实际上并非如此。顷襄王因宋玉赋《高唐》而梦遇神女，注释中已说明，此其一。作者这里以顷襄王为喻，还为后面"兰台公子"作映衬。因为宋玉是侍襄王而赋《高唐》，其称"兰台公子"，与怀王无涉。作者与苏轼既有师生之谊，又有同游之欢，更有赋《高唐》（作此词赠朝云）之约，皆类似于宋玉之于顷襄王。此其二。知此，则不但不会觉得词人用事出错，反而会认为他运思缜密入微，用事稳妥熨帖了。少游词风婉约，且多幽怨凄婉之词，而这首词则出语诙谐，节奏明快，洋溢着一种轻松愉快的气氛。这一点很值得研究淮海词者重视。

望海潮

　　梅英疏淡①，冰澌溶泄②，东风暗换年华。金谷俊游③，铜驼巷陌④，新晴细履平沙。长记误随车⑤。正絮翻蝶舞，芳思交加⑥。柳下桃蹊⑦，乱分春色到人家。　　西园夜饮鸣笳⑧。有华灯碍月，飞盖妨花⑨。兰苑未空⑩，行人渐老⑪，重来是事堪嗟⑫。烟暝酒旗斜。但倚楼极目，时见栖鸦。无奈归心，暗随流水到天涯。

【注释】

① 梅英：梅花。苏轼《浪淘沙》词："料想春光先到处，吹绽梅英。"

② 冰澌：解冻时流动的冰。多本误作"冰澌"，"澌"是尽、消失的意思。

③ 金谷俊游：金谷胜友。金谷，地名，又名金谷涧，在洛阳西北，因金水流经此谷而得名。晋石崇筑金谷园于此，遂成宴游胜地。

④ 铜驼：铜铸的骆驼，古代用以置之宫门外。铜驼巷陌，指洛阳置有铜驼的街巷。《太平寰宇记》三"洛阳县"引陆机《洛阳记》："汉铸铜驼二枚，在宫之南四会道，夹路相对。俗语曰：'金马门外聚群贤，铜驼街上集少年。'言人物之胜也。"

⑤ "长记"句：意谓错随人家女眷车辆。长记，犹言尝记，曾经记得。误随车，语出韩愈《嘲少年》诗："只知闲信马，不觉误随车。"此处借以自嘲。

⑥ 芳思：这里指美好的理想。

⑦ "柳下"句：《汉书·李广传赞》："谚曰：'桃李不言，下自成蹊。'此言虽小，可以喻大。"颜师古注："蹊，谓径道也，言桃李以其华实之故，非有所召呼，而人争归趣（趋），来往不绝，其下自然成径，以喻人怀诚信之心，故能潜有所感也。"这里既写桃柳争妍，春色宜人，又以喻实至名归，

享有时誉。

⑧ "西园"句：写名园盛宴。西园，名园之代称。一说指洛阳上林园。见张衡《东京赋》李善注。一说指北宋时汴京王诜的花园。这里的西园实系泛指，不必坐实。

⑨ 飞盖：车盖如飞。陶潜《咏荆轲》："登车何时顾，飞盖入秦庭。"

⑩ 兰苑：对园林的美称，此处指西园。

⑪ 行人：出行的人，此系作者自指，其于绍圣元年被谪南行。

⑫ 是事：即事事，凡事。

【心解】

　　在对此词的接受和解读过程中，由于诸种明刊本题作"洛阳怀古"，使得包括笔者在内的不少人为之走过一段弯路。比如，曾有多种论著以为此词系绍圣元年，秦观自国史编修南谪杭州通判，重过洛阳所作。这主要是因为词中写到了"金谷"、"铜驼"等洛阳的名胜景观的缘故。其实这只是词人的一种"手法"，就像隐居杭州西湖孤山，二十年足不及城市的林逋，他的被王国维称之为"绝调"的、所咏之春草的生长地，竟写成"金谷园"。实则林、秦二词均非"当下"游览"金谷"之所作。就秦观此次行程而言，洛阳在汴京以西，与其谪赴杭州的去向相反，岂可背道而行？秦观有一位异代乡贤，所写《秦少游评传》中附有一幅传主的仕途、出游、被贬路线图，很直观，其仕途只是从蔡州所在地汝南到开封短短的一段途程，其出游里程；不算多次往返于高邮、扬州等地的里数，仅一次性的游程，也足有其仕途的二十倍。而被谪后，从汴京启程，经泗州、镇江、无锡，一路往东再往南，直至处州所在地浙江丽水为一站，没有重返洛阳。

　　比之秦观此行是否经过洛阳歧见更大的是，词中写到的"西园"的具体所指：一种说法是"宋哲宗元祐二年……王诜家里举行的那次西园雅集"的"西园"；另一种说法是指汴京西南方位的金明池、琼林园。窃以为后者更合理一些。因为早在秦观遭贬之前的元丰二年，因"乌台诗案"牵连曾经获罪的王诜，此时的处境，当与苏轼的其他同党类似岌岌可危！作为罪臣秦观如果贸然前往王诜的私家花园，岂非自讨没趣！

对于此词，周济堪称为人所公认的解人。他说："两两相形，以整见劲，以两'到'字作眼，点出'换'字精神。"仅仅几句话，极为扼要地指出了此词的结构特点。所谓"两两相形"，即以今昔交替、物候世事对比的形式展开铺叙，而"乱分春色到人家"和"暗随流水到天涯"，极精确传神地檃栝了上下片的题旨。前者以春意倍浓之景，反衬不胜今昔之感，而后者"重来是事堪嗟"句，与"暗换"之意遥遥相应，极言其百无聊赖，无可奈何之意。一片恋阙之"归心"，只得"暗随流水"，听从命运之摆布远走天涯。这大约就是周济所说的"换"字的"精神"之所在。对于此句尚有另一种别样解读，试加移录："所谓'东风暗换年华'，隐约指高太后去世后哲宗亲政，一变前法，众人被迫远离京城之事，'行人渐老，重来是事堪嗟'，有不胜今昔之叹"（彭国忠《元祐词坛研究》，第25页）。

《白雨斋词话》的作者陈廷焯很欣赏"柳下桃蹊"二句，说它"最深厚，最沉着"、"思路幽绝，其妙令人不能思议。"认为比《踏莎行》的"郴江幸自绕郴山，为谁流下潇湘去"二句"尤为入妙"。那么，"柳下"二句到底好在哪里，它的"入妙"和"幽绝"何在？

首先，此二句恰如"桃蹊"之本意，暗喻作者等"俊游"，都是桃李不言具有真才实学的人，但而今物是人非，这些"俊游"到头来落得个"行人渐老"、"是事堪嗟"。对于以"浅斟低唱"为时尚的词来说，这样的意蕴，确实称得上"深厚"、"入妙"。

其次，此词固如前人所言"后半阕若陈、隋小赋缩本，填词家不以唐人为止境也"（谭献《谭评词辨》），显示了对于词的题材和体制之开拓和翻新。但前半阕也不像人们对秦词的习惯看法那样——单写冶游之事。如上所述，其中含有前程暗淡，俊游渐老的幽绝思路。

【集评】

1. 陈匪石《宋词举》：……"兰苑"二句，一承一转。"重来是事堪嗟"一拍合，与"暗换"遥遥相应，开后人门径不少。"烟暝酒旗斜"，冷落之象，与下文"时见栖鸦"，皆反映过变三句。"但倚楼"九字，实申说"堪嗟"也。当此之时，极无聊赖，只有思归。极目天涯，寄情流水，以此作收，无限四顾苍茫之感。"无奈"是无可奈何，并非转笔，且直承上句而来。"暗随"字、"到"字，亦非轻下者。周济谓"前后两'到'字作眼，点出'换'字精神是也。"至此词局度安详，语意婉约，气味醇厚，则少游之本色。

2. 《中国历代著名文学家评传》唐圭璋、潘君昭：从元祐三年到绍圣元年这五年间，秦观先后供职于太学、秘书省和国史院，所交游的是许多馆阁名流，休假之日也经常去各处名园胜迹游赏。他的《西城宴集》诗就是记叙元祐七年三月上巳日皇帝有诏赐馆阁官员"花酒"，与宴者共二十六人，他们在游赏过金明池、琼林苑后，又会于国夫人园，这是一次盛会，真如诗中所说："宜秋门外喜参寻，哀丝豪竹发妙音"。这次游宴留给他美好的回忆，当他在两年后，即绍圣元年春被贬离京之前，曾旧地重游，不胜感慨地写下了那首有名的《望海潮》（梅英疏淡……）词中所说的金明池和琼林苑，都在汴京的西郊，而金谷园、铜驼街等为洛阳胜迹，在此为借指。作者回忆起那个新晴的日子，他漫步西郊平野，但见桃李芬芳、絮翻蝶舞；在飞絮濛濛、落红片片的迷离景色中，他无意中误随了别家的车子，因而产生了一次误会，也是一次艳遇，"乱分春色到人家"，是写景兼抒自己当时的心情。　　下片回忆春夜游园，"碍月"、"妨花"都是化静为动，用来形容夜宴的豪华。"兰苑"三句由昔到今、一唱三叹；目前旧地重游，已是繁华销歇，不堪回首，真是一往情深，万种感慨。接着写斜阳下烟暝柳昏，徒然令人兴起无限感喟，这时一片乡心，油然而生，但也只能寄情于流水了。　　这首词虽然不像《满庭芳》那样盛传一时，使秦观获得"山抹微云君"（东坡语）的美称，但读来温婉平易，情韵极胜；炼字琢句又精美绝伦，谭献称其似"陈隋小赋"（《词辨》）可以够得上"倩丽如桃李"的评语。

3.《唐宋词鉴赏辞典·唐·五代·北宋》程千帆、沈祖棻：这首词，宋本《淮海居士长短句》无题，汲古阁本《淮海词》题为《洛阳怀古》。细玩词意，乃是感旧而非怀古；且作词之地也为汴京而非洛阳。至其作期，则在绍圣元年（1094）春，即朝局大变、旧党下台、新党再起，他因此贬官即将离京之时……这首词的结构有些特别。一般的词，都从换头处改变作意，如上片写景，下片写情，或上片写今，下片写昔等。此词也是以今昔对比，但它是先写今，再写昔，然后又归到今。忆昔是全篇的重点，这一部分通贯上下两片，而不是从换头处换意。

4.《百家唐宋词新话》杨世明：随车，当是赴西园宴集，由于途中贪看景致，以致错跟了车。有意错随女眷车子，那是早已有之。鲁迅说："上海的摩登少爷要勾搭摩登小姐，首先第一步是追随不舍，术语谓之'钉梢'。……今看《花间集》，乃知道唐朝就已经有了这样的事。那里面有张泌的《浣溪沙》调十首，其九云：'晚逐香车入凤城，东风斜揭绣帘轻，慢回娇眼笑盈盈。

消息未通何计是？便须伴醉且随行，依稀闻道太狂生。'"这种随车，完全是轻薄无赖之行。秦观词中所说的则是一种误会。不过误会也太深，词人一直欣赏风光，柳径桃蹊，以至到了女子的家门才发觉。双方顾盼之间，甚为有趣，这给多情的词人留下的印象是太深长了。词中虚拟洛阳，实写汴京，虚虚实实，盖有忧谗畏祸之意在焉。又词以实景起，实感结，而中间虚写往事，虚实相衬，今昔对比，含蕴很深，颇耐咀嚼，的是佳作。

5. 周义敢、程自信、周雷《秦观集编年校注》（下）：此首作于元祐九年初春。是年四月，改元绍圣，作者重游汴京西郊名园金明池、琼林苑，感慨赋此。哲宗亲政之后，重用新党，黜废元祐党，时局遽变，词人出为杭州通判。

6. 刘乃昌、朱德才《宋词选》：绍圣元年（1094）哲宗亲政，元祐旧臣被贬逐，秦观亦坐党籍调离汴京。本篇为当年春间离京前追怀旧游之作。起三句由梅疏冰溶表明冬去春来，"东风暗换年华"略点春光依旧而年光非昔。"金谷"以下到"华灯"、"飞盖"，均写当年春日京华俊游盛况，"长记"句，乃追忆中情事。京华春光之美，夜宴冠盖之盛，"误随车"之少年浪漫，令人神往。"兰苑"三句，说明物华如旧、行年渐老，与"暗换"呼应，且发出深长感喟。以下转入眼前景，烟暗风絮，天宇无际，栖鸦飞掠，面对行将远谪天涯的前程，颇如栖鸦无奈，顿生何枝可依之感。忆昔伤今，以往日俊游，反衬今夕寥落，一为"春色到人家"，一为"流水到天涯"，"暗换"意脉，贯通全章，愁思满楮。

7. 徐培均、罗立刚《秦观诗词文选评》：宋哲宗元祐二年（1087），秦观曾因苏轼等人举荐，自蔡州入京举贤良方正科，因而有机会参加了苏轼等人在驸马都尉王

209

诜家里举行的那次西园雅集。对于秦观而言,参与这样的盛会,结交当时文坛才俊,不仅是十分荣幸的事,而且在某种程度上还意味着迎来仕途的顺利与畅达,因此,这次雅集令他终生难忘。 但是,激烈的党争,把作者卷进了漩涡之中。到作者写这首词的宋哲宗绍圣元年(1094)暮春,情况发生了巨变。当时作者是在汴京任国史院编修,因新党重新上台,他被指为"影附苏轼",篡改《神宗实录》,入元祐党籍,出为杭州通判(中途改贬监处州酒税)。临行前,词人重游友人王诜家的西园,作此词以抒身世之感。

8. 姚蓉、王兆鹏《秦观词选》:词作按照"今—昔—今"的时间结构展开叙述。上阕前三句写今景,以梅花渐疏、冰澌渐溶等景物变化勾勒出一幅大地回春的图景。春天的到来,往往给人喜悦和希望,但词人于此体会到的"暗换年华",却不仅写出自然年光的变化,更暗含政局的变化给他带来的不安之感。从"金谷俊游"到"飞盖妨花",都是词人对往昔春游场景的美好回忆。这一回忆,又分为两个片断:上阕写与好友同官尽情游春,陶醉在"絮翻蝶舞"、春色乱分的美景中,以致"误随车"而不自觉。下阕重点写"西园夜饮"的场景,以"华灯碍月,飞盖妨花"突出了宴会的盛况。这两个记忆片断,展现了作者往昔的春风得意。然而一句"重来是事堪嗟",不仅将词作的时间从过去转向现在,也使词作的情感基调由欢快转向沉郁……

风流子①

东风吹碧草，年华换、行客老沧洲②。见梅吐旧英③，柳摇新绿，恼人春色④，还上枝头，寸心乱，北随云黯黯⑤，东逐水悠悠。斜日半山，暝烟两岸，数声横笛，一叶扁舟。　　青门同携手⑥，前欢记、浑似梦里扬州⑦。谁念断肠南陌⑧，回首西楼。算天长地久，有时有尽，奈何绵绵，此恨难休⑨。拟待倩人说与，生怕人愁。

【注释】

① 风流子：又名《内家娇》，原为唐教坊曲，用为词调有一个很长的演变过程，其"本意"也各不相同。一说为"风流，言其风美之声流于天下。子者，男子之通称也"（详见刘良《文选》注）。另一说为"长安有平康坊，妓女所居之地，京都侠少萃集于此，兼每年新进士以红笺名纸游谒其中，时人谓此坊为风流薮泽"（详见王仁裕《开元天宝遗事》）。此调在唐末宋初为单调小令，如《花间集》所载孙光宪此调三首，即为单调三十四字，八句六仄韵，且系"本意"词。北宋词家多未涉足此调，秦观几为最早选用此调者，所作"东风吹碧草"一首属慢词体，双调，一百一〇字，上片十二句四平韵，下片十句四平韵。与秦观同时而稍后的贺铸、张耒、周邦彦也曾写过慢词体的《风流子》。周邦彦属新党，其词入大石调，意蕴近似孙光宪的上述同调词。而贺铸的"念北里音尘，鱼封永断"、张耒的"芳心一点，寸眉两叶，禁甚闲愁。情到不堪言处，分付东流"等词句，与秦词颇有声口相通之处。至于对秦观此词意蕴的全面了解，请参考本首之"心解"部分。

② "东风"三句：与前一首《望海潮》起拍三句字面略同，而所写物候有异。

前者写的是梅英初放、新草未生的早春天气。此首虽然有的版本题作"初春",实则"碧草"已生,春色正浓。行客,行路的人;旅客,这里是作者自指。沧洲,原指滨水的地方,指隐士居处。谢朓《之宣城郡出新林浦向板桥》诗:"既欢怀禄情,复协沧洲趣。"这里指行客栖息之地。

③ 旧英:指梅花开放有日,暗喻早春已过。

④ 恼人春色:意谓春色撩拨人心,令人烦恼。王安石《夜直》诗:"春色恼人眠不得,月移花影上阑干。"

⑤ 黯黯:深黑。蔡邕《述行赋》:"玄云黯以凝结兮,集零雨之溙溙。"

⑥ 青门:汉长安城东南门。本名霸城门,俗因门青色,呼为青门。详见《三辅黄图》卷一。这里借指汴京城门。

⑦ "前欢"二句:谓往日的欢乐如同一场梦。张说《谏避暑三阳宫疏》:"规远图而替近适,要后利而弃前欢。"浑似,全似。梦里扬州,即扬州梦。谓追思感旧,繁华如梦。杜牧《遣怀》诗:"十年一觉扬州梦,赢得青楼薄幸名。"

⑧ 断肠南陌:指与同僚、友人悲痛相别。断肠,形容悲痛到极点。南陌,南面的道路。这里与"南浦"意同,指送别的地方。

⑨ "算天长"四句:用白居易《长恨歌》:"天长地久有时尽,此恨绵绵无绝期"之意,喻"行客"之离恨。

【心解】

　　对于这首词的解读,首先应着眼于"风流"一词的考察。常用工具书中,它有七个义项,至少有五个与词调"风流子"的"本意"相契合。基于"子"指"男子"的义项,人们眼中"风流倜傥"的秦少游也遂以"风流"自命,诸如"风流寸心易感"(《沁园春》)便是。那么,《风流子》这一词调的选取,就等于秦观用来表示"这就是我!"

　　笔者在浏览有关秦少游的一些读物中注意到,论者大都以为此系秦观被谪之初的绍圣元年所作,只有一处认为是抒发科举失意的身世之感,而笔者则信从多数论者所持前一种见解。具体说来,此系紧接前一首《望海潮》所作，也就是说，前者写于初春，这一首则写于"碧草"已生，春"上枝头"时节。联系作者行实，绍圣元年（1094），因坐党籍，改馆阁校勘出通判杭州。途中又因被劾增损《实录》，再贬监处州酒税。此词当是赴处州途中所作，作者四十六岁。

在前一首《望海潮》中，作者怀念的是"金谷俊游"。从此首的"青门同携手"等句判断，其所忆念的昔日生活，恐怕主要不是冶游之事；"南陌"分手的人，也不会是什么"红袂"、"娉婷"等女流，而是能够与其"携手"出入都门的同僚或师友，只是碍于党争的缘故，故隐其意罢了。

本词以往不大为人注意，但它的内容恰恰说明，秦观不是那种专写艳情词的轻佻嫖客。他的遭遇非常不幸，词中"行客老沧洲"等句就是这种遭遇的写照。所谓"北随云黯黯"，则以来自北方的压顶黑云，象征其所遭受的政治迫害；而"东逐水悠悠"的"悠悠"，亦当如《诗经》、《十月之交》篇的"悠悠我里"所写的内心忧伤的物化，逐客情怀，恰如东流之水，悠悠不断。

结拍"拟待"二句说明，秦观是一个能为他人着想的心地善良的人。本来他是受苏轼的牵连被贬的，"一叶扁舟"和"此恨难休"说明其处境的孤独和险恶。蒙受不白之冤，按说应该向人倾吐，请（倩）人帮忙，但作者考虑的是"生怕人愁"，也就是怕连累别人。在尔虞我诈的封建官场上，像秦观这样的嫩好心肠的人，洵为罕见。

【集评】

1. 黄苏《蓼园词评》：此必少游被谪后，念京中旧友而作，托于怀所欢之辞也。情致浓深，声调清越，回环雒诵，真能奕奕动人者矣！

2. 俞陛云《唐五代两宋词选释》："寸心乱"三句极写离愁之无限，以下之"斜日"、"暝烟"四叠句遂一气奔赴，更觉力量深厚。下阕"天长地久"四句虽点化乐天《长恨歌》，而以"倩人说与"句融纳之，便运古入化，弥见情深。

3. 杨世明《淮海词笺注》：此词写客子春日忆念昔日欢乐生活。词中有"行客老沧洲"句，当是绍圣后谪中作。

4. 周义敢、程自信、周雷《秦观集编年校注》（下）：此首作于绍圣元年暮春，时正由汴京贬往杭州。其《与某公简》称：因坐党籍被罢免，贬出京，在外听候指挥，亲老高年，同舟南行（见卷三十）作者回顾汴京，云烟惨黯；瞻望河水，愁思悠悠。

5. 徐培均、罗立刚《秦观词新释集评》：……词人屡试不第，落魄归来，只能通过艳情，抒写一腔悲愤……

6. 姚蓉、王兆鹏《秦观词选》：……此词字里行间，不无迁客情怀。如"年华换、行客老沧洲"两句，就颇有年华老去、壮志未酬之憾。"寸心乱"以下三句更写出他北望京国，只觉心绪茫然，随流东下，倍感道路修远的艰难处境，寓意颇深。此词能于男女之情中寄寓身世之感，内涵丰富，耐人寻味。

虞美人

高城望断尘如雾，不见联骖处①。夕阳村外小湾头，只有柳花无数送归舟。　　琼枝玉树频相见②，只恨离人远。欲将幽恨寄青楼，争奈无情江水不西流③。

【注释】

① "高城"二句：抒发对汴京的留恋之情。骖，同驾一车的三匹马，也指车辆旁的马。这里泛指同行的车马。

② 琼枝玉树：对花草树木的美称。取意于李煜《破阵子》词："凤阁龙楼连霄汉，玉树琼枝作烟萝。"有言"玉树"取意于《世说新语·容止》：魏明帝使后弟毛曾与夏侯玄共坐，时人谓"蒹葭倚玉树"和杜甫《饮中八仙歌》："宗之潇洒美少年，举觞白眼望青天，皎如玉树临风前"以比喻人物才貌之美。

③ "争奈"句：极言事情难以办到，为之无可奈何。何逊《临行与故游夜别》诗："复如东注水，未有西归日。"

【心解】

与前一首《风流子》类似，这也是一阕存有歧解的小词。比如《淮海词笺注》、《秦观集编年校注》、《秦观词选》等，都认为此词写于绍圣元年词人被谪之后；而《秦观诗词文选评》则认为此系元丰三年，秦观送别苏辙后回故乡高邮时所作。笔者之所以赞成前三种著作的见解，倒不是基于人多势众，而是对后一种说法存有至少以下四点疑窦：

第一点，把秦观原词中的"小湾头"，改为"湾头"，先改为"湾头"，再说它就是"扬州府"的"湾头镇"，这种做法符合规则吗？因为扬州有个"湾头镇"，恐不能取代别处有个"小湾头"吧？再说扬州的"湾头镇"可能较为知名，那么"小湾头"，也就是小水湾，在秦观被谪所经行的江浙一带随处可见，就连笔者所在的北方原籍也有个叫作"湾头"的池塘，所以恐怕不能依据这种地名断言，此词作于高邮吧？

　　第二点，物候时节不尽相符。从词中所写"柳花无数"，可以印证词系初夏的即景之作。因为"柳花"是柳絮、柳绵的俗称，那么"柳花无数"飞舞着，可见已时届初夏。而苏辙此次经行高邮和扬州的时间则是在寒食、清明时节。秦观因为要到扬州祭奠祖坟，所以只奉陪了苏辙两日。况且，苏辙前往贬所是乘船，秦观往来于高邮、扬州也是乘船经行邗沟，他们能有条件在扬州"联骖"而行吗？

　　第三点，鉴于元丰三年初春，苏轼的"乌台"牢狱之灾刚刚结案，还戴着罪臣的帽子，他本人及亲友仍然处在心有余悸的惊恐之中，词人岂敢与这位罪臣胞弟"联骖"游乐，这不无异于招摇过市，自投罗网？

　　第四点，秦观于元丰三年初春，在"南埭"，"匆匆"送别苏辙之后，难过得涕泪交流，但却不敢明言，只得将这一悲痛的"身世之感打并入艳情"，从而写了一首调寄《临江仙》（髻子偎人）的冶艳之词。本书将那首词编入第二部分，对此有兴致的读者朋友不妨对比一下，帮助我们作出一种较为合理的处置。

【集评】

1. 杨世明《淮海词笺注》：……当为绍圣以后谪中之作。

2. 周义敢、程自信、周雷《秦观集编年校注》（下）：此首作于绍圣元年初夏，时在离京去杭州途中。

3. 徐培均、罗立刚《秦观诗词文选评》：这是一首怀念友人的词。据秦观《与李乐天简》，他曾于元丰三年（1080）暮春南游扬州，这年三月，苏辙因以所任现职为兄赎罪，贬监筠州酒税，过高邮，与秦观相会。秦观送之至召伯埭而归，并托苏辙带书给苏轼。从词中"玉树琼枝"以及"江水不西流"来看，应该是这次送别苏辙后回故乡高邮时所作。从写作手法上分析，此词的成功，在于虚词的妙用。上片后两句与下片前两句，短短四句之中，前后两用"只"字，末二句也是前用"欲将"，后用"争奈"，一擒一纵，顿挫作势，一唱三叹，恰当地表现出词人滞碍难通、幽咽苦涩的内心情感。同时本词仄声韵与平声韵相间的形式特点，也有利于体现出感情的起伏波折，为词情的表达起到了很好的辅助作用。

4. 姚蓉、王兆鹏《秦观词选》：此词乃作者绍圣元年（1094）被放出京时所作。吟咏离愁，意境高远。首句言高城被尘雾遮蔽，含蓄地写出离人已经登程，离高城渐远的事实，"望断"一词，令人想见离人仍回首痴望的情态。"不见联骖处"既是望不见高城的实际写照，又将昔日与师友同游的美好往事一笔带出。前两句通过离人频频回首的情状，表达了他的不舍之情。"夕阳"两句纯粹写景，以夕阳、小村、流水、柳花、归舟，构成一幅意境优美的风景画。仅以其中"只有"一词，吐露离人别后的冷落之感、惆怅之情。以景写情，婉约动人。

江城子①

西城杨柳弄春柔②，动离忧，泪难收。犹记多情曾为系归舟③。碧野朱桥当日事④，人不见，水空流。　　韶华不为少年留⑤，恨悠悠，几时休⑥？飞絮落花时候一登楼⑦。便做春江都是泪，流不尽，许多愁⑧。

【注释】

① 江城子：又名《江神子》；至于此调另一又名《村意远》系晚在秦观之后的南宋人韩淲词有"腊后春前村意远"句，遂更名《村意远》，与秦观词意无涉。此调唐时皆单调，三十五字，七句五平韵为正体。其他变体俱依此添字、减字而成。双调始于苏轼，全词七十字，上下片各七句五平韵。又《山谷词》有《江城子》二首其二则改押仄声韵。

② 西城：当指词人十分怀念的汴京西门外的几处风景名园，那里有挽留离人的多情杨柳（详见《东京梦华录》卷七）。弄春柔，指春日迎风起舞，仿佛风情万种的杨柳。

③ 系归舟：谓杨柳多情，欲将归舟系住。

④ 碧野朱桥：碧绿的原野、红色的桥梁。形容景色之美。当日，这里指昔日、往日。

⑤ 韶华：春光。用以比喻美好的青年时光。白居易《香山居士写真》诗："勿叹韶华子，俄成皤叟仙。"

⑥ "恨悠悠"二句：语出白居易《长相思》词："思悠悠，恨悠悠，恨到归时方始休。"

⑦ "飞絮"句：兼用张泌《江城子》词："飞絮落花，时节近清明。"和苏轼《江神子》词："飞絮落花，春色属明年。"

⑧ 便做：就使、纵使。此三句来历详见本首"心解"部分。

【心解】

对于《江城子》这一词调而言，苏轼几有创调之功。因为在他之前的同调词悉为三十五字之内的小令。而苏轼的调寄《江神子》之作多写杭州的美人美景和密州、徐州的人情世事，且变小令为七十字以上的中调。所以秦观的这一同调词受到东坡词多方面的影响。

这首词的贡献主要在于以水喻愁的承前启后之功。比如读了结拍三句，人们便很容易想到这是由李煜《虞美人》词的"问君能有几多愁，恰似一江春水向东流"脱胎而来；再加追溯，岂不又与李白《送别》诗"云帆远望不相见，日暮长江空自流"亦有某种相通之处。至于此词受苏轼的影响至少有以下四点：

其一，尽管苏、秦的这一同调词分别写作《江神子》和《江城子》，但二者无任何差别。这首词比苏轼写于宋仁宗嘉祐二年（1057）的《江城子》（腻红匀脸衬檀唇）滞后约有三十七年。退而言之，即使这首词被疑为非苏之作；那么，也比苏轼通判杭州期间，于熙宁六年（1073）所写《江神子》（凤凰山下雨初晴）至少晚了二十年。苏轼使用此调竟写出了"密州三曲月经天"（夏老诗句）中的两曲（十年生死两茫茫、老夫聊发少年狂）压调之作，即同调词中写得最好的。这对秦观概有多大的吸引力，谓其受到影响，恐不为过。

其二，直接取用苏轼写于熙宁七年八月的题作《孤山竹阁送述古》同调词中的语句"飞絮落花，春色属明年"。

其三，苏轼于元丰二年（1079）三月阔别徐州时所作《江城子》结拍的"寄我相思千点泪，流不到，楚江东"，与这一秦词的结拍三句，语意之相近恐非偶合。

219

其四，元丰七年（1092）十一月，苏轼经楚州往泗州，渡淮前与秦观舟中饮别所作《虞美人》上片结拍的"无情汴水自东流，只载一船离恨向西州"，与秦词秦句亦属同一机杼。

总之，上述诸例表明，秦观对于他所心仪的苏公之作，既有步武，亦有青蓝之胜。至于具体胜在何处，可从下面的"集评"中找到答案，兹不赘言。

这首词对于后人的影响也值得一提，比如李清照《武陵春》的结句"只恐双溪舴艋舟，载不动，许多愁"和王实甫《西厢记》（收尾）的"遍人间烦恼填胸臆，量这些大小车儿如何载得起"等语句，显然都是一脉相承的。

荆溪人周济曾发现秦观作词的独步"一法"——"将身世之感打并入艳情"；高邮人张绠针对秦观从李煜等人的有关佳句中，翻出了"便作春江都是泪，流不尽，许多愁"等警句，从而指出"名家如此类者，不可枚举，亦一法也。"秦观作词的这一法、又一法，其中大有文章。况且被秦倚凭翻出新意的词人诗家，本书前几部分提到的有李白、柳永、李商隐、杜牧等等，这是很值得深入探讨的一项课题。

【集评】

1.《唐宋词鉴赏辞典·唐·五代·北宋》周啸天：……好景不常，凡人都有这类感慨。过片却特别强调"韶华不为少年留"，那是因为少年既是风华正茂，又特别善感的缘故，所谓既得之，患失之。"恨悠悠，几时休？"两句无形中又与前文的"泪难收"、"水空流"唱和了一次，这样，一个巧妙的比喻已水到渠成。只需要一个适当的诱因，于是便有"飞絮落花时候一登楼"的描写。……这就逼出最后的妙喻："便做春江都是泪，流不尽，许多愁。"它妙就妙在一下子将从篇首开始逐渐写出的泪流、水流、恨流挽合做一江春水，滔滔不尽地向东奔去，使读者沉浸在感情的洪流中。这比喻不是突如其来的，而是逐渐汇合的，说它水到渠成，也就是说它自然而具特色。……那末它新在何处呢？细味后主之句作问答语，感情是哀痛而澎湃汹涌的；少游之句改作假设语（"便做……"），语气就微（委）婉得多，表达的感情则较缠绵伤感。前者之美是"阳刚"的，后者却稍近"阴柔"；都是为具体的情感内容所制约的，故各得其宜。

2.《中国古代爱情诗歌鉴赏辞典》熊黎辉：秦观的这首词，"纯以温婉和平之音，荡人心魄"（唐圭璋），以秦观词末名句与李后主"问君能有几多愁，恰似一江春水向东流"作比较来看，显然是前者翻用后者，而前者一波三折，和婉道出，后者一泻千里、一吐为快，由此可见秦观词特点之一斑。这首词的另一特色就是"清丽中不断意脉，咀嚼无滓，久而知味"（张炎），词中的"春"始终以一个伤情的引子一贯到底。上下片也不断呼应，上片的"泪"、"水"、"弄"都在下片得到再现。这样便使全词耐人寻味，余韵无穷，增强了词的艺术魅力。

3.《中国文学名篇鉴赏辞典》朱德才：显然，该词以善用比兴见长。上片主要叙事，却以咏柳起兴，归舟、碧野、朱桥、玉人皆由此顺序叠出，离忧、愁泪也由此相继而生。下片主要抒情，继直抒胸臆之后，以夸张性的比喻作结，文情流畅而意味无穷。古代诗词中以水喻愁的佳句不少，其中尤以李煜《虞美人》词中的"问君能有几多愁，恰似一江春水向东流"最负盛名。此外，李煜又有以春草喻恨的名句："离恨恰似春草，更行更远还生。"（《清平乐》）欧阳修融二为一，说："离愁渐远渐无穷，迢迢不断如春水"（《踏莎行》），属正面化用的范例。秦词之长在于比喻出神入化，在于反用李词，自出新意。"愁"是一种抽象的感情，可以用"一江春水"喻其绵绵不断，喻其无穷无尽，但它如何能"流"得？细品秦词，其化合过程当如下：心中之愁——眼中之泪——江中之水，于是作者的"愁"就可以尽情地"流淌"了，此其一。"春江都是泪"，其泪可谓多矣，其愁可谓大矣。然而，即便如是，浩荡春江日夜东流，也还是"流不尽"词人眼中的泪，心中的愁。则其泪之多，其愁之大，近乎难以言传，唯有神会了。化用李词而有所翻新，无怪自成警策矣，此其二。谈到对后世的影响，我们当然也不可忽视郑文宝的一份功绩，其《柳枝词》亦有句云："不管烟波与风雨，载将离恨过江南。""愁"不仅能"流"，居然也可用船来"载"……

4. 周义敢、程自信、周雷《秦观集编年校注》（下）：此首作于绍圣元年四月，其时宋哲宗亲政，决意恢复熙宁新政，作者被列入元祐党被贬出京。词中借恋情写朝政巨变，悲欢之情，澜翻泉涌，一似滔滔春江，使此首成为名篇。

5. 徐培均、罗立刚《秦观诗词文选评》："便做春江都是泪，流不尽，许多愁。"造语新警，颇值玩味。首先是以江水喻泪水，既言其多，同时，春江潮水潜涨，如愁绪渐渐滋生，有南唐李煜《虞美人》词"问君能有几多愁，恰似一江春水向东流"之妙。其次，对喻体"泪"再作引伸，进而引出一个新的喻体"愁"，将无形之"愁"具象化，在流水与愁绪之间，以"泪"过渡，较李煜更觉显豁。再次，作者使用"便做"这样的假设句式，将意思翻进一层表达，更增强了表达的效果。句式结构上，利用《江城子》"七三三"句式，前面是长句铺叙，后面两个三字句，一字一顿，倍增哀怨之感。

6. 姚蓉、王兆鹏《秦观词选》：……联系词人当时的遭际，"犹记"等句可进一步理解为词人对昔日师友同游京城名胜，宴饮酬唱、热闹非凡之往事的追忆，及因政局变化，友朋先后被贬，故地重游产生的物是人非的感慨。"韶华"句感叹青春易逝，人生易老。具体到词人身上，可能还暗含事业无成的迟暮之感。"恨悠悠，几时休"承接"泪难收"的愁情，但程度更深，"飞絮落花时候一登楼"，承上启下，既指明前文所写皆暮春登楼之所见所感，又由登高眺望自然引出下文的"春江"之景。

7. 《宋词鉴赏》王莉华、韩卫斌：上片主要是对往事的回忆，抒发暮春伤怀之情。正所谓"一切景语皆情语"，首句"西城杨柳弄春柔"，貌似纯写景，实则另有深意。柳，谐音"留"，在古诗词中是渲染离情别绪的常见意象。以柳起兴，牵动离忧，引发伤感。此词写柳，妙在"弄春柔"一语，笔意入微，妥帖自然，把拟人手法寓于无意之中，化无情之柳为多情之物。"杨柳弄春柔"的结果，便是惹得人难免"动离忧，泪难收"。此词结构布局极其缜密。下片的"飞絮落花"印上片的"杨柳弄春柔"，"登楼"印"离忧"，"春江都是泪"印"泪难收"，"韶华不为少年留"总提全词旨意，浑然天成，神韵悠长。此词写愁，语气委婉，最后由景触发一个巧妙的比喻：清泪、流水和离恨融汇成一股情感流，言尽而情不尽。全词于清丽淡雅中，含蕴着凄婉哀伤的情绪及浓浓的哀愁。

六、从杭倅、酒税，到削秩
停俸的处州时期

（公元 1094—1096 年）

许多人都知道，唐太宗的长孙皇后口碑极好。但是在宋朝有的帝王眼中"本朝母后皆贤，前朝莫及"。说这话的是宋高宗赵构，指的是英宗之妻，神宗之母，哲宗祖母高太后，所谓"女中尧舜"，最初指的也是她。英宗在位只有四年，而这位高太后却垂帘听政达九年。她出身豪门，代表的是神宗所支持的变法派天敌的利益。神宗死后，她支持司马光等人所推行的"元祐更化"，尽废新法，新党人物几被斥逐一空，旧党中的头面人物，几乎无不身居要津，苏轼就曾连升三级。平心而论，对于高太后的这种左袒的用人路线，秦观不以为非，反倒在他所写的《大行太皇太后挽词》中称颂她"东朝制诰九年称，烈武功高后世兴"、"保扶明主自春宫，万国升平出至公"，把明明处事不公的高氏，称颂为"至公"，不说别人，就是已经成年而一直毫无职权可言的哲宗皇帝也绝对不会认同这种过分的奉承。

不出所料，高氏于元祐八年（1093）九月去世后，哲宗亲政，立即恢复新党人物章惇、吕惠卿的官职。与此同时，在苏轼出知定州时，哲宗拒绝其陛辞，不仅如此，以眼还眼，以牙还牙的举措还在后头。转年改元绍圣（意谓绍述、继承熙宁新政之意），苏轼随即被以讥斥先朝的罪名谪知英州，未至，再贬惠州。在苏轼再三被贬谪的同时，"苏门四学士"亦无一幸免，秦观则出为杭州通判。"通判"是宋朝设置于诸州府的官职，含共同处理政务之意，位略次于州府长官，亦称倅，即副职的意思。秦观在由汴京前往杭州之际写了上述《望海潮》（梅英疏淡）等数词，抒发对汴京的留恋和对师友的思念。

本来一位体面的馆阁成员突然被贬往地方已经足以令人懊恼和伤感，岂料祸不单行，在前往杭州的途中，又被以"影附苏轼"和增损《神宗实录》的罪名，再贬监处州酒税。强让一名才子文人去担当什么税务的差事，这不成心要他的好看！此时秦观的处境和心情之恶劣可想而知。从汴京到浙江处州走了将近一年的时间，一则当时交通极为不便；再则家累过重。秦观在进士及第之后即将几近二十口家庭成员接到身边，眼下又一同赶往处州。这里有一个问题必须再加以澄清。因为有论者几乎异口同声地说，被贬往处州的秦观路经高邮与妻子告别，从而写了《临江仙》（髻子偎人娇不整）云云。其实这是莫大的误解。秦观的发妻徐文美作为这一大家庭的主要成员，不言而喻的是她一直侍奉着身患末疾的婆母，从高邮，经蔡州等地，直到秦观被"削秩"，从浙东的处州到浙西之后，"尽室幼累，几二十口，不获俱行"，词人才与家人分手，仅与一老仆同行（详见《祭洞庭文》等多种有关记载）。

贬途中发生的另一件事是词人一辞再辞其侍妾朝华。此事见于高邮人张邦基所著《墨庄漫录》卷三。鉴于此书所记名人故事等颇具史料价值，看来秦观以信佛、修真为由坚辞朝华是可信的。一路经酷暑，历凉秋，将及岁杪到达处州时，一大家人几无立锥之地。此时词人的处境竟应了那句"虎落平川被犬欺"的话，不得不四处求告。正是因为在现实中运交华盖，处处碰壁，从而转向梦中、仙界、佛门求取出路和解脱，这便是处州时期《淮海词》的题旨和基调所在。我们细读以下《千秋岁》（水边沙外）等数首词，不由得会对词人一掬同情之泪。

点绛唇①

桃源

醉漾轻舟，信流引到花深处②。尘缘相误③，无计花间住。　　烟水茫茫④，千里斜阳暮。山无数，乱红如雨⑤，不记来时路⑥。

【注释】

① 点绛唇：江淹《咏美人春游》诗有："白雪凝琼貌，明珠点绛唇"之句，这一调名本于此。此调另有《点樱桃》、《十八香》、《南浦月》、《沙头雨》等别名。双调四十一字，上阕四句，三仄韵；下阕五句，四仄韵。五代冯延巳是最早用此调填词者，《词谱》以其"荫绿围红"一首为正体。

② "醉漾"二句：意谓醉意中泛舟，听凭小船顺流来到了桃源仙境。漾，泛舟，荡漾。信，听凭，随意。

③ 尘缘：佛教用语。谓以心攀缘六尘，被六尘所牵累。六尘，即色、声、香、味、触、法。《圆觉经》："妄认四大为自身相，六尘缘影为自心相。"韦应物《春月观省属城始憩东西林精舍》诗："佳士亦栖息，善身绝尘缘。"

④ 烟水茫茫：语出白居易《新乐府·海漫漫》："蓬莱今古但闻名，烟水茫茫无觅处。"

⑤ 乱红如雨：指桃花飘落。李贺《将进酒》诗："况是青春日将暮，桃花乱落如红雨。"

⑥ "不记"句：隐括陶潜《桃花源记》："缘溪行，忘路之远近"、"遂迷不复得路"之句意而成。

【心解】

这首词几乎所有的版本都题作《桃源》，与《洛阳怀古》的想当然不同，这里有着多种理由，笔者初步归纳出以下几点：

理由之一，处州地处浙东，临近天台山，这里的桃林早在汉代即被称为众仙女所居的"桃源"。在此与仙女邂逅、媾和，称为"天台之遇"，其隐文是男子交了桃花运或者有了外遇。此词内容至少有一半敷衍的是刘义庆《幽明录》所载汉刘晨、阮肇入天台山采药遇仙女并与之媾和事，只是字面上含而不露罢了。

理由之二，就在秦观被贬前夕的元祐年间，天台县令郑至道为有关"桃源"的古老传说锦上添花，又在这里栽植了大片桃树，为营造"桃源春晓"的旖旎景观，颇尽心力，也就更加招徕游客。对秦少游这种气质的人尤具诱惑力。

理由之三，本词上片的"尘缘相误"，意近前文《水龙吟》的"名缰利锁"，都有"儒冠多误身"的意味，与词人眼下仕途失意的处境十分吻合，这就势必诱发对于"桃花源"的联想。

理由之四，此词结拍的"不记来时路"，与陶渊明《桃花源记》中的"缘溪行，忘路之远近……遂迷不复得路"，其意垺同，就是说这首题作《桃源》的小词，不仅具有"天台之遇"的意蕴，更有避世隐居、求取解脱困境的苦心孤诣。只是这种苦心必须借"桃源"艳遇之本事加以掩盖。

此词除了上述题旨、意蕴的深邃多义之外，另一值得一提的是写作方法的灵活多样，即词人既稔悉"将身世之感打并入艳情"的"一法"（周济语），又能反复"翻案古人语"（张绨语）而为我所用的"亦一法"。比如"烟水茫茫"和"乱红如雨"，就是分别由白居易和李贺的相关语句变化而来，又是那么自然，熨帖，如同己出。

229

最后尚需赘言的是，虽然不能否认词中所云几乎全是刘、阮"桃源"遇仙之事，但并不意味着词人仍在留恋以往青楼冶游的生活趣味，绝对不是，他已坚辞朝华，几近看破红尘。如今动辄得咎，虽然畏谗忧讥，却又不敢透露逃避现实，向往"武陵人"、"桃花源"的深衷，而以"天台之遇"为幌子。

【集评】

1.《唐宋词鉴赏辞典·唐·五代·北宋》周啸天：刘熙载论词，谓词要"空诸所有"（这叫做"清"）而"包诸所有"（这叫做"厚"）。这一点对于小令似乎特别重要。秦观这首《点绛唇》是较好的一例，它不但绝少情语，就是写景也没有具体细微的描画，似乎一味清空；细味之，却又觉得它言外有余意，意蕴深厚……这首小令以轻柔优美的调子开端，"尘缘"句以后却急转直下，一转一深，不无危苦之辞，就很典型地反映了这种心境。它自然能在千百年里引起那为数不少的失意彷徨之士的感情共鸣。此词空灵而又"包诸所有"，除了手法含蓄外，还应从它的典型性方面予以理解。

2. 刘乃昌、朱德才《宋词选》：词咏荡舟醉游林荫花丛，留连忘返，迷不知路的经过，并感叹尘缘羁縻、无计久住，体现出对纯洁美好的幻想世界的向往。别本题作"桃源"，意境有类似于渊明《桃花源记》，只是不免给人一种前路迷茫之感，其寄慨身世之远韵，耐人品味。

3. 徐培均、罗立刚《秦观诗词文选评》：这首词咏刘晨、阮肇误入桃源与仙女相遇故事。上片写刘、阮二人入山遇仙。首起"醉"字，十分突兀。依《续齐谐记》，二人入山，粮尽之后取桃而食，遇涧而饮，无由致醉。所以这里的醉显然不是指酒醉，而是指他们为桃源仙境的美景所陶醉。"醉"字响，"引"字妥溜，形象地刻画出刘、阮二人漫无目的地信流荡舟，不觉已到桃花深处，恍然中疑心为人所引导的心情。

4. 姚蓉、王兆鹏《秦观词选》：……通过景物变化，巧妙叙写刘、阮桃源遇仙的经过起伏，意境优美而叙事含蓄，是此词的一大特色。更妙的是，词人通过咏仙，将身世之感切入词中。"尘缘相误"的喟叹，是他为"名缰利锁"所困、历尽坎坷后的真实心境。"不记来时路"的悲哀，是他一再被谪、欲归不得的人生写照。此词正是以优美的语言、空灵的意境、惆怅的情感，得到人们由衷赏爱，也引起人们的感情共鸣。

好事近①

梦中作

春路雨添花，花动一山春色。行到小溪深处，有黄鹂千百。　　飞云当面化龙蛇，夭矫转空碧②。醉卧古藤阴下，了不知南北③。

【注释】

① 好事近：又名《钓船笛》、《翠圆枝》、《倚秋千》。苏轼词中有"烟外倚危楼"等三首同调词，双调，上下片各四句，两仄韵。《词谱》以宋祁"睡起玉屏风"一词为正体。秦观的这首词是同调词中很出色的一首。

② 夭矫：形容屈伸自如。郭璞《江赋》："抚凌波而夭跃，吸翠霞而夭矫。"

③ 了不知：全不知。

【心解】

胡仔《苕溪渔隐丛话》前集卷五十引《冷斋夜话》云："秦少游在处州，梦中作长短句曰：（即本词，略）。后南迁，久之，北归，逗留于藤州，遂终于瘴江之上光华亭。时方醉起，以玉盂汲泉欲饮，笑视之而化。"如此说来，那么写这首词时离秦观去世有四五年之久，词中的"醉卧古藤阴下"则成为其日后卒于藤州光华亭的谶语。无独有偶，赵令畤《侯鲭录》亦持类似看法："秦少游、贺方回相继以歌词知名。少游有词云：'醉卧古藤阴下，了不知南北。'其后迁谪，卒于藤州光华亭上。方回亦有词云：'当年曾到王陵铺，鼓角秋风。千岁辽东，回首人间万事空。'后卒于北门，门外有王陵铺云。"明郎瑛《七修类稿》亦称此词为谶。而我们今天应作何解呢？

我们认为谶语是旧时迷信者以为将来会应验的话。王明清《挥麈余话》卷二："张步溪中有石，里人号曰团石，有谶语云：'团石圆，出状元，团石仰，出宰相。'"这当然是近于痴人说梦，不足为据。但是透过荒诞的外衣，从上述关于这首词的谶语中，我们又可以领悟到人们对秦观身世的悼惜和对于词旨的一种不无参考价值的理解。词人置身在"一山春色"、黄鹂百啭的美妙梦境中，是那么无拘无束，放浪形骸，岂不是在对比现实中所感受到的压抑和苦闷？黄庭坚跋此词云："少游醉卧古藤下，谁与愁眉喝一杯？解作江南断肠句，只今唯有贺方回。"是一个很好的注脚。贺方回的"江南断肠"句，即指贺铸《青玉案》词"碧云冉冉蘅皋暮，彩笔新题断肠句。试问闲愁都几许？一川烟草，满城风絮，梅子黄时雨。"贺铸的愁充满天地之间，秦观的愁在现实中无法排解，所以要到梦境中去寻求解脱。苏轼也是从这样的角度来看待秦观这首词的，其跋此词云："供奉官莫君沔官湖南，喜从迁客游，尤为吕元钧所称。又能诵少游事甚详，为予诵此词至流涕。乃录本使藏之。"吕元钧，成都人，名陶，字元钧，号净德。因非议新法，谪通判蜀州，后入元祐党籍。这样一些人对生活的感受既有相通之处，对秦观此词也就格外理解。

【集评】

1. 杨世明《淮海词笺注》：此词写梦境。据《冷斋夜话》之说，以为作于处州，则当在绍圣二年（1095）或三年（1096）。

2. 《中国文学宝库·唐宋词精华分卷》薛祥生、王静芬：这是一首记梦之作，它反映了作者的生活理想和理想破灭后的厌世情绪。情与景浑然一体，意境优美，笔力矫健，堪称佳作。过去人们往往把它看作"诗谶"，不足为训。

3.《诗词曲赋名作鉴赏大辞典·词曲赋卷》周建国：这首词，上片写行看春山景色，画面清晰，下片写卧看天际云飞，醉眼迷离。表现的是一种醉倒春光、身与物化的人生境界。

这种物我一体的人生境界，是词人人生遭遇的曲折反映。现实中无法排遣的压抑和苦闷，在词人假托的有花香和鸟语的美妙梦境中得到了完美的解脱。他是那么的无拘无束和无忧无虑！他的醉酒也不同于以往的借酒浇愁，而是放开心怀与酒量的痛饮，是和愁伤从此了结的豪饮。

4. 刘乃昌、朱德才《宋词选》：本篇是绍圣二年（1095）春间秦观贬居处州所写的一首记梦词。全篇写梦游春野的奇妙景象，上片写行见，春路雨后，花朵满山，溪深径曲，黄鹂百千，"行到"紧承"春路"，醒明为途中所见。下片写卧观，云如龙蛇，飞卷碧空，景观奇警，结穴点出"醉卧"。"不知南北"，暗含忘怀世事皈依自然之意。

5. 徐培均、罗立刚《秦观诗词文选评》：值得注意的是，此词还标识着少游词风的变化。前人称东坡多豪放，少游多婉约，被贬之后，少游之词则由凄婉变为凄厉。可是这首词，既不凄婉，也不凄厉。清人陆云龙《词菁》卷二评此词曰"奇峭"，陈廷焯《词则·别调集》则称之"笔势飞舞"。所谓"奇峭"者，当是指景象奇伟，格调俊峭，非一般绮丽凄婉之作可比。所谓"笔势飞舞"者，是说词笔矫健，落纸如龙蛇飞动，奔逸超迈。这就不是少游原来婉约风格所能范围的了。特别是词之结尾，表现了词人消极出世的思想，与前期作品风格大相径庭，这是元祐党祸在词人心灵上的一种反映，表面上似置一切于度外，酣然遁入梦乡，实际上含有极为深永的悲哀。因此，我们读此词时，要透过美丽的词句，体会其内在的意蕴。

6. 姚蓉、王兆鹏《秦观词选》：过片二句，词人仍然徜徉在美妙的梦中：天上的飞云千姿万态，"夭娇"伸展，如此境界阔大而又灵动多姿的画面，怎不令人心情为之飘逸舒畅？因此词人自然而然做出"醉卧古藤阴下，了不知南北"的举动，希望自己在梦境中沉醉，在醉乡中遗忘烦忧。但梦境的优美终究反衬出现实人生的不如意，难怪前人评论说这表现了秦观的"白眼看世之态"（《草堂诗余续集》卷上）。"醉卧"二句也因为蕴含了丰富的人生体验而成为千古名句，常为秦观的师友及后世文人提及。

7. 《传世经典鉴赏丛书·宋词鉴赏》郭红欣：这首词作于词人被贬处州（今浙江省丽水市）的时候（绍圣二年，1095）。正常的理解，词人因为谪处的郁懑，才登山以作排遣，营梦以求慰藉。看词中，又是"一山"，又是"黄鹂千百"，又是"了（完全）不知南北"，若不是在梦中，谪处的词人怎会有如此的夸饰、畅快与满足！春花相拥，春雨相伴，春雨过后，"龙蛇"一样"夭娇"的阴云也转瞬即逝，现出了天空如洗的碧色。"醉卧古藤阴下"，词人是为此美好的景致而沉迷、陶醉，而不辨南北的。梦是愿望的达成，词人是想极力走出目前的困境，极力摆脱人事的纷杂与世事的烦扰。这是常解，也是正解。

但因为词人后来（元符三年，1100）死在了北归（徽宗继位，旧党境遇得到改善）途中，死在了藤州（今广西藤县），于是就有了别样的神秘解析，即：含"藤"字的末二句是词人自作的谶语。这种玄妙的说法从宋至清，一直传流不绝。如苏轼就说："（少游）自作挽词一篇……已而北归，至藤州，以八月十二日卒于光华亭上。呜呼，岂亦自知当然者也？"（《书秦少游挽词后》）后来的周济更说得明白，说此词"结语遂作藤州之谶"（《宋四家词选》）。词谶之说，自不足信，只可把它看作人们对词人不幸遭遇的一种感慨。但另一方面，因为这种神秘的附会，竟也使这首词显得更为引人注目了。

8. 喻朝刚、周航《分类两宋绝妙好词》：……词的上片写梦中雨后春游。一路上山花烂漫，色彩缤纷，春光多么明媚。词人沿着小溪，缓步行进，来到密林深处，只见千百只黄鹂在自由自在地飞翔、悠闲自得地歌唱。如此奇妙的景象大概也只有在梦中才会看到。下片写梦中"醉卧古藤阴下"，仰望万里碧空，风起云涌，如龙蛇飞舞，变幻出各种各样神奇的形态。作者不禁为之神往，忘乎所以，莫辨东西南北，不知道自己究竟是躺在什么地方。本篇造语奇警，意象幽眇，反映了词人在贬谪生活中，向往自由而不可得，只能托之以梦境。

千秋岁①

　　水边沙外，城郭春寒退。花影乱，莺声碎②。飘零疏酒盏，离别宽衣带③。人不见，碧云暮合空相对④。　　忆昔西池会。鹓鹭同飞盖⑤。携手处，今谁在？日边清梦断，镜里朱颜改。春去也，飞红万点愁如海。

【注释】

① 千秋岁：又名《千秋节》。《词谱》以秦观此首为正体，双调七十一字，上下片各八句，五仄韵。虽然早于秦观的欧阳修已写有同调词，其他追和秦词者更多有其人，但均远不及秦词。此首堪称压调之作，即同调词中写得最好的。

② "花影"二句：化用杜荀鹤《春宫怨》诗："风暖鸟声碎，日高花影重。"

③ "离别"句：隐括《古诗十九首》之一"相去日已远，衣带日已缓"及柳永《凤栖梧》词："衣带渐宽终不悔，为伊消得人憔悴"诸句而成。

④ "人不见"二句：化用江淹《杂体诗三十首》之《别怨》（一作《休上人怨别》）："日暮碧云合，佳人殊未来。"

⑤ "忆昔"二句：详见本首"心解"部分。鹓鹭，二种鸟，因其飞行有序，故以喻百官朝见时秩序井然。《隋书·音乐志中》："怀黄绾白，鹓鹭成行。"

　　【心解】

　　关于此词的写作时间和地点，吴曾《能改斋漫录》卷二、曾敏行《独醒杂志》、曾季狸《艇斋诗话》的记载都是错误的。此词并非词人过衡阳所作，而是前此一年多作于处州。兹采取以下二家的正确说法：

237

范成大《石湖居士诗集》卷十《次韵徐子礼提举苐莺花亭并序》云："秦少游'水边沙外'之词，盖在括苍（处州府治）监征时所作。予至郡，徐子礼提举按部来过，劝予作小亭记少游旧事；又取词中语名之曰'莺花'，赋诗六绝而去。明年亭成，次韵寄之。"

杨慎《词品》云："秦少游谪处州日，作《千秋岁》词，有'花影乱，莺声碎'之句。后人慕之，建莺花亭。陆放翁有诗云：'沙上春风柳十围，绿阴依旧语黄鹂。故应留与行人恨，不见秦郎半醉时。'"

关于此词初创的时间、地点，初次唱和的人事背景，有关师友追和诸问题，以及其他相关"本事"，足以构成词史上一件不大不小的公案。对此，笔者在本书第七部分《阮郎归》（潇湘门外水平铺）一词的"心解"中有所梳理，兹不赘言。

值得着意说明的是词之下片首句的"西池"用法，与第五部分《望海潮》（梅英疏淡）中"金谷"、"铜驼"的用法圹同，一是写汴京借用史上更有名的洛阳名胜，这里的"西池"，故址在丹阳。之所以被借指为汴京的金明池，也主要是因为丹阳的"西池"更有来历、更有名。当然我们深知秦观所念念不忘的是指元祐七年三月上巳日与馆阁师友同官等游金明池、琼林苑等处的那次盛会。

"日边"二句，作者巧妙地将还朝无望的沉痛喟叹，通过晋明帝司马绍聪明凤惠的故事加以表达。这个故事详见《世说新语·凤惠篇》。后世便以"日边"喻京都帝王左右。李白《行路难三首》之一："闲来垂钓碧溪上，忽复乘舟梦日边。"王琦注引《宋书》："伊挚将应汤命，梦乘船过日月之旁。"看来此时的秦观与当年的李白基于同样的心情，都是对于再次出而用世的期待。只是秦观的处境更加可望而不可即。"日边"句和接下去的"飞红"句，前后呼应点出词旨——作者之所以愁深似海，就是因为被谪离京师。"清梦断"，用今天的话说就是理想破灭，这怎么能不使作者感到如坠愁海呢？前人称道此词多着眼于"飞红"句，其中罗大经《鹤林玉露》颇能道出个中三昧，亦是对此词的中肯评价：

> 诗家有以山喻愁者。杜少陵云："忧端如山来，澒洞不可掇"，赵嘏云："夕阳楼上山重叠，未抵春愁一倍多"是也。有以水喻愁者，李顾云："请量东海水，看取浅深愁"，李后主云："问君能有几多愁，恰似一江春水向东流"，秦少游云："落红万点愁如海"是也。贺方回云："试问闲愁都几许，一川烟草，满城风絮，梅子黄时雨"，盖以三者比之愁多也，尤为新奇，兼兴中有比，意味更长。

关于此词的用韵，《声韵丛说》尝谓："毛氏唐宋词韵互通说云：唐白乐天《长相思》云：'深画眉，浅画眉，蝉鬓鬅鬙云满衣，阳台行雨回。'支与微与十灰半通用，是宋词韵也。宋秦太虚《千秋岁》用队韵，辛稼轩《沁园春》用灰韵，皆浑用唐韵。由是观之，唐词亦可用宋韵，宋词亦可用唐韵，自不必过判区畛耳。"陈按：谓用韵"不必过判区畛"是对的，但云"唐词亦可用宋韵"，不确。

【集评】

1. 杨世明《淮海词笺注》：此词写离京谪居之无限愁思。写作时处，或谓在衡阳，或谓在处州。按少游此词当作于绍圣二年（1095），时四十七岁，贬监处州酒税。后人美其"花影乱，莺声碎"之语，特建莺花亭。范石湖有《莺花亭诗序》，言之甚明。处州，治括苍。

即今浙江丽水县附近。

2. 《诗词曲赋名作鉴赏大辞典·词曲赋卷》马斗全：秦观之词，多写个人身世之感与忧愁。写得凄切动人，被称之为古之伤心词人，这首《千秋岁》即为其伤心词的代表。这首词，抒其伤心之情，主要以春风得意的京华生活与孤独愁闷的贬谪生活相比较，即以回忆与现实形成鲜明的对照，从而产生强烈的艺术效果。眼前境遇，此刻心情，已极令人同情，与前景一比，更易体会到诗人的愁苦之情。加之诗人遣词造句，于清丽中倍见愁绝，每个字都如弹奏一曲忧伤的曲子时一个个清越而又哀惋动人的音符。最后，"春去也，飞红万点愁如海"一句，多么巧妙的比喻，几乎到了不能再妙的程度，所抒的万般愁苦，也到了无以复加的程度，简直是一声撕心裂肺的呼喊，读之令人荡气回肠。

3. 周义敢、程自信、周雷《秦观集编年校注》（下）：此首为宋词名篇，充分显现作者锐敏幽微之心性和凄清婉丽的艺术风格，苏轼、黄庭坚、孔平仲、李之仪等人均作和韵。词作于绍圣二年春，为贬处州之次年……按作者于绍圣三年由处州徙郴州，十月过洞庭湖，至衡阳已是仲冬，与此词所写春景不合。盖此词作于处州，至衡阳始出示赠孔平仲。

4. 刘乃昌、朱德才《宋词选》：此词为秦观绍圣初年谪处州（今浙江丽水）时追忆京中旧游而作。当地春暖，花鸟繁乱，逗引流落之思。身世飘零酒疏欢少，衣宽人瘦，日夕徒对暮云，则境况寥落可知。孤寂中追怀汴京宴集，时过景迁，故交星散，旧梦难温，年华悄逝，不禁发出深长感喟。结句凄厉中含蕴对美好事物的深沉依恋。以海喻愁，落笔凝重，历来视为写愁名句。

5. 徐培均、罗立刚《秦观诗词文选评》：此词除词情感人外，在词史上还有更重要的意义，那就是拓展了词的题材范围，将迁谪生活引入词中……词人在政治上受到如此沉重的打击，便以词这一最得心应手的文学样式表达出来。一石激起千层浪。此词一出，在当时引起了巨大的反响，激起旧党迁客们的广泛共鸣，一时和者有孔毅甫、苏轼、黄庭坚、李之仪等，后来又有丘崇、王之道、释惠洪，前后达七人之多。在有宋一代词坛上，和词最多的，一是贺铸的《青玉案》（凌波不过横塘路），再有就是此词，而且后者似又超过前者。其在宋代词史上的特殊地位，不容忽视。

6. 姚蓉、王兆鹏《秦观词选》：……"日边"两句对仗精工，叙述了词人连续被贬、回京无望的现状与遭遇坎坷、垂垂老去的感慨。不遇之情、迟暮之感与怀人之思等种种愁绪郁积在词人心中，终于导致了结句"愁如海"的总爆发，全词于此达到感情高潮，至为警策。就全词而言，今昔对比、正面烘托、反面映衬等多种表现手法的运用，是词作成功的重要因素。

7. 《传世经典鉴赏丛书·宋词鉴赏》张远林：词作于处州贬所，写的是春日谪居愁。但它也反映了一批"元祐党人"共同的境遇和心声，所以在他生前身后，苏轼、黄庭坚、孔平仲、李之仪等都有和作。词的前四句写春景。"花影乱，莺声碎"简简单单的六个字把春的神韵写出来了，写活了。视觉上有花影，听觉上有莺声，分别着一"乱"字、"碎"字，前者写出了繁花迎风摇曳之状，后者写出娇莺自在鸣啼之态。也难怪范成大知处州时，因慕此句，而建"莺花亭"。就在这一派无限的春机当中，词人笔锋一转，接下来的四句就写愁了。身世飘零，以至于连消愁之物——酒也懒得饮了。亲友远离，却偏不愿直接把自己的思念写出来，把自己的憔悴说出来，只说衣带宽了。人不见，空惆怅，只能看着碧云冉冉，蘅皋渐暮。

河传^①

　　乱花飞絮，又望空斗合，离人愁苦^②。那更夜来，一霎薄情风雨^③。暗掩将、春色去^④。　　篱枯壁尽因谁做^⑤？若说相思，佛也眉儿聚^⑥。莫怪为伊，底死萦肠惹肚^⑦。为没教、人恨处。

【注释】

① 河传：又名《怨王孙》、《庆同天》、《唐河传》、《月照梨花》、《秋光满目》。此调名始于隋代（详见王灼《碧鸡漫志》引《脞说》）。今见其词，唐代温庭筠所作为最早。唐宋人所用此调，字数、句读、韵脚极不一致。《词谱》卷一一录此调，列二十七体。秦观此词六十一字，系字数最多者。

② "乱花"三句：谓落花和柳絮像是有意为离人拼凑愁苦。望空，字面上看似随意向空中张望，实则此词很有来历，加之与"斗合"连用，更富有深意（详见"心解"部分）。斗合：凑在一起。

③ "那更"二句：言风雨摧花。那更，同况更。一霎，一会儿。

④ "暗掩将"二句：暗中把春色收去。掩，乘其不备而袭取之。《史记·彭越传》："于是上使使掩梁王。"将，语助词。

⑤ 篱枯壁尽：犹言"篱壁间物"，原谓家园所产之物（详见《世说新语·排调》）。这里指风雨将花事扫荡殆尽。

⑥ "佛也"句：言愁苦之深重，佛也为之皱眉。

⑦ 萦肠惹肚：即牵肠挂肚。

　　　　【心解】

　　　　词人官位不高，寿限又短，《宋史·本传》中只占有四五百字，但有两点很突出，一是着重反复交代了传主与苏轼的关系；二是交代了其贬谪处州的来龙去脉："绍圣初，坐党籍，出通判杭州。以御史刘拯论其增损《实录》，贬监处州酒税。使者承风望指，候伺过失，既而无所得，则以谒告写佛书为罪，削秩徙郴州，继编管横州，又徙雷州。"这一记载与词人的一段自白是完全吻合的："绍圣元年，观自国史编修官蒙恩除馆阁校勘，通判杭州，道贬处州，管库三年，以不职罢……"（详见《淮海集》卷十一《留别平阇黎》一诗自注）。

从这些记载中可见，"谒告"（请假）写佛书，完全是被故意罗织的罪名，再根据这种欲加之罪给予词人很重的处分。"削秩"，是停发官吏的俸禄。词人不仅被断绝了生活来源，还被发配到远在湘南的郴州待罪。这首词就是绍圣三年（1096）寒食节过后，动身去郴州时所作。

有论者在指出上述写作背景的同时，还认为此词"'怨气'贯穿全篇"。此说颇有见地，兹举三例加以印证：

一是上片的"望空斗合"。"望空"，前人认为是不识是非的意思。干宝《晋纪总论》："当官者以望空为高，而笑勤恪"。吕延济注："望空谓不识是非，但望空署白而已。"所以起首的"乱花"三句是借对于落花柳絮的指责来述说作为"离人"的主人公的一腔"愁苦"和怨情；这还不算，"夜来"的"风雨"更加"薄情"，它在夜里，也就是暗中袭取"春色"而去，实则是指当权者或谓幕后操纵者心狠手辣，千方百计剥夺、葬送了"离人"的前程。这一切岂非天大的冤情！

二是下片的"若说"二句中的"相思"，这里不是指异性间的情思，而是指苏门师友之间的彼此思念。"相思"这个词的原义是想念，先是指汉武帝对已故李夫人的"相思悲感"，而不是人世间的男女情爱；后又指吕安对嵇康的思念："东平吕安，服康高致，每一相思，辄千里命驾"（《晋书·嵇康转》）。至于"相思"用作男女之间的爱慕之意，则是晚在唐宋时期，比如"红豆生南国，秋来发几枝。愿君多采撷，此物最相思"（王维《相思》）、"我住长江头，君住长江尾。日日思君不见君，共饮长江水。　　此水几时休，此恨何时已。只愿君心似我心，定不负相思意"（李之仪《卜算子》）。在这两种有所区分的含义之间，此词中的"相思"，显然是取用其原义，至少是暗指其原义。鉴于苏、秦间有着无与伦比的深情，一旦被遣散，彼此间的"相思"自然是刻骨铭心，为之怨气冲天，即使法力无边、广化众生、救苦救难的"佛"也无法为之解脱，也只得皱起眉头犯愁。

三是"莫怪"四句中的"伊"，其本义是彼、他；你；此；又作语助词。或许因为白话文运动初期，曾将"伊"作"她"字用，因而容易导致对古典诗词中的"伊"和"伊人"误解为女性。对于这首词即有论者误认为词人所"相思"的仍然是哪个"她"。这是莫大的误解。这里的"伊"，就是词人此时此刻的"相思"对象，并非是某个"她"，而仍然是苏门师友，所以这不是一首艳词。至于后二句的"为没教、人恨处"，窃以为当作如是解：我们这些人没做什么遭人恨的事，纯属无辜被论罪，所以心中才充满怨气。

【集评】

1. 徐培均、罗立刚《秦观词新释辑评》：如果说上阕写离人的愁苦，还有一个伤春的因缘的话，那么，下阕则将这种缘由也淡化了，愁绪就是愁绪，它无法名状，不可捉摸。春事已尽，纵有"相思"，也是枉然。佛教认为万事皆空，诸景皆为色相，只有心念不起，才能见诸法相，参得真如。但这种因春生愁，非凡情所拘，连词人自己也无从说起，无法道明，它算不算是尘心未死，尘缘未了？恐怕连佛也无法作断然评判，也会皱眉苦思了。"若说相思，佛也眉儿聚"二句，把这种内心无法明了的情绪，说得佛都无法参透，将"情"之根，挖掘到佛教无法明示的深度，看似痴语，却最能传情，词人用情之专，痴心之痛苦，被写得迷离惝恍，洵非常人所能体会，也非常人所能道出。

2. 姚蓉、王兆鹏《秦观词选》：此词作于绍圣三年（1096）暮春作者在处州接到再贬郴州的朝命之时。这是一首相思之作，"怨气"贯穿全篇。上阕是怨春之词。落花与飞絮当空飞舞，又与离愁别绪纠合在一起，扰得人心乱如麻，顿生怨意。飘零的花、絮，既点明暮春的节候特征，又将离愁形象化，仿佛伸手可触。"那更"等句，描写夜来风雨造成春色凋残的局面。"薄情"二字，看似在怨风雨、怨春色离去，实则作怨意中人的远离。

鹊桥仙^①

纤云弄巧^②，飞星传恨^③，银汉迢迢暗度^④。金风玉露一相逢^⑤，便胜却人间无数^⑥。　　柔情似水^⑦，佳期如梦^⑧，忍顾鹊桥归路^⑨。两情若是久长时，又岂在朝朝暮暮^⑩。

【注释】

① 鹊桥仙：又名《金风玉露相逢曲》、《忆人人》、《广寒秋》、《鹊桥仙令》等。调名来源有两说。一说《岁华纪丽》引《风俗通》云："织女七夕当渡河，使鹊为桥。"又《岁时广记》引《淮南子》云："乌鹊填河成桥而渡织女。"调名本此。一说因欧阳修词有"鹊迎桥路接天津"句，遂取为调名。此调有两体：这一欧词为五十六字令词体，所咏为调名本意。《词律》卷八列秦观此词，亦属令词体。另有八十八字慢词体，见柳永《乐章集》。

② 纤云弄巧：谓云彩巧于变幻。这里暗点时令。民间有七月八月看巧云的谚语。阴历七月七日为乞巧节。《荆楚岁时记》云："七月七日为牵牛织女聚会之夜。是夕，人家妇女结彩缕，穿七孔针，或以金银鍮石为针，陈瓜果于庭中以乞巧。"

③ 飞星传恨：指流星为牛郎织女（亦称牛女）传递离恨。牛郎，即牵牛星，隔银河与织女星相对。相传织女为天帝孙女，亦称天孙。长年织造云锦，自嫁给河西牛郎后，织乃中断。天帝大怒，责令其与牛郎分离，只准每年七月七日相会一次。故事初见于《古诗十九首》。

④ "银汉"句：银汉，即天河，亦称银河。《白帖》："天河谓之银汉，亦曰银河。"迢迢暗渡，指织女七月七日渡过天河后与牛郎相会。《续齐谐记》：桂阳成武丁有仙道，谓其弟曰："七月七日织女当渡河，诸仙悉还宫。"弟问曰："织女何事渡河？"答曰："织女暂诣牵牛。"世人至今犹云织女嫁牵牛也。

⑤　"金风"句：指牛女七夕相会。金风，秋风。古代以阴阳五行解释季节演变，秋属金，故称。张协《杂诗》之三："金风扇素节，丹霞启阴期。"李善注："西方为秋而主金，故秋风曰金风也。"玉露，晶莹的露珠。语出李商隐《辛未七夕》诗。

⑥　"便胜却"句：妙用李郢《七夕诗》（《全唐诗》卷五四二又作赵璜诗），与上句所用李商隐《辛未七夕》诗，均系秦观作词的"亦一法"，详见本首"心解"部分。

⑦　柔情似水：谓温柔多情，缠绵不断。寇准《江南春》诗："日暮汀洲一望时，柔情不断如春水。"此近其意。

⑧　佳期如梦：谓欢会之时怳如梦境。亦喻短暂。戴叔伦《客夜与故人偶集》诗："还作江南会，翻疑梦里逢。"

⑨　"忍顾"句：意谓不忍回顾鹊桥分手时的情景。鹊桥，相传七夕牛女相会，群鹊衔接为桥以渡银河。韩鄂《岁华纪丽·七夕》："鹊桥已成，织女将渡。"注：《风俗通》云："织女七夕当渡河，使鹊为桥。"

⑩　朝朝暮暮：意谓朝夕在一起。特指男女欢会，暗用宋玉《高唐赋序》："旦为朝云，暮为行雨。朝朝暮暮，阳台之下。"

【心解】

　　前些年有学者编发了一个颇可信从的《宋词名篇百首序列》，此词位居第二十六，而且是这一序列中唯一的一首《鹊桥仙》，堪称宋词中的压调之作，即同调词中最为出色的一首。早在明朝人的心目中，此词结拍的"两情"二句即被誉为"破格之谈"、"化臭腐为神奇"（分别见《草堂诗余隽》卷三眉批；《草堂诗余》正集卷二）。而今人对于此词的赞誉，比之古人则有过之而无不及。但是，赞誉归赞誉，今人对此词的歧解竟不一而足，仅以系年而论，至少有两种迥不相埒的做法：一种认为是"青年时期之作"，或系之于元丰二年（1079）；另一种则按照时间顺序排在《踏莎行》之后。而《踏莎行》一向有公认的确切编年，即绍圣四年（1097）春。在此之后，那就到了词人寿限的倒计时之年，哪里还有心思奢谈爱情和友情！

　　笔者历经多年的寻觅和斟酌，终于在 2013 年，秦少游研究会郴州年会之前，为此词找到了编年的依据。这就是词人写于绍圣三年的《祭洞庭文》。鉴于以往此文未被多数人所关注，兹摘要如下：绍圣三年十月己亥，朔，十一日丁卯，前宣义郎秦观，敬以钱马香酒茶果之奠，望洞庭、青草湖境上，敬祭于岳州境内洞庭昭灵王、青草安流王……观罪戾不肖，顷缘幸会，尝厕朝列，备员儒馆，承乏史臣。福过灾生，数遭重劾，蒙恩宽贷，投窜湖南。老母戚氏，年逾七十，久抱末疾。尽室幼累，几二十口，不获俱行。既寓浙西，方令男湛，谋侍南来……老母异时，经彼重湖，赐以便风，安然获济。仍愿神贶，早被大恩，生还乡邑……

　　词人于绍圣三年春夏之交从处州出发，行至浙西，大约正在"七夕"期间，却再也不能够全家二十口一同南行。便不得不将年逾七十、"久抱末疾"（即四肢瘫痪，长久卧病）的老母亲戚氏及"尽室幼累"撇下，曾打算叫儿子秦湛"谋侍南来"，最终秦湛没有南来，只有一老仆与词人偕行。试想，一个孝子与病中的老母等至亲骨肉远别，该是何种况味！将心比心，所以窃以为此词不像是以往论者所云，只是一首"爱情的赞歌"、"表达健康进步的爱情观"。因为在一夫多妻制的封建社会，特别是在纳妾和章台冶游被视为家常便饭的宋朝，谈不上有什么健康积极的爱情观。对异性动辄"有所悦"的秦少游更不例外。在这里可能性更大的是，词人借牛女"七夕"之会的旧瓶，装进了自酿的新酒，即运用其作词的独步"一法"，将在浙西与家人的那种生离死别之情，"打并入"牛女的"忍顾鹊桥归路"的极度痛苦，从而获得了"形象大于思想"的艺术效果。

　　对于"金风"二句，有论者曾作如是解——这是表现了久别重逢的情侣骤然相遇的欣喜之情；一次天上的相逢，胜过人间无数次的相聚，其喜悦之情大大地压倒了"恨"字；经过长久忍耐、长久等待而盼来了幸福相逢，哪怕只有一次，也已经胜过世俗间千千万万平凡聚会……现在看来，以上说法是建立在一种错误的前提之下，因为写这首词时，秦观与老母、妻子等家人，并非"久别重逢"、"骤然相遇"，而是行将分手，是"忍顾"，即不忍分手的痛苦。回想起来，本人在细阅《祭洞庭文》之前，也曾对此二句做过似是而非的解释。我曾说过："金风"二句意谓在这样的时刻有一夕之会，要比人间朝夕厮守的夫妻强多了。现在我认为：这两句，与其说是在歌唱天上"牛女"之爱，毋宁说是在表达"人间"之恨。它是化用李郢《七夕诗》的"莫嫌天上稀相见，犹胜人间去不回"之意。简直是在说"天上"牛郎织女一年一度的相会，要比"人间"的自己"数遭重劾"，几经贬谪，抛妻舍子，"有去不回"，欲爱不能的遭遇强多了。

笔者还认为，上文所引明朝人对于此词的两处经典之论中的"化臭腐为神奇"，已被人们反复引述解说，而对于"破格之谈"则少见提及，其实这是同样一则发人深思的高论。它出自《草堂诗余隽》卷三的这样一段眉批："相逢胜人间，会心之语。两情不在朝暮，破格之谈。七夕歌以双星会少别多为恨，独少游此词谓'两情若是久长'二句，最能醒人心目。"在这段高论的启发下，对此词的言外之意，试作如是解：

这里所谓"会心之语"、"破格之谈"，以及"最能醒人心目"云云，除了别具慧眼指出了秦观此词的旨意翻新之外，或许还有更广衍、更普遍的含义，即同时包含了作者对于真正友情的执着追求。因为《淮海词》中所写"爱情"，有狭义和广义之分，其中既有异性间的爱

249

恋，更有对师友的笃爱、对功业的追求。他与苏轼交往的笃诚和热情，不亚于"牛女"之间的感情及其本人的夫妻之情。当然这是从一定意义上说的；再者牛郎织女之间，作为一种忠贞爱情的象征，虽然值得歌颂，但是被天河隔离的夫妻分居生活，毕竟是辛酸的，过分揄扬是没有意义的。朋友之间不一样，君子之交，如长流之水，它不受时间、空间的限制。所以"两情"二句更是对两性之爱的扩展与升华。

此词另一值得关注的一点是其承前启后的作用。承前，是指其所受苏轼的两首同调词潜移默化的影响。苏轼的这两首词，一首虽题作《七夕》，却"不学痴牛呆女"，而是一首为朋友送行词。另一首题作《七夕和苏坚韵》。苏坚，原是泉州人，苏轼守杭时与之缔结宗盟。词中所云，"成都何在"，显然是一首思乡之作。启后，是指李清照在此词之后所写的调寄《行香子》的"七夕"词。李词结拍的"甚霎儿晴，霎儿雨，霎儿风"，是以"七夕"期间天气的变化无常，喻指崇宁年间政坛争斗的复杂多变，使她受到株连，不得不忍受着像被天河隔离在两岸的"牛女"睽违之苦。

如此说来，秦少游的这首词，也是兼指送行、思乡，以及抒发被"削秩"的不幸遭遇，而不仅仅是一首爱情词，更不能看成一首不食人间烟火的爱情至上的词作。

【集评】

1.《唐宋词鉴赏集》顾易生：……这首词不仅抒情、写景，而且与议论说理融化于一炉。我们有些诗歌理论，注重诗的形象思维是很好的，但以为诗中一着论说、句近散文，便失韵味。于是宋诗中的议论化与散文化便成矢的。宋词中这种现象较少，只有苏轼、辛弃疾等的豪放派中有所出现，而秦观这首词也在这方面作出有益的探索，直接抒发了议论，自由流畅近于散文，却更显得婉约蕴藉，余味盎然。这说明议论与散文句法，只要运用得宜，与抒情写景相结合，则同样有优美的形象，而且丰富了表现手法，这里的艺术经验也是值得注意和总结的。当然，这些手法运用不当，不但损害的诗味，即使是散文，也不是有艺术性的散文。如果片面强调"比兴"，说东指西，半吞半吐，矫揉造作，又何尝是好诗。《鹊桥仙》就没有这种弊病。

2. 《蓼园词选》：按七夕歌，以双星会少别多为恨。少游此词，谓"两情若是久长"，不在"朝朝暮暮"，所谓化臭腐为神奇。凡咏古题，须独出新裁，此固一定之论。少游以坐党籍被谪，思君臣际会之难，因托双星以写意。而慕君之念，婉恻缠绵，令人意远矣。

3. 俞陛云《唐五代两宋词选释》：夏闰庵云："七夕词最难作，宋人赋此者，佳作极少，惟少游一词可观，晏小山《蝶恋花》赋七夕尤佳。"

4. 《传世经典鉴赏丛书·宋词鉴赏》沈祖棻：《四库全书总目》在沈端节《克斋词》的《提要》中，曾论及词调和词题的关系。它说："考《花间》诸集，往往调即是题，如《女冠子》则咏女道士，《河渎神》则为送、迎神曲，《虞美人》则咏虞姬之类。唐末、五代诸词，例原如是。后人题咏渐繁，题与调两不相涉。"这就是说，最初的词、调和题是统一的，词调既与音乐有关，也和文辞有关；但后来则分了家，词调只是代表乐曲，不再涉及内容了；如果对内容要有所说明，就得另加题目。宋词绝大多数是属于后者，但这首词却属于前者。《鹊桥仙》原是为咏牛郎、织女的爱情故事而创作的乐曲，本词的内容，也正是咏此事。

5. 《唐宋词鉴赏辞典·唐·五代·北宋》高原：就全篇而言，这首写神话故事的词，句句是天上，句句写双星，而又句句写人间，句句写人情，天人合一，成为千古抒情绝唱。其抒情，悲哀中有欢乐，欢乐中有悲哀，悲欢离合，起伏跌宕。词中有写景，有抒情，有议论，虚实兼顾，融情、景、理于一炉。有趣的是，婉约词家在写作上常以议论为病，而今作为婉约派大师的秦少游，直接在这篇名作中抒发了议论："金风玉露一相逢，便胜却人间无数"，"两情若是久长时，又岂在朝朝暮暮"。这些自由流畅的句子，近于散文，却更显得婉约蕴藉，余味盎然。这说明议论运用得好，也是能赢得极好的艺术效果的。

6.《历代名篇赏析集成》王成怀：综观全词共有十句。其中六句为写景（也是抒情），四句为作者议论。就艺术技巧而论，写景的句子倒不怎么突出，而议论的句子却成了脍炙人口的千古名句。古代诗论家多以议论入诗为病。严羽就批评宋诗："以文字为诗，以才学为诗，以议论为诗。"（见《沧浪诗话》）陈子龙也批评"言理不言情"（见《古今词话》）。尽管以议论入词者尚不多见，然而也不能说绝无影响。诚然，诗歌（当然也包括词在内）应当讲求形象思维，诗人兴会所至，或触景生情，或借景抒情，多以委婉曲折地表达诗人在某一时刻的心绪、感触和意念为上乘。所以我国古代诗论家很重视诗的含蓄美，然而"尺有所短，寸有所长"，宋诗中以议论见长者也不乏其例。即就秦观的这首《鹊桥仙》而言，其议论并无说教之处，而且析理精辟，格调高绝，大有墨气四射，力透纸背之感。

7.《古代诗歌精萃鉴赏辞典》肖瑞峰：……然而，天意难违，离别终不可免。于是作者便掉转笔锋，对他们致以深情的慰勉："两情若是久长时，又岂在朝朝暮暮"。是啊，只要对爱情忠贞不渝，那又何必贪求卿卿我我的朝欢暮乐呢？当你独处逆境时，想到在海角天涯，有一颗坚贞的心始终以同样的频率伴随自己的心跳动时，这不也是一种幸福吗？这两句使全词升华到一个新的思想高度。意蕴极深，境界极高，确是惊世骇俗、振聋发聩之笔。纵观全词，作者否定的是朝欢暮乐的庸俗生活，歌颂的是天长地久的忠贞爱情。在他的精心提炼和巧妙构思下，古老的题材化为词中闪光的笔墨，迸发出耀眼的思想火花，既照亮了作者那颗坦荡、真挚的爱心，也使所有平庸的言情之作黯然失色。在写法上，词的上、下片都揉叙事议论于一体，熔写景抒情于一炉，开阖有方，跌宕有致，因而虽是短章，却颇耐人寻味。

8.《百家唐宋词新话》傅庚生：所谓"隐美"就是通常所说的含蓄美，就是要"含不尽之意，见于言外"（梅圣俞语）。所谓"秀美"就是文章中挺出物表、想落天外的卓绝之处，读后令人耳目为之一新。　　"隐美"的例子我们通常接触的比较多，至于那些"动心惊耳"、"英华耀树"（《文心雕龙》）的"秀美"的篇章，谈的人就比较少。我们这里不妨举一个"秀美"的例子来看，便是秦观的这首《鹊桥仙》。话说得干干脆脆，读将来真个如夏月饮水，象哀家梨的入口便消释。牛郎织女在每年七夕才得一度相逢，世上似我们的多少不知足的人都替他们抱委屈，说天上的双星还不如人间的夫妻。这庸俗的识见啊，我们一向就安于这庸俗了；蓦然在眼前触到"金风玉露一相逢，便胜却人间无数"这样冰清玉洁的词句，不由得使我们羞见自家心膈里的尘浊。"柔情似水，佳期如梦"，这三百六十五日中一夕的相逢，倒播下了三百六十五日黯然销魂的种子；"忍顾鹊桥归路"，是的，便铁石心肠的人儿也该断肠。然而——"两情若是久长时，又岂在朝朝暮暮"，看人家会转出如此英爽洒落的情趣来，像仙子的倜傥，神女的风流，天一般高的智慧，海一样深的情恋，才成就了这一篇"秀美"的作品。

9.《百家唐宋词新话》杨世明：此词另外一个特点，是善于化用前人名句。词中的"金风玉露一相逢，便胜却人间无数"堪称隽语，令人耳目一新，但实际上是从唐人赵璜的《七夕》诗："莫嫌天上稀相见，犹胜人间去不回"（《唐诗纪事》作李郢诗）变化而来。不过赵诗主要是艳羡牛女的"长生不老"，说这比人间夫妇数十年的恩爱总好得多。秦词则取意相反，说天上的相会虽只一日，却比人间的三百六十五天还好，真有出蓝之妙。词中又云"两情若是久长时，又岂在朝朝暮暮？"这也是警语。杜甫《牵牛织女》诗云："飒然精灵合，何必秋遂逢。"说只要心灵相通，这一夕相会并非紧要，高明之至！秦词师其意而不用其辞，真是善于师法前贤。

10.《中国古代爱情诗歌鉴赏辞典》宁宗一、沈国仪：……"忍顾"二字正是恰如其分地把握了此时此刻两人难依难舍的情感线索。顺此而下，很容易堕入感叹仙侣别离的俗套，然而诗人笔锋一转，却以一个富有人生哲理的警句总结全篇："两情若是久长时，又岂在朝朝暮暮？"牛郎织女的爱情固然受到空间的隔离、时间的限制，可是他们相爱不渝，凭着意志毕竟换得了去年、今年而且也是明年的相会，真挚的爱不但战胜了时间，而且指向了超时间的永恒，如此，又何必在乎朝朝暮暮的相处呢？这两句将全诗推向高潮，充分显示了一种坦荡的胸怀，表达了一种可贵的哲思，无疑给青年男女以极大的鼓舞作用，因而这首词千百年来一直是人们广泛传诵的爱情名篇。

11.《爱情词与散曲鉴赏辞典》曹道衡：这首词写牛郎织女故事，别出新意。自从《古诗十九首·迢迢牵牛星》以来，许多诗人都咏叹过这个优美的民间故事。但前人咏牛郎、织女，往往着眼于相见的短促。如南朝宋刘铄《咏牛女》以："沈情未申写，飞光已飘忽；来对眇难期，今欢自兹没"作结；王僧达《七夕月下》说"来欢讵终夕，收泪泣分河"；北朝周庾信《七夕》说："隔河相望近，经秋离别赊；愁将今夕恨，复著明年花"；唐杜审言《七夕诗》说："年年今夜尽，机杼别情多"。他们都着重写"相见时难别亦难"的感情，其实和《古诗十九首》的："盈盈一水间，脉脉不得语"同系感叹别离之苦。这当然符合这故事的情节。但从六朝到唐宋，许多诗人都写这个主题，不论立意和遣辞都难于别开生面。秦观此词却一扫前人窠臼，"金风玉露一相逢，便胜却人间无数"，由悲叹相见之难，变为歌颂牛郎织女的坚贞爱情。下片以"两情若是久长时，又岂在朝朝暮暮"作结，议论高超而感情真挚。一般说来，词中适合于表现细腻的柔情，而此词作旷达语，益足以见牛女感情之深。这首词在古代写牛郎、织女故事的诗词中别具一格，因此颇为世人传诵。

12.《中国文学名篇鉴赏辞典》潘君昭：……末句跳出俗套，立意较高，即认为两情的久长与否，并不在于能否朝暮相会。这种看法胜过白居易《长恨歌》以永远相爱不相离为爱情的最高愿望："七月七日长生殿，夜半无人私语时：'在天愿作比翼鸟，在地愿为连理枝。'"苏轼中秋词《水调歌头》末两句："但愿人长久，千里共婵娟。"是从月有阴晴圆缺联系到人有悲欢离合，继而又将手足之情扩大而为"月常圆，人长久"的美好祝愿，与之相较，本词虽较一般恋情词高出一筹，但也仅止于男女之爱的范畴，因此就不及苏轼中秋词的博大高远。

13. 刘乃昌、朱德才《宋词选》：七夕双星相会，骚人题咏甚多。此篇先写秋日天宇美妙物象，纤云、飞星、银河、玉露，无限清凉皎洁。继写两情挚厚，"似水"见其纯洁贞净，"如梦"见其幽幻匆促，不忍一顾归路，见其情胜胶漆。而以精诚超越行迹收结，神来之笔，独出心裁，"情长不在朝暮，化臭腐为神奇！"（《草堂诗余》正集卷二）美妙传说，以高情雅趣、妙语遐思来咏唱，自是出手不凡。

14. 徐培均、罗立刚《秦观诗词文选评》：思念是一条河，在人间，它清浅曲折、起伏不定，在天上，却亘古不变，流淌着，将绵绵的柔情漂白、漂淡，犹如七夕的云丝，犹如梦中的涟漪，将那美好的愿望拉长，绵延于天上人间，温柔曼妙，成一声久久的叹息，回荡在银河的两岸，回荡在七夕的月光之中。静静地倾听吧，那如水银泻地般的月光，它饱含一曲婉约之歌，诉说着一段凄美动人的爱情，让那些经历太多海誓山盟、朝暮相伴的恋人——体味，体味秋夜的凉爽，露珠的纯洁，相恋相爱的真正滋味，体味相思，体味在相思中延伸相恋相爱的真谛——两情若是久长时，又岂在朝朝暮暮！那飞逝的流星，是亘古相思的泪珠。

15. 姚蓉、王兆鹏《秦观词选》：下片前三句，写双星短暂相聚之后的又一场离别："柔情似水"，即景设喻，道尽牛女恩爱缠绵的深情。"佳期如梦"，写尽佳期之美好，也写尽佳期之短促。"忍顾鹊桥归路"，道出他们才相聚就要分离的痛苦心情，依依离情、无限离愁溢于言表。而此词最特出的地方，是结尾两句高论能于低回处振起全篇，翻出新意。历来文人吟咏七夕，"以双星会少别多为恨"，此篇"独谓情长不在朝暮，化臭腐为神奇"（《草堂诗余》正集卷二）。此词不仅将写景、抒情、叙事、议论融为一体，更能以高超的立意远胜同类题材的作品，以此成为千古绝唱。

16. 崔海正《语文新课标必读丛书·名家导读版〈宋词选〉》：关于牛郎、织女的美丽神话传说，可谓是家喻户晓、妇孺皆知，这里用不着多说。他（她）们美满的婚姻被拆散了，只能在每年农历七月七日夜晚见上一面。这天，喜鹊都上天为他（她）们在银河上搭桥，人间的少女要在院里摆设瓜果，向织女"乞巧"。这个节日叫七夕节，又叫乞巧节。此词就从这个故事出发，夜观天象，写他的所见所感。写"七夕"题材的诗词很多，但多半集中在会少别多的离恨上，或者主要写少女乞巧之事。此词独出心裁，一再咏唱真正的爱情能经得住时间的考验和离别的磨难，从而不落俗套，人们说这叫化腐朽为神奇！

七、唯有一老仆相伴走过"三湘"的一路歌哭

（公元 1096 年秋—1097 年夏秋）

为了印证《鹊桥仙》系词人由浙东的处州行至浙西恰遇"七夕"遂作是词，我们提前征引了《祭洞庭文》。由此文析知，秦观在浙西阔别家人时，尚有其子秦湛和老仆滕贵随行。大约三个月后的十月份将过洞庭湖作《祭洞庭文》时，还说"方令男湛谋侍南来"。此后，在秦观的行实中，出现了至少三个不大不小的谜。

谜一是，秦湛何时、为何离开其父、不再"谋侍南来"？有关记载只说到大约在由湘东向湘南行走时，只有老仆一人闹着情绪艰难随行，但未说这一老仆还能陪伴多久。而苏轼的身边一直有僮仆和小儿子随侍。

谜二是，词人在行经江西时，真的亲自上过庐山顶吗？窃以为未必，而持肯定之说者则列举《白鹤观》诗和《梦中题维摩诘像赞》为证。"未必"的理由有两点，一点是上述一诗一赞均不见于《淮海集》，因而其真实性颇有可议之处；另一点是，这一切当是均属好事者所为，尤其是地方史志的作者有的每每怀着博取名人效应的心理而为之。秦观的登庐山是出自《庐山志》的记载，这使我想起了大约二十年前的一件类似的事情——笔者就读六年的青岛铁路职工子弟中学的一位正在参加编写青岛崂山史志的老师，看到崂山志中有苏东坡登崂山的记载，老师未敢轻信遂赐函询及于不才。我一时做不出肯定的奉复，便致函向老友、苏轼研究专家王文龙教授求教。王教授经过缜密考量专函告知"当无此事"。那时苏轼为应朝廷急诏，知登州到官方五日即被召还朝升为礼部郎中，其间哪里顾得上绕道到崂山一游？当然，秦观与此不同的是他即使十分想望到峰峦奇秀的庐山名观顶礼膜拜一番，恐怕也没有那份自由和福分。实际他连下船的机会都不见得能有，充其量只能在船上仰望一番这座名山而已！

谜三是，秦观是否有在长沙"遇义倡"，并宿其家之事？虽然对此信从，乃至揄扬者大有人在，但也有所例外。记得多年前，我曾读过一段颇近情理的记叙，兹撮述如下：所谓秦观在长沙"遇义倡"，纯属是好事者有意编造的一个风流故事——南宋时，常州郡守李结的在湖南做过官的祖父对他说，秦观过长沙时结识了一位很有情义的娼女。秦观死后，这位女子奔走数百里，绕棺哭奠，悲恸而绝。李结把这个故事转述给学官钟将之，钟把它写成了《义倡传》，还在后面题写了诗词。这个故事又被南宋文学家洪迈载入他的《夷坚志》。后来，洪迈经过长时间的思考、辨别，最后的裁决是"定无此事"，在他的《客斋随笔》中做了订正，并承认《夷坚志》关于"遇义倡"的记载是一种莫大的失误。实际上，秦观当时在行程中是非常狼狈的。他离汴京后，连侍妾朝华都遣走了，在去湖南的困境中又怎么会眷恋一位娼女呢？而且绍圣年间，知潭州（长沙）的是新党温益。他把被贬谪的元祐旧臣，都当作罪人，凡经过他管辖之处，都驱之如囚徒，严厉看管，驱逐赶路。范纯仁，刘挚、韩川、吕陶，都遭受过他的迫害。有一人经过长沙时，天色晚了，投宿江寺。温益立即派兵出城，逼他登舟，凌风过江，几乎翻船。这样一个人又怎能容忍秦观在长沙与娼女多日缠绵呢？（详见曹济平、何琰《秦少游全传》，长春出版社 2000 年版，第 160 页）

　　笔者紧接上述话茬儿，对于秦观在"三湘"的行程、交往、词作等进行了将心比心的解读，从中可见，词人不但绝无长沙"遇义倡"的传奇，甚至未得踏上潭州的土地，而一直行进在去衡阳的舟中，直到填写《木兰花》（秋容老尽芙蓉院）一词前夕，方得舣舟着岸……

临江仙

千里潇湘挼蓝浦①，兰桡昔日曾经②。月高风定露华清。微波澄不动，冷浸一天星③。　　独倚危樯情悄悄，遥闻妃瑟泠泠④。新声含尽古今情。曲终人不见，江上数峰青⑤。

【注释】

① 挼蓝浦：此据宋本和明张綖本。汲古阁本误作"接蓝浦"，《彊村丛书》本亦承其讹。"挼蓝"与"揉蓝"原是古代的一种染色方法，后以指蓝色，并多用来形容水之清澈碧透。这里以状潇湘之水。

② 兰桡：对船的美称。桡，本为船桨，这里代指船，即兰舟。

③ "冷浸"句：化用欧阳炯《西江月》："月映长江秋水，分明冷浸星河"之句。

④ 妃瑟：湘妃所鼓之瑟。《楚辞·远游》："使湘灵鼓瑟兮，令海若舞冯夷。"湘灵，湘水女神，相传为舜妃，即湘夫人。泠泠，形容瑟声清越。

⑤ "曲终"二句：取用钱起《省试湘灵鼓瑟》诗的最后二成句，但与全篇浑然一体，又诸如"微波澄不动，冷浸一天星"、"新声含尽古今情"等，洵属"秦七声度"。详见"心解"部分。

【心解】

现今风行在场主义文学，或许被此种风气所熏染，本人也颇为喜爱与"在场"沾点边儿的"本事"诗和"本事"词。这也辐射到我对于这首《临江仙》的偏爱。因为这首词竟然有两种版本的"本事"。一种是出自释惠洪《冷斋夜话》的"秦少游南迁宿其（陈按：'其'指庐山的一座庙宇）下，登岸纵望久之，归卧舟中，闻风声，侧枕视微波，月影纵横……"有论者以为这类说法不可信。窃以为：即使不可全信，至少有相当可信的成分。这一论断并非空穴来风，而是通过"知人论世"之法获悉的。释惠洪虽然比秦观晚生约二十年，他能文工诗，尝作绮语，有"浪子和尚"之称，且与苏轼、黄庭坚交谊颇深。他不但是秦观师友的朋友，许顗《彦周诗话》还谓其"善作小词，情思婉约似少游……"由此可见这位"浪子和尚"对才子词人秦少游的知情度，洵非今之论者可比。此其一；其二，秦观被"削秩"后，于绍圣三年暮春从处州出发，经过四个月左右的跋涉，于"七夕"前后到达浙西时，不得不与身患末疾的老母及妻子等一大家子亲人分手。原拟其子秦湛陪伴前往郴州贬所，实则只老仆一人随行。秦观此行是由浙东的处州（今浙江丽水），经浙西，再经庐山。相传此山有一处庙宇颇灵验。对此秦观信以为真，"登岸纵望久之"，以祈求神明保佑老母、家室及其本人一帆风顺……这一切都极为真实可信，因为稍后出自秦观手笔的《祭洞庭文》，他又一次向神明祈福。这当是身陷困境的秦少游唯一的精神支柱，不必视为迷信，也无甚怪异之处。

　　这首《临江仙》的另一"本事"，见于宋人吴炯《五总志》。此书记录的是见闻杂事，其论诗推崇黄庭坚，隶属于江西诗派。既是黄庭坚的"粉丝"，那么对黄氏的同门学友秦少游不至于陌生。这一"本事"中，虽有些神秘兮兮的成分，这当与此书的题旨有关。书名《五总志》系取"龟生五总，灵而知事"之意，无非表明其对于秦少游既知其今世，也知其来生。作者更亲自见闻从潭州太守，到在座贵宾，以致官妓、善讴者、船主商人各色人等无不激赏这首《临江仙》及其中佳句。因此细绎这两则"本事"，或有所信从，对于理解和赏读此词当可多有裨益。

就文本而言，亦与上述二"本事"多有契合，所写系"有我之境"。词人平生头一次来到湖南，第一眼看到的是景色优美，且有深厚文化积淀的湖湘风物。这一带被稍后的陆游称之为"挥毫当得江山助，不到潇湘岂有诗"，而对秦观来说则可谓"不到'三湘'岂有词"，因为他在"三湘"一年的词作，不仅比他平生中其他任何一年的数量高出许多，而且写出了《淮海词》的压卷之作《踏莎行·郴州旅舍》。以往人们对于此词的称赏几无复加，这当然无可訾议，但仅就本人而言，对这首《临江仙》和其他"三湘"词的关注则多有欠缺，理应急起直追。此次集中反复细阅了秦观于"三湘"所作约二十首迁谪词，读后无一首不令人痛彻心扉。

这首《临江仙》写于秦少游进入"三湘"，由北往南的第一处落脚点。习惯上称洞庭湖和湘江地带为湖湘，这是当年屈原被流放和投江自尽的伤心之地。词人舣舟于微波不兴的湘水之中，思绪万千，不寒而栗，况且时至秋冬之交，所以词之上片结拍二句"微波澄不动，冷浸一天星"，洵系融情于景的绝妙之句。

自古以来，湖湘地带最受关注和令人感动的历史传说莫过于舜之二妃的泪洒斑竹直至殉夫的娥皇、女英姊妹俩，仿佛亲耳听到了她俩弹拨的泠泠瑟音，却见不到她们的人影……此情此景，以"曲终人不见，江上数峰青"之唐诗成句加以状写，简直妙不可言！

以往人们格外青睐"微波"二句的清新传神和结拍二句对于唐人佳构的妙用，这是理所当然的。值此，笔者更想陈述对于"新声含尽古今情"之我见——"新声"指的是这首《临江仙》，其所含"古情"，即屈原的忠君爱国之情和湘妃的殉夫深情……对于词人说来，在此他所倾注的"今情"，则是他对朝廷以及苏门师友的一腔衷情，这是堪与"古情"相提并论的。

概而言之，此系秦氏"三湘"词的第一首，在情绪上虽令人有孤寂清冷之感，却并无幻灭之悲。因为驶入"三湘"伊始，他对未来还抱有希望，说不定在他一路拜祭过的山神、水灵的保佑下，朝廷开恩，有可能宽恕于他！

【集评】

1. 《唐宋词鉴赏辞典·唐·五代·北宋》刘学锴：这是秦观于宋哲宗绍圣三年（1096）被谪郴州途中写的一首词，抒写夜泊湘江的感受。"新声含尽古今情"，这是对江上瑟声的感受。瑟中所奏的"新声"，包含了古人和今人的共同感情。古，指湘灵；今，指词人自己。这一感受，正透露词人与湘灵一样，有着无穷的幽怨。这首词和作者以感伤为基调的其他词篇有所不同，尽管偏于幽冷，却没有他的词常犯的气格卑弱的毛病。全篇渗透楚骚的情韵，这在秦词中也是特例。

2. 杨世明《淮海词笺注》：此词咏潇湘夜泊。少游绍圣三年（1096）由处州徙郴州，尝溯湘水。后贬徙横州，当亦沿潇湘水。此词有"昔日曾经"云云，明系往横州时作。故宜系于元符元年（1098）。

3. 周义敢、程自信、周雷《秦观集编年校注》（下）：此首作于绍圣三年十月，在贬谪郴州途中夜泊湘江而赋此。词境感伤幽冷，苍凉悲苦，可见词风已由凄婉哀感，变而为凄厉哀伤。此词宋时即在湘中流传。

4. 刘乃昌、朱德才《宋词选》：词为绍圣三年（1096）秦观自处州徙贬郴州，途中抒写夜泊湘江的感受而作。起调两句直述泊舟潇湘，"月高"三句江上所见夜景，风、露、水、月、星等物象，给人以幽冷寂静之感。以下写"独倚危樯"的情怀感触。遥闻湘妃鼓琴，感到感情古今相通，末借用钱起诗，传出虚幻寂寥情惊。词人捕捉似真似梦的微妙幻觉，透露出自我凄凉寂寞的心声。

5. 徐培均、罗立刚《秦观诗词文选评》：这是一首写景抒情之作。潇湘夜景，乃奇绝所在。据秦观行实，他在绍圣三年丙子（1096）自处州南徙郴州，曾途经潇湘，此词当作于南徙途中。词的开头两句，交待夜宿潇湘的经历。起笔描绘潇湘之景，极有气势。"千里"二字，见浩渺之状。"兰桡"句是说自己曾经到过这里，此次是再次经过潇湘。接下来三句，具体展现潇湘夜景之美。这显然是一个秋天的夜晚，秋高气爽，天地澄澈。月高风定，千里水面平静如镜，夜露之下，波澜不惊，潇湘水中，倒映出满天的星斗。天星水星，天月水月，扁舟一叶荡漾其间，宛如置身于仙界银河之中。"微波澄不动，冷浸一天星"二句，写景如画，造语新颖别致，意境优美清新，历来广为传颂。

6. 姚蓉、王兆鹏《秦观词选》：此词乃绍圣三年（1096）作者贬徙郴州途中夜泊湘江时作。词抒写词人夜泊湘江的所见所闻与所感。"千里潇湘"，是现今词人的泊舟之处，也是昔日屈原等迁客骚人乘舟经行的地方。词人因被贬郴州而夜泊湘江，与当年屈原、贾谊等人因怀才不遇而行吟江畔，境遇何等相似。现实的、地理的长河，与历史的、时间的长河通过"千里潇湘"交汇，词人的命运，也通过"千里潇湘"与古代迁客们的命运紧紧相连，引发人深沉的历史感与悲剧感。

7. 谢燕《秦少游词精品》：……该词首二句写贬谪的词人乘船行经清澈如蓝的千里湘江，犹如步当年屈原足迹。接着三句写泊湘江夜景，描绘了一幅幽冷凄清的江天画面。特别是"微波澄不动，冷浸一天星"二句，新颖别致，为传诵一时之名句。词的下片写情。词人独对漠漠湘江想到舜帝二妃，遥闻似幻似真的泠泠瑟声，想到自己仕途多蹇的悲凉，"新声含尽古今情"将古今的悲剧与哀伤联系起来。词末两句全用钱起成句入词，但用得恰到好处，毫无斧凿之痕，清莹高洁，从中可感受到词人的无奈与落寞。该词通篇寓情于景，意境凄清淡远。

木兰花①

秋容老尽芙蓉院②，草上霜花匀似剪③。西楼促坐酒杯深④，风压绣帘香不卷。　　玉纤慵整银筝雁⑤，红袖时笼金鸭暖⑥。岁华一任委西风，独有春红留醉脸⑦。

【注释】

① 木兰花：用作词调，有齐言、杂言两种。此词系齐言体，又名《木兰花令》、《梦相亲》、《东邻妙》、《呈纤手》、《归风便》、《续渔歌》。双调，五十六字，七言八句，上下片各四句三仄韵。齐言体《木兰花》有换韵和不换韵之别，后者与《玉楼春》体格极为相似，因而有人将词调《木兰花》与《玉楼春》视为同调异名，且有混填者，但却一直存有分合是非之争，迄无定说。

② 芙蓉：这里指木芙蓉，湖南湘江一带多有栽培。谭用之《秋宿湘江遇雨》诗"秋风万里芙蓉国"的"芙蓉国"指湖南。"芙蓉院"，或指湘江一带的某一院落。

③ "草上"句：系隐括李贺《北中寒》诗："霜花草上大如钱，挥刀不入迷濛天"而成。

④ 促坐：迫近而坐。《史记·滑稽列传》："日暮酒阑，合尊促坐。"酒杯深，形容酒逢知己。

⑤ 银筝雁：银筝，银饰的古筝，或对筝的美称。雁，即雁柱。古筝的弦柱斜列，如飞雁一般。李商隐《昨日》诗："二八月轮蟾影破，十三弦柱雁行斜。"

⑥ 金鸭：指金属铸成的鸭形香炉。这里指取暖的手炉。戴叔伦《春怨》诗："金鸭香消欲断魂，梨花春雨掩重门。"

⑦ 春红：本指春花之美色。这里指因醉酒而脸红，即酒红。苏轼《纵笔三首》

其一："小儿误喜朱颜在，一笑那知是酒红。"

【心解】

对此词的解读分歧很大，主要集中在"写谁"或"写给谁"的问题上。又或因此词调名一作《呈纤手》，词中又有"玉纤"（对女子手指的美称）的字样，论者几乎异口同声地说主人公是一个女子，有的还坐实到为长沙义倡而作；有的则认为：反映了词人流连青楼、乐以忘忧的生活……坦率地说，笔者不敢苟同上述诸说，试作拙解如下：

绍圣三年深秋，在水上漂泊了数月的词人，不敢，也不能踏上被新党铁杆人物控制的潭州（长沙），只得继续漂泊到了衡阳地界才得上岸。这里是旧党势力管辖的地方。这个栽植着木芙蓉院落的主人，即使不是词人的好友孔毅甫（孔氏其人，后详），至少也是元祐党人的同情支持者。一大早，欣赏着地上结着像是剪裁得很匀称的"霜花"，被主人迎进了西楼客厅，二人促膝而坐。畅饮中，彼此还说了许多心里话。想来，主人对这次会晤作了精心布置，或许因为宾主谈及的是敏感话题，本应迫近陪客的歌伎，却在为抵挡秋风而悬挂的绣帘的另一方位。那里的歌伎、使女，或略带倦意地拨弄古筝，或用心将手炉侍弄得温暖宜人。面对这周到而深情的一切，词人不由得发出了深深的感叹——随着愈来愈加猛烈的党争"西风"，我的岁华和前程将被断送，只有眼前这温馨的一幕和仿佛焕发了青春的醉脸，将永远铭记在心。

"诗无达诂"，词亦依然。笔者并非乐于与上述论者唱对台戏，只是根据本人对当时新旧党争的形势特点，以及词人好友所在地的初步了解；再加秦观在半年前已经丧失了"铁饭碗"等等，从而断定眼下的他恐怕没有心思和条件热衷于恋妓、赠妓之类的风流韵事，因为眼下他已经濒于自身难保的地步！

当然，笔者对于上述拙见也不敢过于自是，那么，一切就由读者选择和参与判别吧。

【集评】

1.《百家唐宋词新话》杨世明：……白居易《醉中对红叶》诗说："醉貌如霜叶，虽红不是春。"这是说的老实话，不过却有点颓废。苏轼的《纵笔三首》之一道："寂寂东坡一病翁，白须萧散满霜风。小儿误喜朱颜在，一笑那知是酒红。"话说得比白诗巧，带着一点俏皮，但也透露出青春逝去的无可奈何的情绪。此词末尾说岁华任西风年复一年吹去，吹不去的只有醉脸上的红晕，那么本来面目自然是憔悴不堪了。话不直说而略作跌宕，便显得耐人寻味。少游词措语之妙，由此可见一斑。

2. 周义敢、程自信、周雷《秦观集编年校注》（下）：此首写一歌女悲叹衰颜，百无聊赖。其中似有寓意，慨叹仕途坎坷，行将迟暮。

3. 徐培均、罗立刚《秦观诗词文选评》：《宋裨类钞》卷一七记："长沙义妓者，不知其姓氏，善讴，尤喜秦少游乐府，得一篇，辄手笔口哦不置。久之，少游坐钩党南迁，道经长沙，访潭土风俗、妓籍中可与言者。或举妓，遂往访。……媪出设位，坐少游于堂。妓冠帔立堂下，北面拜。少游起且避，媪掖之坐以受拜。已，乃张筵饮，虚左席，示不敢抗。母子左右侍。觞酒一行，率歌少游词一阕以侑之。饮卒甚欢，比夜乃罢。"此词所写时间、景物、情境，都与此事颇为相符。秦观受党祸南迁，是在绍圣三年（1096），因此可以初步判断此词乃绍圣三年被贬南迁到长沙时的酬妓之作。

4. 姚蓉、王兆鹏《秦观词选》：……"风压"句补叙西楼宴饮的环境，以闺阁景物暗示词人的酒伴是女性，他此刻是在青楼寻欢。过片三句，以华丽精细的笔调描绘女子的日常生活，"慵整银筝"、"时笼金鸭"的举动，写出女子慵懒、闲适的生活情趣，透露出词人的赏爱之情。其中"玉"、"银"、"红"、"金"等颜色字的运用，极具效果，不仅刻画出闺阁富丽精工的环境、闺中人冶艳优雅的情态，而且透露出温馨愉悦的情绪，反映了词人流连青楼、乐以忘忧的生活。相对这两句工笔重彩的描画，结尾两句则显得笔调疏朗，只以一个醉后满脸酒红的细节，传达出词人放开怀抱，及时行乐的思想。而"岁华一任委西风"的开解之词，又可见词人于放达之中隐含的深沉愤懑。结合词人当时正被流放湖湘的生活经历，可见沉浸在温柔乡及醉乡之中，是词人仕途蹉跎的无奈之举。

如梦令

遥夜沉沉如水^①，风紧驿亭深闭^②。梦破鼠窥灯^③，霜送晓寒侵被。无寐，无寐，门外马嘶人起。

【注释】

① "遥夜"句：意谓长夜难明。沉沉，低沉长久的意思。令狐楚《宫中乐》诗："银台门已闭，仙漏夜沉沉。"

② 驿亭：古时供旅途中歇宿的处所。杜甫《喜观即到复题短篇两首》其二："江阁嫌津柳，风帆数驿亭。"

③ 梦破：梦醒。鼠窥灯，饥鼠欲偷食灯油。

【心解】

这首《如梦令》，比前一首《木兰花》，在写作时间和行进路程等方面略有延伸。从前者所言"遥夜"来看，即夜长了，昼短了，说明已由深秋、初冬进入了隆冬时的冬至前后；路线大致是与长沙擦肩而过之后，继续向衡阳、郴州方向行进……

离开了志同道合的朋友和温馨舒适的芙蓉院落，来到了一个荒寒冷寂的"驿亭"。这里鼠窃狗偷，令人难以安眠。睡梦中醒来，更感破晓时分寒气袭人，再也难以入眠——"无寐"。失眠的词人听到"驿亭"门外人声马嘶，身不由己的他，也只能勉为其难，一大早继续南行。渐行渐远，前景又当如何呢？

樊志厚《人间词乙稿序》谓："夫古今人词之以意胜者，莫若欧阳公。以境胜者，莫若秦少游。"这一首也可以说是"以境胜者"：长夜沉沉，饥鼠窥灯，风紧霜寒，破晓登程，这是一种何等凄楚的境况！在这般氛围之中，不正饱和着词人的跋涉之劳、贬迁之苦吗？秦观这类词要比那种借青楼恋妓和怀旧之作，更加切中当下的身世遭际，也就更加深刻感人。

此首一作黄庭坚词，误。

【集评】

1. 杨世明《淮海词笺注》：此词写旅途长夜难寐情景。情调凄恻，当是绍圣元年（1094）后贬谪途中所作。

2. 《唐宋词鉴赏辞典·唐·五代·北宋》周啸天："遥夜"即长夜，但它构成双声，比较"长夜"，不仅从意义，而且也从声音上状出了夜漫漫而难尽的感觉。紧接"沉沉"的叠字，更增强上述感觉。这第一句尤妙在"如水"的譬。是夜长如水，是夜凉如水，还是黑夜深沉如水呢？只说"如水"，而不限制在何种性质上相"如"，让读者去体味。联系"遥夜"这似乎是形容夜长，联系"沉沉"又似形容夜深，联系下文"风紧"则又似形容夜凉，喻意倍加丰富。较之通常用水比夜偏于一义的写法，有所创新。这句点明时间是夜晚，次句则点出地点，"驿亭"是古时供传递公文的使者和来往官员憩宿之所，一般都远离城市。驿站到夜里自是门户关闭，但词句把"风紧"与"驿亭深闭"联系在一起，则有更多的意味。一方面更显得荒野"风紧"；另一方面也暗示出即使重门深闭也隔不断呼啸的风声。"驿亭"本易使人联想到荒野景况以及游宦情怀，而"风紧"更添荒野寒寂之感。作者的心情就从这纯粹的景语中暗示出几分。

3. 《中国文学宝库·唐宋词精华分卷》薛祥生、王静芬：这首词是写羁旅生活之苦的。它选取了"行客待晓"这一富有典型意义的题材，运用富有感情色彩的语言，描述了客舍荒寂、环境凄苦和行客长夜难眠的情景，虽无一字道及羁旅之愁，而羁旅之愁却充塞于字里行间，跃然纸上，这是此词运笔高明之处。刘勰说："情以物迁，辞以情发……以少总多，情貌无遗。"（《文心雕龙·物色》）以之作为本词的总案，大约不为过分吧！

4. 周义敢、程自信、周雷《秦观集编年校注》（下）：此首写于流贬途中，所写为冬景。作者贬杭州，徙横州均在春天，流雷州在九月。只有至郴州贬所是在寒冬，故可推知此词作于绍圣三年冬。卷十四《题郴阳道中一古寺壁二绝》诗，所写情景与此相类，亦可佐证。词中写所见、所感、所闻，未言悲苦，而行役者之凄苦毕现。

5. 徐培均、罗立刚《秦观词新释辑评》：词中抒发的是一种悲苦的离情，而词的用韵也起到了很好的烘托作用。"水"、"闭"、"被"、"寐"、"起"等韵脚，都不是响韵而是哑韵。可以想象，这首词演唱时细而低而哑的发声吐字与拍点结合在一起时，所造成的幽咽滞涩之感，会给听众留下什么样的效果。词在当时并非纯粹的案头文学，而是通过演唱传布于大众口耳之间的。所以说，一首好词，不仅要有优美的意境，鲜明的人物等文学性要求，还应该有表演时声情并茂的要求。虽然词在今天已经基本上只作为纯文学样式了，但它所具备的表演特征对表达词情所起的作用，仍然值得引起我们的注意。

6. 《传世经典鉴赏丛书·宋词鉴赏》姚蓉：此词作于绍圣三年（1096）秦观贬往郴州的途中，主要是倾吐自己栖迟孤馆的羁旅愁绪。词作最大的特点是通篇描写客观环境，却语语指向词人的心境，无一"愁"字而句句凄凉，乃是以景写情的佳篇。首句"遥夜沉沉如水"点明时间是在夜晚，其中暗含词人的凄凉之感。"遥夜"状夜之长，"沉沉"暮夜之深，"如水"喻夜之凉，如此漫长、沉重又凄冷的夜晚，给词作笼上低沉、伤感的气氛。次句"风紧驿亭深闭"点出地点是在荒郊野外的驿站，表明词人羁旅在外的处境。"风紧"写出驿馆的凄寒，"深闭"道出驿馆的孤寂。这两句渲染冷落的外部环境，下两句则从屋外写到了屋内。"梦破"写屋内之人无法安眠的状况与梦被惊破的懊恼……

7. 喻朝刚、周航《分类两宋绝妙好词》：本篇系词人贬徙途中，夜宿寒荒驿舍所作。长夜漫漫，霜风凄紧，饥鼠窥灯，难以安眠。天刚破晓，门外驿马长嘶，人声嘈杂，艰苦的长途跋涉又将开始。全词寓情于景，通过环境的描写和景物的烘托，将旅人的苦况和牢落失意之情表达得十分真切感人。

阮郎归

潇湘门外水平铺①，月寒征棹孤。红妆饮罢少踟蹰②，有人偷向隅③。　　挥玉箸，洒珍珠④，梨花春雨余⑤。人人尽道断肠初，那堪肠已无。

【注释】

① 潇湘：《水经注·湘水》："潇者，水清深也。"多称湘水为潇湘。潇湘门，衡州城门。

② 踟蹰：犹豫，徘徊不进。《诗经·静女》："爱而不见，搔首踟蹰。"

③ 向隅：面朝着屋子里的一个角落。《说苑·贵德》："今有满堂饮酒者，有一人独索然向隅而泣，则一堂之人皆不乐矣。"

④ "挥玉箸"二句：比喻女子流泪。刘孝威《独不见》诗："谁怜双玉箸，流面复流襟。"白居易《夜闻歌者……》诗："夜泪似真珠，双双堕明月。"

⑤ "梨花"句：化用白居易《长恨歌》："玉容寂寞泪阑干，梨花一枝春带雨。"

【心解】

在交代此词出台背景时，对其填写时间，论者之间分歧不大，而对写作地点和词旨的理解则夐然有别。一则认为系"旅次衡阳时所作"，并如《独醒杂志》所记系词人有感于好友孔毅甫的款宴而作；更多论者或以为抒发"与长沙义妓相遇，有同是天涯沦落人"之悲怀，或云："作于少游将继续南行，与此女（指长沙倡女）离别之时"，或谓"此词疑写与长沙义妓分别时情怀"……窃以为第一种说法符合实际，洵为可取，而异口同声的后数种说法，则尚有商榷余地。

商榷一：依据前述词人行迹，其于湘水下游溯流而上，不多日即可到达时称潭州的长沙。词人内心深处何尝不想前往其老泰山曾任主簿的宁乡所在的这一古邑作一观光，但是不敢！因为词人至少能够风闻，当时知潭州的温某，凡逐臣在其视察范围之内无不受到其侵凌。举凡南迁过潭州，幕投避难者，便被其派遣的官兵逼迫登舟，只得凌风而去，哪管舟船被狂风巨浪吞没！词人曾一再被"蛇"咬，他怎么能不怕"井绳"，抄写佛书尚且被罗织罪名开除公职，冒犯太守禁令登上潭州的土地，岂不更要罪加一等，词人不能不顾忌这一严重后果。

商榷二：至少笔者尚未在较可信的有关文书中，发现秦少游迁谪郴州过程中，有款留潭州的记载。《宋史本传》只提到"削秩徒郴州，继编管横州，又徒雷州。"潭州并非贬谪的目的地，迁客能有随意前往并不偏远荒僻的大都邑的自由？未知持秦少游"过长沙，遇义妓"论者所据何在？倘有可靠论据似宜征引于有关论著之中，以增强公信度，如果只是依据《秦谱》中引用的洪迈《夷坚志》所云："……先生过长沙，有遇义倡事"，这是已被洪迈本人断然否定的"失于审订"的以讹传讹之说！

商榷三：退多少步讲，即使有关论者出示了秦少游"过长沙"的可靠论据，那么在此"遇义倡"并宿其家累日云云，仍然存在着一个硕大的问号！因为早在三年前，词人为了崇佛"修真"，一遣再遣其宠爱无似的天仙般的侍妾边朝华，在他处境更加艰难的地步竟然出尔反尔地去寻访什么"义倡"！且不说此举多么有负于对其义重如山的朝华姑娘，他又怎样面对一直为秦氏一大家子人的吃穿辛勤劳作，养蚕、织布、侍奉长年瘫痪在床的婆母的徐氏发妻！难道秦学士竟是一个负心汉？相反，

277

在对待声色方面，词人还是能够自律的，早在其《自警》诗之中，即发出"贪声恋色镇如痴，终被声色迷阡陌"的自我警示。

商榷四：此词虽然字面上写的是一位为与词人阔别而泪流满面的"红妆"女辈，但这不是真的女儿身，这是词人及其好友孔毅甫的替身。秦、孔之间的关系不亚于少游与黄（庭坚）、张（耒）、晁（补之）的深情，只是孔的际遇略好于少游。在秦氏被"削秩"前后，孔被迁为衡阳知州，秦氏路过此地，孔延留、厚待。秦将其在处州所作《千秋岁》一词呈献孔氏过目。看到这首词，孔便预感到秦将不久于人世，遂拟以彼此唱和加以宽解。这是词史上有所记载的一件感人之事。孔第一个与之和韵，继而苏轼、黄庭坚等多位均有和作，这是后话。此词的语意深层饱和的是秦对孔的一腔感激涕零。至于借"红妆"为替身，这是婉约词人笔下的一定之规，正如《淮海词》中诸如"东邻"、靓女云云的真实身份不外乎词人同党同僚中的"须眉"，而不是什么巾帼女流，此其一；其二，传统诗词中的美人香草之喻，说穿了就是男人们拿女人说事儿，甚至拿女人作挡箭牌。面对残酷政治迫害的秦少游，不拿女人说事儿，行吗？其三，或许此系这番商榷中最过硬的一条理由，也是秦淮海作词的独步"一法"——如果说《满庭芳》（山抹微云）是秦氏将对于"乌台"牢狱中的苏轼无比牵挂的情愫"打并入""席上有所悦"的会稽越女，那么这阕《阮郎归》则是将词人对于孔毅甫的旧谊新情"打并入"衡阳之湘女！既如此，今天我们既无政治压力，亦无须避嫌的条件下，不必就词的字面只在一个所谓"义妓"身上做文章。如果此词是为一个倡女而作，无疑会大大降低其价值所在！实际这是孔毅甫所预感到的其与好友生离死别痛彻肺腑的一个场面。如此理解的话，结穴之句"人人尽道断肠初，那堪肠已无"，才能体现出它的实际分量！对于一个略似于当今三陪女子的古代倡女，秦少游再怎么多愁善感，也不会如此动情！

【集评】

1.《续编草堂诗余》："玉箸"、"真珠"觉叠，得"梨花雨余"句，叠正妙。及云"肠已无"，如新笋发林，高出林上。

2. 杨慎《草堂》批语：此等情绪，煞甚伤心。秦七太深刻矣。

3. 杨世明《淮海词笺注》：此词写饯别之悲伤。审词意，似为绍圣三年（1096）旅次衡州登舟往郴前宴别所作。

4. 周义敢、程自信、周雷《秦观集编年校注》（下）：作者《祭洞庭文》，云过湖在绍圣三年十月十一日（文集卷三十四），则其抵达衡州当在嗣后不久。此词写饯别悲怀，该是旅次衡州时所作。据宋曾敏行《独醒杂志》所记：秦观过衡州时，友人孔毅甫为知州，宴于郡斋，可知席上赋此调。

5. 徐培均、罗立刚《秦观诗词文选评》：这是一首伤心的离别曲。绍圣三年（1096）作者从处州被贬到郴州，途经潇湘，与长沙义妓相遇，有沦落天涯之感。从意境和词情来看，这首《阮郎归》应该是与义妓分离时所作。潇湘门外的湘江，水面平铺，月光倾泻而下，水面泛出波光，把"征棹"（实际上指迁客）烘托得格外孤单。离别之人，对凄凉之景，自会更添悲愁情绪。词用开头两句写景，营造出一种凄清孤寂的气氛，寓悲凉心境，是从离人的角度落笔。接下来转换角度，表现送别女子的痛苦。"红妆"一句，正是《木兰花》词中"岁华一任委西风"的再现。既然人生注定聚少离多，能与知己相遇一回，就应该让精神彻底放松一回，让真我显露一次。美酒酬知己，乃人生快意之事，所以，不觉之中已是"酒杯深"了，开怀畅饮以尽片刻之欢。但是，既饮之后，别离的阴影又时时笼罩在他们心头，想到即将分别，不免心生踟蹰，继而向隅掩泣。过片"玉箸"、"真珠"造语典雅，极见真情。从词情发展的角度看，这两句承上片的"偷向隅"而来，利用词上下片之间音乐的过渡，将人物情感大大地往前推进一步，向隅饮泣尚有压抑感情之迹，而"挥"、"洒"玉箸、真珠，则是全然不可抑制的任情奔泻。

6. 姚蓉、王兆鹏《秦观词选》：相传少游绍圣三年（1096）被贬郴州途经长沙时，与一位仰慕他已久的倡女有过亲密交往，此女后为他殉情。这首词大概就作于少游将继续南行，与此女离别之时。首二句写离别的环境：在冷冷的月光笼罩下，潇湘水平静地从门外流过，一只孤舟泊在岸边，扬帆待发。这两句不仅为全词营造了冷清凄惨的氛围，而且显示出一种离别的紧迫感，为下文写离别情事张本。故后两句笔触转向离别之人。离别的苦酒已经饮过，离别的情话也已经说过，然而在启程的这一刻，为词人送别的女子却踟蹰不前，向隅而泣。"踟蹰"二字，反映了她心中的依恋与不舍；偷偷向隅，又显示出她的矜持与体贴。

7. 谢燕《秦少游诗词文精品丛书·秦少游词精品》：此词疑写与长沙义妓分别时情怀。词首二句写离别的环境，为全词营造了一个凄清的氛围。接下去写临别女子的情态："踟蹰"写其依恋；"偷向隅"写其识体；"梨花春雨余"写其美丽与哀伤。"人人尽道断肠初，那堪肠已无"，结句翻空出奇，为全篇警策。

阮郎归

湘天风雨破寒初，深沉庭院虚。丽谯吹罢小单于①，迢迢清夜徂②。　　乡梦断，旅魂孤③，峥嵘岁又除④。衡阳犹有雁传书⑤，郴阳和雁无⑥。

【注释】

① 丽谯：壮美的城楼。《庄子·徐无鬼》："君亦必无盛鹤列于丽谯之间。"郭象注："丽谯，高楼也。"陆德明释文："谯，本亦作嶣。"成玄英疏："言其华丽嶤峣也。"这里指更鼓楼。小单于，乐曲名。《乐府诗集》卷二十四《横吹曲辞四》："按唐大角曲亦有《大单于》、《小单于》、《大梅花》、《小梅花》等曲，今其声犹有存者。"李益《听晓角》诗："无限塞鸿飞不度，秋风卷入小单于。"

② "迢迢"句：谓漫长寂静的夜晚。徂，到，往。杜甫《倦夜》诗："万事干戈里，空悲清夜徂。"

③ "乡梦"二句：谓乡梦醒来心神孤单。旅魂，犹客心。杜甫《夜》诗："露下天高秋气清，空山独夜旅魂惊。"

④ "峥嵘"句：谓不寻常的一年又已终了。峥嵘，比喻超越寻常。杜甫《敬赠郑谏议十韵》诗："筑居仙缥缈，旅食岁峥嵘。"除，年终。此处作动词。孟浩然《岁暮归南山》诗："白发催年老，青阳逼岁除。"

⑤ "衡阳"句：谓衡阳尚有鸿雁可传书信。相传衡阳有回雁峰，北来的鸿雁，到此不再南飞。《汉书·苏武传》谓苏武于汉武帝天汉元年以中郎将出使匈奴，被扣。匈奴单于胁迫其投降，苏武不屈，被徙至北海，使牧公羊，俟羊产子乃释放。苏武饮雪食草籽，持汉节牧羊十九年，节旄尽落。昭帝即位数年，匈奴与汉和亲。汉求苏武等人，匈奴诡言苏武已死。后汉使得悉真情，托称汉天子射猎上林苑中，得雁，足上系有帛书，知苏武等在某泽中。此为鸿雁传书之说。

⑥ "郴阳"句：郴阳比衡阳更远，连雁也不能飞来。比喻还京无望。据《元丰九域志》卷六荆湖路南路云：自衡州至郴州二百二十里。郴阳系郴州州治，在衡州南，雁飞不到。和，连的意思。

【心解】

对于这首词的填写时间、地点、题旨……今人所见悉同；且有论者从历代词选中此词入选次数、被品评的次数、历代与此首唱和的篇数三方面加以定量分析，从而证实此首名列前茅，甚至超越了《鹊桥仙》、《千秋岁》等佳作，仅次于《踏莎行》及与其并列的《满庭芳》（山抹微云）和首句作"晓色云开"的调寄《满庭芳》及其与此并列的《八六子》、《江城子》（西城杨柳），位居第三。这一定位着实道出了此词在笔者心目中的分量。

鉴于本人与时贤对于此词的见解坿同，不宜人云亦云，也不宜重复自己早在近三十年前说过的话（详见拙编著《两宋名家词选注丛书·淮海词》），只得另辟蹊径，以抒新见：

其一，笔者在解析词作时每每启用词调这把钥匙，不消说"本事"、"本意"词，其他词作的立意亦或多或少与词调本意相关或相反。《阮郎归》又名《醉桃源》、《宴桃源》等，其本意是写东汉剡县人阮肇、刘晨入天台山桃林遇仙女与之媾和，淹留半年。及归，子孙已历七世。词调名称或本于此。在这里，秦词非取"本意"，只取《阮郎归》的字面，借以表达其盼"归"的急切心情；再者，《词谱》以李煜"东风吹水日街山"为此调之正体。而对于李煜此词，以俞陛云前辈为代表的论者均谓其抒发"鹡原之思"，至于"鹡原"之典亦不拟重复本人在《李璟李煜词赏析》一书中说过的话。在此须作赘言的是秦词所暗示的"鹡原之思"是广义的，既蕴含对两位胞弟及老母家人的思念，更包含着对苏门师友的无比牵挂。

其二，词之第二句的"庭院"，应该就是"郴州旅舍"。这一旅舍当年是否建在被誉之为"湘南圣地"的苏仙岭，笔者尚不能断言。但是，举凡来到郴州，苏仙岭的葱茏秀丽及多处名胜古迹，如雷贯耳。素有烟霞之好的秦学士岂不动心？然而奇怪的是我们从有关记载中，尚未及发现秦氏身临苏仙岭的记载，方志中只有词人称赏鱼降山的话头。苏仙岭坐落在今郴州市东五华里，鱼降山则在"州东三十里"（《郴州总志·山川》），莫非秦氏当年所栖身的"庭院"即"郴州旅舍"就在苏仙岭，就近游览鱼降山？其所以只字不提苏仙岭当是为了避嫌，"苏"字在当时尤为敏感。尽管在苏仙岭流传的是西汉人苏耽在此成仙的故事，与苏东坡毫无瓜葛，但动辄得咎的秦少游不得不忌讳这个"苏"字。

其三，除夕守岁，通宵达旦，伴随的是欢乐心情，而词人却在"丽谯吹罢"，深夜难眠，显然是在辗转反侧地想心事。而眼下令词人焦虑不堪的心事，莫过于处境的凶险无助。在衡阳时，还有好友孔毅甫对他的厚待和宽慰，甚至替他传递消息，而到了郴阳则举目无亲，忧心忡忡，无法进入梦乡，魂魄只有在这孤寂的迁谪途中游移！以往论者无不由衷称赏词之结拍所用典事，其实关于鸿雁传书和衡阳回雁峰云云，基本属于常见、常用的熟典，其格外令人为之动情的主要在于上述"潜台词"。

其四，生活中不难发现，愈是心地善良的人愈容易"吃哑巴亏"，但是像秦少游这样被别有用心的人"承风望旨"，一而再，再而三地蒙受不白之冤，直到被开除公职，远远地被流放到海康做了"把锄"、"灌园"的农夫，可谓亘古罕见。对此我曾再三发问：这到底是为什么？直到近些年陆陆续续阅读了秦氏所作《朋党》（上下），以及他为同党李公择所写《行状》，并多通有关书简等等，仿佛找到了某种答案，即当年的秦少游太"用感情代替政策"了！他在此类文章中，对旧党和蜀党以外的党派人物，包括已故的王安石父子，说了一些近似于苏洵《辨奸论》中失控和失实的话，这势必会得罪一大片，从而遭到了变本加厉的打击报复。比如在不同性质的斗争中，不少人为此遭殃，但没有一个人像秦氏这样被"削秩"、远放！虽说苏轼被贬得更远，但是他与其弟还都保留了别驾的职务。虽然这一职务到了唐宋权位大减，但毕竟还可能有一个类似于今天的铁饭碗吧？秦观则不然！存在决定意识，命蹇时乖，注定了秦氏"三湘"词的基调，也是我们对之加以心解的着眼点。

【集评】

1. 《中国历代著名文学家评传》第三卷唐圭璋、潘君昭：从处州贬往郴州途中，秦观于十月行经汉阳（今湖北武汉市），这时贺铸因在长江对岸而未及相见，曾寄诗相赠。年底到达郴州，他奔波劳顿，忧思忡忡，在心力交瘁的状况下度岁，除夕之夜他写了一首《阮郎归》(略)，除夕风雨，寒夜闻曲，加深了客地寂寞之感。久贬在外，怀乡怀人之情由于难得音书而加深；在衡阳还能见到传书的雁儿，郴州却连雁儿也没有一只，从他濒于绝望的哀诉中透露出难以言传的内心苦衷和处境的艰难。

2. 唐圭璋《唐宋词简释》：此首述旅况，亦极凄婉。上片，起言风雨生愁，次言孤馆空虚。"丽谯"两句，言角声吹彻，人亦不能寐。下片，"乡梦"三句，抒怀乡怀人之情。"岁又除"，叹旅外之久，不得便归也。"衡阳"两句，更伤无雁传书，愁愈难释。小山云："梦魂纵有也成虚，那堪和梦无"，与此各极其妙。

3.《中国文学宝库·唐宋词精华分卷》薛祥生、王静芬：此词为作者晚年贬官郴州之作。上片写谪居郴州除夕之夜的凄凉、空虚而又孤寂的情景，景中含情。下片写思乡之情，魂孤梦断，音讯皆无，情中有景。全词情真语直，哀婉动人。唐圭璋先生对此词已作出精辟论断，我完全赞同。

4. 杨世明《淮海词笺注》：此词写谪居郴州之寂寞无欢，当为绍圣三年（1096）底初至郴州时所作。彊村本子野词亦有此首。按张先平生未至湘，显系误收。

5. 周义敢、程自信、周雷《秦观集编年校注》（下）：词中称时在"郴阳"，"峥嵘岁又除"，可知此词于绍圣三年除夕作于郴州。

6. 徐培均、罗立刚《秦观诗词文选评》：这首词作于绍圣三年（1096）除夕的郴州旅舍。词人身罹党祸，丢官削秩，愈贬愈远，内心自然痛苦万分。除夕之夜，家家团圆，而他却远离故乡，独处孤馆，强烈的悲喜对比，直接刺激着他敏感的神经，所以词情显得特别凄凉。上片如电影镜头的组接一般：风雨潇潇，寒意料峭，是背景；凄凉的城头画角之声，是画外音；茫茫夜色，深深庭院，城头的高楼，是画中之景。虽然画面中没有出现人物，单凭这一份环境渲染，就足以烘托出主人公的孤独与痛苦了。

7. 刘乃昌、朱德才《宋词选》：此为绍圣四年（1097）末在郴阳（即郴州）作。湘天风雨，庭院深虚，笛曲幽咽，长夜迢遥，为乡思旅愁烘染了足够的氛围。之后集中倾泻愁怀，家乡远，梦魂单，又到年关，乡音渺无，谪居凄苦况味，可以想见。煞拍用进层手法，将愁情推入极境，与"人人尽道断肠初，那堪肠已无"（秦观《阮郎归》），同样酸楚。

8. 《传世经典鉴赏丛书·宋词鉴赏》姚蓉：……这首词写于绍圣三年（1096）除夕，秦观仕途一再受挫，被谪居到当时堪称偏远的湖南郴州，因此处境潦倒，心境恶劣，面对万家欢乐的除夕之夜，他见到的是"湘天风雨"的凄寒，感受到的是"深沉庭院"的冷寂，心中满是蜗居庭院、与世隔绝的悲凉滋味。在新年来临之际，他的耳中没有"爆竹声声辞旧岁"的热闹，只有清晨令他心惊肉跳的画角凄凉。不眠的除夕之夜就这样过去了，秦观心中郁积的复杂情感却喷薄而出，回乡无望、羁旅孤独、岁月艰难之感，人生迟暮之情，种种情绪涌上心头，令他无限凄楚。更为凄楚的是，他的悲凉与伤感，无人慰藉，也无处诉说。因为他在的郴州，是偏远得连古代传说中会传书的鸿雁都不来的地方，所以不能为他和亲友传递书信。

9. 喻朝刚、周航《分类两宋绝妙好词》：这首词是秦观被徙郴州时所作。时值岁暮，久贬在外，音书全无，词人深感孤独寂寞。此阕上片叙述除夕之夜长夜难眠的苦况，下片抒发思亲怀乡之情。语浅意深，曲折含蓄，情调凄恻，表达了作者谪居生活中难以排遣的愁怀和哀伤。

踏莎行①

雾失楼台，月迷津渡，桃源望断无寻处②。可堪孤馆闭春寒③，杜鹃声里斜阳暮。　　驿寄梅花④，鱼传尺素⑤，砌成此恨无重数。郴江幸自绕郴山，为谁流下潇湘去⑥。

【注释】

① 踏莎行：又名《平阳兴》、《江南曲》、《芳心苦》、《芳洲泊》、《度新声》、《思牛女》、《柳长春》、《惜余春》、《喜朝天》、《阳羡歌》、《晕眉山》、《踏雪行》、《踏云行》、《题醉袖》、《潇潇雨》。添字体名《转调踏莎行》。杨慎《词品》卷一："韩翃诗：'踏莎行草过春溪。'为调名《踏莎行》所本。"《词谱》卷一三以晏殊"细草愁烟"一首为正体，双调，五十八字，上下片各五句三仄韵。

② 桃源：有三说：一是指陶潜《桃花源记》中的桃源，亦称武陵源，被作为"避难所"的代称；二是指《幽明录》或《神仙记》所载刘晨、阮肇入天台山遇仙女与之媾和，意谓寻欢之处；三是指郴州所属的著名景观苏仙岭，是处有"桃花洞"、"桃花溪"。窃以为第一种说法较合理。因为此时的词人，断无寻欢作乐之想！如果取用第三说，后面的"望断无寻处"就失去了着落，因为苏仙岭就在谪居郴州孤馆的词人的眼皮底下，何言"望断无寻处"？眼下词人的当务之急是寻找一个避难的场所。

③ 可堪：那堪、不堪。闭春寒，倒春寒。

④ 驿寄梅花：《荆州记》："陆凯与范晔相善，自江南寄梅花一枝，诣长安与晔，并赠诗曰：'折梅逢驿使，寄与陇头人。江南无所有，聊赠一枝春。'"后常以此表示亲友间的寄赠和慰藉。

⑤ 鱼传尺素：指书信。古乐府《饮马长城窟行》："客从远方来，遗我双鲤鱼。呼儿烹鲤鱼，中有尺素书。"李白《赠汉阳府录事》："汉口双鱼白锦鳞，令

传尺素报情人。"

⑥ "郴江"二句：系怨绝语。或从戴叔伦《湘南即事》诗："沅湘日夜东流去，不为愁人住少时"变化而来，都是埋怨江水无情地抛开自己而流去。幸自，本自。为谁，为甚。

【心解】

此词系历来公断的《淮海词》的压卷之作。更因其编年有着明确而可靠的史料依托，今人大都能够正确地系于绍圣四年（1097）之春；问题首先是出在古代及近人身上。自宋迄元明清，约有二十多家除了对此词的细枝末节多所挑剔外，甚至对文本中的关键语句加诸极为离谱的指斥，就连近人王国维这样的大家也不例外；问题更在于古人的某些臆度，比如"赠妓说"云云，至今或被采信，故而不无必要加以驳难，以正视听。

笔者基于多年来对于秦少游人格的一定理解，从而判定在对于《踏莎行》一词的解读赏析中，最为以讹传讹的是所谓"赠妓说"！依据不才对于《鹊桥仙》的至少能够自圆其说的编年，从而得知秦氏于绍圣三年十月中旬至岳阳祭祀洞庭、青草二湖；岁暮至郴州，翌年春填写《踏莎行》之际，约半年之前，在浙西依依惜别亲友的揪心情景还历历在目，眼前的处境却更加险恶，岂有花心和自由专访"义倡"，且留宿其处所？

关于秦少游与所谓义倡交接之事，可否如是说——古人失之于臆度，今之论者对之态度各异，宁信其有者大有人在，笔者则坚信其无，理由如下：

或许源于"日有所思，夜有所梦"，不才正在再次解析《踏莎行》之际的某一夜，似寐似醒之中，仿佛有一种金玉之声萦绕于耳畔，隐隐约约地听到——绍圣年间的秦少游已沦为罪臣，起先被徙的目的地是偏远的郴州，彼岂敢擅自逗留于古都大邑之潭州！最后一句音势沉重，不才遂被惊醒。一看壁钟，时值子夜，而睡意全消。于是起身急忙再次查阅有关藏书，仍然未见绍圣年间秦氏途次时称潭州的长沙的信实记载。倘若人们均未发现秦少游生前曾经款留长沙，那就绝无在此"遇义倡"可言！

况且，清人赵翼《陔余丛考》引《野客丛书》所谓"秦少游南迁至长沙，有妓……请于其母，愿托以终身。少游赠词"云云，今本《野客丛书》不见上述记载。又因这一记载与秦氏被贬之初所遣侍妾边朝华一事相抵牾，而纳朝华和对她一遣再遣，均出自高邮人士张邦基《墨庄漫录》之卷三。鉴于此书所记名人故事等，被认为"很有史料价值"，所以张氏之著，比之"野客"之说，更为笔者所服膺。不言而喻的是秦氏既将纳之不久的边朝华执意遣之，又怎么会出尔反尔宿于萍水之逢的倡家，且人还在长沙，竟赠之其日后在郴州所做的"郴江"云云寓意何等深湛的佳作隽句？看来洪迈对此事的认识过程是真实可信的：其在《夷坚志》中曾记载过此事；而其考证辨析颇为精确的《容斋四笔·辨秦少游义倡》条则认为"定无此事"，深悔写《夷坚志》时，"失于审订，然悔之不及矣"。作者的话都说到这个份儿上了，今人如果继续舍其认为"定无此事"的新著新说，而仍然采取旧著旧说，岂不完全违背和辜负了洪氏的一片苦心？所以还是摈弃所谓"义倡"、"赠妓"之说为妥。因为此说的弊端还在于将这类莫须有的浪漫故事掺和进来，势必会冲淡秦观被惩治的力度及其蒙受冤情的深重，也就相应降低了此词的感染力，岂非得不偿失！

鉴于为数不少的今人（笔者亦忝在其内）对于此词早已有较为差强人意的解说，此处将力避重复，更不掠美。这里所谈一得之见，主要是在上述周济的独步"一法"和夏老的一诗（下详）启发下获得的。比如笔者一向虽然很赞成王国维对于此词之上片"可堪"二句的肯定和揄扬，又很不认同其借下片"郴江"二句对于苏轼的讥讽和贬损，但却一直未能对土氏此论加以驳难，从而为苏轼说句公道话。现在看来，问题主要出在王氏对秦氏的身世，以及对苏、秦的深交不甚了了，也未觉察到在这里词人用的是比喻和象征的手法，即字面上是说郴江反常地离开郴山（泛指郴州山脉）而远去，言外之意则是自己作为苏门弟子，原本聚集在恩师周围，为社稷、为前程发挥自己的才干，曾经得到过朝廷的赏识，那是何等幸事和荣耀！如今却被强制来到这令人窒息的春寒料峭之地，这到底是为什么？在这里，词人是将其蒙冤获罪的"身世之感打并入"乖离郴山的郴江之水……所以这不是两句曾被解释为"无理"的"景语"，而是饱含着词人被强迫离别京都、师友、家人的无限苦楚和怨怼！

最能理解秦学士的莫过于苏东坡和千年之后的"一代词宗"夏承焘！夏老在《瞿髯论词绝句》中，是这样论述秦观的：

> 秦郎淮海领宗风，小阁苏门亦代雄。
> 等是百身难赎语，郴江北去大江东。

在近百首《瞿髯论词绝句》中，堂堂"苏门四学士"，只选了秦观一人加以论纂，足见夏老对"秦郎淮海"之看重；而最能体现苏轼爱赏痛惜少游的是第三句"等是百身难赎语"，第四句"郴江北去大江东"，《瞿髯论词绝句》关于此首的"题解"称："这首词说，秦观的'郴江幸自绕郴山，为谁流下潇湘去'一首词，可与苏轼的'大江东去'一首并传"。对秦观此词评价之高，于此可见一斑。

看来，解读"郴江"二句，必须深谙苏、秦之间的那种"同升而并黜"、命运与共的极为独特的关系。否则即使像王国维那样的国学大家，也难免于在讥讽东坡"犹为皮相"时，自己真正陷于"皮相"之见。

总之，笔者通过对秦少游部分"三湘"词的心解中，进一步领悟到秦学士尊师重友的高尚品格。其命运之甘苦，固有其为性格所决定的要素，但可否这样说：风流才子秦少游的一生"始得名于'苏门'，终得罪于'苏门'"。然而，他无怨无悔，至死保持着对于"苏门"的无比悃诚！

【集评】

1. 杨慎《词品》卷三：秦少游《踏莎行》"杜鹃声里斜阳暮"，极为东坡所赏。而后人病其"斜阳暮"，为重复。非也，见"斜阳"而知日"暮"，非复也。犹韦应物诗"须臾风暖朝日暾"，既曰"朝日"，又曰"暾"，当亦为宋人所讥矣。此非知诗者。

2. 王士禛《花草蒙拾》："郴江幸自绕郴山，为谁流下潇湘去"，千古绝唱。秦殁后，坡公常书此于扇，曰："少游已矣，虽万人何赎！"高山流水之悲，千载而下，令人腹痛。

3. 王国维《人间词话》：少游词境最为凄婉，至"何堪孤馆闭春寒，杜鹃声里斜阳暮"，则变而为凄厉矣。东坡赏其后二语，犹为皮相。

4. 陈匪石《宋词举》：盖自写羁愁，造境极佳，造语尤隽永有味，实从晏氏父子出者。"雾失楼台，月迷津渡"，平平两句，是征途所见，是迁客心事，即元祐党祸，世人亦作如是观。"桃源"为避世之地，在郴西北，是本地风光，亦身世之感。曰"望断"，曰"无寻处"，又上文"失"字，"迷"字之归宿也。表面写景，而怨诽之情寓焉。"孤馆"点出旅愁，"馆"已"孤"矣，

"春寒"又从而"闭"之，凄苦之境，亦"君门九重"之叹。于是只闻"杜鹃"之"声"，而于其声中又俄而"斜阳"焉，俄而"暮"焉，则日坐愁城可知，不必写情而情自见矣。

5.《中国历代著名文学家评传》第三卷唐圭璋、潘君昭：……绍圣四年，二月份朝廷对"元祐党人"又一次加重处分，秦观亦接到编管横州（今广西横县）的诏书。他在离开郴州前写下了著名的词篇《踏莎行》：（略）。词中先写由希望到失望的迷惘心情。首两句一向为人称道：郴州的春夜，楼台消失在迷雾之中，渡头隐没在朦胧的月色里面。词人的心头亦蒙着一层黯淡的色彩。传说中的桃源仙境据说是在郴州以北的武陵，虽然向往已久，但苦于无迹可寻。仙境既不可得，而现实又是那样使人难堪：所住者"孤馆"、所感者"春寒"、所闻者"鹃声"、所见者"斜阳"，这四者并集一起，虽不言愁而愁苦之情自见。

6.《唐宋词鉴赏辞典·唐·五代·北宋》高原：王国维和苏东坡对这首词的鉴赏，由于二人看问题的角度不同，各有所爱，却都不失为各有一得。应该看到，正是写实和象征的多种手法的综合运用，才构成这首词凄迷幽怨、含蕴深厚的艺术特色，才使这首词成为一件完美的艺术精品。应该说，词中各句都是写得精彩的，而"可堪孤馆闭春寒，杜鹃声里斜阳暮"两句和"郴江幸自绕郴山，为谁流下潇湘去"两句，更好，各有艺术特点。诗词作法本无定式，少游为表现其内心不能直言的深曲幽微的逐客之恨，使用写实、象征多种手法开拓词的意境，获得了成功。这对词的艺术发展是有意义的，应该肯定的。它表现了作为北宋一代词手、婉约派大家秦少游高超的艺术才能。

7.《历代名篇赏析集成》（下）张燕瑾、杨锺贤：

后二句借助自然景物来抒情："郴江幸自绕郴山，为谁流下潇湘去？"郴江本是绕着郴山流的，为什么又要流到潇湘去呢？把大自然的江河写得有感情、有意志，好像郴江的注入潇湘是出于迫不得已的原因。诗人原徙南国，是被迫的，郴江本可以绕郴山流淌，为什么也流向潇湘呢？问的是郴江，表现的却是诗人自己的心事。这一问，感情很强烈，把满腹忧愁、万千心事，借助自然景物传达出来，却又并不说破，妙在婉转含蓄。

8.《唐宋诗词探胜》吴熊和：……这首词即写他贬居中凄苦牢落之感。传说中的桃源不是离郴州不远吗？但雾重月昏，望断难寻，实际上是说他避愁无地。……而且用视觉的茫无所见表现其心境的迷乱无主，反映了他的心理状态。孤馆、春寒是身心所感，杜鹃、斜阳是耳目所感，四者构成一种孤寂凄清的气氛，既是写环境，也是写心境（黄庭坚以为"斜阳"与"暮"意重，但欲改而未能）。"驿寄"三句：说不乏友情，但又益增离恨。

9.《古代诗歌精萃鉴赏辞典》肖瑞峰：……在作者看来，郴江本当始终环绕着郴山而流，如今却北入湘江，一去不返，个中情由实令人百思不得其解——"郴江"在这里无疑具有某种象征意蕴：在作者对郴江的故作不解的诘问中，分明倾注了他自己离乡远谪的无尽怨愤。其实，郴江未必真有心舍却郴山而去；之所以径去不顾，乃是造物之天地使然。既然如此，无情的与其说是郴江，莫若说是天地。因而"为谁流下"云云岂不也是作者对于无情的天地一种诘问？其意颇类屈原《天问》，看似无理，实却合情。

10.《百家唐宋词新话》朱德才：此词佳处全在虚实相间，互为生发，并以上下两结饮誉词坛。上片以虚带实。曰"雾失"，曰"月迷"，皆为"望断"二字出力。而所谓"楼台"、"津渡"云云，则无非幻觉中的"桃源"。"无寻处"者，"去彼乐土"之不能。写幻想之破灭，旨在引出现实之不堪。"可堪"两句，眼前实景，曰"馆"，点出旅愁；曰："孤馆"，孤寂凄冷自见；更何堪"孤馆"为料峭春寒所锁闭；耳闻杜鹃哀啼，目接残阳西坠。集无数伤心景物于一境，无怪王国维《人间词话》称之为"凄厉"。

11. 《中国文学名篇鉴赏辞典》叶嘉莹：……总之，苏轼与王国维之所赏爱的因素虽然各有不同，却也都不失为各有一得之赏。至于我个人的看法，则以为就词中意境之发展而言，实在当以此词首尾两处所使用的象征的手法，和所蕴含的象喻的意义为最可注意。而且我还以为，秦观早期词作中所表现的纤柔婉约之风格，虽然也有其独具之特色，使人被其敏锐善感之"词心"所感动，但那还只不过是由其天赋之资质所形成的一种特色而已。至于我们现在所讨论的这首《踏莎行》词，则是以其天赋之锐敏善感之心性，更结合了平生苦难之经历，然后透过其多年写词之艺术修养，而凝聚成的一种使词境更为加深了的象喻层次的开拓；这是我们在论秦观词时，所决不该忽视的他的一点重要成就。

12. 周义敢、程自信、周雷《秦观集编年校注》（下）：此词作于绍圣四年春，为宋词之名篇，誉为千古绝唱。

13. 刘乃昌、朱德才《宋词选》：此词乃绍圣四年（1097）秦观贬居郴州（今湖南郴县）为摅泻迁谪情怀而作。首写雾浓月暗，避世桃源无路可寻。次写旅况孤凄、清冷，日暮杜鹃悲啼，一派萧瑟，情何以堪！连用两则友人投书掌故，写乡国之思。"砌成此恨"，化抽象为具象，极见愁思之深。收拍即景取喻、借物寓意，而以诘问句出之，自悲际遇，语意恺切。全词韵调凄惋，色相朦胧，寄幽隐，费人寻绎。

14. 徐培均、罗立刚《秦观诗词文选评》：这首词作于宋哲宗绍圣四年（1097）暮春。据《续资治通鉴长编·补遗》卷一四载，此年"二月，郴州编管秦观，移横州编管"。诏书到达之日，应该是在三月以后。接到这样的诏书，对本来感情就细腻脆弱的秦少游而言，打击之大，是可以想象的。所以，词中所抒发的感情，几乎可以用绝望二字概括：现实生活痛苦不堪，想逃避到世外桃源中去，但楼台迷失于雾霭之中，津渡苍茫于月光之下。眼前一片烟霭迷朦之景，耳中阵阵杜鹃凄切之声，孤独的馆舍，料峭的春寒，包围着孤寂的迁客。置身于这样的环境之中，内心的孤苦不言自明。

15. 姚蓉、王兆鹏《秦观词选》：……末二句以郴江自郴山发源，流下潇湘的景语作结，看似即所出之地的特色景物抒发望远怀人之思，实则其中还寓含了词人本来尽力为朝廷效命，谁知无端被远谪潇湘的身世之痛。难怪与词人同病相怜的苏轼极赏爱这两句，将之书于扇面。凄婉迷离的意境，沉郁厚重的情感，情景相生的艺术手法，隐微曲折的表达方式，使此词成为秦观的代表作，也使此词成为千古绝唱。

16.《传世经典鉴赏丛书·宋词鉴赏》郭红欣：当然，"郴江"二句本身所包含的痛切之意，苏轼也不会洞彻的。"郴江"显然是词人的自喻，"郴山"也暗喻着京城。在秦观看来，"绕郴山"是"郴江"自然而美好的原初状态。但忽然有一天，这美好的状态被打破了，懵懵懂懂之中，词人被贬离了京城，贬离了他身心赖以依存的地方。这究竟是为了谁，又是为了什么呢？词人无法解释，更无法抗拒。秦观本是一个以文字受知于苏轼的纯粹的有才情的文人，他从来就不是一个政治家或是政治的热衷者，但他竟要为此付出一生的代价了。"为谁"，他是在问己，也是在问天，但己既无言，天亦无

295

语。还有那一个"去"字，其调、其声、其情、其意，都让人感到一种决绝、一种冷酷，一种身不由己的挟迫、一种不可回转的趋势。"去"字之下，郴江无法回流，词人更无法回头。事实上，词人也确实是一路南行，而且愈行愈远，再也没有回到他心所向往的地方。

17. 喻朝刚、周航《分类两宋绝妙好词》：……词以凄婉的笔调，抒写迁客贬徙生活中的愁苦之情，意境苍凉，含思深永，表达了词人身陷囹圄、有苦难言的隐衷。上片寓情于景，从入目所见和入耳所闻两方面着笔，抒发作者谪居边荒、流落他乡的惆怅和怨悱。下片直抒胸臆，表达对亲友的思念。结拍两句借山怨水，以江水之无情，反衬自己离乡背井的孤独寂寞之感。词人将无知的江水拟人化，幸其回绕，惜其北流，寓至情于不合理的发问中，曲折深婉，含蕴无穷。全篇层次分明，两片起处平叙，第三句一顿，节拍融情入景，妙在欲言不言之间。虽为小令，写法却与慢词相似。

如梦令

池上春归何处？满目落花飞絮①。孤馆悄无人，梦断月堤归路。无绪，无绪，帘外五更风雨。

【注释】

① "满目"句：此句于孙光宪《浣溪沙》词的"落絮飞花满帝城，看看春尽又伤情"二句，或有某种取意而悲苦过之。

【心解】

对于这首小词的写作时空论者所见悉同（详见本首之"集评"），兹不赘述。而对于此词的解读则各有心得，且言之成理。那么，对于这一拙解来说，作为"后出"者，本应"转精"才是，但是限于本人的才智，怕是难以达到"后出转精"的目标，但有一点不才则矢志不渝，即对于别家见解中深得吾心者，尽量采取原文征引的方法，否则便另辟蹊径，此处亦然——

起初面对上述各家所言，我一时无从下笔，遂一次又一次诵读起来，读着，读着，感到这首小令从用词用语到场景、意象，都是那么似曾相识，比如"孤馆悄无人"，不就是"可堪孤馆闭春寒"的翻版吗？再如"满目落花飞絮"一句也颇感耳熟。又因这一拙著的前几部分的同类语句每每见于《花间集》，顺手一翻，果然在"花间词"三大家之首的孙光宪（另两家是温庭筠和韦庄）名下发现了一首调寄《浣溪沙》的小词，词云："落絮飞花满帝城，看看春尽又伤情。岁华频度想堪惊。

297

风月岂唯今日恨，烟霄终待此身荣。未敢虚老负平生。"
两相对照，虽说思绪、情感多所契合，但还不宜遽言孙
词一定为秦词所本，尚须进一步加以印证。

　　孙光宪是大名家，关于他的行实随处可见。原来他
也曾有过寻求并付诸实施的避难之举，这一点正是眼下
秦少游所最为关注的；入宋后，孙光宪曾被授黄州刺
史，是苏轼被贬之地，这一点也足以让秦少游心动；两
人更为灵犀相通的是孙氏博通经史，著述丰赡，特别是
其所著《蚕书》对于少游的同名著作或有导夫先路之
功……基于上述诸多共鸣之点，不仅这首小词，孙氏对
于秦观词风的转变也有着不可低估的影响，集中体现了
上引张綖所说秦氏作词以名人名句为依托的又一重要
手法。

　　关于此词，以下尚有两点疑问拟就教于有关方家：

　　其一，是对"梦断月堤归路"一句怎样解释更贴切？
有论者以为是词人的归乡之梦。而窃以为"月堤归路"
似指词人在浙西与家人分手，家人由此归去之路，词人
在梦中只能梦到分手时的情景，此后的事便一无所知，
即所谓"梦断"月堤。而眼下的词人正在经受更加远谪
的诏书的逼迫，哪里还有归去的征兆和可能！

　　其二，有的注释说"帘外五更风雨"句出自欧阳修
《浪淘沙》（一说李清照词）。检《全宋词》所收欧阳修
五首《浪淘沙》并无"帘外五更风，吹梦无踪"的字
样。至于李清照词更不可能，秦观于绍圣四年写此词时，
李清照只有十三四岁，她还没有写词的记载。其实，"帘
外五更风雨"之句只有出自当时秦少游的笔下才有分量。
因为不消说是李清照，就是欧阳修，也不曾经历过秦观
所经受的人生中如此猛烈的狂风骤雨！

【集评】

1. 杨世明《淮海词笺注》：暮春伤怀，词意与《踏莎行》同，且亦有"孤馆"云云，当同为绍圣四年（1097）春徙郴州任内作。或误作周邦彦词。

2. 周义敢、程自信、周雷《秦观集编年校注》（下）：此首意境与心境同于上二首。所不同者是前云"孤馆闭春寒"，时在初春；而此首则"落花飞絮"，已是暮春时节。故知此首作于绍圣四年春末。

3. 徐培均、罗立刚《秦观词新释辑评》：……作为小令，《如梦令》一般都是前两句一个层次，中间两句一个层次，彼此似断似连方为合式，但秦观的这首《如梦令》却突破了这种布局，以一问开头，接下来三句都紧紧围绕着这一问展开，一层深入一层，一层紧似一层，在读完这三句之后，对第一句的疑问，才有了更为深刻的认识。如此处理，不仅使结构更加紧凑，而且还使词情更显婉曲。

4. 姚蓉、王兆鹏《秦观词选》：……但正是词人的这一"无理"之问，吐露出他心中深厚的伤春之意与浓浓的怅惘之情。按理说，词人应是看到"落花飞絮"的凋残景色，才引发"春归何处"的疑问。如今把问句提前，起到一开篇就以强烈的伤春感慨震慑人心的效果。"孤馆"一词，点出词人的羁旅处境，"悄无人"进而说明"孤"字，渲染出词人所在环境的冷寂。独处驿馆本已凄凉，更何况回乡的美梦被生生打断，词人惊醒后的惆怅与失落可以想见。"无绪"的感叹，道尽他失眠后辗转难安、思绪万千的苦恼情状。以"帘外五更风雨"的景物描写作结，既进一步烘托出词作凄清的氛围，词人悲凉的心境，也指出词人"梦断"的原因，融写景、叙事、抒情于一体，"言有尽而味自无穷"（《草堂诗余隽》卷四）。

5. 《秦少游诗词文精品丛书·秦少游词精品》谢
燕：……此词疑作丁绍圣四年（1097）春暮，少游谪居
郴州之时。这是一首伤春惜别之词。该词融写景、叙事、
抒情于一体，意境凄清，余韵悠然。

鼓笛慢①

乱花丛里曾携手②，穷艳景，迷欢赏③。到如今，谁把雕鞍锁定④，阻游人来往？好梦随春远，从前事、不堪思想。念香闺正杳，佳欢未偶⑤，难留恋，空惆怅。　　永夜婵娟未满⑥，叹玉楼、几时重上⑦？那堪万里，却寻归路⑧，指阳关孤唱⑨。苦恨东流水，桃源路、欲回双桨⑩。仗何人、细与丁宁问呵，我如今怎向⑪？

【注释】

① 鼓笛慢：《中国词学大辞典》谓："《鼓笛慢》即《水龙吟》。"此典在解释《水龙吟》时则谓："又名《水龙吟令》、《龙吟曲》、《水龙吟慢》、《鼓笛慢》、《小楼连苑》、《海天阔处》、《庄椿岁》、《丰年瑞》。"又罗辉编著《常用词牌新谱》、《新白香词谱》均未另列《鼓笛慢》。二者在解释《水龙吟》时均谓："姜夔词注'无射商'，俗名'越调'，曾觌词结句有'是丰年瑞'句，因名《丰年瑞》。吕渭老词名《鼓笛慢》；史达祖词名《龙吟曲》，杨樵云词因秦观词起句更名《小楼连苑》。方味道词结句有'伴庄椿岁'句，因名《庄椿岁》。"下列苏轼、秦观等多家词作，而体格各不相同。笔者发现，唯吕渭老《鼓笛慢》（拍肩笑别洪崖）与秦观《水龙吟》（小楼连苑横空）相同，而与秦氏《鼓笛慢》不同。但此系秦观身后之事。

② 乱花：语出自白居易《钱塘湖春行》诗："乱花渐欲迷人眼，浅草才能没马蹄。"乱花，意谓花色众多。

③ 欢赏：欢快游赏。李白《观猎》诗："不知白日暮，欢赏夜方归。"

④ "谁把"句：意谓人身自由受到限制。

⑤ "念香闺"二句：香闺，字面上指女子的居室；佳欢，字面上指男欢女爱，

实则另有寓意。详见下文"心解"部分。

⑥ 婵娟：本用以形容月色之美好。孟郊《婵娟篇》："月婵娟，真可怜。"这里代指月亮。苏轼《水调歌头》词："但愿人长久，千里共婵娟。"

⑦ 玉楼：有指神仙住处、华丽的高楼等多个义项。这里疑指前者。

⑧ 归路：这里有结局、归宿的意思。

⑨ 阳关：古关名。故址在今甘肃敦煌西南古董滩附近，因在玉门关之南，故名阳关。和玉门关同为汉时通西域的门户。王维《送元二使安西》诗："渭城朝雨浥轻尘，客舍青青柳色新。劝君更尽一杯酒，西出阳关无故人。"后入乐府，以为送别曲，反复诵唱，谓之《阳关三叠》。这里即指《阳关三叠》。词人远谪万里，无人杯酒相送，所以说"孤唱"。

⑩ 桃源路：这里用刘义庆《幽明录》所载汉刘晨、阮肇入天台山遇仙女故事，比喻往日的欢乐。

⑪ 怎向：怎奈，奈何。

【心解】

这一首在《淮海词》中够不上名篇佳作，所以从二十世纪八十年代以来，持续了几十年的鉴赏热，此篇几未受到关注。此次与其他几首郴州词连读，从而发现了几点非同寻常之处：

第一点，此首集中体现了秦观作词的第三种方法。第一种是周济发现的"将身世之感打并入艳情"的独步"一法"，也是《淮海词》写作的最为重要的"一法"；第二种是张綖提出的，秦观擅于以名人名作入己词，又能加以翻新和提升的"亦是一法"；第三种是体现在本词中的淮海词的诸多常见用语，比如"香闺"、"佳欢"、"玉楼"等与女子相关的词汇，实际这很可能是秦观迫于命途多艰、动辄得咎而设置的一些类似于暗号、密码的信息元素。它们从字面上看是女里女气，而其深层语义多是对同门师友的刻骨思念。

第二点，在上述认识的基础上，对于起首的"乱花"以下三句中，词人与之"携手"观景、寻欢者，不必是女辈，甚至不应是女辈，而应当是命运与共的同僚师友。对以下"雕鞍锁定"的"谁"，有的注释为"尽力挽留"，那么这个"谁"就是志同道合了？而拙意以为"谁"恰恰应是势力的象征，并有权阻止上述朋辈"游人"的"来往"。

第三点，是如何理解"归路"一词？虽说"归"字的第一义项就是"归家"，而文字修养高的诗词作者多不选用第一义项，相反往往是第一义项的反义。汉语的丰富性和复杂性正表现在这里。比如"老"字的十七个义项中，就有一个作"排行在末了"的解，也就是最小的反而称"老儿子"、"老闺女"、"老妹子"等；再比如，苏轼的爱妾朝云在惠州一次演唱《蝶恋花》中的"枝上柳绵吹又少，天涯何处无芳草"时哭得很伤心，就是因为这里的"芳草"是害人的坏东西。如果"芳草"之作"香草"或是用于比喻美德，她就不会联想到其一家所受的迫害，也就不会如此痛哭流涕！这里要说明的道理是：注释中看到某个词语不应只关注第一个义项或是前面的几个义项，而应该不论有多少个义项都应一一加以琢磨，从中选取最恰当的一项。接受了这个道理后再来看此词中的"归"字，统共有"归家"、"归还"、"女子出嫁"、"归附"、"归属"、"投案自首"、"结局"等七八个义项。细审这里的"归路"不像是前三个义项中的任何一项，倒是更为接近后几个义项。

第四点，"阳关孤唱"一句即暗示我们，词人在天子诏书的催逼下，不得不更加远离衡阳、郴阳这几处相对缓和一点的小环境而向"万里"之外的横州"归"去。

【集评】

1. 杨世明《淮海词笺注》：词中云"那堪万里，却寻归路，指阳关孤唱"，似为元符二年（1099）所作。此年少游在横州，可谓万里之外也。而归路未就，反再徙雷州，此非阳关孤唱邪？明此则知词虽写艳情相思，实借此咏身世之感也。横州，旧治在今广西省横县。雷州，旧治在今广东省海康县。

2. 周义敢、程自信、周雷《秦观集编年校注》（下）：词中哀叹"那堪万里"、孤唱《阳关》，可知是只身远谪。而"桃源路、欲回双桨"，同于《踏莎行》之"桃源望断无寻处"，故知此词作于郴州，时在绍圣四年春。词人寄怀于良辰美景，托兴于美人香闺，实由于忧谗畏祸。

3.《百家唐宋词新话》周义敢：下片写谪居抑郁，欲归无计。无论是此首的"桃源路"，或上云《踏莎行》词中的"桃源望断无寻处"，历来注家在释"桃源"时，大多说是指陶潜《桃花源记》之理想境界，传说是在今湖南省武陵县。亦有据吴均《续齐谐记》，注为刘晨、阮肇入天台山遇仙女处。此二注与作者原意不合，盖其原意系指郴州名胜苏仙岭。据明代《万历郴州志》卷六所记："苏仙岭，在州东北七里，高二里，周回三十二里，旧名牛脾山，为苏耽翀升之所，是称十八福地。其中多云雾，其上有仙坛。"此地有山名仙桃山，有溪名桃花流水溪。唐玄宗开元二十九年（741），孙会官郴州太守，曾撰《苏仙碑铭》，称苏仙岭"氛氲晚花，何异武陵之境。"（《全唐文》卷三六二）少游在郴州一年有余，常游苏仙岭，对上述诸事自然熟悉。又据《湖南通志·金石》卷二六，有宋度宗咸淳二年（1266）郴州知州邹恭为《三绝碑》所作之跋，跋云："余来守是邦，首访旧刻，把玩不置，因谒苏仙山……追思唐孙会'何异武陵之境'之句，慨悟少游'桃源望断知何处'之所咏，乃命工以其词镌之石壁，当与此景同传不朽云。"《金石》卷二六又记："桃花流水溪自苏仙山中观之前下，其水清泻，经白鹿洞前流入郴江古岸，秦观三词刻石。"所云秦观三词，除《踏莎行》（雾失楼台）、《阮郎归》（湘天风雨）之外，即此首《鼓笛慢》。

4. 徐培均、罗立刚《秦观诗词文选评》：《鼓笛慢》词调较少见，万树《词律》以为是《水龙吟》词调添字摊破而成。将之与《水龙吟》对照，字数、句式皆不同，当另为一体。从词调来看，似以鼓笛为主要伴奏乐器的一种词调。鼓声沉郁，笛声高亢，不难想象此调词情起伏变化之大。虽然词乐失传，但从此词句式长短错杂，整饬中富于变化，而且词中多用领格字贯穿词脉，并注重以虚词映带等特征来看，此词确有唱叹之妙。用这样的词调抒发哀顽之情，是十分合适的。清人周济《宋四家词选》评少游《满庭芳》词有"将身世之感打并入艳情"之语，于此词亦可作如此理解。

5. 姚蓉、王兆鹏《秦观词选》：此词又不仅仅是一首相思之作。古典诗歌，常常通过男女恋情别抒怀抱。秦观此词，就能从细腻隐约的相思笔墨中读出作者自伤不遇的复杂心境。在他那"不堪思想"的"从前事"中，不仅有对美好恋情的回忆，还有对春风得意的往事的回首。在"谁把雕鞍锁定"的无奈探询中，不仅有恋爱被阻隔的苦恼，更暗含事业遭受打击、壮志消磨的感慨。在"却寻归路"、"欲回双桨"的向往追寻中，不无想要得到朝廷重新任用的期待。在"如今怎向"的茫然中，他面对人生挫折的失意与遗憾之感如此强烈！联系词人的人生际遇，这些表达缠绵相思的婉约词句似乎无不透露出深沉的人生喟叹。能引发读者从多个角度解读作品，此词不愧是意韵丰富的佳作。

八、从郴州谪横州，再谪雷州。
放还后客死藤州

（公元 1097—1100 年）

秦观是宋哲宗赵煦绍圣四年（1097）暮春离开郴州动身向下一个贬谪之地横州跋涉的。此前他已在"三湘"逗留了一年多。这段时间他的真实状况究竟如何，是有必要加以回顾和辩解。鉴于颇有论者对于秦观长沙寻访所谓"义倡"有所乐道，并把这段时间有关词作解释为赠妓词。这是很值得商榷的！你想啊，一个被"削秩"失去了铁饭碗的待罪文人，在新党的政治高压之下，"谒告写佛书"尚且是被"削秩"的口实，私访倡家且留恋有日，该当何罪？想来秦观不至于这么轻易地授人以柄。窃以为他被"削秩"之后，既无心思，也无条件关注倡家之事。潇湘漂泊登岸后，那位款留他的、颇有身份的芙蓉院主人，至少是一位元祐党人的同情者，接着就是与旧党人物孔毅甫的倾心交接与唱和……所以我们有理由说秦观一路上不时可以遇到这类志同道合者。这是为新旧两党此起彼伏、朝野更替的争斗特点所决定的。绍圣年间旧党在朝中失势，其中坚人物或下野或投荒，所以在当时的荒野之地倒更容易遇到知己，再加不在少数的仰慕者，所以投荒于"三湘"地界的秦观仍然有着"莫愁前路无知己"的希望。

可以印证上述拙见的是，秦观在郴州期间尚有一定的阅读、写作空间，这才能得以取得《法帖通解》这项很有意义的学术成果。所谓"法帖"，是指摹刻在石头或木板上的名家书法，包括它的拓本。宋太宗淳化三年（992）曾命侍书学士王著编次摹刻秘阁所藏法书为十卷，每卷首刻"法帖第几"，号称《淳化阁帖》。相传"法帖"的名称由此而来。后人把横形的石上或木板上摹刻的前人书迹称之为"法帖"。秦观作正字（秘书省属官，掌校雠典籍，刊正文章）时，看到过这些"法帖"的墨迹。他认为真迹，"字皆华润有肉，神气动人"，而流行的刻本则是一些"枯槁"的

"糟粕"。秦观学识渊博，又擅书法，遂对其中的赝品和可疑者，加以研考，去伪存真，编为《法帖通解》。对这项成果，前人视之与"子瞻海外注《易传》（《周易》的组成部分，系儒家学者对古代占筮用《周易》所作的各种解释。苏轼被贬海南时为之做了注释），荆公退居作《字说》（文字学书，二十四卷，王安石撰。元丰三年成书，不从许慎《说文》和传统说解而自创新说。乃荆公新学之一。元祐中废新政，此书亦遭非议禁绝。绍圣时又用以程试诸生，不久又废。书今不传），先生于流离迁播时作《法帖通解》。古人不肯轻掷岁月，类如此。"（详见绍圣四年秦观《年谱》）如此说来，在"三湘"之行的过程中，秦观除或偶遇，或串联旧党人物，更不忘他作为书法家的爱赏和撰著，而不太可能每到一处先去寻访、结交什么"义倡"以及早已断了念想的什么佳丽美人！

　　早在二十世纪末，已有前辈学者指出秦观是接到再谪横州编管的诏书后，才写出其生命中的绝唱《踏莎行》一词的。这对笔者很有启发，遂对词之下片的"驿寄梅花，鱼传尺素，砌成此恨无重数"三句，有了新的领悟，即词人在谪居"三湘"期间，旧党在各地尚有一定根基，"党员"之间仍有频繁的书信往还。这无疑是对迫害者的一种挑战，颇类似于同一时间发生在贬居惠州有关苏轼的一件事：一天他写了一首《纵笔》诗云："白发萧散满霜风，小阁藤床寄病容。报道先生春睡美，道人轻打五更钟。"此诗传至京城，执政者得知苏轼竟如此快活，于是就把他再贬儋州。看来此次秦观的再贬横州，也主要是因为他在"三湘"并不孤立，朋友之间的书信慰藉，竟成了罪加一等的把柄，故云"砌成此恨无重数"。写完《踏莎行》等几首"三湘"词之后，秦观带着极度沮丧的心情踏上了去往岭南和海外的绝望之路。

　　至于词人在横州和雷州的生活状况和有哪些词作传世，

后将结合具体作品加以"心解"。

无论什么时代，人心的向背都不是取决于权势的大小。在章惇独相期间，元祐党人几无生路。但是天无绝人之路，在秦观从郴州被谪向横州的途中，行经桂州（今广西桂林一带）的一个叫作秦城铺的地方的墙壁上，读到这样一首题诗："我为无名抵死求，有名为累子还忧。南来处处佳山水，随分归休得自由。"原来这首诗是绍圣年间一名省试落榜举子所题，诗中不仅对秦观的遭遇深表同情，还奉劝他随遇而安，在山水佳胜的南方好好生活。此事见于南宋人朱弁所撰笔记《曲洧旧闻》卷三，虽然不一定确有其事，但他反映了一种人心所向。此后不久到达横州，秦观在这里的生活状况，除见于以下即将读到的《添春色》一词的"心解"部分，更值得一读的是《宁浦书事六首》，诗云：

挥汗读书不已，人皆怪我何求。我岂更求荣达，日长聊以销忧。

鱼稻有如淮右，溪山宛类江南。自是迁臣多病，非干此地烟岚。

南土四时尽热，愁人日夜俱长。安得此身作石，一齐忘了家乡。

洛邑太师奄谢，龙川仆射云亡。他日岿然独在，不知谁似灵光。

身与枝蘙为二，对月和影成三。骨肉未知消息，人生到此何堪。

寒暑更拚三十，同归灭尽无疑。纵复玉关生入，何殊死葬蛮夷。

诗题中的"宁浦"是当时横州的治所，这里虽然"鱼稻有如淮右，溪山宛类江南"般的富足、佳胜，但他仍然用"一齐忘了家乡"这样的反话来表达对于家乡的深切思念；

用"挥汗读书不已"，"聊以销忧"。本来在"四时尽热"的"南土"苦度日月，已经倍加艰难，而更加严酷的迫害又接踵而来。史载，元符元年九月，朝廷对于元祐党人的贬逐令称："追官勒停横州编管秦观，特除名永不收叙，移送雷州编管，以附会司马光等同恶相济也。""永不收叙"，就是朝廷永远不再接纳录用授官的意思，也就是说词人被斩断了后路；"以附会司马光等"云云，这条所谓罪状的近期把柄，恐怕就是此诗其四中的对于新近去世的文彦博、吕大防等人的怀念，他们都是旧党的中坚人物。

大约词人五十一岁前后到达雷州贬所，其所作《海康书事十首》和《雷阳书事三首》就是此间生活的真实写照。从"白发坐钩党，南迁濒海州。灌园以糊口，身自杂苍头。篱落秋暑中，碧花蔓牵牛。谁知把锄人，旧日东陵侯。"（《海康书事十首》其一）从诗中得知，此时词人已沦为"灌园"、"把锄"的苦力，加之体弱"多病"，自然而然地从死后寻求超脱。在前程无望的绝境中，《自作挽词》应运而生，其中"家乡在万里，妻子天一涯。孤魂不敢归，惴惴犹在兹"诸句，比之陶渊明的《拟挽歌辞》洵为悲苦有加。

然而，物极必反，谁也未曾想到只有二十五岁的宋哲宗竟猝然离世。赵佶以其登基及新添皇子于元符三年（1100）春接连大赦天下。苏轼北归途中，于本年六月二十五日与秦观相会于海康。稍后，秦观亦离海康北归。此前不久，章惇因反对垂帘听政的神宗皇后向氏出于私虑立端王赵佶为帝，以及加害元祐党人等多条罪状，接连被贬，恰好与秦观等人掉了个过。只是章惇尚未及到达雷州即卒于被贬途中，此系秦观身后之事。

在其生命最后阶段的创作中，令人难以忘怀的还有北归伊始所作《和陶渊明归去来辞》，其辞有句曰："……封侯既绝念，仙事亦难期。依先茔而洒扫，从稚子而耘耔……"

但是，就是这点可怜的愿望也未能实现，在与苏轼最后一见只有五十多天，遂于本年八月十二日卒于藤州光化（化，一作华）亭。其子秦湛扶棺北归途中，徽宗将用了不到一年的建中靖国这一年号改为崇宁元年，意谓崇尚和继承熙宁、元丰新法。于是对元祐党人的贬逐再度升级，秦观的棺椁便不得北归，只好藁葬于潭州橘子洲，人们为之发出了"长眠橘洲风雨寒"这样催人泪下的长叹！

呜呼，命运多舛的秦淮海，生于途中，贬于途中，死于途中，令人为之叹惋不已！

如梦令

楼外残阳红满，春入柳条将半。桃李不禁风[①]，回首落英无限[②]。肠断，肠断[③]，人共楚天俱远[④]。

【注释】

① 桃李：字面上是指暮春时节随风飘落的桃、李之花，实际上是以之比喻苏轼的门墙桃李，即苏门四学士、六君子等。

② 落英：字面上指落花，如同左思《蜀都赋》的"落英飘遥。"实则以之比喻正在被贬往边远之地的二苏、黄庭坚等人。

③ 肠断：语出《世说新语·黜免》和江淹《别赋》。对其意蕴所在，详见本首之"心解"。

④ 楚天：古时长江中下游一带属楚国，故用"楚天"泛指南方的天空。这里借指湖南一带。

【心解】

宋哲宗绍圣四年（1097）的"落英"时节，秦观奉诏离开了令其又痛楚又有某种留恋的湘南郴州，朝着西南方向走去，走出不远即写了这首小词。有关论者亦大都认为此词作于绍圣四年暮春，在这一点上人们颇有共识。但是对其词旨的理解则可谓大相径庭。比如有的认为此系"行人忆内之作"，也就是说是写词人对于妻室的忆念；与此有所不同的则认为是写于"最令人伤怀念远的时候……伤春之意吐露无余"。诚然，对于此时的秦少游来说，肯定会有"忆内"、"念远"、"伤春"之情，但是，此词所写远不止这类人们常有的离情别绪，而是将

"苏门桃李"几无幸免的被贬谪，编管（宋代官吏因罪除去名籍贬谪州郡，编入该地户籍，并由地方官吏加以管束，叫作"编管"，此时秦观所受到的是"削秩"，即革除公职、俸禄和编管双重惩处）的悲惨命运，"打并入""桃李"的"落英无限"之中。基于这一认识，笔者对于此词试作如是解：

虽然词的首二句"楼外残阳红满，春入柳条将半"，尚属人们通常所理解的对春日景象的客观描写。但是，第三、四句的"桃李不禁风，回首落英无限"，则洵为"托讽"之语，即在词中寄托己意以暗示人。所以"桃李"并非实指眼下的桃李之花，而是以桃李比喻所栽培的门生或所荐之士。这是有典可据的，出处之一见于《韩诗外传》卷七："夫春树桃李者，夏得阴其下，秋得食其实；春树蒺藜者，夏不可采其叶，秋得其刺焉。"之二见于《资治通鉴·唐久视元年》："（狄）仁杰又尝荐夏官侍郎姚崇等数十人，率为名臣。或谓仁杰曰：'天下桃李，悉在公门矣。'"秦观是苏轼荐拔的"四学士"、"六君子"之一，自谓"桃李"，非常贴切，用在此句又极为自然，以致使人不易发觉是在使用"故实"。

又"桃李"这一故实的原意是以桃李实多比喻门生或所荐之士之众。比如"一日声名遍天下，满城桃李属春官"（刘禹锡诗句）、"令公桃李满天下，何用堂前更种花"（白居易诗句）。与刘、白笔下"桃李满天下"的景象不同，当年秦观写此词时，苏轼之"门墙桃李"大都因受新旧党争的株连，或被贬谪编管，或归乡隐居，先后离开朝廷，飘零云散。秦句之"不禁风"和"回首落英无限"，不正是政治风云变幻和人物不幸命运之物化吗？秦观在其词作中不仅常常使用"故实"，还能加以改造使其契合于自己的身世。其用典用事堪称"用一事如军中之令，置一字如关门之键"（黄庭坚语）。

此首在淮海词中很不起眼。综合选本中，从未见到此首入选；"淮海词选"中虽然常被选入，但"笺注"之类却极为简单肤浅。比如"桃李"这一重要故实，直到二十世纪八十年代中后期才被作为托兴深沉的典事加以追根溯源。再如"肠断"，近些年虽然有注释也开始引用了《世说新语》的有关故事，但仍然不够完整透彻。因此词中的"肠断"既语出《世说新语·黜免》篇，其文曰："桓公入蜀，至三峡中，部伍中有得猿子者，其母缘岸哀号，行百余里，不去，遂跳上船，至便即绝。破视其腹中，肠皆寸寸断。"同时又涵盖了江淹《别赋》的"黯然销魂者，惟别而已矣……是以行子断肠，百感凄恻。"秦观自绍圣元年以来，接连从京师被贬到处州，又从处州"削秩徙郴州，继编管横州"，远离故土，抛舍家人，其况味犹如失子之猿、"肠皆寸寸断"。又作为漂流异乡的"行子"，其离别之情足以令人"黯然销魂"、"百感凄恻"，所以此词中的"肠断，肠断，人共楚天俱远"，其旨又与江淹《别赋》暗合，可以说是典中有典，事里藏事。由此也可以印证，李清照在《词论》中批评秦少游的"秦即专主情致，而少故实。譬如贫家美女，虽极妍丽丰逸，而终乏富贵态"云云，看来也是对《淮海词》的一种误读。

　　前一部分关于《鼓笛慢》的"心解"中，我们总结了秦观作词的三种手法。在这首《如梦令》中，又充分体现了秦少游在词中用事用典的别致之处：一是如黄庭坚所云少游用典如军中之令、关门之键；二是又如张炎所云："秦少游词，体制淡雅，气骨不衰，清丽中不断意脉，咀嚼无滓，久而知味"（《词源》卷下）。窃以为《淮海词》的这种几乎无人可及的优长在很大程度上得益于其用事用典的别致。只是对于这一特点我们不能在此展开论述，拟在本书的"代序"中加以总结。届时这首

315

小词将被引为最具说服力的书证。

【集评】

1. 杨世明《淮海词笺注》：此词咏客子春愁。词内有"楚天"语，当为绍圣四年（1097）郴州所作。

2. 周义敢、程自信、周雷《秦观集编年校注》（下）：此首作于绍圣四年春。《皇宋通鉴长编纪事本末》卷一〇二："绍圣四年二月庚辰诏……郴州编管秦观，移送横州编管。"成行当在夏天。读皇帝诏书，则词中的"肠断"、"桃李不禁风"之意自明。

3. 徐培均、罗立刚《秦观诗词文选评》：此词是行人忆内之作。从"人共楚天俱远"一句，似可断此词乃绍圣四年（1097）春贬郴州时所作。"残阳红满"一句，状登楼所见，绘其色而不描其形，如同印象派画一般，给人强烈的视觉效果，促使读者从一片火红的残照之中，体会那凄艳背后的悲伤和寂寞。接下一句"春入柳条将半"，是楼外之景。试想，夕阳之中，柳丝淡淡，这是一种什么样的风景，是何种意象？在这样的画面中，再点以桃李于风过之后落英片片，就更添凄凉和悲伤之感。画面是明丽的，也是凄艳的：春天刚到，春寒料峭，娇嫩的花朵刚一开放，即变成了满地的落英。这对一个敏感的诗人，对于一个有着满腹离愁的行人而言，会产生怎样的思绪！山长水阔，两地暌隔，相聚无由，后会无期。远方的闺中人，是否也会如眼前的桃李，在凄风苦雨之中陨落消瘦？"肠断，肠断，人共楚天俱远"，景情相生，使读者感受到为情所困的特定愁怀。那满腹的相思，无从说，也无法说，只是在春光之中，不断地膨胀，不断地变浓，消融于空阔的楚天之中，幻化成满地的落英，萦绕在行人的胸怀……

4. 姚蓉、王兆鹏《秦观词选》：……词作前两句描写春半景色，红色的夕阳与绿色的柳条两相映衬，展示出一幅色彩鲜明、笔调柔和的春日图景。同时，"楼外"点出此图乃楼中思妇眺望所见，暗藏相思之人。"残阳"点明时值黄昏，正是飞鸟回巢、游子归家的时候，也是最令人伤怀念远的时候，暗含怀人之意。三四句中的"桃李"，仍是阳春之景。但词作没有渲染桃李正在怒放的绚丽姿态，而是担心其不禁风雨、转眼飘零的命运，伤春之意吐露无余。常言道女人如花，思妇对桃李匆匆凋谢的怜惜，亦含有青春易逝的自怜、年华虚度的伤感。这四句以柔和的景物表达淡淡的惆怅与哀愁，颇具蕴藉情致。与之相比，"肠断"以下可谓感情突兀爆发，直接喊出因意中人远在楚天而生的满怀伤痛，词作基调由柔婉一变而为凄苦。寓情于景与直抒胸臆两相对照，鲜明地凸显了楼中思妇缠绵不断的相思。

5.《秦少游诗词文精品丛书·秦少游词精品》谢燕：根据徐培均先生《淮海居士长短句笺注》考证，该词作于绍圣四年（1097）春少游贬谪郴州之时，是一首对景伤春的羁旅行役词。读这首词要体会其隐于明丽画面背后的悲伤与寂寞。

满庭芳

碧水惊秋①，黄云凝暮，败叶零乱空阶。洞房人静②，斜月照徘徊③。又是重阳近也④，几处处、砧杵声催⑤。西窗下，风摇翠竹，疑是故人来。

伤怀。增怅望，新欢易失，往事难猜。问篱边黄菊，知为谁开⑥？谩道愁须殢酒⑦，酒未醒、愁已先回。凭阑久，金波渐转⑧，白露点苍苔。

【注释】

① "碧水"句：生活常识表明，每当河水变得清澈起来，令人心惊的肃杀之秋业已来临。杜牧《早秋客舍》诗："风吹一片叶，万物已惊秋。"

② 洞房：这里指深邃的内室。

③ "斜月"句：意谓月光的流转，像人一样来回走动。曹植《七哀》诗："明月照高楼，流光正徘徊。"江淹《别赋》："明月白露，光阴往来。与子之别，心思徘徊。"李白《月下独酌》诗："我歌月徘徊，我舞影零乱。"

④ 重阳：节令名，即阴历九月九日。古人以九为阳数，九月而又九日，故称重阳，又叫重九。详见曹丕《九日与钟繇书》。

⑤ 砧杵：捣衣具。砧，垫石。杵，棒槌。《乐府子夜四时歌·秋歌》："佳人理寒服，万结砧杵劳。"

⑥ "问篱边"二句：以名人名句为典抒发思乡之情。陶潜《饮酒》其二"采菊东篱下，悠然见南山。"杜甫《酒兴八首》其一："丛菊两开他日泪，孤舟一系故园心。"

⑦ "谩道"句：枉说酒能消愁。形容愁多，非酒能消。殢酒，病酒、困酒。

⑧ 金波：形容月光如水流动。《汉书·礼乐志·郊祀歌》："月穆穆以金波。"

颜师古注："言月光穆穆，若金之波流也。"苏轼《洞仙歌》："金波淡，玉绳低转。"

【心解】

关于这首词的写作时空主要有三种不同说法：第一种称："依词意，此词似作于绍圣三年（1096）重阳节前，时作者在郴州贬所。"第二种称："其贬郴州在绍圣三年夏，岁暮到贬所，次年春复贬横州。而此词所写为秋景，故可推知此词作于横州或雷州，时在绍圣末或元符初。"以上两种说法详见本首"集评"，而拙见隶属第三说，即可以肯定此词应作于元符元年重阳节前夕的横州地界，既不可能早在郴州所作，也不可能晚至雷州所作，理由如下：

第一种说法忽略了一个重要事实，即绍圣三年（1096）十月中旬，词人在过洞庭之前作《祭洞庭文》，此时已经是绍圣三年的重阳节过后一个多月，而且尚未到达郴州。

第二种说法中的"或雷州"与"或元符初"是矛盾的，而且也忽略了一个重要事实，这就是本词上片第六句的"又是重阳近也"！此句意谓这是词人与家人在浙西分手后的第二个，即"又"字限定了此词不可能是在雷州过的第三个重阳节。

笔者之所以持第三说，主要是基于对此词思乡、忆内题旨的认同——秦观于绍圣三年七夕之际与家人分手后，在去往三湘的途中自己孤零零地过了第一个重阳节。绍圣四年（1097）闰二月，这年春夏间离开郴州向下一个更加荒僻的贬谪之地横州艰难行进。该年的六月改元，所以元符元年不是从公元1098年一月算起，而是从公元1097年六月开始，到达雷州，词人生平中的最后一个重阳节，已是元符末年，而不可能是"元符初"。

就题材而言，此词虽属悲秋范畴：碧水黄云，败叶凌乱，篱边黄菊，苍苔白露，无一不是秋天的景致。但作者的目的不在于写秋色，而是写秋情和秋思，即"每逢佳节倍思亲"！

重阳登高是自古以来的传统风俗，早在南朝梁吴均的笔下，我们就看到了这样的记载："汝南桓景随费长房游学，累年，长房谓曰：'九月九日汝家中当有灾，宜急去，令家人各作绛囊，盛茱萸以系臂，登高饮菊花酒，此祸可除。'景如言，齐家登山。夕还，见鸡犬牛羊一时暴死。长房闻之曰：'此可代也。'今世人九日登高饮酒，妇人带茱萸囊，盖始于此。"（《续齐谐记》）后来相沿成了至亲好友相携登高饮酒的佳节。际此秋高气爽之日，作者感受到的却是一种凄清孤寂的况味。空阶败叶，四处砧声，触发出一派悲凉的秋思。这里特别值得一提的是"几处处，砧杵声催"二句，这显然是忆内之重笔，也是此词的核心所在。

"西窗"三句，语出李益《竹窗闻风寄苗发司空曙》诗："开门复动竹，疑是故人来。""故人"指旧友，亦可指妻子。"西窗"又可能取李商隐《夜雨寄北》诗西窗剪烛夜话之意……这一切似乎都是为妻子徐文美深情、忙碌的身影而发。

此词措语工致，在表达上善于以景托情，其言情亦委曲而有余味，如"谩道愁须殢酒，酒未醒、愁已先回"，透过数层，耐人咀嚼。

【集评】

1.《草堂诗余隽》卷四眉批：待月迎风，情怀如诉。酒堪破愁，真愁非酒能破。又评语：托意高远，措辞洒脱，而一种秋思，都为故人。辗转诵者，当领之言先。

2.《草堂诗余》正集卷三：经少游手随分铺写，定

尔闲雅高适（指上半阕）；此意道过矣，萦人不休（指下半阕"谩道"三句）

3.《蓼园词选》：亦应是在谪时作。"风摇"二句，写得蕴藉，非故人也，风也，能弗黯然。"酒未醒，愁先回"，意亦曲而能达。结句清远。

4.《词则·大雅集》卷二：《满庭芳》诸阕，大半被放后作，恋恋故国，不胜热中。其用心不逮东坡之忠厚，而寄情之远，措语之工，则各有千古也。陈祖美按：陈廷焯此说不尽妥当：秦观现存可靠及较可靠的调寄《满庭芳》词共五首，分别是——"红蓼花繁"、"山抹微云"、"晓色云开"、"雅燕飞觞"、"碧水惊秋"，只有最后一首是"被放后作"，且不属于"恋恋故国，不胜热中"之作，主要是思乡、忆内、自伤身世。

5.《唐宋词鉴赏辞典·唐·五代·北宋》李廷先：这首词从景语开始，以景语结束，在层层铺叙、描写中渗透着强烈的感情，但又委婉深至，不显得发露，构成了"情韵兼胜"的风格。他的最著名的作品，如《满庭芳》（山抹微云、晓色云开）、《江城子》（西城杨柳弄春柔）、《踏莎行》（雾失楼台）、《千秋岁》（水边沙外）等，都是这种写法，都是景中透情，气脉贯串，显示出他的婉约词风。宋末著名词人张炎说："秦少游词，体制淡雅，气骨不衰，清丽中不断意脉，咀嚼无滓，久而知味。"（《词源》卷下）所指的就是这一类作品。

6.《爱情词与散曲鉴赏辞典》曹道衡：……"洞房"二句巧妙地化用江淹《别赋》中"明月白露，光阴往来。与子之别，心思徘徊"句意，显得十分自然贴切而更显简洁。江淹《别赋》这几句，本来是写"芍药之诗，佳人之歌"的男女私情，在这里用来，亦颇确当。

7. 周义敢、程自信、周雷《秦观集编年校注》

（下）：此词写得孤寂冷落，凄苦欲绝，可知是遭重谴以后之作。作者初贬处州时，尚留有宣德郎衔，其词作《千秋岁》（水边沙外）虽凄婉哀伤，然犹有"日边清梦"之思，其诗《处州闲题》，仍有"未信桃花胜菊花"之信念。其贬郴州在绍圣三年夏，岁暮到贬所，次年春复贬横州。而此词所写为秋景，故可推知此词作于横州或雷州，时在绍圣末或元符初。《皇宋通鉴长编纪事本末》卷一〇二云："绍圣四年二月庚辰诏：郴州编管秦观，移送横州编管。其吴安诗、秦观所在州，差得力职员押伴前去，经过州军交割，仍仰所差人常切照管，不得别致疏虞！"《续资治通鉴长编》卷五〇二："元符元年九月庚戌：追官勒停横州编管秦观特除名，永不收叙，移送雷州编管。"在三年之中连徙三地，由贬官削秩直至被除名，永不叙用，且差干吏押送，形同罪犯。由以上二诏旨，可知写此词之背景。

8. 刘乃昌、朱德才《宋词选》：此词为贬谪中感秋抒怀之作，渗透着词人前程未卜孤寂寥落的情悰。上片侧重写景，由远而近，由物而人，"碧水"、"黄云"、"败叶"，景象衰飒。人静、月斜、砧杵声声，氛围冷清。化用李益诗句，愈见故人难见，心境凄寂。下片转入抒怀，"伤怀"二字提领，瞻前顾后，际遇难料，徒增怅望。故园黄菊，无人观赏，欲借酒消愁，愁绪难却。末以凭栏凝思收结，月沉露零，见夜深不寐，以景会情，情融景中。

9. 徐培均、罗立刚《秦观诗词文选评》：伤心人遇伤心事对伤心景，少游被贬谪之后的词，往往如此。依词意，此词似作于绍圣三年（1096）重阳节前，时作者在郴州贬所。唐宋时特重重阳节，旧俗重阳登高，佩茱萸囊，可以避邪，也会引发思乡之情。王维《九月九日忆山东兄弟》诗："独在异乡为异客，每逢佳节倍思亲。"

词人被党争之祸，远谪蛮荒之地，逢重阳佳节倍增思亲之情，心情本来就很沉重，何况面对的又是一派萧瑟之景！天上黄云暗淡，暮色沉沉；空阶西风阵阵，落叶纷纷；入耳砧杵断续，令人心惊。枯寂凄凉气氛，竟让碧水都有寒凉之意，其内心意绪可知。

10. 姚蓉、王兆鹏《秦观词选》：……"又是重阳近也"，并非仅为点明时序，更有无穷感伤：重阳节原应家人团聚、热闹欢畅，如今只能独在异乡，词人怎不倍感凄凉？尤其在这样的深秋，妇女们正以砧杵捣练，加紧为远行在外的亲人制作寒衣，更使词人油然而生思归之情。"西窗下"三句，再次突出环境的萧瑟，也表明词人对"故人"的深切思念。换头以"伤怀"等句直接抒写心中愁怀。"新欢易失，往事难猜"就是词人愁绪的具体内容，短短八个字，道尽人世凄凉、人情冷暖。重阳佳节的一项主要活动是赏菊喝酒。然而词人赏菊时远没有陶渊明"采菊东篱下"的闲适心情，而是对花痴问"知为谁开"，重重心事无人可诉。既然赏菊不能消忧，也许酒能解愁。但"酒未醒、愁已先回"的结局，宣告词人排解忧愁的举动以失败告终，令人更加辛酸。尾三句以写景作结，既呼应开篇，又寓情于景，词情深曲动人。

11. 《秦少游诗词文精品丛书·秦少游词精品》谢燕：……全词紧扣重阳节候的特点，通过描绘衰飒的秋景，营造了一个荒寒凄楚的氛围。"几处处、砧杵声催"，说的是处处人家正在赶制寒衣，准备寄给征人，而迁谪中的词人也油然而生怀人思乡之情。"西窗下，风摇翠竹，疑是故人来"，轻灵洒脱之语中暗含着词人的孤独与落寞。换头"增怅望"三字，点出词人的愁绪；"新欢易失，往事难猜"，或许是感慨一段恋情，或许是贬谪后的故园家国之思；"谩道愁须殢酒，酒未醒、愁已先回"，

蕴有难言之悲哀；"凭栏久，金波渐转，白露点苍苔"，全词最终又落到眼前的景物上，蕴含深远，言尽而意不尽。

添春色①

唤起一声人悄，衾暖梦寒窗晓。瘴雨过，海棠开，春色又添多少②。　　社瓮酿成微笑③，半缺瘿瓢共舀④。觉倾倒，急投床，醉乡广大人间小⑤。

【注释】

① 添春色：据《苕溪渔隐丛话》前集卷五十引《冷斋夜话》云："少游在横州，饮于海棠桥，桥南北多海棠，有老书生家于海棠丛间，少游醉宿于此，明日题其柱云：（词略），东坡爱其句，恨不得其腔，当有知者。"因词有"春色又添多少"及"醉乡广大人间小"句，而取调名为《添春色》、《醉乡春》、《醉乡广》。此调当为秦观所创，《词律》卷五、《词谱》卷七皆列此词，双调，四十九字，上下片各五句三仄韵。

② "瘴雨"三句：瘴雨，我国南部和西南部山林间湿热蒸发致人疾病之气，旧称瘴气。瘴雨是指有瘴气的雨。海棠开，一作"海棠晴"。

③ 社瓮：指社日之酒。据《岁时广记》和《荆楚岁时记》，社日为古代祀社神之日。汉以后一般用戊日，以立春后第五个戊日为春社，立秋后第五个戊日为秋社，适当春分、秋分前后。例见罗隐《寄杨秘书》诗："会待与君开社瓮，满船载月镜中行。"

④ 半缺：一作"半破"。瘿瓢，即以瘿木（指楠树树根。此树树根赘肬甚大，可制成器）做的酒瓢。一作"椰瓢"，即以椰壳制成的瓢。

⑤ 倾倒：一作"健倒"。醉乡，指醉中的境界。王绩《醉乡记》："醉之乡去中国不知其几千里也。其土旷然无涯，无丘陵阪险；其气和平一揆，无晦朔寒暑；其俗大同，无邑居聚落；其人甚清。"

【心解】

这首词不见于《淮海集》且异文较多。对于异文，本书根据版本情况，以及通俗、合理的原则加以取舍，且注明又作什么，以便于读者选择；又鉴于秦观"性不耐聚稿"（毛晋语），尤其是对于词的写作，每每随写随丢，加之当时处境严酷，此词未被收入本集，不能说明它不可靠，相反阑入本集者如《眼儿媚》（楼上黄昏杏花寒）、《满庭芳》（北苑研膏）、《浣溪沙》（脚上鞋儿四寸罗）、《金明池》（琼苑金池）、《竹香子》（树绕村庄）等多首，反而被唐圭璋《宋词互见考》认为系黄庭坚或他人所作，而本首则为《全宋词》所收，调名《添春色》，此其一；其二，此词见于《冷斋夜话》，此书系释惠洪所作。对于释惠洪我们已在第七部分的《临江仙》（千里潇湘挼蓝浦）一词的"心解"中作了介绍：他既与苏轼、黄庭坚为方外交（指没出家的人与僧道的交往）；又"善作小词，情思婉约似少游"（许顗《彦周诗话》），故其有关秦少游的记载该是较为可信的。

再从词本身来看，其中特别值得回味的是"醉乡广大人间小"一句，而此句的关键词又是"醉乡"二字，于是便习惯性地检出了《词源》中的这一条目。此条释为："指醉中境界"，甚为精当，但所出具的书证竟是杜牧《华清宫三十韵》中的"雨露偏金穴，乾坤入醉乡。"对这首杜诗我有点印象，这是一首被誉为"有《骚》《雅》之风"的长篇排律中的佳作，但它以鞭笞唐玄宗荒淫误国为指归，"雨露"二句意谓皇恩偏于"杨家"（金穴），朝廷则在醉生梦死。写此诗时杜牧为中书舍人，诗旨与作者境况都与眼下的秦观风马牛不相及。好在这一条目的下面提供了王绩著《醉乡记》的线索。查《新唐书》王绩传——果然，传主是一位双重的隐士，即既归隐故乡，又退隐"醉乡"。在王绩看来，饮酒实在是妙不可言，并把喝酒的意义提升到了哲学的层次。王绩在《醉乡记》中所描绘的情景（详见上述注释⑤），正是在现实中被逼一步步走向绝望的秦观所梦寐以求的避难所，于是他又唱起了自己的“拿手好戏”，运用上述张綖所说的“亦是一法”，写出了颇具青蓝之胜的“醉乡广大人间小”这样的警策之句。

这首词的意义还在于它把处于隔绝状态的内地、江南文化带到了当时被视为蛮荒之地的岭南，这不仅为当时当地的老百姓带来了某种福祉，已沦为罪臣的词人则被当地民众视同文化使者，对之爱戴敬重有加。词人更是深孚众望，他在这里读书、写作、指点童竖读书写字忙个不停。日后，当地民众将他居住、课徒的浮槎馆修建成淮海书院；又根据此词中“海棠开”之句修建了海棠桥。1988年为纪念秦少游被贬横州八百九十周年重修海棠桥，为此笔者也曾略尽绵薄，并为之不胜汗颜，但当地民众却很看重这点情谊，还将此绵薄写到石碑上……这一切都与秦观的这首词有着千丝万缕的联系。综观此事，受到的启示是多方面的，我们不要轻看了这首小词。

【集评】

1.《古今词话·词辨》上卷：《醉乡春》者，秦少游谪岭南时所作也。藤（横）州地志云，秦少游醉饮于海棠桥野老家，度一曲以题于柱间云：（词略）闻修志者不识舀字，改之，怪甚。

2. 杨世明《淮海词笺注》：此词本集不载，出《冷斋夜话》，云作于横州，当为元符元年（1098）所写。横州，旧治在今广西横县。毛本收此词，缺调名，下注：“少游谪藤州，一日醉野人家，作此词。本集不载，见于地志。或不识舀字，妄改，可笑。”《全宋词》亦收此词，调名《添春色》。有案云：“此首原无调名，据《全芳备祖前集》卷七海棠门。”据《词谱》，此曲乃秦创调。

3. 《秦少游全传》：……秦观来到横州，便借住在浮槎馆里。此处个远有条小溪，叫作香稻溪，一座小桥横跨溪两岸。桥南北多海棠树，有一祝姓的老书生家就在海棠树丛中。春分前后，正是春社祀神日，祝家院中一株海棠，带雨盛开。秦观来到祝家，老书生便请他在海棠树下，舀酒痛饮，直到沉酣入睡。睡梦中，他的一切痛苦消失了，梦中的秦观觉得醉梦中的世界真是宽容广大啊！而现实的人间怎么会这样小，小到容不下他这一介书生。秦观在祝家　直睡到次日酒醒，他在祝家的柱子上题了一阕《醉乡春》。后来在海棠桥边，先后出现了醉乡亭、淮海堂、淮海书院、淮海先生祠堂等纪念秦观的建筑。传说秦观在横州时，晁补之冒风险赶来探望。二人在浮槎馆内畅叙别情……（陈祖美撮述）

4. 徐培均、罗立刚《秦观诗词文选评》：过片写入村社共饮之乐。应该说，在被贬谪的初期，词人痛苦不堪，是因为他对仕途还有眷恋，始终自视为仕宦阶层。如今已削秩编管，社会角色跟村夫野老没有差别，且对入仕绝望，所以能入村社，和村民以瘿瓢共舀社酒畅饮。"社瓮酿成微笑"一句，造语新颖，形象地表达出词人参与祭社时浑身轻松潇洒之态。久违的微笑，竟只有在社酒醉后才显示出来，其醒时的痛苦，自不待言。"醉乡广大人间小"的感叹，可谓是醉后真言，虽然表明作者终究未能彻底释怀，有借酒浇愁愁更愁之意，但能纵情一饮，对感情执着如少游者而言，已属难能可贵了。少游词风，前期多写艳情，词风旖旎，饶有风致，中期多身世之感，愁苦感伤，至此晚期反而超越迁谪情怀，一任性情驰纵，别具一番自在潇洒。只可惜存词不多，难窥全豹。此词抒发词人在再次横遭迫害之后，犹自旷放自适，虽结尾未免消沉，但总体风格却摆脱了中期的伤心悲苦色调，因而弥足珍贵。

促拍满路花①

　　露颗添花色，月彩投窗隙②。春思如中酒③，恨无力。洞房咫尺④，曾寄情鸾翼⑤。云散无踪迹。罗帐薰残，梦回无处寻觅。　　轻红腻白⑥。步步熏兰泽⑦。约腕金环重⑧，宜装饰。未知安否？一向无消息。不似寻常忆，忆后教人，片时存济不得⑨。

【注释】

① 促拍满路花：又名《满路花》、《满园花》、《归去难》、《一枝花》、《喝马一枝花》。有平韵、仄韵二体。平韵者始于柳永《乐章集》，《词律》卷一二列方千里所作；《词谱》卷二□以柳永所作（香靥融春雪）为正体，双调，八十三字，上、下片各八句四平韵。仄韵者始自秦观，《词谱》以其所作（露颗添花色）为正体，八十三字，上、下片各八句六仄韵。

② "露颗"二句：以花容月貌概括春景之美好。

③ "春思"句：字面上是说由美好的春光所引发的男女爱恋的怀春心情如同病酒一般，浑身困乏无力。春思，意同春心、春情、春意，即怀春。中酒，读作（zhòng 酒），因酒醉而身体不适，犹病酒。杜牧《郑瓘协律》诗："自说江湖不归事，阻风中酒过年年。"

④ 洞房：深邃的内室。这里字面上指意中女子所居内室，实则另有寓意。详见本首"心解"部分。

⑤ 青鸾翼：喻书信。青鸾，传说中凤凰一类的神鸟。赤色多者为凤，青色多者为鸾。《山海经·大荒西经》："沃之野有三青鸟，赤首黑目。"郭璞注："皆西王母所使也。"后以青鸟喻信使。李白《相逢行》："愿因三青鸟，更报长相思。"

⑥ 轻红腻白：指化妆浅淡细匀的美女。

⑦ "步步"句：意谓每走一步都散发出一种兰泽的香气。熏，气味侵袭。兰泽，一种用兰草浸制的滋润头发带香味儿的生发油。宋玉《神女赋》："沐兰泽，含若芳。"李善注："以兰浸油泽以涂头。"

⑧ "约腕"句：意谓美女手腕上戴着贵重的金手镯。约，引申为检束。曹植《美女篇》："攘袖见素手，皓腕约金环。"

⑨ "片时"句：意谓时刻处在心神不安之中。存济，安顿，措置。欧阳修《论澧州瑞木乞不宣示外庭札子》："州县皇皇，何以存济？以臣视之，乃是四海骚然，万物失所，实未见太平之象。"

【心解】

这首词未曾被广泛关注，只是几种专著有所涉及。这几种专著关于此词的题旨依次认定为"此为忆念情人之作"、"此首写对一个女子的怀念，但不是一般的怀念"、"此首写闺妇伤春，约写于乡居时"、"这是一首俗词，当为应歌而作"、"……形象地写出堕入情网中的他坐卧不宁的神情"。对于这几种大同小异的见解，笔者没有掉以轻心，曾反复加以斟酌，思考……岂料，越想越觉得耳边有一种挥之不去的声音——知我（秦观自称）者谓我心忧，不知我者谓我何求！这里绝对不是说上述论著系非"知我"者，而本人冒充"知我"者，相反，上述第二种说法正是出自拙著《两宋名家词选注丛书·淮海词》。只是眼下的看法有所不同而已。于是我便四处寻找彼时的"知我"者，看看其中有否与此词的写作有关的人事背景——

首先查阅了当时"二苏"的行踪：就在秦观从郴州动身，向下一处编管之地横州进发的当口儿，即公元1097年春夏，苏轼被责授琼州别驾，昌化军安置，苏辙被贬化州别驾，雷州安置。哥俩一度得以同行至雷州。苏轼旋即渡海至儋州，苏辙则留居雷州。虽说当权者或出于隔离"二苏"的目的，又把苏辙谪徙循州，但他毕竟在雷州停留过，而秦观也在前后脚到达了雷州——这极有可能是此词上片第五句"洞房咫尺"的时空背景。

接着又查阅了苏轼、黄庭坚的异代"粉丝"朱弁使金被扣期间所著《曲洧旧闻》一书，其中有这样一段记载：当苏轼被贬到海南儋州时，收到秦观从雷州的来信，对一直陪侍他的老儿子苏过说："二人（指秦观、张耒）皆辱与予游，同升而并黜。有自雷州来者，递至少游所惠诗书累幅。近居蛮夷，得此如在齐闻韶也。汝可记之，勿忘吾言。"这岂不可视为此词中"曾寄青鸾翼"一句的注脚？当然这里说的是与苏轼的通信，那么，在苏辙逗留雷州期间，秦观也会有与之通信的可能吧？

三十年前，笔者在注释"云散无踪迹"时，曾引宋玉《高唐赋序》："昔者先王尝游高唐，怠而昼寝，梦见一妇人曰：'妾巫山之女也，为高唐之客。闻君游高唐，愿荐枕席。'王因幸之。去而辞曰：'妾在巫山之阳，高丘之阻，旦为朝云，暮为行雨。朝朝暮暮，阳台之下。'"因以云雨喻男女欢合，云散则喻分别。今天看来这仅仅是字面上的意思，其深层语义则与上面《如梦令》的"桃李不禁风，回首落英无限"二句之意蕴相近，暗指眼下旧党人物被贬的贬、死的死，犹如风流云散，了无踪迹。

再从秦观与苏轼的关系来看，二人结识不久，苏轼就致函王安石举荐秦观，欲其增重于世。秦观从应举、及第，到在朝任职，均借重于苏轼的荐拔。哲宗亲政后，大肆贬谪旧党人物。秦观受苏轼连累，一再被贬黜，但一直与苏轼保持着真挚的友情。秦观对于"二苏"的忆念和牵挂，甚至超过了对家人的思念，更远非哪个异性相好可以比拟。所以此词的结拍三句"不似寻常忆，忆后教人，片时存济不得"，除了"二苏"无人担待得起。所以，这仍然是一首将对"二苏"的深切悒念"打并入艳情"的悲苦之作，而不像是抒写一个堕入情网者的轻艳之篇!

【集评】

1. 杨世明《淮海词笺注》：此为忆念情人之作。

2. 周义敢、程自信、周雷《秦观集编年校注》
（下）：此首写闺妇伤春，约写于乡居时。

3. 徐培均、罗立刚《秦观词新释辑评》：这是一首
俗词，当为应歌而作。词有雅俚之别。雅词的欣赏者，
多为士大夫；俗词的欣赏者，多为市井之民。少游之作
以雅词为主，间亦写俗词，乃为青楼演出需要而作，其
内容往往涉及艳情。此词便是一例。下阕后半，转向今
时，也就是起首二句所揭示的规定情境。此刻男主人公
在想，伊人是否平安无事。前云"云散无踪迹"，此云
"一向无消息"，是层层加码法。人去无踪，消息全无，
往日的青鸾竟然断翼，不再传书送信。难怪这位男主人
公辗转反侧，"片时存济不得"了。此词语言通俗，以方
言入词，倍见浅俚。然而在浅俗中有含蓄，在艳情的描
写中避免粗俗径露。诚如王国维在《人间词话》中所云：
"词之雅、郑，在神不在貌。永叔（欧阳修）、少游虽作
艳语，终有品格。方之美成（周邦彦），便有贵妇人与倡
伎之别。"

4. 姚蓉、王兆鹏《秦观词选》：……虽然美好的往
事已经逝去不再，然而恋人的身影却始终萦绕心头，难
以忘怀。她那白中带红的肤色，她那皓腕之上的金镯，
还有随着她的纤纤细步而传来的阵阵香气，这一切都留
在词人脑海中，拂之不去。因为无法忘怀，所以词人干
脆放纵着自己的思绪，尽情地相思：已经有一段时间不
知道她的消息了，她过得好吗？原以为时间会冲淡一切，
然而她的影像不仅没有随着时间的流逝而消逝，反而越
来越清晰地浮现心中。最后，词人不得不承认对她的

感情，不是一般的深！以"忆后教人，片时存济不得"结尾，直白地道出了那份叫人心神不宁的牵挂，形象地写出堕入情网中的他坐卧不宁的神情。

减字木兰花①

　　天涯旧恨②，独自凄凉人不问。欲见回肠③，断尽金炉小篆香④。　　黛蛾长敛⑤，任是春风吹不展。困倚危楼，过尽飞鸿字字愁。

【注释】

①　减字木兰花：又名《木兰香》、《减兰》、《天下乐令》、《金莲出玉花》、《益寿美金花》。《木兰花》本唐教坊曲，唐、五代所作句式、字数均有不同，宋人始定为七言八句，双调仄韵。《减字木兰花》即就原词上下阕一、三句各减去末三字，成四十四字，改为两仄韵、两平韵互换格。《词谱》卷五所列此调为欧阳修所作（歌檀敛袂），双调，四十四字，上下片同，各四句二仄韵二平韵，凡四换韵。

②　"天涯"句：意谓亲人各在天一方，日久天长，遂生离恨。天涯，犹天边，指极远的地方。《古诗十九首》："相去万余里，各在天一涯。"当时词人在雷州，与高邮的亲人相距遥远。旧，久。《诗·大雅·抑》："于乎小子，告尔旧止。"郑玄笺："旧，久也。"

③　回肠：形容内心焦虑不安，仿佛肠在旋转一般。杜甫《秋日夔府咏怀奉寄郑监李宾客一百韵》："吊影夔州僻，回肠杜曲煎。"

④　"断尽"句：意谓离恨对于身为人妻的折磨，就像篆香烧成灰一样，柔肠寸寸断。篆香，指制成篆文之香。《香谱·香篆》云："镂木以为之，以范香尘为篆文，燃于饮席或佛像前。往往有至二三尺径者。"又"百刻香"条云："近世尚奇者作香，篆其文，准十二辰，分一百刻，凡燃一昼夜乃已。"

⑤　"黛蛾"句：谓妻子愁眉不展。梁元帝《代旧姬有怨》诗："怨黛舒还敛。"黛蛾，指女子之眉。温庭筠《晚归曲》："湖西山浅似相笑，菱刺惹衣攒黛蛾。"黛，古代女子用以画眉的一种青黑色的颜料。

【心解】

尽管人们对这首小词的评价相当高，当笔者带着"此词作于何时、何地"的疑问阅读时，其中的大部分论者对此或默不作声或顾左右而言他。有的认为"该是元祐年间之作"等，至少有两种不同说法。

这里先不说上述哪种态度和观点恰当或可取与否，不妨先从文本分析着手，比如词之首句的"天涯"一语，此语是指极远的地方、天边而言。如果说此词系元祐年间所作，那么词人彼时是在汴京或离汴京不远的蔡州，其时彼此所思念的人不外乎身居高邮、扬州、蔡州、汴京，这样一来，对于"天涯"的解释就得另辟蹊径——笔者曾对李清照的"今年海角天涯"（《清平乐》）一句是这样解释的："海角天涯：犹天涯海角，本来泛指僻远之地，此处当有以下三种所指：一则指'心理'距离或感受，意类'甜言蜜语三冬暖，恶语伤人六月寒'之谓；二则指'时代政治'距离。李清照内心所向往和亲近的是故都汴京，今居杭州，远离汴京，故谓之'海角天涯'；三则指'情感距离'。当时一班苟安之辈称临安为'销金锅儿'，其以杭州为'安乐窝'，极尽享乐之能事。而李清照面对半壁江山，为之不胜忧戚，倍感寂寞，仿佛置身于边远之地。"这种理解对于没有出过什么远门，又有亡国之恨的李清照来说，至少有合理的一面。但是秦观不一样，他的痛和恨不是因为汴京失守，江山易主，而是自己真的被贬到天高皇帝远的岭南以至雷州这种名副其实的"海角天涯"，极为偏远的地方。（在此尚须略加赘言的是，虽然最终秦观被贬到雷州的治所海康，这里离今天海南三亚的著名景点"天涯海角"已经很接近了，但今天三亚的"天涯海角"则是晚至清代雍正年间才得以题刻命名的，与秦观、李清照不相关。）元祐年间的秦观不曾到过僻远之地，所以此说难以成立。

更能说明此词非元祐年间所作的理由，是词的结句"过尽飞鸿字字愁"。此句的深层语意是说，因为我秦某已经被贬到湖南衡阳的回雁岭之南，也就是鸿雁飞不到的地方，闺中人不可能收到雁书，所以她见到排成"一"字形或"人"字形的雁行就更增加了愁绪，眉头紧皱，即令强劲的东风也吹不开这种紧锁着的眉头。

有关此词系年的另一种见解是"此词似作于绍圣三年（1096）作者被贬湖南之时"。此说的口吻比较活泛，留有进一步探索的余地，所以笔者愿意就此略撷拙见——秦观大约是绍圣三年秋冬到达湖南的，从湘北到湘南历时约一年，在湖南境内的好几个地方逗留过。比如他在衡阳和在郴州的处境和心态就大不相同，笼统地说作于湖南，难以把握住词的寓意所在。况且，从具体追踪词人在这一阶段的境况得知，此词当是离开湖南约一年之后的元符二年，到达雷州之际，继忆念"二苏"的《促拍满路花》之后，又忆起家人遂作了这首为妻子代言的深情之作。

从以下的"集评"中可以发现，人们对于此词的结句颇为关注且多有见地。笔者也拟就此提供一点仅供参考的一家之言：看来，此句又是张綖所指出的秦观作词的"亦是一法"，句中既借取了温庭筠的名句"过尽千帆皆不是，斜晖脉脉水悠悠，肠断白蘋州"，又于刘禹锡的《望夫石》"终日望夫夫不归，化为孤石苦相思。望夫已是几千载，只似当时初望时"一诗有某种关联。如将三者加以对照，虽各有所长，如刘诗直赋其事，温词含蓄蕴藉，而秦词更加凝重动人，寓意深长。堪称青出于蓝而胜于蓝。

【集评】

1. 俞陛云：《唐五代两宋词选释》："回肠"二句及

"黛蛾"二句，寻常之意，以曲折之笔写出，便生新致。结句含蕴有情。

2. 杨世明《淮海词笺注》：此词写客子及思妇之离愁。

3. 《唐宋词鉴赏辞典·唐·五代·北宋》刘学锴：这首词写一位独处高楼的女子深长的离愁。起句陡峭，由情直入。"天涯"点明所思远隔，"旧恨"说明分离已久，四字写出空间、时间的悬隔，为"独自凄凉"张本。独居高楼，已是凄凉，而这种孤凄的处境与心情，竟连存问同情的人都没有，就更觉得难堪了。"人"可以理解为泛指，但也不妨包括所思念的远人在内，这与下片结句"过尽飞鸿字字愁"联系起来体味，就可以看得比较清楚。两句于伤离嗟独中含有怨意。张炎说："秦少游词，体制淡雅，气骨不衰，清丽中不断意脉。"（《词源》卷下）这首词正是清而有骨，意脉贯通的显例。全篇四韵，每韵均为一个四字句、一个七字句，这种形式，相对来说比较呆板，很容易造成各韵之间不相联属的断片结构。这首词却一个"愁"字贯串全篇。首韵总提虚领，点明"天涯旧恨"，是"愁"的总根；次韵借物喻愁，写内心的痛苦；三韵借外形的描写进一步写愁绪之深重；四韵又从主人公对外物的主观感受写愁，并点明愁的直接原因，以"过尽飞鸿"不见音书，回应篇首的"独自凄凉人不问"，首尾相应，一意贯串。全词基调虽偏于感伤，但并不显得柔靡纤弱，字里行间流露出一种深沉的怨愤激楚之情，特别是每韵七字句的头两个字（独自、断尽、任是、过尽），都用重笔着意强调，显出感情的强度力度，加上词采的清丽，读来便明显感到它的清而有骨了。

4. 周义敢、程自信、周雷《秦观集编年校注》（下）：此首写闺妇春怨，是词作中常见之题旨。通篇柔婉精微，显现出作者独特的艺术风格，该是元祐年间之作。

5. 刘乃昌、朱德才《宋词选》：词写独处深闺女子的离愁别恨。起调直白入题，点出隔离远、幽恨长、身世孤。继之就近取喻，刻画内心凄苦。过片转笔形容表情，末以凝望神态，渲发期盼之切，失望之苦，以"愁"字回应开端之"恨"。

6. 徐培均、罗立刚《秦观词新释辑评》：此词写离怀愁绪，全为深刻、至为婉转、至为幽约。词一开始，劈面即写到恨，给它作出两方面的限定：一在"天涯"，一在"旧"。天涯之恨，交待"恨"之因由在空间的阔远，在时间的恒久。简简单单四个字，却最大限度浓缩了抒情主人公的恨意，虽潜蕴着巨大的张力，却能举重若轻，不失婉约和轻灵。从表现手法上看，词人一反先景后情的模式，先将抒情主人公的满怀愁情尽行写出，然后改变表现角度，先是融情入景，将愁怀恨意体现于炉香等物象之中，继而刻画抒情主人公愁眉的神态、倚楼的动作，直接表现其愁容、愁态，三个四、七字句，交待出三个画面：篆香燃断的定格，可以说是中镜头取景；黛蛾长敛的人物面部大特写，则是近镜头取景；倚楼观鸿的渲染，又是长镜头的摄取，三个画面，各得其宜，层次感非常强，给人具象感，最后落脚在"愁"字上，呼应开头的"恨"字，使整首词开阖有度，张弛有节，抒情婉曲深幽，含蕴有致。如此布局，将抒发感情的转折处置于前两句之后，既突破了词在过片处转换角度的模式，又使上下片彼此相连且略有跳跃，虽变却又不离规矩准绳，很能体现词人的匠心。少游之所以被推为婉约词宗，看来不仅仅在其词的语言本色、词情婉约，恐怕还跟他于"不经意"处突破固有模式给人以新颖之感有关。

7. 姚蓉、王兆鹏《秦观词选》：此词似作于绍圣三年（1096）作者被贬湖南之时。词吟咏闺中女子倚楼怀人的深重离愁。"天涯"写闺中人极目眺望，点出她与恋人距离之远。"旧恨"是闺中人长期累积的离恨，指明她与恋人分别之久。故而下文紧接着描绘她"独自凄凉"的现实处境、无人存问的哀怨心境，语出自然。如果说首二句直接切入情事，点出相思之愁，那么后文则是以三个意象，进一步深化、渲染这种愁情。炉内盘香缭绕，寸寸成灰的意象，比喻闺中人回肠百转、柔肠寸断的心理感受，写出其思念之切、离愁之深。这两句借闺阁事物形容愁情，自然天成。"黛蛾"意象，既细腻刻画出闺中人愁眉不展、离恨难消的神态，又以给万物带来生机的春风都吹不开眉头的皱褶这样夸张的笔法，道出闺中人离愁之浓重。

8. 《传世经典鉴赏丛书·宋词鉴赏》郭红欣：这是一首怨妇词。词上片写室内，下片写室外，以"恨"起，以"愁"结，层次清晰，词意明了，无论题材还是结构，在唐宋词中都再平常不过，似无特别再加申说的必要。但秦观自是秦观，常能于平常中作出不平常来，让人为之击节叹赏。这首词的为人叹赏处，至少有以下三点。一、写意深警。……二、表情痴怨。……三、词艺精妙。……上面说的是艺术手法。说到艺术想象，则非要看"黛蛾长敛，任是春风吹不展"二句不可。冯延巳曾有"风乍起，吹皱一池春水"（《谒金门》）之好句，但好是好，却好而不妙。盖二句纯是写实，所赖者乃敏锐之观察，仍是老实的写法。而这两句就大不同了，直如灵光般的乍然闪现，倏忽而迅即，飘渺而奇幻。难道春风真的可以把美人敛起的眉头吹展吗？秦观就认为可以的。此等浪漫之想，真是想落天外，简直美妙得让人无可如何！面对这样的句子，除了赞叹，我们还能说些什么呢？或者，就连赞叹也是多余的吧！

9. 喻朝刚、周航《分类两宋绝妙好词》：这首词写闺中女子的离愁别恨。上片前两句直抒怨悱之情，后两句托物寓意，揭示女主人公凄凉寂寞的心理活动。过片从内心转到外表的描写：尽日愁眉紧锁，任凭春风吹拂，也难以使它舒展，可见其愁恨之深重。结拍两句写女子高楼骋望，一群群大雁从空中飞过，却未能盼到来自天涯的音书，旧恨新愁一齐涌上心头。小词感情浓烈，体制淡雅，犹如一幅写生画。

江城子

南来飞燕北归鸿①，偶相逢，惨愁容②。绿鬓朱颜③，重见两衰翁。别后悠悠君莫问，无限事，不言中④。　　小槽春酒滴珠红⑤，莫匆匆，满金钟。饮散落花流水，各西东⑥。后会不知何处是？烟浪远，暮云重。

【注释】

① “南来”句：这里的“飞燕”、“归鸿”是用作比兴，非用事用典，用法与江总《东飞伯劳歌》：“南飞乌鹊北飞鸿”与乐府杂曲歌辞《东飞伯劳歌》：“东飞伯劳西飞燕，黄姑织女时相见”大致相同。

② “偶相逢”二句：据有关资料，此次苏轼、秦观海康之逢，有约在先，故意说“偶相逢”是因为有难言之隐，详见“心解”部分。惨愁容，意谓肤色青黑，愁容满面。惨，同黪，阴暗、青黑。

③ 绿鬓朱颜：形容当年的容颜。绿鬓，乌黑而光亮的鬓发。朱颜，红润的脸色。吴均《和萧洗马子显古意》之三：“绿鬓愁中改，红颜啼里灭”。

④ “别后”三句：意谓别后的遭遇一言难尽，不必言说，即可意会。悠悠，众多貌。《后汉书·朱穆传》：“悠悠者皆是，其可称乎！”李贤注：“悠悠，多也。”

⑤ “小槽”句：小槽春酒，指精制的一种美酒。槽，榨酒工具。语近李贺《将进酒》：“小槽酒滴真珠江”之意。

⑥ “饮散”二句：系对于李煜《浪淘沙》词的“流水落花春去也，天上人间”和李白《妾薄命》诗的“君情与妾意，各自东西流”有所檃栝、取意。

【心解】

对于这首词的写作时空，人们的理解几乎完全一致，这意味着对其题旨的理解无甚分歧。又鉴于以下的"集评"部分对于此词写作的人事、政治背景的论列相当到位，无须笔者再加赘言，这里仅就词人的心理背景和作词方法略抒己见，敬祈著者、读者指正。

首先，来到雷州之后，词人在沦为"把锄"、"灌园"苦力的同时，还承受着极为沉重的心理压力。因为当时的雷州在人们的心目中是一个有来无回的凶险去处。本朝宰相寇莱公寇准唯因一再被人排挤、陷害，遂被贬到雷州，且卒于雷州。而自己眼下的处境之凶险比之寇莱公有过之而无不及，说不定何日何时，再被罪加一等，那就只有死路一条！何况作为前车之鉴远不止寇莱公一例，词人能不为自己的生前身后提心吊胆，从而为死后设想！试问，当一个人不得已为自己写下《挽歌》，在朝不保夕的处境中，内心该是何等凄苦？这就是苏、秦海康之会的心理背景。

其次，难免心存余悸。俗语云："一朝被蛇咬，十年怕井绳。"前不久，虽说下诏贬谪元祐党人的哲宗已逝世，但是旧党的政治宿敌章惇仍握有朝政大权，尽管其兄章楶（字质夫）与苏轼一直保持友好往来，比如在苏轼知徐州时，章楶将崔徽的肖像画赠送给他；在被贬黄州时，章楶又主动以杨花词相赠，苏轼从而创获了《水龙吟·次韵章质夫杨花词》这一名篇；在被贬惠州时，章楶知广州，曾遣小吏送酒六壶于东坡，吏尝跌而亡之，东坡以诗谢曰："不谓青州六从事，翻作乌有一先生"，交往之中充满了友情与风趣。但是苏轼与章楶之弟章惇却彼此视若寇仇，互相戕害各不手软。北宋末年的这种没完没了的争斗，想想都令人不寒而栗，况且在这种争斗中，心地善良的词人往往在不知不觉中充当了挡箭牌，比任何人都容易吃大亏，上大当，以致几乎陷于万劫不复的深渊……心里装着这许多"无限事"，即使与日思夜想的师长的这次难得的相逢，也不敢高兴得太早，甚至根本就高兴不起来，所以这首词的基调非常压抑和低沉。

再次，词之结句的"烟浪远，暮云重"，字面上虽是状江上烟云之景，实则透露出词人的心有余悸。写这首词时，作者是否被内迁尚不得而知，"苏公"虽然得以内迁，也只是"量移廉州"。廉州，约相当于今天广西合浦、北海一带，在当时仍属蛮荒之地。"量移廉州"，用今天的话说就是政策落实的步子很小，远非彻底翻盘。在这方面，秦观要比苏轼清醒。后者刚一得知自己被"量移廉州"，就无比兴奋地写了这样一首诗："参横斗转欲三更，苦雨终风也解晴。云散月明谁点缀，天容海色本澄清。空余鲁叟乘桴意，粗识轩辕奏乐声。九死南荒吾不恨，兹游奇绝胜平生"（《六月二十日夜渡海》）。日后不久，对元祐党人来说诸多严酷的事实说明，苏轼真是高兴得太早了，而秦观的这种心有余悸不是多余的！

最后，从作词的方法上看，此首的"饮散"二句，自然又是张绽所说的"亦是一法"。而在这里作者除了对李煜《浪淘沙》和李白《妾薄命》的相关语句有所檃栝、借取，以之提升已作之外，就中还包含着其作词常用的第四种方法，就是把当时不便明言的、师友们被贬各地的不幸境况，借用诸如"风流云散"、"落英无限"、"流水落花"这类密码、暗号般的意象，来表达其深衷。这可以说是被逼无奈的产物。

总之，经过多方比对，反复编排，窃以为这首词是作者悲剧人生的谢幕之作，值得后世郑重对待。

【集评】

1. 杨世明《淮海词笺注》：此词当为南徙途中遇北归友朋所作。词中自称"衰翁"，应为五十岁前后语，故当为元符元年（1098）左右作。

2. 周义敢、程自信、周雷《秦观集编年校注》（下）：此首作于元符三年六月，时作者贬谪雷州。是年正月哲宗卒，徽宗即位。五月下赦令，迁臣多内移。苏轼自海南移廉州，秦观被命复宣德郎，故还衡州。苏轼《书秦少游挽词后》云："庚辰岁六月二十五日，予与少游相别于海康，意色自若，与平日不少异。但自作挽词一篇，人或怪之。"此词乃会于海康时所作。

3. 徐培均、罗立刚《秦观诗词文选评》：要透彻领悟这首词，必须对其背景有清晰的了解。此词作于宋徽宗元符三年（1100）。是年正月九日，哲宗崩，其弟端王赵佶嗣位，是为徽宗。新帝即位，逐步变革政治，大赦元祐党人。二月，苏轼以登极恩移廉州安置，少游由雷州编管移英州；四月，苏轼以生皇子恩诏授舒州团练副使永州居住，秦观以英州别驾移衡州。由于当时交通不便，苏、秦二人又都远在岭南，四五个月之后，才得到消息。所以，苏轼很迟才到廉州，秦观则根本未到过英州、衡州，依旧滞留在雷州。据《苏诗总案》卷四三载："四月，（苏轼）得秦观书。"注引东坡《与秦太虚书》云："近累得书教，海外（指海南岛）孤老，志节朽败，何意复得平生钦友。伏阅妙迹，凛凛有生意，幸甚幸甚！"直到六月酷暑，诏书始达儋州。此时东坡复与少游书，谓"顷得移廉之命，治装十日可办"，"约此月二十五六间方可登舟……若得见少游，即大幸也。"傅藻《东坡纪年录》云，六月"二十五日，与秦少游相别于海康"。说明苏轼是提前来到海康与少游相见了。由于是谪臣内迁，尚未脱有罪之身，所以他们相见，仍有人监视。

这首词就是在这样的背景下写的。

4. 姚蓉、王兆鹏《秦观词选》：……"别后悠悠君莫问"，是因为知己之间心心相印，见到对方苍老的容颜，就能体会其中的艰难，故而不必问；也是因为往事不堪回首，不堪问。"无限事，不言中"，可谓无声胜有声，无限辛酸蕴含其中，沉痛之情溢于言表。旧友重逢，理当置酒欢会。词的下阕，即以"春酒"、"珠红"、"金钟"等语词极力渲染酒宴的欢快气氛，然而其中"莫匆匆"一语，似为劝酒之词，实则泄漏了词人心底聚散无常的恐惧感，因而这场酒宴，无疑令人"举杯销愁愁更愁"。果然，他们马上面临着"饮散落花流水各西东"的处境。离别已经令人忧愁，想到不知能否再见，就更令人伤心。这次见面，秦观将自作的《挽词》拿给苏轼看，只怕就有二人后会无期的预感，也难怪他的心情格外沉重了。以茫茫烟浪、重重暮云作结，既增添了词作的蕴藉之致，更暗示他与苏轼前途渺茫。沉郁之气，贯穿始终。

附录一

本书未予选评的淮海词 21 首

品　令

掉又朦，天然个品格，于中压一。帘儿下、时把鞋儿踢，语低低、笑咭咭。　　每每秦楼相见，见了无门怜惜。人前强不欲相沾识，把不定、脸儿赤。

品　令

幸自得，一分索强，教人难喫。好好地、恶了十来日，恰而今、较些不？　　须管啜持教笑，又也何须肶织。衠倚赖、脸儿得人惜，放软顽、道不得。

满园花

一向沉吟久，泪珠盈襟袖。我当初不合苦揪就，惯纵得软顽，见底心先有。行待痴心守，甚捻着脉子，倒把人来僝僽。　　近日来非常罗皂丑，佛也须眉皱。怎掩得众人口？待收了孛罗，罢了从来斗。从今后，休道共我，梦见也、不能得勾。

调笑令六首
并诗崔徽

诗曰

蒲中有女号崔徽，轻似南山翡翠儿。
使君当日最宠爱，坐中对客常拥持。
一见裴郎心似醉，夜解罗衣与门吏。
西门寺里乐未央，乐府至今歌翡翠。

曲子

翡翠，好容止，谁使庸奴轻点缀。裴郎一见心

如醉。笑里偷传深意。罗衣中夜与门吏，暗结城西
幽会。

无双

诗曰

尚书有女名无双，蛾眉如画学新妆。
姊家仙客最明俊，舅母唯只呼王郎。
尚书往日先曾许，数载暌违今复遇。
闻说襄江二十年，当时未必轻相慕。

曲子

相慕，无双女，当日尚书先曾许。王郎明俊神
仙侣，肠断别离情苦。数年暌恨今复遇，笑指襄江
归去。

盼盼

诗曰

百尺楼高燕子飞，楼上美人颦翠眉。

将军一去音容远，只有年年旧燕归。
春风昨夜来深院，春色依然人不见。
只余明月照孤眠，唯望旧恩空恋恋。

曲子

恋恋，楼中燕，燕子楼空春日晚。将军一去音容远，空锁楼中深怨。春风重到人不见，十二阑干倚遍。

莺莺

诗曰

崔家有女名莺莺，未识春光先有情。
河桥兵乱依萧寺，红愁绿惨见张生。
张生一见春情重，明月拂墙花树动。
夜半红娘拥抱来，脉脉惊魂若春梦。

曲子

春梦，神仙洞，冉冉拂墙花树动。西厢待月知谁共？更觉玉人情重。红娘深夜行云送，困弹钗横金凤。

烟中怨

诗曰

鉴湖楼阁与云齐，楼上女儿名阿溪。
十五能为绮丽句，平生未解出幽闺。
谢郎巧思诗裁剪，能使佳人动幽怨。
琼枝璧月结芳期，斗帐双双成眷恋。

曲子

眷恋，西湖岸，湖面楼台侵云汉。阿溪本是飞琼伴，风月朱扉斜掩。谢郎巧思诗裁剪，能动芳怀幽怨。

离魂记

诗曰

深闺女儿娇复痴，春愁春恨那复知？

舅兄唯有相拘意，暗想花心临别时。
离舟欲解春江暮，冉冉香魂逐君去。
重来两身复一身，梦觉春风话心素。

曲子

心素，与谁语？始信别离情最苦。兰舟欲解春
江暮，精爽随君归去。异时携手重来处，梦觉春风
庭户。

醉桃源

碧天如水月如眉，城头银漏迟。绿波风动画船
移，娇羞初见时。　　银烛暗，翠帘垂，芳心两自
知。楚台魂断晓云飞，幽欢难再期。

江城子

枣花金钏约柔荑，昔曾携，事难期。咫尺玉颜，
和泪锁春闺。恰似小园桃与李，虽同处，不同枝。
玉笙初度颤鸾篦，落花飞，为谁吹？月冷风高，

此恨只天知。任是行人无定处，重相见，是何时？

菩萨蛮

虫声泣露惊秋枕，罗帏泪湿鸳鸯锦。独卧玉肌凉，残更与恨长。　阴风翻翠幔，雨涩灯花暗。毕竟不成眠，鸦啼金井寒。

一落索

杨花终日空飞舞，奈久长难驻。海潮虽是暂时来，却有个堪凭处。　紫府碧云为路，好相将归去。肯如薄幸五更风，不解与花为主。

丑奴儿

夜来酒醒清无梦，愁倚阑干。露滴轻寒，雨打芙蓉泪不干。　佳人别后音尘悄，瘦尽难拼。明月无端，已过红楼十二间。

河　传

　　恨眉醉眼，甚轻轻觑着，神魂迷乱。常记那回，小曲阑干西畔。鬓云松、罗袜刬。　　丁香笑吐娇无限，语软声低，道我何曾惯。云雨未谐，早被东风吹散。闷损人、天不管。

浣溪沙

　　霜缟同心翠黛连，红绡四角缀金钱。恼人香蒸是龙涎。　　枕上忽收疑是梦，灯前重看不成眠，又还一段恶因缘。

浣溪沙

　　锦帐重重卷暮霞，屏风曲曲斗红牙，恨人何事苦离家。　　枕上梦魂飞不去，觉来红日又西斜，满庭芳草衬残花。

如梦令

幽梦匆匆破后，妆粉乱痕沾袖。遥想酒醒来，无奈玉销花瘦。回首，回首，绕岸夕阳疏柳。

桃源忆故人

玉楼深锁薄情种，清夜悠悠谁共？羞见枕衾鸳凤，闷即和衣拥。　无端画角严城动，惊破一番新梦。窗外月华霜重，听彻梅花弄。

点绛唇

月转乌啼，画堂宫徵生离恨。美人愁闷，不管罗衣褪。　清泪斑斑，挥断柔肠寸。嗔人问，背灯偷揾，拭尽残妆粉。

画堂春

东风吹柳日初长，雨余芳草斜阳。杏花零落燕泥香，睡损红妆。　　宝篆烟消鸾凤，画屏云锁潇湘。暮寒微透薄罗裳，无限思量。

附录二

年谱简编及词作系年

宋仁宗皇祐元年己丑（1049），一岁。

本年谱主祖父承议公赴官江西九江南康，父元化、母戚氏随行。未及官衙，谱主降生。这个男婴，在秦氏家族这一代中排行第七，在正式起名之前，被叫作七儿，日后世称"秦七"。秦氏一家先世居江南，中徙扬州，后居高邮武宁乡左厢里。

皇祐五年癸巳（1053），五岁。

谱主随官满的祖父等家人，返回故里高邮。

至和元年甲午（1054），六岁。

秦元化自太学游学归来，忆及其在太学所敬佩的才学出众的海陵王观、王觌兄弟，征得其父承议公首肯，便为谱主取名观。

嘉祐三年戊戌（1058），十岁。

在小学。略通《孝经》、《论语》、《孟子》之大义。

嘉祐八年癸卯（1063），十五岁。

本年仁宗去世，英宗继位。父元化卒。

宋英宗治平四年丁未（1067），十九岁。

娶潭州宁乡主簿高邮徐成甫之女徐文美为妻。

宋神宗熙宁二年己酉（1069），二十一岁。

哀悯于水患殃民而作《浮山堰赋》。此后数年间，或相继写作《品令》（掉又罐、幸自得）二首、《满园花》（一向沉吟久）、《迎春乐》（菖蒲叶叶知多少）等方言词和艳情词。

熙宁三年庚戌（1070），二十二岁。

叔父秦定登进士第，授会稽尉。

熙宁五年壬子（1072），二十四岁。

前一年，叔父的及第授官或对谱主有所鼓舞；加之好读兵家书，本年在创作《郭子仪单骑见虏赋》时，又或因受前朝良将激励，从而自行命字"太虚"。"太虚"是"天"的同义词，谱主自谓心似天高，"于是字以太虚，以导吾志"（参见陈师道《淮海居士字序》）。

熙宁十年丁巳（1077），二十九岁。

在首次赴京应举途中，过徐州，专程拜访时任徐州知州苏轼。

元丰元年戊午（1078），三十岁。

落第后返高邮。所作《黄楼赋》等为苏轼所称赏。又作《南乡子》（妙手写徽真）、《画堂春》（落红铺径水平池）、《浣溪沙》（香靥凝羞一笑开、漠漠轻寒上小楼）二首及《满庭芳》（红蓼花繁）等词。

元丰二年己未（1079），三十一岁。

苏轼由徐州移知湖州，过高邮。谱主随苏轼等过无锡，游惠山等地。继之赴会稽探视祖父和叔父，且与郡守程公辟相得甚欢，得以遍游越州名胜秦望山、兰亭、鉴湖等。作《望海潮》（秦峰苍翠）等词。其间，苏轼因"乌台诗案"被捕入诏狱。谱主亲返湖州探询究竟。证实后无能为力，又返回会稽。先后作《虞美人》（行行信马横塘畔）、《满庭芳》（山抹微云）等词。岁暮返回高邮。

元丰三年庚申（1080），三十二岁。

苏辙以其贬官为兄赎罪，赴筠州贬所行经高邮。谱主与之相从两日，游览了扬州的多处名胜，临别作《临江仙》（髻子偎人娇不整），将对苏辙的思念打并入艳情。在此前后还曾作《雨中花慢》（指点虚无征路）等词。鲜于侁为扬州守，本年前后，谱主为作《扬州集序》，又作《阮郎归》（宫腰袅袅翠鬟松）等词。黄庭坚等路经高邮造访，谱主作《八六子》（倚危亭），将对黄氏的深情打并入艳情。

元丰四年辛酉（1081），三十三岁。

叔父改官，谱主前往会稽迎接祖父回高邮，并安厝亡婶灵柩于扬州秦家老茔。又，长春出版社2000年版《秦少游全传》云："这年秋天，秦观又一次赴汴京礼部试……不幸，这一次秦观又落第了"；人民文学出版社2001年版《秦观集编年校注》（下）云："旧有各年谱均提及：'秋，西行赴京以应试。'然是年秋，秦观已被捕入狱，其诗作《对淮南诏狱》已言案情严重，当地官员奉皇帝诏令将其追捕入狱，焉能前往应试？更何来应试罢归？"

元丰五年壬戌（1082），三十四岁。

中华书局2002年版《秦少游年谱长编》上册："春，先生在京应举……应试落第，赋《画堂春》词，写失意之感。"《秦观集编年校注》（下）："旧年谱均称：自京师应试罢归，秦观遂至黄州拜见苏轼。过庐山，写《圆通院白衣阁》绝句三首。复南游玉笥山，六年后作《俞紫芝字序》补述其事。据当年秦观所写《与某知己简》，出诏狱后一家已无以为生，随后祖父病卒，远出旅行实难。苏轼等人的文集中并未记载秦观去过黄州。据编者所考，《圆通院白衣阁》诗乃游越州时所作，蜀刻本注明为与程公辟相唱和。"

元丰六年癸亥（1083）前后，三十五岁左右。

这期间，既有是否二度应试之异见，又有身系诏狱之谜团，以及淮、扬游览诸事。所作词计有：《望海潮》（星分牛斗）、《沁园春》（宿霭迷空）、《梦扬州》（晚云收）、《满庭芳》（晓色云开）。

元丰七年甲子（1084），三十六岁。

吕公著知扬州，谱主曾投书干谒。苏轼移汝州团练副使，离黄州，诣金陵会王安石，又与谱主相会于金山，谱主作《长相思》（铁瓮城高）一词。至秋，苏轼致书王安石欲借其"齿牙"，使谱主增重于世，王安石回书称赞谱主之诗"清新妩丽，鲍、谢似之。"初冬，苏轼与谱主淮上饮别所作《虞美人》（波声拍枕长淮晓）系宋词名篇；谱主所作《望海潮》（奴如飞絮），则将其与"苏公"的这一"依依"相别，打并入艳情。本年或稍前，苏轼所作《次韵滕元发、许仲涂、秦少游》诗，表明谱主已改字"少游"。至于改字之缘由亦不尽如陈师道《淮海居士字序》所云："今吾年至而虑移，不待蹈险而悔及之，愿还四方之事，归老邑里，如马少游，于是字以少游，以识吾过"，而是早在熙宁六年苏轼所写《山村五绝》其五所云"不须更待飞鸢堕，方念平生马少游"。此诗被认为对于变法有讥讽，其对马少游的念及，或表示不与变法派合作的态度。唯苏轼马首是瞻的谱主则干脆改字"少游",而并非真心想效仿马少游回乡隐居,否则便不会在及第伊始抢先回乡迎接老母等一大家人前往任所,也不至于去写那种"更无舟楫碍,从此百川通",为及第而喜形于色的诗句。(关于谱主改字的来龙去脉请参见《文史知识》2006 年第 3 期之拙文)。自编诗文集《淮海闲居集》成,并将赴京应举。

元丰八年乙丑(1085),三十七岁。

三月,宋神宗病逝,继位的哲宗只有十岁,由其祖母高太后垂帘听政。五月,谱主登焦蹈榜进士第,除定海主簿,未赴任,授蔡州教授,旋即返乡迎亲。其间,对扬州知州吕公著多所干谒,得赴其家宴,作《满庭芳》(雅燕飞觞)一词,记一时之胜。苏轼起知登州。到官仅五日被召还朝任礼部郎中。

宋哲宗元祐元年丙寅(1086),三十八岁。

苏轼自登州还朝仅半月,升为起居舍人;仅三个月后升为中书舍人;稍后,升为翰林学士,知制诰。司马光为尚书左仆射兼门下侍郎,贬逐新党,废除新法。四月王安石去世。初秋司马光去世。或于本年所作《拟郡学试东风解冻》诗之末二句,正如《王直方诗话》所云:"少游始作蔡州教授,意谓朝夕便当入馆,步青云之上,故作《东风解冻》诗云:'更无舟楫碍,从此百川通。'"系谱主此时心态的真实写照。

元祐二年丁卯(1087),三十九岁。

在蔡州教授任。不时往返于蔡州、汴京间。与黄庭坚、晁补之、张耒为"苏门四学士",合李廌、陈师道为"六君子"。《南歌子》(愁鬓香云坠、玉漏迢迢尽、香墨弯弯画)三首词,或作于是年前后。

元祐三年戊辰(1088),四十岁。

在蔡州教授任。应召赴汴京,应制科,上《进策》三十篇、《进论》二十篇。时有同为旧党的洛、蜀之争斗,谱主系以苏轼为首的蜀党之马前卒,因而倍受以程颐为首的洛党忌恨,遂引疾返回蔡州。

元祐四年己巳(1089),四十一岁。

在蔡州教授任。三月,苏轼以龙图阁学士出知杭州。

元祐五年庚午（1090），四十二岁。

春季仍任蔡州教授。夏季因范纯仁推荐晋京任太学博士，寻罢。未久，有秘书省校对黄本书籍之命。离开蔡州时，作《水龙吟》（小楼连苑横空）一词。

元祐六年辛未（1091），四十三岁。

在汴京，任职秘书省。一度迁正字，被罢，仍校对黄本书籍。苏轼被召回京，任翰林学士，知制诰，兼侍读。因洛党反对，出知颍州。在此前后，谱主作《一丛花》（年时今夜见师师）、《如梦令》（门外鸦啼杨柳）、《阮郎归》（褪花新绿渐团枝）、《蝶恋花》（晓日窥轩双燕语）等词。

元祐七年壬申（1092），四十四岁。

与馆阁诸官同游金明池、琼林苑。苏轼由知颍州改知扬州，不久以兵部尚书诏还，又兼侍读。谱主作《调笑令十首并诗》，以及《虞美人》（碧桃天上栽和露）等词。

元祐八年癸酉（1093），四十五岁。

苏轼任端明殿学士，左朝奉郎，礼部尚书。谱主由校对黄本书擢为正字，迁国史院编修，授左宣德郎。日有砚墨笔帛之赐。《南歌子》（霭霭迷春态）一词作于此时或稍前。九月高太后去世，哲宗亲政，恢复章惇、吕惠卿等新党人物官职。苏轼出知定州。

绍圣元年甲戌（1094），四十六岁。

年号由元祐改为绍圣即意味着朝廷决意承续熙宁新政，元祐大臣相继被贬。苏轼自定州迁英州，再贬惠州安置。"四学士"亦同时被贬，谱主先出为杭州通判，道贬监处州酒税。暮春离京前后作《望海潮》（梅英疏淡）、《风流子》（东风吹碧草）、《虞美人》（高城望断尘如雾）、《江城子》（西城杨柳弄春柔）等词，其字面虽多为抒发离情别苦，实则深寓政治失意之悲。途中或有一遣、再遣爱妾朝华之事。岁暮至处州。

绍圣二年乙亥（1095），四十七岁。

在处州贬所。春游浙东名胜天台山，先后作《点绛唇》（醉漾轻舟）、《好事近》（春路雨添花）、《千秋岁》（水边沙外）等词。

绍圣三年丙子（1096），四十八岁。

使者乘风望指，候伺谱主过失，无所得，则以谒告写佛书为罪，削秩徙郴州。暮春前后，携家人由浙东再次走向贬谪之路。作《河传》（乱花飞絮）一词，其中"望空斗合"一语系巧妙用事用典，其寓意值得深究。约于初秋行至浙西，尽室幼累，不获俱行。与家人分手之际适逢"七夕"，作《鹊桥仙》（纤云弄巧）一词，以抒亲、朋被迫离散之恨。原拟由其子秦湛侍奉南来，后只有一老仆同行。至庐山脚下，梦中题《维摩诘像赞》。稍后，将过洞庭湖，作《祭洞庭文》。此后，夜泊湘江，作《临江仙》（千里潇湘接蓝浦）一词。至湖南境内舣舟着岸，作《木兰花》（秋容老尽芙蓉院）、《如梦令》（遥夜沉沉如水）等词。到达衡阳，于孔毅甫宴席上作《阮郎归》（潇湘门外水平铺）一词。岁暮至郴阳贬所，除夕作《阮郎归》（湘天风雨破寒初）词。

绍圣四年丁丑（1097），四十九岁。

本年闰二月，诏谓"郴州编管秦观，移送横州编管。"动身之前，著《法帖通解》、作《踏莎行》（雾失楼台）、《如梦令》（池上春归何处）、《鼓笛慢》（乱花丛里曾携手）等词。四月，苏轼责授琼州别驾，昌化军安置。与此同时，苏辙贬化州别驾，雷州安置。五月，二苏相遇于藤州，同行至雷州。

元符元年戊寅（1098），五十岁。

苏轼在儋州。苏辙在雷州，诏移循州安置。本年六月改元，在此之前，谱主由郴州动身往横州之际，作《如梦令》（楼外残阳红满）一词；中秋作《满庭芳》（碧水惊秋），到达横州作《添春色》（唤起一声人悄）词及《宁浦书事六首》诗。九月，谱主被除名，永不收叙，移送雷州编管。

元符二年己卯（1099），五十一岁。

在雷州编管，与分别在儋州的苏轼，在循州的苏辙时有音讯相通。诗作有《雷阳书事》三首、《海康书事》十首；词作有《促拍满路花》（露颗添花色）、《减字木兰花》（天涯旧恨）。《自作挽词》或作于是年。

元符三年庚辰（1100），五十二岁。

元月哲宗去世，徽宗即位。五月，赦令下，迁臣多内徙。苏轼量移廉州，与谱主相会于海康，谱主出示《自作挽词》，又作《江城子》（南来飞燕北归鸿）一词。未几，谱主被命复宣德郎，放还，作《和陶渊明归去来辞》。七月动身北归，逾月至藤州，醉卧（一说中暑）光化（一作"华"）亭，索水欲饮，笑视而卒。时在八月十二日。九月，婿范温随兄范冲载其丧离藤州。

建中靖国元年辛巳（1101）。

秦湛奉父灵柩，停殡于潭州。

崇宁元年壬午（1102）。

九月，诏立《元祐奸党人碑》于端礼门，谱主名列余官之首。

崇宁二年癸未（1103）。

诏令焚毁苏轼、秦观等党人文集，令州县遍立《元祐奸党人碑》。

崇宁三年甲申（1104）。

三月，黄庭坚在贬谪宜州途中，经长沙，遇秦湛、范温守丧居此。黄以银二十两助办丧事。秦湛藁葬其父于长沙橘子洲。

崇宁末年，诏除党人父兄子弟一切之禁，秦湛遂奉父樸归葬于广陵。政和间，迁葬于无锡惠山。一说政和间，仅藁葬高邮，秦湛于绍兴二年至四年通判常州期间，始迁葬于无锡。或谓：秦家子孙聚族而居。其后分洞庭秦氏、无锡秦氏、嘉定秦氏三大支。

后　记

我之所以在沉疴中极其吃力地写作这一后记，一言以蔽之是为了还债，偿还两位博导杜书瀛和李玫的两笔不小的学术债！

说来我家书橱中摆放着初版、再版、重印等各种面目的拙著约计30种，其中原创者只有半数，在这半数中，自己中意和比较中意的也就三五种，这其中的两种《〈漱玉词〉笺译·心解·选评》和《〈淮海词〉选注·心解·集评》恰恰是书瀛和李玫作为该项目的评荐专家而玉成的。我内心不是不知道两位除了指导为数不少的博士生，还分别担任中国社会科学院文学研究所理论研究室室主任、所图书馆馆长等重要兼职。时间对他俩来说何啻一刻千金，两位在百忙中为我分忧，然而在前一本书于2013年顺利问世的过程中，我竟一字未提杜、李两位为之所作的贡献，这当然是我的莫大疏忽，为之后悔不及。

2015年当关于"淮海词心解"的项目结项时，我又一次拜托书瀛和李玫援手。明明知道这两位都是大忙人，时间极为金贵，之所以反复劳驾，也有出于无奈的一面。我不是文学所的老人，为了专业对口半路上来到这里，一心扑到编辑工作中。虽说当时的编辑部主任解驭珍希望我为编辑部带一两名硕士生，但因那时我所在的刊物古典版面的人手太少，据统计有一段时间我每年要处理六百多篇来稿，一天下来总是精疲力竭。离开编辑部后虽然时间宽裕了许多，记得当时有一项新规定：未带过硕士生的，没有资格指导博士生。加之我很快就到了退休的年龄，阴错阳差有那么一段时日在学术上颇有举目无亲之感。从积极方面看，杜书瀛是我大学本科时的老同学，是来自名校青岛一中被保送的高材生，大学毕业后报考美学名家蔡仪先生的研究生时，从六七十名报考者中脱颖而出成为唯一被录取的一位，这一切无一不令我对其刮目相看。况且我们的缘分远不止此，我与书瀛一家不仅都是齐鲁之邦的大同乡，他的爱人在青岛市四方区与我又是近邻，她又是青岛一中和北师大两座名校的高材生。说起来我对青岛一中的感情，与我对我的母校青岛铁中的感情几无二致。

而在我学术生涯中给予我莫大帮助的恰恰是从青岛一中走出来的三位师友，其中除了杜书瀛，还有略早于我们中学毕业的袁行霈教授。袁教授是我们那一代学人的偶像，他除了教学育人、著书立说出类拔萃之外，还写得一手笔意沉稳而潇洒的好字。20世纪80年代中期，那还是刚刚有出版社向我约写书稿的阶段，正赶上一股强劲的鉴赏热，初出茅庐的我竟然也被催生出一本叫做《古典诗词名篇心解》的拙著。此作承蒙启功先生题写书名，袁行霈教授所作序言中予以诚挚鼓励。想来正是这种难得的名人效应，不仅使这本小书受到好评，更为我日后的写作带来好运。

另一位名叫王石，他比袁、杜两位校友年轻了有十多岁。他在海军工作时的地点离我青岛老家近在咫尺，我和家人永远也不会忘记，在那个物质缺乏的年代，他时常将机关配给的食物与我家老人孩子分而食之。更加令我铭记深心的是王石在解放军艺术学院任教期间，那正是我在人生道路上遇到很大难题的时日。

说来话长，早在1972年春我和当时被砸乱的文联作协系统的其他两人被借调到由吴德为组长，石少华、吴印咸为副组长，狄福才、谢铁骊、李德伦、王曼恬、于会泳、浩亮、刘庆棠为成员的国务院文化组作为下属的工作人员，做一些自己无甚专长的工作。先是随样板团深入内蒙大草原的诸多盟旗参与创作以草原英雄小姐妹为生活素材的芭蕾舞剧；后又被指定参与内刊《文化动态》的采写，以报送毛主席、周总理及其他在京的政治局委员加郭沫若；再后来我又被调到一个叫做"录音录像组"的单位，这个摊子不小的单位几乎是在一夜之间，从全国各地被集中到北京的西苑大旅社，即现在的西苑饭店。人员包括京、昆、越、豫等许多地方主要剧种的顶端艺术家。在为他们录像之前，先由以张真和我所在的文化部为东道成立的注释组将准备录制的诗词和曲目加以注释，并为上述名家作口头讲解。我本人除了参与注释和讲解外，还负责这样两项工作：一是跑印刷厂，记得先是由我所联系的文化部印刷厂负责印刷的文字资料被批复说字体太小，但这已经是该厂最大号的字体。接着我便拿着带国徽的介绍信向人民日报印刷厂求助，仍被认为字体太小。最后我又跑到了百万庄的外文印刷厂，该厂用作为通栏标题的最大字号作为正文上报后再无下文，后来才知道这是因为毛主席一度所患目疾几近失明的缘故。我被指定的另一项工作是将由文化部注释组（其实主力是由当时的中国社会科学学部文学所，即现在的中国社科院文学所古代室借调的诸多人员）所完成的注释初稿排印后送北京大学中文系由林庚教授等加以修改。每次退回来的修改稿都有我所熟悉的吴小如和孙静教授的笔迹。其所作改动文字之精审、字体之端正美观，着实令我钦羡不已。上述工作进行到由唐由之为毛主席做了手术后视力恢复得很好，据说连西哈努克的白发都看得很清楚，录音录像工作遂基本告一段落。

　　大约是在1975年的夏秋之交，我被通知到钓鱼台为江青讲解高启所写的一首关于岳飞的七言律诗。直到从当时集中居住的北京市公安局东单北极阁招待所出发时，我才知道一同去的除了注释组的三人外还有上海来的著名京昆演员岳美缇、蔡瑶铣、李元华。到了钓鱼台又见到于会泳、浩亮、刘庆棠以及北大的林庚、孙静。由四五人讲解后，临走江青送我们到楼门口时指着岳、蔡、李说你们都是上海人，又指着我说这是我的老乡。出乎意料的是，过了一两天于会泳把岳、蔡、李、陈招呼到他办公的印尼使馆北院，拿出了四块白底带有点点黑色的小花纹的裙料分给上述四人，说是江青同志送的礼物。在我当时接触到的民意和舆论背景下，上述经历已足以令我忧心忡忡。况且更大的忧虑还在后面，即从钓鱼台回来不几天，就传出了江青要调我去做秘书的口风。我深知自己是一个书呆子，压根儿就不是做秘书的料，万一被调过去多半是凶多吉少。这不光是担心自己的命运，因我上有年迈的父母下有童稚小儿，说不定他们都得跟着遭殃，所以我越想越为之心惊胆颤。然而除了当时在京帮我带小孩的老父之外，深感苦诉无门。正在此时，百忙之中的王石大老远来到我家悄悄告诉了一些部队中的有关舆情，并平心静气地对我百般安慰。我后来才知道，为应对此事，还有文化部办公厅的负责人及原作协对我有所了解的老同志，他们冒着很大风险设法使我没有被卷入更大的政治漩涡。

果不出所料，不久后毛主席逝世，我等基本停止了工作。不到一个月"四人帮"被捉，"录音录像组"撤销后，我被文化部电影局借调了过去。好一阵子几乎天天跟着看"文革"中被封闭的影片，经过讨论有时让我根据大家的意见写个报告，说明哪些影片可以恢复公映。一度我很安于这种现状，王石听说后却为我操心，并为我证明在国务院文化组期间没有跟着什么人做任何坏事，还通过他的好友著名作家海岩之父把我介绍到文化部艺术局剧目工作组，等于为我找到了一个避风港，避免了不应有的误解和冤屈。但是从工作性质来说，与在电影局同样不对口。加上其他一些不适应，约一年后，在"文革"中了解我的一些老同志的帮助下，顺利调到了文学研究所。因为联系不便，不论在青岛还是在北京我与王石总共没有见过几次面，但是彼此一直都很牵挂。在他担任中华文化促进会主席之前就曾推荐我到武汉参与了多次很有意义的学术活动，为之大开眼界。

我与王石已经是忘年交了，而李玫又比王石年轻了十多岁，但我与她却很有缘分。说来蛮有趣，我最初的工作单位是在中国作家协会，作协的干校在湖北咸宁。我曾经听说干校所在地的几个村庄的女孩，颇让人有当年王昭君那么靓丽可爱的感觉，有几位没有女儿的老夫妻竟然想入非非，想在那里物色干女儿，有朝一日带回北京。

转眼到了20世纪90年代，一天我听说新近来古代室工作的一位年轻的女博士是从湖北到北京读博的，就急于见见她。一见面交谈不一会儿在我脑海中油然浮现出《千字文》中的两个四字句，"容止若想，言辞安定"。这八个字与我对李玫的印象十分吻合，然而她到古代室不久我就退休了，最初只是对她的谈吐举止和靓丽可爱的样子有深刻的印象，后来仔细拜读了她的几本大著，果然文如其人着实令我收益匪浅。

2017年在我身体尚可的时候，原想在我最后一本原创拙著的后记中弥补一下我对杜书瀛和李玫的歉疚，于是便反复斟酌筛选出了几本他俩近几年出版的新著，当时我虽然已难以正襟危坐，但都一一仔细拜读，并认真作了各有千把字的摘录已备写到这一后记中，岂料由于长期骨质疏松所导致的腰痛加重，不得不住到孩子家里，摘录稿没有带来，就想先在这一后记中说完我最想说的话，再看如何加进上述摘录。岂料言未尽意篇幅已经超长，再一想我的摘录也不一定就能抓住两位大著中的要害，况且读书常常会是见仁见智，再加进两千字，无疑会给编辑出版人员增加负担。在这里我要郑重道谢的还有中国社会科学出版社的有关人员，特别是已经为我两次担任责编的张林编审，她是北京大学中文系毕业的。

仅仅退休后我已经申请和完成了好几个小项目了，每次都要给各位领导和职能部门造成不少麻烦，在此请接受我的真挚谢意。

想来自己只是一个才华不高，能力不算强的普通人，只是因为入大学考了个高分，从大学二年级就被指定为一个学生写作组的负责人和执笔人，后来又得到上述好心人的鼎力相助，才使我的写作，总体上一帆风顺，至今笔耕不辍。现在看来，十多种原创拙著的大部分得以成为一版再版、多次重印的常销书，有的也曾忝列于荣获不止一种国家奖项的丛书之中，有的还曾由国家出资一次印刷上万册赠送给农家书屋……这其中的原因虽说是多方面的，但其中与我在"录音录像组"所接触的诸多德艺双馨的文学艺术家很有关系。特别是在"文革"当中，虽然被指定参与了一定的专案工作，但我基本能够从事实出发对待专案对象，"文革"结束后，有的专案对象把我看成好朋友，把他们得来不易的珍贵图书资料赠送或借用供我在拙著中或加以引用，或复印后作为插页置于卷首，令拙著为之增重于世。遗憾的是有几位在他们健在时我没能表达出应有的感激之情，此次借这最后的机会，向通过各种方式帮助过我的众多师友表示深挚的谢意！

最后应向读者告白的是：我使用电脑写作的年限与骑自行车的年限相似，均为短短的二十年。2013 年罹患直肠癌和腰痛加重，就远离了电脑。2015 年出版的和将要出版的这两部新书是由我找全资料后，先用书写笔打个草稿，再由儿子陈新宇和贤儿媳王燕帮助录入整理的。儿媳面如其人，聪嬺可爱，不仅是我儿子的贤内助，更是病中的我许多方面的好帮手，堪称不带长的高级参谋，我怎能不备加疼爱呢？

2018 年 6 月，于怀柔病榻